ДЕТЯМ ДО ШЕСТНАДЦАТИ

Children of the Lamp

P. B. KERR

BOOK TWO

THE BLUE DJINN OF BABYLON

SCHOLASTIC
PRESS

Children of the Lamp

P. B. KERR

BOOK TWO

THE BLUE DJINN OF BABYLON

SCHOLASTIC
PRESS

ДЕТЯМ ДО ШЕСТНАДЦАТИ

Ф. Б. КЕРР

книга вторая

ДЖИНН В ВАВИЛОНСКОМ ПОДЗЕМЕЛЬЕ

Перевод с английского
Ольги Варшавер

издательство *иностранка*
Москва 2007

УДК 821.111—93Керр
ББК 84(4Вел)—44
К36

Данное издание опубликовано с согласия A P Watt Limited и Synopsis Literary Agency

Книга издана при участии и содействии компании «КМП Групп»

Художественное оформление обложки «Креативное Бюро Алексея Соловьева»

Макет Лидии Левиной

Керр Ф.Б.
К36 Дети лампы. Книга вторая. Джинн в вавилонском подземелье: Повесть / Ф.Б.Керр ; пер. с англ. О.Варшавер. — М. : Иностранка, 2007. — 448 с. — (Детям до шестнадцати)
ISBN 978—5—94145—414—3

Британский писатель Ф.Б.Керр, удививший мир эпопеей «Дети лампы» про двух детей, в каждом из которых проснулся добрый джинн, продолжает рассказывать о невероятных и захватывающих приключениях Джона и Филиппы Гонт. Волшебство в духе восточных сказок, оказывается, существует рядом, в современном мире, наравне с мобильной связью и Интернетом.
Близнецам вновь приходится путешествовать по всему миру — от Ирака до Французской Гвианы. Тяжелые испытания выпадают на долю Джона: ему предстоит спасти сестру из заточения в загадочном подземном мире. В книге «Джинн в вавилонском подземелье», второй части эпопеи Керра, еще больше неожиданных персонажей и превращений, интриг и сюрпризов. Дети по-прежнему готовы бороться со Злом, но теперь они сталкиваются еще и с Логикой, безразличной к Добру. Благодаря этой книге вы научитесь играть в древнюю игру «джиннчёт», узнаете, почему опасно есть саранчу, и познакомитесь с великим травоядным царем.

УДК 821.111—93Керр
ББК 84(4Вел)—44

ISBN 978—5—94145—414—3

© 2005 by P.B.Kerr
© О.Варшавер, перевод на русский язык, 2007
© «Иностранка», оформление, 2007
© «Иностранка», издание на русском языке, 2007

*Эта книга посвящается
Натали, Клемми и Фредди Клафам.*

Глава 1

Джинн и мороз

— Я хочу быть ведьмой, — сказала Филиппа. — С кучей бородавок.

— А я — вампиром, — сказал Джон. — С кровью на зубах.

— Вы прекрасно знаете, что это даже не обсуждается, — осадила их мама.

— Мы слышим это каждый год, — вздохнул Джон. — Не понимаю, что ты имеешь против Хеллоуина. Ну какой от него вред? Просто развлечение.

Близнецы Джон и Филиппа Гонт, жившие в доме номер семь по Восточной Семьдесят седьмой улице в городе Нью-Йорке, любили все, что положено любить их сверстникам. И разумеется, обожали розыгрыши на Хеллоуин. Однако эти близнецы были не простыми детьми, а по совместительству еще и джинн, и обладали разными сверхъестественными способностями. Например, они могли исполнять три желания — по крайней мере в теплую погоду. Джинн состоят из огня и не очень-то любят холод, а юные и неопытные джинн, такие как Джон и Филиппа, в прохладном климате вообще практически бессильны. Недаром джинн чаще всего попадаются в жарких странах, среди пустынь. Что касается Нью-Йорка, летом здесь, конечно, очень жарко, зато зимы вполне морозные, и холодно становится уже к концу октября. Впрочем, в этом году тридцать первое октября выдалось неожиданно теплым, и, запретив детям участвовать в хеллоуинских забавах, Лейла Гонт, которая и сама была джинн, решила предложить им кое-что взамен.

— Послушайте, — сказала она, — обидно не воспользоваться такой замечательной погодой. Давайте-ка сходим в Центральный парк и устроим вам тренировку: попробуете превращаться в разных животных. Тренировка — первое дело, а то за зиму совсем потеряете форму. Не исключено, что до конца зимы вам больше и не удастся проверить свою джинн-силу.

— Но я не хочу превращаться в зверя, — сказала Филиппа. — Хочу быть ведьмой. С кучей бородавок.

— А я — Дракулой, — снова завелся Джон. — С кровью на зубах.

Глава 1. Джинн и мороз

— А я говорю — нет, — отрезала миссис Гонт.

Много лет назад, вскоре после того, как Лейла познакомилась с мистером Гонтом, она решила никогда больше не пользоваться собственной джинн-силой, хотя причины, по которым это произошло, были пока не вполне понятны близнецам. Джон полагал, что это связано с происхождением их отца. Их отец Эдвард — не джинн, а человек. И близнецы прекрасно знали, что отец их побаивается. Опасается, что в один прекрасный день — ближе к лету — его собственные дети вполне могут превратить его в какое-нибудь животное. Кстати, именно по этой причине миссис Гонт однажды договорилась с Джоном и Филиппой, что они будут применять свою джинн-силу только с её ведома и разрешения. Подразумевалось, что этот договор убережёт детей от опрометчивых поступков, о которых они впоследствии наверняка бы пожалели. Ведь джинн, даже очень юные, обладают колоссальным могуществом. Впрочем, миссис Гонт также знала, что им надо, пусть изредка, тренировать джинн-силу — хотя бы ради здоровья и хорошего настроения.

Однако сейчас близнецы вовсе не хотели превращаться в животных в Центральном парке. Ведь дурить прохожих на Хеллоуин куда интереснее.

— Я вообще не понимаю! — упорствовал Джон. — Почему мы не празднуем Хеллоуин? Ты никогда не говорила, почему тебе так не нравится этот праздник.

— Неужели не говорила?

— Нет, — ответили близнецы хором.

Миссис Гонт покачала головой.

— Возможно, вы и правы. Не говорила, — согласилась она.

— А мы готовы послушать. — Джон сказал это очень едко. Он вообще считал, что мать относится к Хеллоуину чересчур серьезно.

— Что ж, слушайте. На самом деле все очень просто, — начала миссис Гонт. — Хеллоуин посвящен запретным вещам, о которых большинство людей ничего толком не знает, и это — очень трудное время года для кланов добрых джинн, таких как мы. Понимаете, много столетий назад злые кланы Гуль, Шайтан и Ифрит убедили легковерных мундусян устроить в это время года особый ритуал поклонения злым джинн. Взамен они обещали не причинять мундусянам зла. Люди наряжались в костюмы, которые, как предполагалось, носят злые джинн, щедро выставляли еду и напитки, чтобы умилостивить злых джинн и снискать их расположение. Вот почему мы, клан Марид, всегда отказывались иметь к этому празднику какое бы то ни было отношение. Теперь понятно? На самом деле мне даже странно, что вы воспринимаете все это так легкомысленно. И это — после всех ваших летних приключений с дядей Нимродом!

Близнецы на миг притихли, обдумывая мамино объяснение. Им никогда не приходило в голо-

Глава 1. Джинн и мороз

ву, что веселый праздник Хеллоуин, пусть даже посвященный злым духам, как-то связан с их собственным происхождением. В отличие от большинства детей они прекрасно знали, что злой джинн может подчинить своей воле человека или даже другого джинн. Прошлым летом, когда близнецы выяснили, что они на самом деле не люди, а джинн, они сразу столкнулись с настоящим злом, воплощенным в призраке фараона Эхнатона. Встретились они и с Иблисом — предводителем ифритцев, злейшего из злых кланов джинн. Своими глазами они увидели, на что способно настоящее зло. Ифритцы убили искателя древностей из Каира, человека по имени Хусейн Хуссаут. Короче говоря, мама была совершенно права. Зло в мире существует, причем нешуточное.

— После твоего объяснения все встало на свои места, — призналась Филиппа.

— Я рада, что ты так считаешь, дорогая. — Миссис Гонт улыбнулась.

— Я тоже так считаю, — сказал Джон. — Ты просто хочешь уберечь нас от зла, правда?

Миссис Гонт кивнула.

— Я же мать, — сказала она. — Уберечь вас от зла — мое главное дело в этой жизни.

Начали с зоопарка. Но дети быстро поняли, что сидеть взаперти в обличье животного ничуть не весело. Особенно несчастным выглядел белый медведь. Тогда они покинули зоопарк и стали искать среди живности, резвящейся на свободе в Центральном парке, кого-то посимпатичнее, чтобы вселиться в этих зверьков на пару часов.

Вскоре Филиппа сделала свой выбор. Она превратилась в белку, с удовольствием носилась вверх-вниз по деревьям и даже гонялась за туристами, которые недостаточно проворно выдавали ей орехи. Однако вскоре обнаружились непредвиденные трудности: во-первых, ее донимали блохи, а во-вторых, она поссорилась с бурундуком, потому что по ошибке залезла на дерево, которое он облюбовал для себя. А уж когда ее начал преследовать кот, Филиппа поспешно превратилась обратно в девочку. И была этому несказанно рада.

Джону выбрать животное оказалось труднее. По его мнению, бурундуки и белки были какими-то немужественными. Этакие девчачьи зверюшки. Он уже совсем собрался вернуться в зоопарк и стать там белым медведем или, допустим, морским львом, как вдруг ему все-таки встретилось живое существо, подходящее для превращения. Возле катка какой-то человек показывал детям, как разводят и дрессируют ловчих птиц. Надев на руку перчатку, он достал из клетки красивого иссиня-черного с бежевыми подпалинами сокола. Едва Джон увидел эту птицу, он переглянулся с матерью, произнес свое слово-фокус (еще летом в Египте он придумал себе слово АППЕНДЭКТОМИЯ) и принял обличье этого сокола, которого звали Молти. (Слово-фокус — это такое секретное слово, которым джинн пользуется, чтобы сосредоточить свою джинн-силу, точно так же, как увеличительное стекло собирает лучи солнца в пучок и направляет всю их мощь на маленькую точку посреди листа бумаги, чтобы бумага загорелась.)

Соколы-сапсаны — самые быстрые птицы в мире, и Джон налетался всласть — выше крыш и деревьев. Прежде чем вернуться на руку к хозяину, он даже несколько раз спикировал: на неповоротливых голубей и на парня, занимавшегося в парке восточной медитацией, — и все это на скорости более трехсот километров в час.

Впрочем, соколиная жизнь тоже оказалась не без издержек. Еще несколько часов Джона тошнило от отвратительного вкуса дохлой мыши, которую дрессировщик скормил ему в награду за отличный полет.

Несмотря на это, Джон решил, что непременно хочет получить сапсана в подарок на Рождество. Он предпринял подробнейшее исследование в Интернете, а затем рискнул подступиться с этой просьбой к отцу.

Эдвард Гонт — не джинн, а человек, или, как говорит дядя Нимрод (сам великий и могучий джинн), «мундусянин». Это значит, что отец Джона и Филиппы, как и все люди, сделан не из огня, а из земли и поэтому никакими сверхъестественными способностями не обладает. Однако это не подразумевает, что мистер Гонт никак не властен над своими фантастически одаренными детьми. Зимой же он вообще осмелел, поскольку знал, что на холоде его дети практически бессильны. Теперь он был склонен обращаться с ними как с самыми обычными детьми и не боялся накладывать запреты на то, чего сам не одобрял. Например, на идею завести в доме сокола-сапсана.

— Я бы еще понял, если бы ты захотел канарейку, — сказал мистер Гонт из-за развернутой газеты, когда однажды за завтраком Джон затеял разговор о соколе. — Или даже попугая. Но сокол? Сокол — это совершенно особая птица, Джон. Сокол — хищник. А вдруг он нападет в Центральном парке на чью-нибудь собаку? Или, не дай бог, на старушку? Да на меня тут же подадут в суд! Иск на миллионы долларов. И где мы все, по-твоему, окажемся?

— Папа, — сказал Джон. — Мы ведь о соколе говорим, а не о птеродактиле.

Но переубедить мистера Гонта было непросто.

— Если ты хочешь завести домашнее животное, почему бы не купить мышь или хомячка? Так делают все нор... — Он хотел было сказать «нормальные дети», но осекся, вспомнив, что его сын и дочь все-таки не очень «нормальные» мальчик и девочка. Иногда Эдвард Гонт смотрел на близнецов и попросту забывал, кто они на самом деле. Ведь они так похожи на нормальных детей!.. Кстати, они, даром что близнецы, уродились абсолютно разными. Джон был высок и темноволос, а Филиппа пониже, в очках и рыженькая... Нормальные дети... Но их отец слишком хорошо знал, что, ког-

Глава 1. *Джинн и мороз*

да наступит лето и воздух в Нью-Йорке не на шутку раскалится, ему придется быть втрое осмотрительнее при разговоре с собственными детьми. А то еще ненароком в собаку превратят. Кстати, в их семье это был бы не первый случай. Его собственная жена превратила в ротвейлеров двух его родных братьев, Алана и Нила, после того как братья попытались убить самого мистера Гонта, чтобы завладеть его немалым состоянием. Теперь они жили в доме на правах домашних животных.

Разумеется, ни Джон, ни Филиппа никогда не стали бы покушаться на собственного отца и превращать его в собаку. Как бы сильно они на него ни злились. В конце концов, они не кто-нибудь, а мариды, то есть представители одного из трех добрых кланов джинн, которые призваны приумножать счастье и удачу в этом мире и бороться с тремя кланами злых джинн, тех, что норовят устроить человечеству побольше пакостей. Но быть членом доброго клана — это одно, а просить сокола на Рождество — совсем другое. Джон немало рассердился на отца за то, что он отказал ему, да еще так резко. А у мальчика и без того проблем накопилось...

В Нью-Йорке стояло холодное декабрьское утро. Школы уже закрылись на каникулы. Шел первый снег. Близнецы стояли у окна в комнате Джона на седьмом этаже. Оба дрожали. Кружение каждой снежинки напоминало им о том, как долго они еще не смогут пользоваться джинн-силой. Близнецы ощущали холод намного острее, чем обычные люди. Джон напялил на себя второй свитер и все равно поеживался. Пейзаж за окном наводил на него ужас. Им с сестрой было не только по двенадцать лет, но и по двенадцать зим, и они прекрасно помнили, что нью-йоркские зимы длятся аж до апреля.

— Повезло так повезло, — простонал он. — Нас угораздило родиться джинн в городе, где зимы продолжаются по четыре месяца!

— Я уже не помню, когда мне было по-настоящему тепло в последний раз, — сказала Филиппа. Отойдя от окна, она села прямо на паркет и прислонилась к огромному радиатору. — Наверно, только в Центральном парке, в тот день, когда я была белкой, а ты — соколом.

— Не говори со мной о соколах, — пробормотал Джон, усаживаясь рядом с сестрой. Настроение у него и так было не ахти, а первый декабрьский снег добил его окончательно.

Однако перед обедом снег кончился, и мама зашла спросить, не хотят ли близнецы отправиться с ней по магазинам за рождественскими подарками. Джон и Филиппа вскочили и радостно побежали одеваться, поскольку — в отличие от человеческих детенышей — юные джинн всегда готовы пройтись по магазинам.

Они надели самые теплые сапоги, натянули по несколько курток и двинулись по Мэдисон-авеню.

Глава 1. Джинн и мороз

На маме была шикарная соболья шуба, изящная меховая шапочка, отороченные кроличьим мехом ботинки (кролик бегал еще вчера!) и лыжные очки — последний писк сезона. Даже одетая для морозной снежной погоды она умела выглядеть шикарнее, чем любая актриса на церемонии вручения «Оскаров».

Некоторое время все шло хорошо. Отцу купили книгу, а дяде Нимроду — красивый фирменный красный галстук. В успехе этого подарка сомневаться не приходилось, потому что дядя Нимрод носил исключительно красное. А потом, когда близнецы стояли на Рокфеллер-плаза, наблюдая за скользящими по льду катка людьми и слушая рождественские песенки, они вдруг почувствовали себя как-то странно. Сначала просто занервничали — внезапно и практически одновременно, но несколько минут спустя оба часто задышали, вспотели, их даже затошнило — будто вот-вот вырвет или они вовсе бухнутся в обморок. К счастью, миссис Гонт сразу поняла, что с ними произошло.

— Вокруг витает слишком много желаний, поэтому вам так плохо, — объяснила она и вызвала такси, чтобы побыстрее отвезти детей домой. — Люди загадывают желания или просто желают друг другу счастья и здоровья, счастливого Рождества и еще много чего. Рождество — праздник желаний. Если вы мундусяне, все в порядке. Но если вам случилось родиться джинн, если вы, будучи юными, не обрели еще полную силу и к тому же оказались в холодном климате, то вам даже при самом большом старании не удастся исполнить эти желания. И вашим организмам от этого очень худо.

— Мне действительно как-то... странно, — признался Джон, когда они уже сидели в такси. — Голова идет кругом, и мысли путаются.

— Тебе не привыкать, — вяло съязвила Филиппа, но Джон был не в силах ответить на укол сестры.

— Мне следовало это предвидеть, — досадуя на себя, сказала миссис Гонт. — СМЖ — наш бич в это время года. В Лондоне, когда я была такой же юной, как вы, я ужасно страдала от СМЖ.

— СМЖ? — шепотом повторила Филиппа. — Что это значит?

— Слишком Много Желаний, — пояснила мама.

Филиппа кивнула. Она знала о бессознательном выполнении желаний, когда джинн, сам того не подозревая, воплощает в жизнь высказанное человеком желание. Собственно, Филиппа и сама так однажды поступила: помогла их домработнице, миссис Трамп, выиграть лотерею штата Нью-Йорк. Однако с понятием СМЖ она еще не была знакома.

— Вы скоро придете в себя, буквально через минуту, — сказала миссис Гонт. — Главное — согреть вас побыстрее. Но, пожалуй, стоит показать вас джинн-доктору. Чтобы помочь вам справиться с зимним ступором.

Глава 1. Джинн и мороз

— Зимним чем? — со стоном спросил Джон.

— С застоем джинн-силы, — объяснила мать.

Несколько минут спустя такси остановилось возле их дома. Миссис Гонт поспешно открыла перед детьми арочную дверь черного дерева и провела их прямо в гостиную, где за каминной решеткой тлел огонь.

— Сядьте поближе к камину, — сказала мама. — Мы вас живо согреем.

Но дровяная корзина оказалась пуста, а на дне ведерка чернело лишь несколько жалких угольков, поэтому миссис Гонт призвала на помощь миссис Трамп. Несмотря на выигрыш в лотерее, миссис Трамп продолжала работать у Гонтов. Она очень любила своих хозяев и особенно их детей, хотя понятия не имела, что они на самом деле джинн и что именно благодаря Филиппе сбылось ее заветное желание и она выиграла тридцать три миллиона долларов.

Миссис Трамп тут же появилась на пороге. Она широко улыбалась, с удовольствием демонстрируя результат похода к дорогому дантисту. Из-под рабочего фартука выглядывало платье от модного дизайнера и жемчужное ожерелье в пять нитей. Стриглась и красилась она теперь исключительно в салонах на Пятой авеню и выглядела лучше, чем когда-либо прежде.

— Миссис Трамп, близнецы простудились, — сказала миссис Гонт. — Надо развести огонь посильнее, чтобы они быстро согрелись. Вы не могли бы принести еще немного угля, а я займусь дровами.

— Хорошо, миссис Гонт.

Женщины отправились за дровами и углем, а близнецы все теснились поближе к огню. Спустя мгновение в комнату вошли две огромные собаки. Быстро поняв, в чем проблема, они ненадолго исчезли и возвратились с большими поленьями, зажатыми в мощных челюстях. Собаки опустили дрова на угли и замерли по обе стороны камина, охраняя детей, точно часовые.

Джон с трудом улыбнулся; зубы его клацали от холода, как кастаньеты. Поверить в то, что Алан и Нил были когда-то людьми, — еще куда ни шло, но то, что они когда-то пытались убить их отца, было выше его понимания. Ведь с самого рождения близнецов собаки заботились о них так истово, что если во что-то можно было верить до конца, так это в их бесконечную преданность семье Гонтов. Как-то Джон и Филиппа спросили маму, нельзя ли — учитывая столь длительный период верной службы — превратить Алана и Нила обратно в людей. Но миссис Гонт сказала, что сделать этого, увы, не сможет, поскольку приговор был пожизненным. Кроме того, она ведь дала клятву больше никогда не применять свою джинн-силу.

Тогда Джон спросил, может ли он сам возвратить Алану и Нилу человеческий облик. Хотя бы летом, когда станет намного теплее и он вновь обретет джинн-силу. Миссис Гонт ответила, что, к

Глава 1. Джинн и мороз

сожалению, невозможно и это, поскольку такого рода заклятие может снять только тот джинн, который его наложил. Весь этот разговор побудил Филиппу задать матери еще один вопрос. Возможна ли такая ситуация, когда она, Лейла Гонт, будет снова готова применить свою джинн-силу?

— Только в одном случае, — ответила мама. — Если вам или вашему отцу будет грозить опасность.

В гостиную вернулась миссис Трамп и подкинула в камин угля. Следом вошла и миссис Гонт с поленьями, и скоро огонь разгорелся вовсю. Довольные близнецы по-кошачьи позевывали, жар пламени проникал до самых костей, и от него внутри у них потихоньку разгорался тот огонь, который горит во всяком джинн, не важно — молодом или старом.

Миссис Гонт сняла телефонную трубку и начала набирать номер.

— Кому ты звонишь? — спросила Филиппа.

— Джинн-доктору.

— Вот уж незачем, — сказал Джон, который ненавидел не только зубных, но и всех прочих врачей.

Но на другом конце уже ответили, и мама начала с кем-то беседовать.

— Какая удача! — воскликнула она, закончив разговор. — В Нью-Йорк как раз приехала Дженни Сахерторт вместе с сыном Дыббаксом.

— Кто такая Дженни Сахерторт? — спросил Джон.

— Миссис Сахерторт — джинн-доктор. Она заправляет целым спа-курортом в Палм-Спрингс, куда ездят исключительно голливудские звезды, хотя большинство практикуемых там методик были изобретены для джинн. Оказывается, Дженни открывает здесь, в Нью-Йорке, новую клинику. Именно поэтому они и приехали. Ну, есть и другая причина — миссис Сахерторт рассталась с мужем и во время каникул вынуждена привозить сына для встреч с отцом. Вы уж будьте с мальчиком поласковее, ладно? Он, наверно, еще не вполне оправился после развода родителей. Одним словом, они будут здесь с минуты на минуту.

Не успела она договорить, как позвонили в дверь.

— Вот это скорость, — сказал Джон.

— Миссис Сахерторт не верит в мундусянский транспорт, — объяснила миссис Гонт. — Она по-прежнему путешествует традиционным для джинн способом.

— А именно? — поинтересовалась Филиппа, но миссис Гонт уже пошла открывать дверь.

— Небось на ковре-самолете. — Джон наконец согрелся и сбросил с себя последнюю куртку.

В гостиной появились дама и мальчик. Их сопровождала миссис Гонт, объяснявшая, что в дополнение к зимнему ступору у близнецов есть и другая сложность: они дали обещание не использовать джинн-силу без материнского разрешения. Миссис Сахерторт серьезно кивала, в то время как

Глава 1. Джинн и мороз

ее сын, Дыббакс, хоть и пытался сдерживаться, все время хихикал.

— Дети, знакомьтесь, это — миссис Сахерторт, джинн-доктор, о которой я вам рассказывала. Дженни, это — Джон и Филиппа.

Миссис Сахерторт сняла большие черные очки и тепло улыбнулась близнецам. Ее длинные волнистые волосы сияли и были тоже черны, словно сделанные из той же пластмассы, что и очки. В синем брючном костюме с нашитыми на нем голубоватыми стразами и в синих туфлях на высоких каблуках доктор джинн-медицины Дженни Сахерторт была, пожалуй, даже более блестящей дамой, чем сама Лейла Гонт: она будто только что сошла со сценических подмостков.

— Очень рада с вами познакомиться, — сказала миссис Сахерторт. — Это мой сын, Дыббакс. Он — ваш ровесник, так что не позволяйте ему вами командовать. Дыббакс, поздоровайся с Джоном и Филиппой.

Длинноволосый Дыббакс захрипел утробно, как фагот, и манерно закатил глаза. На нем была рокерская рубашка, джинсы, кожаный пиджак и мотоциклетные ботинки, которые выглядели так, будто сами, без хозяина, проехали всю трассу международного ралли в Дайтоне. Филиппа подумала, что Дыббакс выглядит старше, чем на двенадцать лет. Но у нее было не много времени на размышления, потому что миссис Сахерторт уже схватила ее за запястье и начала водить маленьким маятником над пульсирующей веной. Потом она проделала то же самое с Джоном. Больше всего ее интересовало, куда именно отклоняется маятник. Наконец она удовлетворенно кивнула.

— Джинн немного похожи на ящериц, — сказала она тихо. — Для жизни нам необходимо тепло. Я приготовлю для вас специальную пищевую добавку, которая избавит вас от дискомфорта. Но это средство подействует не сразу, оно должно накопиться в организме. Поэтому сейчас мы просто должны поддерживать в ваших телах максимально высокую температуру. Для этого я с собой кое-что принесла. Дыббакс, дай-ка мой чемоданчик.

Дыббакс снова закатил глаза, поднял с пола небольшой кожаный походный чемоданчик цвета морской волны и подал матери. Миссис Сахерторт извлекла из его недр три глиняных сосуда.

— Это наш джинн-тоник, — сказала она. — Так тонизирует, прямо к небесам возносит. Вулканическая вода из горячего источника на моем курорте «Путь к совершенству» в Палм-Спрингс. — Она вручила одну бутылку Джону и одну Филиппе, а третью протянула миссис Гонт. — Это тебе, Лейла, — сказала она не терпящим возражений тоном. — Мой левитатор тебе тоже не повредит. — Тут она подмигнула близнецам. — Левитатор — это такое ученое слово у джинн-докторов, означает «поднимающий вверх». Короче, наш добрый джинн-тоник.

Глава 1. Джинн и мороз

— Там внутри горячо, — сказала Филиппа, погладив бок бутылки. — И словно что-то шевелится, прямо как живое. Или закипает. Как вода в чайнике.

— Теперь пейте все до дна, пока не остыло, — сказала миссис Сахерторт.

Увидев, что мама выпила свой левитатор без колебаний, близнецы сделали то же самое. Оказалось вкусно. Но самое главное — они мгновенно почувствовали себя лучше. Однако миссис Сахерторт на этом не успокоилась. Она достала из кожаного чемоданчика два плоских гладких камня, круглых, величиной с блюдце, и вручила их близнецам.

— Ой, — воскликнул Джон. — Они тоже горячие.

— Это — саламандровы камни, — сказала миссис Сахерторт. — Они исторгнуты из самого центра Земли и никогда не утратят своего тепла. Ну, по крайней мере, в течение лет шестидесяти—семидесяти точно будут горячими. Держите камень в кармане, когда гуляете по городу, а ночью кладите в кровать. Вместо грелки. Вялости и квелости — как не бывало. Вы всегда будете бодры и энергичны.

— Спасибо, Дженни, — сказала миссис Гонт, нежно обнимая миссис Сахерторт.

— Не за что, Лейла. Я рада, что смогла помочь.

Миссис Гонт посмотрела на близнецов.

— Дети, — сказала она, — нам с доктором надо обсудить кучу новостей. Сходите-ка с Дыббаксом на кухню и попросите миссис Трамп сделать вам всем по бутерброду.

— Пусть миссис Трамп не кладет Дыббаксу даже крошки соли, — вставила миссис Сахерторт и поглядела на Филиппу. — Проследи, пожалуйста. Соль вредна для его нервной системы, верно, Дыббакс?

Дыббакс опять закатил глаза и последовал за близнецами на кухню.

Они нашли миссис Трамп в плохом настроении. В последнее время она часто бывала ворчлива, и близнецы прекрасно знали почему. Часть своего выигрыша в нью-йоркской лотерее миссис Трамп потратила на покупку квартиры в знаменитом здании «Дакота» на Семьдесят второй улице. Туда она наняла уборщицу по имени мисс Пикинс, которая работала очень мало, а получала очень много. Самой миссис Трамп весь день дома не было, поскольку она вела хозяйство в доме Гонтов, а мисс Пикинс тем временем с утра до вечера смотрела телевизор и пила кофе в ее квартире. Миссис Трамп давно бы уволила ленивицу, но она знала, что мисс Пикинс подала в суд на своих предыдущих хозяев за якобы несправедливое увольнение — и выиграла дело. Бедная миссис Трамп так боялась оказаться в суде, что ее нерадивая уборщица жила припеваючи.

Джон намеревался разобраться с мисс Пикинс первым делом, как только в Нью-Йорк вернется тепло, а с ним и его джинн-сила. Вторая проблема, которую ему пришлось отложить до весны, была связана с его одноклассником, мерзким типом по

Глава 1. Джинн и мороз

имени Гордон Бородавчинс, который постоянно издевался над Джоном в школе. Джон неотступно размышлял: что бы такое с ним сотворить? Конечно, если у человека такая фамилия, сам бог велел превратить его в бородавочника, но Джон не надеялся, что миссис Гонт на это согласится. Порой Джону казалось, что ему жутко не повезло родиться в клане добрых джинн. Будь он ифритцем, то есть злейшим из злейших джинн, этот Бородавчинс уже давно глотал бы термитов и валялся в грязи посреди африканской саванны, как и подобает свинье с огромными бородавками.

Глава 2

«Imagine»

Перекусив, Джон и Филиппа повели Дыббакса наверх, показать свои комнаты. Среди немногих знакомых им джинн пока не попадалось ровесников, и Дыббакс очень интересовал близнецов. Во всяком случае, больше, чем они его. Он-то, как выяснилось, вообще плевал на них с высокой башни.

— Что за бред несла ваша мать? — спросил он. — Вы чего, правда не пользуетесь своей джинн-силой из-за какого-то дурацкого обещания?

Джон ощетинился:

— Ну, я бы так не сказал...

— Обещание мы действительно дали, — твердо сказала Филиппа.

Дыббакс расхохотался:

Глава 2. «Imagine»

— Ну, чуваки, вы даете!

— Но на улице-то все равно мороз, — сказал Джон. — Даже если бы мы захотели нарушить обещание, все равно ничего не выйдет.

— Во салага! — хмыкнул Дыббакс. — Предкам удобно, чтобы ты в это верил. На самом деле силу вернуть — без проблем. Ходы надо знать. — Гость вальяжно откинулся в кресле Джона.

— Ты хочешь сказать, что даже сейчас, в холод, ты можешь использовать свою джинн-силу? — уточнила Филиппа.

— Ну... не совсем. Но со мной — особый случай. На меня мать заклятие наложила. Я вообще не могу пользоваться джинн-силой, пока она не убедится, что я, как она выражается, нахожусь в здравом уме и твердой памяти.

— А почему она это сделала, Дыббакс? — поинтересовался Джон.

Гость поморщился:

— Называй меня просто Бакс, ладно? Ненавижу свое полное имя. Меня один парень в школе доставал из-за имени с утра до вечера. Мол, ведьмак я с Лысой горы. Ну, я не выдержал и превратил его в таракана. Ненадолго. Но моя мать так рассердилась — страшное дело. За это и еще за учителя математики. Ему от меня тоже досталось.

— Здорово! — выдохнул Джон. Он пребывал в совершеннейшем восхищении, поскольку и сам давно мечтал примерно наказать свою математичку. — А что ты с ним сделал?

Дыббакс ухмыльнулся. Ему нравилось купаться в лучах собственной славы.

— Этот учитель, мистер Стрихнин, ко мне все время вязался. За то, что я не разбираюсь в его квадратных уравнениях и прочей ерунде. Ну, я и решил: пусть почувствует, каково мне на его уроках. Когда ни в зуб ногой. И вот целых два дня этот болван даже два плюс два сложить не мог, не говоря уж о квадратных уравнениях. Он совсем загоревал, решил, что спятил.

— Потрясающе, — прошептал Джон.

— Но тут мать возьми да и спроси, чего это нам по математике ничего не задают. Я и выболтал ей все как есть. И очень зря. Потому что она наложила на меня заклятие, чтоб джинн-силой пользоваться не мог. Не навсегда, конечно...

— А как оно действует, такое заклятие? — спросила Филиппа.

— Очень просто. Она заставила меня забыть мое слово-фокус.

— А ты не мог другое придумать? — удивился Джон.

Дыббакс покачал головой и откинул волосы со лба.

— Все не так просто, салабон. Слово-фокус для джинн — все равно что пароль для компьютера. Сменить пароль можно, но только — зная старый.

— А на сколько времени мама тебя выключила? — снова спросила Филиппа.

Глава 2. «Imagine»

— Ну, чуваки, вы даете!

— Но на улице-то все равно мороз, — сказал Джон. — Даже если бы мы захотели нарушить обещание, все равно ничего не выйдет.

— Во салага! — хмыкнул Дыббакс. — Предкам удобно, чтобы ты в это верил. На самом деле силу вернуть — без проблем. Ходы надо знать. — Гость вальяжно откинулся в кресле Джона.

— Ты хочешь сказать, что даже сейчас, в холод, ты можешь использовать свою джинн-силу? — уточнила Филиппа.

— Ну... не совсем. Но со мной — особый случай. На меня мать заклятие наложила. Я вообще не могу пользоваться джинн-силой, пока она не убедится, что я, как она выражается, нахожусь в здравом уме и твердой памяти.

— А почему она это сделала, Дыббакс? — поинтересовался Джон.

Гость поморщился:

— Называй меня просто Бакс, ладно? Ненавижу свое полное имя. Меня один парень в школе доставал из-за имени с утра до вечера. Мол, ведьмак я с Лысой горы. Ну, я не выдержал и превратил его в таракана. Ненадолго. Но моя мать так рассердилась — страшное дело. За это и еще за учителя математики. Ему от меня тоже досталось.

— Здорово! — выдохнул Джон. Он пребывал в совершеннейшем восхищении, поскольку и сам давно мечтал примерно наказать свою математичку. — А что ты с ним сделал?

Дыббакс ухмыльнулся. Ему нравилось купаться в лучах собственной славы.

— Этот учитель, мистер Стрихнин, ко мне все время вязался. За то, что я не разбираюсь в его квадратных уравнениях и прочей ерунде. Ну, я и решил: пусть почувствует, каково мне на его уроках. Когда ни в зуб ногой. И вот целых два дня этот болван даже два плюс два сложить не мог, не говоря уж о квадратных уравнениях. Он совсем загоревал, решил, что спятил.

— Потрясающе, — прошептал Джон.

— Но тут мать возьми да и спроси, чего это нам по математике ничего не задают. Я и выболтал ей все как есть. И очень зря. Потому что она наложила на меня заклятие, чтоб джинн-силой пользоваться не мог. Не навсегда, конечно...

— А как оно действует, такое заклятие? — спросила Филиппа.

— Очень просто. Она заставила меня забыть мое слово-фокус.

— А ты не мог другое придумать? — удивился Джон.

Дыббакс покачал головой и откинул волосы со лба.

— Все не так просто, салабон. Слово-фокус для джинн — все равно что пароль для компьютера. Сменить пароль можно, но только — зная старый.

— А на сколько времени мама тебя выключила? — снова спросила Филиппа.

Глава 2. «Imagine»

— Пока домой не вернемся. Здесь, в Нью-Йорке, я должен в основном с отцом общаться. И мать боится, чтобы я против его новой жены чего-нибудь не учинил. Эта Надия, мачеха моя, не джинн. Она человек, художник по интерьерам.

— А ты бы правда что-нибудь с ней сделал? — спросила Филиппа. — Если б мог?

— А то как же? — осклабился Дыббакс. — Если б тебя отец бросил и нашел себе новую жену?

Филиппа задумалась.

— Я, наверно, превратила бы ее в летучую мышь. По-моему, хуже ничего не придумаешь. Я этих тварей терпеть не могу.

Дыббакс пожал плечами:

— Пожалуй... Но я, если б мог и если б мне попался под руку гад, которого я и правда ненавижу, напустил бы на него элементишей. Это похуже любых летучих мышей.

Джон и Филиппа растерянно переглянулись.

— Вы чего? И про элементишей не знаете? Чему же они вас тут учили? Прописи писать? Элементиш — это мини-демон, который живет в одном из восьми элементов, в стихиях, которые нас окружают. Ну, четыре основные стихии вы знаете: земля, воздух, огонь, вода. Есть еще благородные — дух, пространство, время и удача. Поскольку Надия сейчас занимается благоустройством новой квартиры, я бы напустил на нее водяного элементиша, чтоб он там все затопил. Так, для прикола. — Он положил руки на плечи близнецов. — Слушайте, народ! Помогите мне это обстряпать. Вы ведь можете вызвать элементишей не хуже меня.

— А как? — удивился Джон. — Сейчас ведь слишком холодно. Наша джинн-сила вернется только к лету, я же говорил.

— А я говорил, что взрослым просто удобно, чтоб вы так считали. Им так спокойнее, чтобы с вами ничего не стряслось. Я вполне могу научить вас пользоваться джинн-силой в зимнее время. Только пообещайте, что напустите элементиша на мою мачеху.

Филиппа решительно замотала головой:

— Боюсь, в этом мы тебе не помощники. К тому же, даже если б мы согласились, мы не знаем, как это делается. Правда, Джон?

— Правда, — повторил Джон, но не так уверенно, как сестра. Его не слишком заботила мачеха Дыббакса, зато ему ужасно хотелось поквитаться с этим поганцем Гордоном Бородавчинсом. Будь у Джона хоть капля джинн-силы, уж он бы ему задал! А как бы он наказал эту лентяйку мисс Пикинс — домработницу миссис Трамп. Короче, джинн-сила ему бы совсем не помешала. — Мы не знаем, как это делается.

— Да бросьте. Это же пара пустяков. — Дыббакс встал и подошел к окну. На улице снова валил снег, и тротуары уже почти занесло. — Н-да, проблема, конечно, есть, — вздохнул он. — Я и забыл, какая холодрыга бывает у вас в Нью-Йорке. У нас-то в Калифорнии и зимой тепло. Пустыня ря-

Глава 2. «Imagine»

дом. Жить куда легче. Для джинн. Потому-то я вас во всем превосхожу — и в силе, и в джиннтуиции.

— Еще бы! — Джон и сам был не прочь перебраться из Нью-Йорка в Палм-Спрингс.

— Ладно, ребята, — произнес Дыббакс. — Вы мне нравитесь. И я вас сейчас всему научу. Чтоб вы смогли нарыть себе немного джинн-силы и не сидеть в этом дурацком климате, как в холодильнике. Вы, хоть один из вас, ходите в спортклуб? И есть ли в этом спортклубе баня или сауна?

— Да у нас дома есть сауна, в подвале, — сказал Джон.

— Тогда вообще нет проблем! — просиял Дыббакс. — Вам надо сесть там и прогреться до мозга костей. И сила на какое-то время обеспечена. Станете полноценными джинн с нормальными способностями. — Он презрительно засмеялся. — И как это вы сами не додумались?

— Мы туда никогда не ходим, — сказала Филиппа. — Поэтому не сообразили. Там слишком тесное помещение, и у нас сразу начинается приступ клаустрофобии.

— Тогда примите угольку — и вперед. Проще простого.

Джинн принимают угольные таблетки в любом маленьком помещении, а главное — в лампе или в бутылке, чтобы справиться с приступами боязни закрытого пространства.

— Все понятно, Бакс, — сказал Джон. — Кстати, зимой у нас сауна ближе к вечеру включается автоматически, чтобы папа мог пойти туда сразу, как приедет с работы.

— Ты хочешь сказать, что там уже жарко? — спросил Дыббакс.

Джон взглянул на часы:

— Думаю, да.

— Так чего ж мы ждем? — воскликнул Дыббакс. — Одолжи мне плавки, и айда!

Они переоделись, проглотили угольные таблетки и отправились в подвал.

Сауна мистера Гонта походила на бревенчатую избушку. Внутри по периметру стояли лавки, а в середине возвышалась печь, на которой лежали раскаленные камни. Судя по висевшему на стене градуснику, температура была почти сто градусов по Цельсию — вдвое жарче, чем в любой пустыне, которую довелось посетить близнецам. Не пробыв в сауне и нескольких минут и едва начав потеть, они уже почувствовали, что к ним возвращается джинн-сила. Джон сперва ощутил, как зарождается внутри особый жар, как проясняется голова, точно он выздоровел после сильной простуды. А Филиппе показалось, что она просто очнулась от долгого освежающего сна.

Когда близнецы были с дядей Нимродом в Египте и учились азам джинн-мастерства, он немало беседовал с ними о главенстве духа над материальным миром. За последние несколько месяцев они, конечно, утратили некоторые навыки, но вскоре Джон смог использовать вновь обретенную силу, чтобы сотворить себе два диска, которые он безуспешно искал уже несколько недель, а Филиппа создала для себя толстый махровый халат, в который она намеревалась облачиться, выйдя из сауны. Оба эти «творения» были сущей ерундой, и просить у мамы разрешения на то, чтоб их сделать, казалось смешным.

— Надо подарить что-нибудь Баксу, — сказал Джон сестре. — Он нам так помог!

— Вообще-то есть одна игра, компьютерная, которую я был бы не прочь получить, — кивнул Дыббакс. — Если вам не жалко... — Он назвал игру, но Джон знал о ней только понаслышке. Поэтому сам он ее сотворить никак не мог, тем более в одиночку — силы бы не хватило. — А давайте возьмемся за руки, и я сотворю себе игру с помощью вашей силы?

— Неплохая идея, — согласилась Филиппа. — Мы так уже делали, помнишь, Джон, в Каире? С господином Ракшасом. Чтоб сотворить тот розовый «феррари».

— Да уж, разве такое забудешь!

Джон взял за руку сестру и Дыббакса.

Сначала у них ничего не вышло. Во всяком случае, ничего не появилось. Филиппу это несколько удивило, потому что какое-то количество силы она точно израсходовала — уж это-то ощущение трудно с чем-то спутать. Но со второго захода Дыббакс получил вожделенную игру. Он благодарил их так горячо, что Филиппа быстро забыла о первой неудачной попытке.

Вскоре миссис Сахерторт увела Дыббакса домой. Джон остался один в комнате и продолжил экспериментировать со своей джинн-силой. И обнаружил, что у него даже получается ввинчиваться в лампу или бутылку, а потом появляться оттуда вновь. После отцовской сауны джинн-силы хватало часа на три. И тут ему пришла в голову мысль, как они с Филиппой могли бы помочь миссис Трамп. Выслушав план брата, Филиппа с сомнением вздернула бровь.

— Не знаю, Джон, — сказал она. — Я не уверена, что это получится.

— Это не опасно, — настаивал Джон. — Мы ее только попугаем. Всего-навсего. Мы не станем превращать мисс Пикинс в таракана.

— Не думаю, что мама это одобрит.

— Но миссис Трамп нужна наша помощь, так?

— Нужна, — кивнула Филиппа, хотя ее по-прежнему одолевали сомнения.

— Послушай, — сказал Джон. — Я все беру на себя. Я это затеял, мне и отвечать, если что не так. — Он ждал ответа, но Филиппа молчала. — Ну, ладно, допустим, я не прав. Ты можешь предложить что-то лучшее?

Ничего лучшего Филиппа предложить не могла, и ей пришлось согласиться.

На следующий день Джон грелся в сауне, а Филиппа дожидалась, пока на своем лимузине подъедет миссис Трамп. Едва домработница-милли-

Глава 2. «Imagine»

онерша вошла в дом, Филиппа украдкой стянула у нее из сумочки ключи от квартиры в знаменитом здании «Дакота». Потом она отправилась в подвал за Джоном. Тот вылез из сауны и быстренько ввинтился в пустую серебряную флягу, которую близнецы позаимствовали из ящика в папином кабинете. Потом Филиппа сунула флягу и ключи в свой рюкзачок, надела самое теплое зимнее пальто, которое только нашлось в ее гардеробе, и выскользнула на улицу.

Когда в Нью-Йорке ложится снег, такси поймать нелегко, и Филиппе пришлось идти пешком через Центральный парк до самой Западной Семьдесят второй улицы, где на углу возвышается фешенебельный дом с эксклюзивными квартирами. Здесь-то с недавних пор и проживала миссис Трамп. «Дакота» и правда весьма примечательное здание: с опускающейся точно на крепостных воротах решеткой, рвом — правда, без воды — и даже будкой для часового. Настоящий немецкий средневековый замок, в который раз подумала Филиппа, и по телу у нее побежали мурашки... Швейцар кивнул, она робко прошла внутрь и поднялась на седьмой этаж. Близнецы побывали в квартире у миссис Трамп уже несколько раз. Она находилась как раз рядом с квартирой Джона Леннона, знаменитого музыканта из группы «Битлз», которого застрелили возле «Дакоты» в 1980 году. Джон Гонт об этом прекрасно знал, а еще он знал, что миссис Трамп купила себе огромный белый рояль. Поэтому он решил притвориться, будто он и есть Джон Леннон. Точнее, призрак Джона Леннона.

Войдя в квартиру, Филиппа сразу направилась к роялю, поставила флягу на ближайшую батарею и отвинтила крышку. Все, пора уходить. С минуты на минуту появится мисс Пикинс.

— Я пошла, братец, — шепнула она в горлышко фляги. — Надеюсь, скоро увидимся. Будь осторожен.

— Не забудь за мной вернуться, — крикнул Джон ей вслед.

Филиппа вызвала лифт, чтобы спуститься в вестибюль, и вспомнила, что в «Дакоте», наездами из Гонконга, живет ее близкая подруга, Изабел Гетти. Тут открылись двери лифта, и из него вышла высокая блондинка — тощая тетка с жидкими грязными волосами и желтыми зубами, то есть мисс Пикинс собственной персоной. Филиппа видела ее один раз, через день-два после того, как миссис Трамп наняла эту тетку на работу, — тогда она еще давала себе труд быть вежливой и действительно делала попытки убирать квартиру. Но сегодня мисс Пикинс большой вежливостью не отличалась. Прищурившись, она схватила Филиппу за воротник.

— Что ты здесь делаешь? — прошипела мисс Пикинс.

— Я... пришла в гости к подруге, — нашлась Филиппа.

— Как зовут подругу? — требовательно спросила мисс Пикинс.

Глава 2. «Imagine»

— Изабел Гетти. Оставьте меня. Мне надо идти.

Мисс Пикинс отступила. Голубоглазая, с высокими скулами и длинной шеей, она напоминала сиамскую кошку, причем премерзкую.

— Ты гадкая, грубая девчонка, — сказала она. — Ты мне сразу не понравилась. Ясно?!

Филиппа боком протиснулась мимо мисс Пикинс и устремилась к лифту. Если до этой минуты ее еще терзали сомнения — хорошее ли дело затеял Джон, — то теперь они совершенно развеялись.

Внутри стоявшей на батарее фляги Джону было жарко, как в сауне. Он подождал лишних минут пятнадцать — чтоб мисс Пикинс уж наверняка приступила к «работе», — после чего вывинтился из фляги и оказался в гостиной миссис Трамп. Ее домработница тем временем уже расположилась в кресле на кухне, чтобы выпить кофейку, посмотреть телевизор, почитать газетку и позвонить на другой конец Америки.

Джон на мгновение притаился за роялем, а потом на цыпочках направился на кухню. Жертву надо было рассмотреть попристальнее. Мисс Пикинс явно устроилась в кресле надолго. Через пару минут она отставила пустую чашку, прикрыла глаза и захрапела. Бедная наивная миссис Трамп! Но Джону такой поворот дела был только на руку. Он вернулся в гостиную и сел за рояль.

«Imagine» — одна из самых знаменитых песен Джона Леннона. Кроме того, это было одно из немногих произведений, которые Джон Гонт умел играть на рояле. И у него был весьма приличный голос. Джон-младший почти допел первый куплет, когда со стороны кухни наконец послышались шаги.

— АППЕНДЭКТОМИЯ, — быстренько проговорил Джон. Это было его слово-фокус, с его помощью Джон концентрировал свою джинн-силу. Миг — и он замер на крышке рояля, превратившись в безвкусную фарфоровую статуэтку — мальчика в одеждах восемнадцатого века, играющего на клавесине.

Странное это ощущение: быть сделанным из фарфора и не иметь ни единой мышцы. Зато с крышки рояля Джону была отлично видна перепуганная мисс Пикинс.

— Тут есть кто-нибудь? — дрожащим голосом произнесла она. И робко коснулась клавиш.

Если б фарфоровые статуэтки имели право смеяться, Джон от хохота свалился бы со своей маленькой фарфоровой табуреточки. Но фарфоровому мальчику смеяться не пристало. Может, оно и к лучшему.

Через некоторое время мисс Пикинс снова отправилась на кухню. Джон тут же принял свое настоящее обличье и успел пропеть еще несколько тактов из песни Леннона, а уж потом ввинтился обратно в серебряную флягу, которая за время, проведенное на батарее, раскалилась не хуже духовки. Он решил больше не исполнять песню Леннона в то утро, чтоб мисс Пикинс его не разобла-

Глава 2. «Imagine»

чила. Он просто ждал возвращения Филиппы. До этого было еще далеко, не меньше десяти часов. Только когда у миссис Трамп кончится рабочий день, Филиппа вместе с ней вернется в «Дакоту» за братом.

Но, к счастью для Джона, ждать десять часов ему не пришлось. Точнее, пришлось, но они не длились так долго, как настоящие десять часов. Покинув трехмерное пространство и ввинтившись во флягу против часовой стрелки — как и положено делать в Северном полушарии, — Джон обеспечил себе быстрое течение времени. Мальчику показалось, что прошло не больше часа, а он уже сидел у себя в комнате и рассказывал сестре о своих приключениях.

— Миссис Трамп абсолютно права, — заявил он. — Эта Пикинс — жуткая тетка. Когда я заиграл первый раз, она дрыхла в кресле без задних ног. Ленивая клуша.

— Не такая уж клуша, — сказала Филиппа. — Возможно, она еще и воровка. На днях миссис Трамп недосчиталась кое-каких драгоценностей.

На следующий день Филиппа снова отнесла флягу с братом в «Дакоту» и оставила ее в квартире миссис Трамп. На этот раз Джон чувствовал себя более уверенно. Он знал, что джинн-силы у него предостаточно. Выбравшись из фляги, он спрятался в бельевом шкафу. Там он на время оставил свое тело и, невидимый, подсев к роялю, исполнил «Imagine» с начала до конца, причем даже, как ему казалось, с характерным ливерпульским акцентом Леннона. На самом деле акцент ему передать не удалось. Но разве в этом дело? Во всяком случае мисс Пикинс к его произношению не прислушивалась. Она с воплями заперлась в ванной, позвонила оттуда миссис Трамп, а несколько минут спустя и вовсе покинула квартиру, бросив на пол ключи и пару бриллиантовых сережек, которые она стянула из прикроватной тумбочки своей работодательницы.

Джон аж взвыл от восторга. Уходившую мисс Пикинс так подстегнул его вой, что она даже не стала ждать лифта, а кубарем понеслась вниз по лестнице.

Джон вернулся в шкаф, вселился обратно в свое тело и позвонил сестре на мобильник. Как выяснилось, мисс Пикинс объявила миссис Трамп, что в ее квартире в «Дакоте» водятся привидения и больше она здесь работать не желает. Филиппа добавила, что миссис Трамп сразу повеселела — радостная такая ходит, прямо как в прежние времена. Только привидений боится. Теперь Филиппа пытается убедить бедняжку, что никаких привидений на свете нет.

— Ну что, приехать за тобой? — спросила она брата.

— Теперь можно не секретничать, — ответил Джон. — Тетка Пикинс сбежала, и я вполне могу выйти из здания в своем нормальном виде. — Джон выглянул в окно. — Там, кстати, снова снег пошел.

Глава 2. «Imagine»

Джон повесил трубку и уже собирался покинуть квартиру, где одержал такую великолепную, такую внушительную победу, как вдруг чуть снова не выпрыгнул из собственного тела, поняв, что... он не один! В углу комнаты стоял мужчина в синем полосатом костюме, с огненно-рыжей бородой и орлиным носом. На его вытянутой вперед руке сверкало кольцо с огромным лунным камнем — и размером и цветом камень напоминал глаз аллигатора, наставленный прямо на Джона. Мальчик почувствовал, что не может даже пошевелиться. А рыжий меж тем приближался, и выражение лица у него было отнюдь не дружелюбное.

— Что это ты удумал? Шутки шутить над беззащитной мундусянкой? — произнес он. — Изволь объясниться.

Джон попробовал объясниться. Но всякий раз, когда он открывал рот, оттуда выливалось или вываливалось что-то ужасное: сначала гороховый суп, потом капуста брокколи и листья салата, следом артишоки, кусок репы и в довершение немереное количество шпината со сливками. Джон терпеть не мог овощей, а тут вся эта гадость — во рту, да еще в таком изобилии... вкус... запах...

И впервые в жизни юный джинн
бухнулся в обморок.

Глава 3

Важная книга

Очнувшись, Джон понял, что находится в другой квартире, причем лежит в шезлонге у окна. Но, видимо, все же в «Дакоте», потому что вид из окна был прежний. Только помещение совсем другое. В отличие от новехонькой магазинной мебели миссис Трамп, здесь все было старым. Даже стоял египетский стол и какие-то скульптуры, отчего Джону тут же вспомнился дядя Нимрод и его лондонский дом. Сквозь толстые стены в квартиру не проникало ни единого звука, а когда заговорил грозный хозяин дома, даже старинные напольные часы, казалось, перестали тикать.

— Простите, что я вас так напугал. — Рыжий взял стул и подсел поближе к Джону. — Разрешите представиться. Фрэнк Водьяной. Джинн, как и вы. Я живу

Глава 3. *Важная книга*

в этом доме уже почти пятьдесят лет и, помимо основной джинн-деятельности, по совместительству служу деловым агентом моих соседей-мундусян. В сущности, в этом доме нет ни одного человека, которому бы я, тем или иным образом, не поспособствовал. Без меня они бы вряд ли так преуспели. В течение пятидесяти лет я был в этом доме единственным джинн. Поэтому вчера, почуяв в «Дакоте» джинн-силу, я немало удивился и отправился вас искать. Но не нашел. И когда я сегодня снова ощутил ваше присутствие, я рассердился. Я и не предполагал, что вы столь юны и неопытны. И поступил с вами несколько сурово. В чем раскаиваюсь. Но причина всему одна — я оберегаю моих соседей. Нельзя допустить, чтобы в «Дакоте» бушевала злая джинн-сила.

— Но я не злой джинн. Я добрый, — сказал Джон.

— Ваше времяпрепровождение меня совершенно не касается. Но озорства и вредительства не потерплю. В «Дакоте» им не место.

— Ни вредительства, ни озорства не было, честное слово, — горячо заверил его Джон.

Фрэнк Водьяной терпеливо улыбнулся:

— Мне показалось обратное. Вы явно пытались кого-то напугать. Я очень не люблю, когда джинн так поступают с людьми.

— Вы неверно истолковали мои действия, сэр. Я просто пытался помочь одному человеку. Мундусянке по имени миссис Трамп.

— Извольте рассказать, каким образом.

К этому моменту Джон уже вполне оправился от обморока. Он сел и подробно рассказал мистеру Водьяному всю историю. Когда он смолк, Водьяной громко расхохотался.

— Мне нравится твой стиль, малыш. Джона Леннона я хорошо знал. И очень его любил. Думаю, он бы тебя одобрил. С чувством юмора у него был полный порядок.

Джон потер лоб и спустил ноги на пол.

— Сэр, а что же со мной случилось? — спросил он.

— Ты попал под временное заклятие, — ответил Водьяной. — Через правдоуловитель. Принцип его работы очень прост: уловить, что именно вызывает у тебя наибольшее отвращение, и сделать так, чтобы оно оказалось у тебя во рту. Твое счастье, что ты не любишь овощи. У других изо рта выскакивало кое-что похуже: змеи, например, тарантулы и даже крыса. Ты что, правда так ненавидишь овощи?

— Терпеть не могу, сэр.

— Ладно, не волнуйся. Я там все прибрал. Я имею в виду овощи. С ковра твоей миссис Трамп. — Водьяной покачал головой. — Хм, Джон... Я-то думал, что знаю всех джинн в Нью-Йорке. Почему же я раньше никогда тебя не встречал? Из какого ты клана? Из какой семьи? И перестань называть меня сэром. Я для тебя просто Фрэнк. В крайнем случае — мистер Водьяной.

Глава 3. *Важная книга*

— Меня зовут Джон Гонт, сэр. Ой, извините, мистер Водьяной. Мой отец — человек, то есть, простите, мундусянин. А мама — Лейла Гонт.

— Тогда все понятно. Лейла не представляла своих детей джинн-обществу. Вообще ходят слухи, что она отказалась применять свою джинн-силу.

— Так и есть.

— Погоди, так ты, значит, племянник Нимрода? Тогда я слышал про тебя и про твою сестру! Как вы победили этого паршивца Иблиса. До чего мерзок, как, впрочем, все ифритцы! Что ж, молодой человек, отличная работа. Если и был на свете джинн, которого следовало упечь в бутылку на веки вечные, то это, конечно, Иблис.

— Спасибо, — сказал Джон.

— Но теперь держи ухо востро. У Иблиса есть наследнички. Сыновья так же отвратительны, как папаша. Последние ураганы во Флориде, например, это их рук дело. Младший отпрыск Иблиса, Радьярд Тир, сотворил по крайней мере два из них.

Джон нахмурился. Нимрод не предупреждал ни его, ни Филиппу об опасности, исходящей от родственников Иблиса. Может, он рассказал маме? Но какой от этого прок, если мама поклялась никогда не пользоваться джинн-силой?

— Сам я принадлежу к клану Джань, — сказал мистер Водьяной. — Среди нас попадаются всякие: и очень достойные джинн, и не очень. Но мы, как и джинн клана Марид, стоим за силы добра и удачи. Мы, пожалуй, уступаем маридам в могуществе, да и влияние наше в мире не так велико. Но кое-какая сила у нас все-таки имеется.

— Еще бы! — отозвался Джон и подумал, что Фрэнк Водяной явно скромничает. Во всяком случае, его правдоуловитель показался Джону вполне внушительной штукой.

— Мне очень неловко, что я применил к тебе правдоуловитель, Джон... — Мистер Водяной снова выставил вперед руку с кольцом. — Из-за лунного камня прибор обрел невиданную силу и стал непрост в управлении. И немудрено. Лунный камень непредсказуем. Непокорное создание из сказок с ужасами и привидениями.

— Ничего страшного, мистер Водяной. Я в полном порядке. Это вы простите, что я вас потревожил.

— Ты извиняешься? Очень, очень мило с твоей стороны. Воспитанный, вежливый юноша... Я ценю хорошие манеры среди джинн твоего возраста. Увы, ныне многие джинниоры, даже из самых достойных кланов, не выказывают ни малейшего уважения к старшему поколению.

Джону тут же вспомнился Дыббакс Сахерторт. Да, пожалуй, мистер Водяной в чем-то прав. Трудно представить, чтобы Дыббакс стал вежливо разговаривать со взрослыми.

— Я знаю, что сделаю, — рассуждал тем временем мистер Водяной. — Во-первых, я тебе кое-что подарю. Ты знаешь, что такое дискримен, Джон?

— Нет, сэр.

Глава 3. *Важная книга*

Мистер Водьяной рассмеялся.

— Это просто заумное слово, которое означает простую вещь — «желание на крайний случай». Мне такое подарил отец, когда я был примерно в твоем возрасте. Незаменимая штука в разных передрягах, когда джинн-сила еще находится в стадии становления. Чтобы воспользоваться дискрименом, достаточно произнести кодовое слово. Работает, в сущности, так же, как слово-фокус. Но джинн не изобретает его сам, а получает от другого джинн в подарок. Или в качестве компенсации. Так сказать, возмещение убытков. Как раз твой случай.

— Ну что вы? Какое возмещение? Какие убытки? Мне ничего не надо.

— Нет, я настаиваю, — твердо сказал мистер Водьяной. — Слово, которое я тебе подарю, — немецкое. Вообще, немецкий язык замечательно подходит для дискрименов. Особенно длинные слова. Уж их-то никогда не произнесешь нечаянно. Если ты, конечно, не немец. В каком еще языке столько длинных слов?! Ты, случаем, не собираешься в Германию?

Джон покачал головой.

— Вот и отлично. Итак, ты получаешь в подарок слово DONAUDAMPFSCHIFAHRTSGESELLSCHAFTKAPITÄN.

— Мне такое нипочем не запомнить, — ужаснулся Джон.

— Запомнишь как миленький, — сказал мистер Водьяной. — Потому что запоминать ничего не потребуется. Я наделяю тебя дискрименом, и слово запоминается само. Как только возникнет ситуация, для которой дискримен может пригодиться, то есть по-настоящему чрезвычайная ситуация, слово само слетит с твоих губ.

Джон все недоумевал. Ему не верилось, что такое возможно.

— Если б я хоть понимал, что означает это немецкое слово...

— В этом нет необходимости, — возразил мистер Водьяной. — Но раз ты спрашиваешь... Слово означает «капитан Дунайского речного пароходства». Проще не бывает. Ты уж мне поверь — я сам бывал на Дунае. Тамошние капитаны — простаки, каких свет не видывал.

— Ладно, — сказал Джон. — Я готов.

— К чему?

— Ну... получить от вас дискримен.

— Уже.

— Да? Ой, я и не заметил. Спасибо, сэр... мистер Водьяной. То есть Фрэнк.

— Не за что. — Хозяин квартиры выглянул в окно. — Я должен сделать для тебя еще кое-что. А именно — отправить тебя домой. Где ты живешь?

— На другой стороне парка. Дом семь по Восточной Семьдесят седьмой улице. Но меня не надо провожать, я прекрасно доберусь. Пройду через парк или возьму такси.

— Это вряд ли, — усмехнулся мистер Водьяной. — Посмотри за окно. Пока ты отлеживался, там снегу навалило сантиметров двадцать.

Глава 3. *Важная книга*

Джон посмотрел вниз. Действительно, даже деревьев не видно — такой плотной стеной валит снег. И как это он раньше не заметил? Машины стоят как вкопанные. А парк весь белый, точно покрытый толстым слоем ваты.

Мистер Водьяной понял, что Джон немало удивлён.

— Твоя рассеянность — побочный эффект от воздействия правдоуловителя. От него не сразу полностью оправишься. Поэтому отправлю-ка я тебя домой единственным непроницаемым для погодных катаклизмов способом. А именно — на смерче.

— Нет! Погодите!

— Не волнуйся. Такой денёк выдался, что тебя никто и не заметит. Уж поверь.

Джон попытался возразить, сказать, что он очень рассчитывает пробраться домой тайком, а смерч — такая штука, что мама наверняка обратит на неё внимание. А заодно и на него самого. И потребует объяснений, потому что скорее всего не поверит, что этот смерч — результат нью-йоркских холодов. Но он не успел произнести ни слова: воздух под ним закрутился на бешеной скорости и сформировался в маленький, но вполне отчётливый смерчик — и вот Джон уже мягко оторвался от устланного коврами пола. Стараясь сохранить равновесие, Джон взмахивал руками то сзади, то спереди, точно клоун на канате.

— Не пробуй устоять, мальчик! — вопил мистер Водьяной, открывая окно на своём седьмом этаже. — Сядь, а то упадешь. Неужели ты никогда раньше не летал на смерче?

— Никогда, — крикнул Джон и резко сел. Но получить дополнительные наставления он уже не успел. В смерче, точно в удобном кресле, он устремился прочь из здания «Дакота» и прямиком через парк. Джон закрыл глаза и решил просто словить кайф, поскольку подумать о вероятных последствиях этого путешествия он еще успеет.

Не прошло и нескольких минут после вылета из квартиры мистера Водьяного в здании «Дакота», как смерч уже спикировал к родному дому Джона, причем ровно в тот момент, когда миссис Трамп открыла парадную дверь, чтобы посыпать каменной солью лежавший на тротуаре снег. Она громко вскрикнула, но Джона не разглядела, потому что смерч, собравший по пути изрядное количество снега, сбил ее с ног, влетел в прихожую и пронесся вверх по лестнице. Одолев шесть лестничных маршей, он мягко опустил Джона на кожаное кресло в его собственной спальне.

В любое другое время это было бы для Джона очень кстати, но так получилось, что в спальне его поджидала мама. Она только что поговорила по телефону с разъяренной миссис Сахерторт, которая обвинила близнецов в том, что они пошли на поводу у Дыббакса и напустили на Надию, новую жену мистера Сахерторта, водяных элементишей. И теперь, увидев, каким способом прибыл домой ее любимый сын, Лейла Гонт окончатель-

Глава 3. *Важная книга*

но убедилась, что он пользуется джинн-силой без спросу.

— Я надеюсь, миссис Трамп не видела, что ты прилетел на смерче, Джон, — процедила миссис Гонт.

— Э-э-э... Не думаю. — Джон был в некотором замешательстве. — Смерч сбил ее с ног и ослепил колючим снегом, так что вряд ли она заметила меня внутри.

— Не заметила — уже легче.

В дверь робко заглянула Филиппа.

— Теперь, раз уж вы оба здесь, — начала мать, — не соблаговолите ли объяснить, что, собственно, происходит? Я полагала, мы заключили договор — причем по вашей собственной инициативе — о том, что без моего согласия никто из вас джинн-силу не применяет. Но сейчас я вижу, что Джон влетает в дом на смерче, а тем временем миссис Сахерторт обрывает мне телефон с дикими обвинениями. Похоже, кто-то наслал на Надию, новую жену ее бывшего мужа, водяного элементиша. Последние двенадцать часов в их только что отремонтированной квартире льет дождь. Да-да, самый настоящий дождь. Ливень. Миссис Сахерторт уверена, что Дыббакс в этом деле не обошелся без вашей помощи.

— Это неправда, — сказал Джон. — Мы к этому не имеем никакого отношения.

— Сам Дыббакс этого сделать не мог, она это знает точно. Пока она не снимет с него заклятие, у него не хватит джинн-силы даже шнурки завязать. Если он вообще считает нужным их завязывать. Но меня этот мальчик нисколько не волнует. Меня волнуете вы. Видимо, надо было попросить Нимрода и на вас наложить заклятие.

— Мы к этому дождю не причастны. Честное слово, — настаивал Джон.

— Как я могу верить тебе, Джон, если ты позволяешь себе являться в собственный дом на смерче?

Пришлось Джону рассказать матери о квартире миссис Трамп в здании «Дакота» и как она боялась собственной домработницы, мисс Пикинс, и как он вынудил эту тетку убраться восвояси, а потом встретил мистера Водяного, который оказался очень мил и отослал его домой на смерче прежде, чем Джон успел отказаться.

— Мама, ты же сама видишь, что я не использовал джинн-силу для себя, — покаянным тоном сказал мальчик. — Я помогал ближнему.

— Это не объясняет ливень в новой квартире Надии Тарантино, — сухо сказала миссис Гонт.

Пока Джон объяснял матери, как он боролся с мисс Пикинс, Филиппа размышляла о Дыббаксе Сахерторте и эпизоде в сауне.

— Кажется, я понимаю, как все это произошло... — проговорила девочка и сняла очки. Она всегда снимала очки, когда хотела, чтобы мама смотрела ей прямо в глаза и верила, что она, Филиппа, говорит правду. Даже когда она говорила неправду. — Дыббакс рассказал нам, что, погревшись в сауне, можно вернуть себе джинн-силу даже зимой. И мы, в благодарность, решили ему что-нибудь подарить. С помощью джинн-силы. Он захотел компьютерную игру. Только мы эту игру не знали и поэтому не могли сделать ее сами. Так что все мы взялись за руки, и он использовал нашу силу, чтобы сосредоточиться на игре, о которой он так мечтал.

— Ага, так и было, — сказал Джон. — Только в первый раз это не сработало. Я и забыл об этом.

— Но я почувствовала, что в первую попытку мы все-таки потратили немного силы. — Филиппа задумчиво покачала головой. — До этого он действительно попросил нас наслать элементишей на его мачеху, но мы отказались. Теперь я думаю, что он нас попросту обманул и первая попытка ушла именно на это — а мы и не знали.

— Разве Нимрод вас летом ничему не научил? — вздохнула миссис Гонт. — Никогда не беритесь за руки с другим джинн, если он хочет использовать вашу силу. Это называется джиннитический сеанс, и именно отсюда люди усвоили дурацкую привычку держаться за руки во время своих так называемых спиритических сеансов. Они воображают, что у них от этого умножаются силы. Кстати, если вы должны пожать кому-то руку, не забудьте согнуть средний палец, чтобы линии жизни на вашей ладони не соприкоснулись с чужими линиями. — Тут Лейла продемонстрировала, как следует сложить пальцы перед рукопожатием. — Но раз вы не знали даже этих простейших правил, я вряд ли могу вас в чем-то обвинять... Только, пожалуйста, дети, будьте в следующий раз поосторожнее.

— Ты не сердишься за то, что я сделал с мисс Пикинс? — спросил Джон.

— Я вполне понимаю твое желание помочь миссис Трамп, — ответила мать. — Но помни: эта история может иметь самые непредвиденные последствия. Использование джинн-силы в мире людей порой кончается непредсказуемо, поскольку таит в себе элемент случайности. Я очень надеялась, что Нимрод объяснил вам это предельно ясно. — Тут она наконец улыбнулась. — Но я не сержусь. Наверно, вам даже повезло. Потому что я бы очень расстроилась, если бы мне пришлось запретить вам пойти на презентацию книги господина Ракшаса.

— Что такое презентация? — спросил Джон.

— Праздник по случаю выхода книги, тупица, — сказала Филиппа.

— Старина Ракшас написал книгу? Какую? — Джон пропустил мимо ушей грубость сестры.

— «Краткий курс Багдадских законов», — ответила миссис Гонт.

— Н-да, по телеку вряд ли покажут, — сказал Джон.

— А когда презентация? — спросила Филиппа. — И где?

— Сегодня вечером. Здесь, в Нью-Йорке, в магазине «Книга за семью печатями», на Западной Пятьдесят седьмой улице.

Глава 3. *Важная книга*

— Сегодня вечером? — сказал Джон. — Но почему ты нам раньше не сказала? А дядя Нимрод тоже будет?

— Конечно будет. И именно поэтому я и не сказала вам заранее. Он хотел сделать вам приятный сюрприз.

Магазин «Книга за семью печатями» вполне соответствовал своему названию, поскольку в нем вовсе не было дверей. Имелось только окно, размером и формой напоминавшее корабельный иллюминатор, да на кирпичной стене рядом с окном висела медная табличка с красиво выгравированным названием и адресом магазина. Но все-таки трудно было заподозрить, что он здесь действительно есть.

— Ты уверен, что мы пришли куда надо? — спросила Джона сестра.

— Так указано в приглашении. — Он протянул ей карточку с названием книги и маленькой схемой, на которой был изображен отрезок Западной Пятьдесят седьмой улицы, соединявшей Бродвей и Шестую авеню.

— Может, туда ведет потайной ход? — предположила Филиппа и начала читать подсвеченное объявление, выставленное в круглом окне магазина.

— Я бы сказал, что нас ждут, — заметил Джон. — Причем ждет сильный и могучий джинн.

— С чего ты взял? — спросила Филиппа.

— Очень просто. Это — единственная улица в Нью-Йорке, где сейчас нет снега.

— Ой, и правда! На обоих концах улицы снег есть, а тут нет.

— А воздух? — продолжал Джон. — Неужели не чувствуешь? Тут прямо жарища. Градусов на двадцать—тридцать теплее, чем на соседних улицах. Кто-то сотворил микроклимат. На это нужна недюжинная сила. Кто-то — или Нимрод, или сам господин Ракшас — решил сделать улицу более удобной для джинн. Ведь мы так любим жару.

Но Филиппа его не слушала.

— Тут загадка, — объявила она наконец, указывая на объявление, вывешенное в круглом окошке. — Наверно, мы сможем войти, если ее разгадаем. Слушай. «Начало начал. Конец времен. Начало надежд. Конец стран и племен».

Джон пожал плечами:

— Не понимаю.

— А я понимаю, — торжествующе сказала Филиппа. — Ответ — буква «н». С нее начинаются слова «начало» и «надежда», и она же стоит в конце «времен», «стран» и «племен».

— Ну и что это нам дает?

— А вот что, — сказала Филиппа и нажала букву «н» в слове «Книга», которое было выгравировано на медной табличке с названием магазина.

И тут же часть кирпичной стены, включая само окно, превратилась в дверь. Она распахнулась, и глазам близнецов предстало не какое-то темное и мрачное место, а светлый и просторный зал

Глава 3. *Важная книга*

с винтовой лестницей, которая вела на другой этаж. Оттуда явственно доносились звуки праздника.

— Отлично сработано, сестренка. — Джон ступил на порог магазина. — Пошли, пока эта дверь снова не закрылась.

Филиппа последовала за братом — внутрь и вверх по винтовой лестнице, а потайная дверь действительно с грохотом захлопнулась. Вскоре они оказались в огромной комнате с высокими окнами, причем вид из них открывался вовсе не на Пятьдесят седьмую улицу и вообще не на город Нью-Йорк, а на пейзаж в какой-то более теплой стране. Из толпы вынырнул крупный мужчина в ярко-красном костюме и двинулся к ним с широкой улыбкой и столь же широко распростертыми объятьями. Это был их дядя Нимрод.

— Вот и они, — сказал Нимрод, нежно обнимая близнецов. — А мы уж начинали волноваться, не потерялись ли вы по дороге.

— Мы не сразу решили загадку с дверью, — сказала Филиппа.

— Неужели? Вы меня удивляете. В ней нет ничего сложного. Так, пустячок, чтобы не пускать в магазин всякую шушеру. А придумал эту загадку великий английский писатель Джонатан Свифт.

Вслед за Нимродом к ним подошел старик с белой бородой, в белом тюрбане и белом костюме. Он радостно обнял детей.

— Ну, от всей шушеры не избавишься, — заметил господин Ракшас. — Никакой прием не обходится без непрошеных гостей.

Старый джинн был похож на индийского махараджу, но по-английски говорил, как самый настоящий ирландец. Просто его когда-то заточили в бутылку на территории Ирландии, и он провел много лет наедине с ирландским телевидением — единственным развлечением, которое он мог себе позволить в плену.

— Поздравляем вас с выходом книги, — сказали господину Ракшасу близнецы.

— Верно-верно, тут есть с чем поздравить! — подхватил Нимрод. — Думаю, это самая важная книга после «Гримуара» царя Соломона.

Господин Ракшас слегка улыбнулся.

— Вы очень любезны, друг мой Нимрод, — сказал он. — Но, по правде говоря, моя книга — всего лишь новая застежка на очень старой обуви.

— Что такое гримуар? — спросил Джон.

— Пособие для людей-волшебников, которые хотят наложить заклятие на джинн, — сказал Нимрод. — Самый ранний и важный пример такого пособия — завещание царя Соломона. Короче говоря «Гримуар» — ценная книга. Именно поэтому я сравнил ее с «Кратким курсом Багдадских законов» господина Ракшаса.

— Не стоит, — заскромничал господин Ракшас. — Лесть — сомнительное кушанье.

Глава 3. *Важная книга*

— Мои похвалы идут от чистого сердца, — заявил Нимрод. — Господин Ракшас создавал эту книгу всю жизнь, — пояснил он близнецам. — За долгие века Багдадские законы необъятно разрослись, в них возникло множество противоречий и неувязок. Но теперь мы, во-первых, имеем однотомный свод законов, которые — благодаря господину Ракшасу — можно с легкостью изучать и уверенно применять. А во-вторых, все интересное, что известно о джинн, наконец собрано воедино, под обложкой одной книги. В сущности, господин Ракшас пересек-таки этот бескрайний океан и завершил работу, о которой все мы давно мечтали.

— А я теперь мечтаю ее прочитать! — воскликнул Джон.

— Обязательно прочитаешь, Джон, — сказал Нимрод. — Но сначала позвольте представить вас обоих джинн-обществу города Нью-Йорка.

Глава 4

Чемпионка среди джинниоров

Сказав, что на праздник в честь господина Ракшаса собралось джинн-общество Нью-Йорка, Нимрод погрешил против истины. На самом деле близнецы познакомились здесь с представителями всех континентов: Морган Мбулу прибыл из Южной Африки, Мод Мерроу из Ирландии, Уна Понатури из Новой Зеландии, Тосиро Тенгу из Японии, а Стэн Баньип — из Австралии. Несколько гостей были весьма известны и среди мундусян: Пери Банну — киноактриса, Джанет Джанн — президент одной из голливудских киностудий, Вирджиннния Ниссе — знаменитый норвежский скульптор, а Дэвид Кабикадж — лауреат Нобелевской премии, энтомолог из Канады.

Глава 4. Чемпионка среди джинниоров

— Я полагаю, Фрэнку Водьяному тебя представлять уже не надо, — сказал Нимрод Джону, подводя близнецов к четырем джинн, стоявшим у большого стола, где лежали несколько экземпляров книги господина Ракшаса. — И конечно, вы оба знакомы с великолепной Дженни Сахерторт и ее сыном Дыббаксом.

Близнецы сдержанно кивнули Дыббаксу, а на его лице появилась знакомая издевательски-презрительная мина. Но мать тут же ткнула его локтем в бок.

— Дыббакс хочет вам кое-что сказать, — произнесла доктор Сахерторт, ласково улыбаясь близнецам. — Верно, милый?

Дыббакс закатил глаза и фыркнул.

— Извините, — выдавил он наконец.

— Ваша мама объяснила мне, что произошло, — сказала миссис Сахерторт. — Как Дыббакс хитростью заставил вас напакостить новой жене моего бывшего мужа. На самом-то деле Дыббакс — хороший, добрый джинн. И он обещал, что никогда вас больше не обманет. Правда, сынок?

— Да, — простонал Дыббакс. — Не стану связываться. Ни за что.

— Иначе ему не поздоровится: он в полной мере почувствует на себе мою джинн-силу. Правда, дорогой?

— Я, миссис Сахерторт, часто говорю, что сила, как пуля, дырочку все равно найдет, — высказался господин Ракшас. — А как же без этого? Кот-то мурлычет неспроста, а для себя, родного, в утешенье. Как вы думаете, Нимрод?

— Главное, что все устроилось наилучшим образом, — сказал Нимрод. — Новой миссис Сахерторт уже привели в порядок квартиру, да и Дыббакс начинает новую жизнь. Верно, Дыббакс?

— Я — Бакс, — сказал юный Сахерторт, снова закатив глаза. Эта его привычка ужасно раздражала Филиппу. — Просто Бакс. Договорились?

— Джон, — сказал Нимрод. — Возьми-ка... э... Бакса да раздобудьте себе поесть, а я пока кое о чем поговорю с Филиппой.

— Ладно, — сказал Джон, и мальчики направились к столу, где официант уже раскладывал по тарелкам исходящий душистым паром карри из огромного чана. Они тут же принялись соревноваться: кто съест больше острых перцев.

— Скажи-ка, — сказал Нимрод, отведя Филиппу в сторонку. — Как нынче ложатся астрагалы?

Филиппа пожала плечами:

— Скажем так: кое-что выпадает. Но не особо.

Словами «астрагалы» и «тессерэ» джинн обозначают игральные кости. За долгие века джинн выдумали множество разных игр в астрагалы, но самая распространенная называется джиннчёт или, более правильно, джинн-чёт-нечет-восемь-в-круг. В круглую хрустальную коробку бросают семь восьмигранных астрагалов, которые от обычных костей отличаются именно тем, что имеют не шесть, а восемь граней. Восемь сторон астрагалов

Глава 4. Чемпионка среди джинниоров

символизируют Дух, Пространство, Время, Огонь, Землю, Воздух, Воду и Удачу. Применять джинн-силу во время игры в джиннчёт строго запрещено (хрустальная коробка устроена так, чтобы обнаружить любое незаконное использование джинн-силы). Смысл игры состоит в том, чтобы — благодаря искусству блефовать или попросту надувать противников — свести на нет эффект случайности.

Филиппа играла в джиннчёт всего несколько месяцев, но опыта уже поднабралась. Играла она главным образом с отцом и с одним из его друзей, Буллом Хакстером, который был, как и отец, мундусянином, причем одним из немногих посвященных в тайну происхождения близнецов. Филиппа знала, что Нимрод сейчас спросит, собирается ли она участвовать в чемпионате мира по джиннчёту, который ежегодно проводится между Рождеством и Новым годом. Но Филиппа пока не приняла решения. Она была тихой, скромной джинн и, в отличие от брата, не любила выпендриваться и не стремилась что-то доказывать — ни себе, ни другим.

Нимрод закурил большую сигару. Он прекрасно понял, о чем думает племянница.

— Запали мою лампу! — воскликнул он. — Разумеется, ты будешь участвовать в чемпионате, Филиппа. Кто, если не ты — с твоим мастерством и способностями?! Чтоб меня в бутылку упекли! Не смей даже думать о том, чтобы отсидеться дома! Об этом не может быть и речи. Совершенно джиннеприемлемо. — Он выдул огромное облако дыма в форме восклицательного знака. — Уж прости, что я так разволновался.

Филиппа пожала плечами и решительно сменила тему разговора.

— Я вижу, ты по-прежнему обожаешь длинные толстые сигары? — сказала она.

— Не увиливай. Ты подала заявку на участие в чемпионате по джиннчёту или нет?

— Нет, дядя. И, честно говоря, я не уверена, что хочу играть.

— Что ж, тебе решать. — Нимрод на мгновение задумался. — О, пойдем-ка, я познакомлю тебя с твоей ровесницей, Лилит де Гуль. Занятная семейка эти де Гули. Они из клана злых джинн, но пытаются убедить всех, что они добрые. Или, по крайней мере, не такие злые, как принято считать. Именно это и привело сюда Лилит и ее мать, Мими. — Нимрод снисходительно улыбнулся. — Кто знает? Возможно, леопард действительно способен свести со шкуры пятна, а горбатый — выпрямить спину.

На Мими де Гуль было меховое манто и большие серьги. В руке она держала дорогущую кожаную сумочку, похожую на гигантский висячий замок. Она беседовала с Фрэнком Водьяным и зевала в голос, даже не скрывала, что ей безумно скучно.

Филиппа посмотрела на Мими де Гуль и вздрогнула. Было в ней что-то, что девочке совсем не понравилось. Нечто большее, чем то, о чем го-

Глава 4. Чемпионка среди джинниоров

ворил Нимрод. Тут Мими взглянула на нее в упор, и Филиппа почувствовала, как в ней поднимается волна самой настоящей ненависти, настолько сильной, что она даже отшатнулась.

— Мими, — любезно произнес Нимрод, — неплохая презентация, верно?

— Отменная, — процедила госпожа де Гуль, почти не открывая рта. — Я не пропустила бы ее ни за какие блага мира.

Филиппа видела, что говорит она совершенно неискренне. А еще девочка заметила, что губы госпожи де Гуль точно надуты велосипедным насосом, а нос — вылепленный лучшим пластическим хирургом и безупречный сам по себе — явно мал для ее лица, отчего голова ее казалась похожей на голый череп.

— А это, должно быть, ваша прелестная дочь Лилит? — произнес Нимрод.

Лилит де Гуль была точной копией Мими де Гуль, вплоть до мехового манто и сумочки. Это сходство Филиппу нисколько не обрадовало. Она подумала, что Лилит похожа на мать, как собака на свою хозяйку (или как хозяйка на собаку, такое часто бывает).

— Лилит, познакомься с моей племянницей, Филиппой Гонт, — сказал Нимрод.

— Привет, — сказала Филиппа.

Лилит едва улыбнулась Филиппе — надменно, даже саркастически — и продолжила жевать жвачку.

— Лилит — действующая чемпионка по джиннчёту среди джинниоров, — добавил Нимрод.

— Верно-верно, — оживилась госпожа де Гуль. — И в этом году она снова выиграет чемпионат. Вот увидите.

— Лилит, — сказал Нимрод, — может, ты попробуешь убедить Филиппу, чтобы она подала заявку на участие? А то она никак не решится. Я уверен, что пара-тройка ободряющих слов от тебя сыграют свою роль.

— Шутите? У вашей пигалицы нет шансов! — с издевкой сказала Лилит, которая была немногим старше Филиппы. — Играй в песочек, детка. Я еще не вышла в тираж.

Нимрод нервно хмыкнул, а Филиппу обуял настоящий гнев, и щеки ее запылали. Лилит же продолжала презрительно ее разглядывать.

— Послушайся моего совета, крошка, — продолжала издеваться Лилит. — Возвращайся к своим куколкам и бантикам. А джиннчёт — игра для взрослых.

Госпожа де Гуль улыбнулась слегка смущенно, но скрыть гордости не могла:

— Она просто шутит. Верно, радость моя? У нее трудный возраст, Нимрод.

— Да уж, вижу, — сказал Нимрод. — Очень трудный.

Нимрод увел Филиппу подальше, к столу с книгами господина Ракшаса.

Глава 4. Чемпионка среди джинниоров

— Что ж, твоя взяла, — твердо сказала Филиппа. — Я непременно буду участвовать. Хотя бы ради того, чтобы обыграть эту противную девчонку.

— Именно поэтому я и хотел, чтобы ты с ней познакомилась, — усмехнулся Нимрод. — Тебе ведь сразу стало понятно, что пора сменить ее на джинниорском пьедестале почета, верно?

— Ты действительно думаешь, что я могу победить?

— Если б я думал иначе, я не стал бы знакомить тебя с Лилит де Гуль.

— А как же насчет леопарда и его пятен?

Нимрод улыбнулся:

— В такие преображения я, конечно, не верю. И отлично представляю, чего добивается Мими де Гуль. Она полагает, что сможет кое-кого убедить, что способна встать над схваткой между добром и злом, которую испокон веков ведут джинн. Вопрос — кого именно она хочет убедить.

— Не тебя?

— Запали мою лампу! Нет, конечно. Мое мнение Мими нисколько не волнует. Нет, я думаю, она пытается очаровать Синюю джинн Вавилона, и — как это ни печально — кажется, почти преуспела. Существует серьезное подозрение, что Мими будет следующей Синей джинн, ей осталось только получить официальное предложение от самой Айши, когда та прибудет на чемпионат по джинн-чёту как верховный рефери. Айша — настоящее имя нынешней Синей джинн. Она ищет себе преемницу. Эти поиски несколько затянулись. Но известно, что саму Айшу провозгласили Синей джинн именно на чемпионате по джиннчёту в тысяча девятьсот двадцать восьмом году.

— В двадцать восьмом году? Так давно? — воскликнула Филиппа. — Она, должно быть, очень старая?

— Ей почти двести лет, — сказал Нимрод. — Но не забудь, Филиппа, что мы, джинн, стареем намного медленнее, чем люди. Айше с виду никак не больше девяноста.

— Но кто такая эта Синяя джинн? Чем она знаменита? — спросила Филиппа.

— Синяя джинн — символический лидер всех джинн, хороших и плохих. Она способна занимать это положение, потому что сама по себе не хороша и не плоха. Айша, да пребудет она в мире с собой, уже давно выше зла и добра как таковых и потому может вершить справедливый суд над обеими сторонами. Да-да, она не только отвечает за благоденствие всех джинн, она еще и высший вершитель джинн-правосудия. Она выносит приговоры тем, кто преступит Багдадские законы.

— Какие приговоры? И кто эти преступники?

— Именно Айша приняла решение отправить флакончик, в который мы с тобой и Джоном заточили Иблиса, в такое место, откуда он наверняка не сможет убежать в течение десяти лет. Это кара за убийство бедняги Хусейна Хуссаута в Каире.

Глава 4. Чемпионка среди джинниоров

Иблис был предводителем клана Ифрит, самого злобного из всех кланов джинн. С помощью своих племянников Нимрод заманил Иблиса в ловушку, и тот оказался в старинном стеклянном флаконе из-под духов, который — как полагала Филиппа — до сих пор спокойно хранился в холодильнике в каирском доме Нимрода.

— А куда она хочет его сослать? — спросила девочка.

Нимрод смутился:

— Она посылает его на Венеру на борту европейского космического корабля.

— На Венеру! — сказал Филиппа. — Вот ужас-то.

— Полагаю, Венера — не курорт, — согласился Нимрод. — Но с Иблисом все будет в порядке. Лет через десять следующая экспедиция вернет на Землю большую часть оборудования, посланного на Венеру на первом исследовательском корабле. Вернется и контейнер с флаконом, содержащим Иблиса.

Филиппа нахмурилась:

— Я знаю, что он убил Хусейна Хуссаута. Знаю, что у Хусейна был сын, который теперь остался сиротой... Но все-таки изгнание на Венеру на десять лет — не слишком ли жестокий приговор? Разве мы не имеем права вступиться за Иблиса?

— Если честно, я уже пробовал, — печально сказал Нимрод. — Но Синяя джинн, да будут благословенны ее дни, уже вынесла приговор.

— Тогда она, должно быть, совсем бессердечная.

— Чтоб меня в бутылку упекли! Ты права, моя девочка. Так оно и есть. Ты, в своем неведении и наивности, попала в самую точку. У Синей джинн не сердце, а сущий камень. Иначе она не могла бы творить суд над злом и добром. Все это означает, что джинн-правосудие сродни человеческому правосудию. Оно тоже порой кажется слишком суровым. — Нимрод взял из стопки экземпляр «Краткого курса Багдадских законов» и принялся листать. — Если тебе интересно, здесь довольно подробно написано о Синей джинн. Почитай.

Филиппе было действительно интересно. Ей просто необходимо было узнать о Синей джинн все, что только возможно, а почему — она и сама толком не понимала. Тем более удивительным оказалось событие, случившееся с ней на следующий день: она увидела Синюю джинн во плоти. Неужели простое совпадение?

Поиграв в джиннчёт с папой и его другом Буллом Хакстером, Филиппа шла по Пятой авеню, как вдруг увидела своих собак, Алана и Нила, застывших в терпеливом ожидании у входа в гостиницу «Пьер». Миссис Гонт часто пила здесь с подругами чай. Филиппа вошла, надеясь получить от мамы кусок торта. Однако сегодня Лейла была здесь не с друзьями, а с какой-то старухой, и Филиппа внезапно поняла, что если внешность в этой жизни хоть что-нибудь значит, то перед ней не кто иной, как Синяя джинн.

Глава 4. Чемпионка среди джинниоров

На старухе был небесно-голубой костюм и синяя блузка с большим бантом. Голову — с идеально уложенными, похожими на пирожное «безе», седыми с синим отливом волосами — венчала синяя шляпка. На пальцах старой дамы красовались несколько сапфировых колец — под стать серьгам, которые то и дело поблескивали, поскольку она раздраженно дергала головой. Похоже, между старухой и мамой разгорелся спор. И, вместо того чтобы подойти и поздороваться, Филиппа спряталась за мраморную колонну и стала слушать.

— Нет, нет, нет, нет, нет, — повторяла старуха с четким британским акцентом. Голос ее был твердый и совершенно лишен эмоций. Филиппа даже вздрогнула. Она решила, что эта старуха — с жестким взглядом узких глаз и маленьким морщинистым ртом — больше похожа на какую-нибудь жуткую вдовствующую китайскую императрицу, чем на пожилую леди из Англии. Вскоре, однако, выяснилось, что подслушать ничего на удается: Айша понизила голос и говорила почти шепотом. Поэтому через некоторое время Филиппа решила убраться отсюда подобру-поздорову. Синяя джинн, если это действительно была она, выглядела слишком строгой, и Филиппа не рискнула прерывать ее, чтобы сказать «здрасте».

Вечером, после ужина, Филиппа все-таки решилась расспросить мать.

— Я сегодня ходила играть в джиннчёт к Буллу Хакстеру, — начала она.

— Правда, дорогая? Очень хорошо.

— Я возвращалась по Пятой авеню и возле «Пьера» увидела Алана и Нила. Я вошла, думала — ты там чай с друзьями пьешь. А оказалось, ты говорила со старой дамой. Она была вся в синем. И я подумала, может, это и есть Синяя джинн Вавилона?

— Так и есть, милая. Она здесь судит турнир по джиннчёту в гостинице «Алгонкин». Что ж ты не подошла? Не поздоровалась? Я знаю, что она хотела бы с тобой познакомиться.

— Я и хотела подойти, — призналась Филиппа. — Только она какая-то страшная. Кроме того, вы с ней как будто ссорились.

Миссис Гонт покачала головой:

— Нет, милая. Ты ошибаешься. Мы не ссорились. Просто Айша очень стара и уверена, что она всегда и во всем права. Из-за ее положения в мире джинн она привыкла указывать окружающим, что и как им надо делать. Поэтому общаться с ней порой трудновато. Вообще, ей не позавидуешь. Быть Синей джинн — работа не из легких. Поэтому, когда кто-нибудь смеет выражать несогласие, она может ответить немного... нелюбезно. Вот и все.

— Ты выражала несогласие?

— Мы несколько разошлись во мнениях. Но это не ссора. Вовсе не ссора.

— Но разве ты не обязана подчиняться ей беспрекословно? Ведь она — Синяя джинн?

Глава 4. Чемпионка среди джинниоров

— В джинн-суде ее решение обжалованию действительно не подлежит. Но в обычной жизни, в мундусянском мире это не так.

— А где этот суд? В Вавилоне?

— Раньше был в Вавилоне. Много веков назад. Теперь все изменилось. К ней теперь ездят в Берлин, что для большинства джинн намного удобнее. Только один раз в год положение обязывает Айшу посетить Вавилон. Это делается, чтобы закалить сердце. Закалки хватает на год.

— Что значит закалить сердце? Я слышала, что закаляют здоровье...

Миссис Гонт вздохнула.

— Помни, что мы, джинн, на людей не похожи. Точнее, именно похожи — чисто внешне. Или они на нас. Но есть глубокие различия, на уровне молекул и атомов. И даже частиц атомов.

— А Синяя джинн... она очень жестока?

— Очень. — Миссис Гонт улыбнулась, но Филиппа подумала, что улыбка получилась грустная. Ей даже показалось, что, выходя из комнаты, мама смахнула слезу. Тут уж Филиппа окончательно уверилась, что между ее матерью и Синей джинн произошло что-то серьезное. И от нее, Филиппы, это скрывают. Поэтому она решила безотлагательно обсудить это дело с братом.

Глава 5

Джиннчёт и порочный круг

Сопротивляясь неодолимому желанию сделать из своего мучителя, Гордона Бородавчинса, настоящего бородавочника, Джон пытался придумать способ наказать его так, чтобы мама — узнай она об этом — не имела веских возражений. Превратить в животное? Натравить на него элементиша? Не годится... Наконец Джон решил, что лучше всего самому стать сильным настолько, чтобы победить этого гада в честном бою. Единственная неприятность состояла в том, что уже после пятиминутной тренировки с самыми легкими отцовскими гирями Джон чувствовал себя выжатым как лимон. Как же счастлив он был, обнаружив, что в жаркой сауне он может качать мышцы почти без устали. Его молодое тело обре-

Глава 5. Джиннчёт и порочный круг

тало здесь силу и выносливость просто невиданную. Довольно скоро он нарастил вполне ощутимые мускулы и решил, что сможет справиться с Бородавчинсом самостоятельно, не прибегая к джинн-силе, а благодаря простой силе кулака. Однако, когда Филиппа выяснила, почему брат целыми днями пропадает в сауне, и выслушала его план, она отнеслась к нему скептически.

— Это тот мальчишка, у которого дядя работает на Си-эн-эн? Такой крутой парень, да? С угрями по всему лицу?

Джон кивнул и плеснул воды на горячие камни, чтобы увеличить температуру в сауне. Филиппа обернула голову полотенцем, решив, что почувствовать себя полноценным джинн, конечно, неплохо, но сушить волосы после каждого посещения сауны — это уж слишком.

— Неужели нет другого способа его проучить? Полегче? И поприличнее?

— Например?

— Например, найти какой-нибудь психологический ход. Ты хоть задавался вопросом, почему он все время достает именно тебя?

— Потому что он прыщавый ползучий гад, вот почему.

— Но что в тебе такого? За что он тебя так не любит?

Джон пожал плечами:

— Я не думаю, что ему нужны особые причины. Хулиган и есть хулиган. Работа у него такая.

— А когда он начал к тебе приставать?

— Да как учебный год начался, так и начал.

Филиппа на миг задумалась.

— Может, он злится, потому что он прыщавый, а ты — нет? — Филиппа оживилась. — Слушай, я уверена! Все дело в прыщах.

— Не понимаю, — растерялся Джон.

— Помнишь, ты раньше тоже был весь в прыщах? А потом, как только нам удалили зубы мудрости и ты обрел джинн-силу, прыщи тут же исчезли?

— Разве такое забудешь? Это был один из лучших дней в моей жизни. С тех пор я могу спокойно смотреть в зеркало и не хочу броситься под поезд.

— Так почему же ты сам не дотумкал, что он измывается над тобой из зависти? У тебя больше нет прыщей, а у него есть!

— Пусть так, — задумался Джон. — Но что из этого? Прикажешь завести прыщи обратно? Ни за что! Даже если этот Бородавчинс будет колотить меня всю оставшуюся жизнь.

— Тебя никто не заставляет заводить прыщи. А вот вывести прыщи у этого парня мы очень даже можем.

— Как? С помощью джинн-силы?

— А ты думал? Послать ему тюбик с мазью от угрей?

— Знаешь, даже если мама согласится, чтобы я очистил Бородавчинса от прыщей, у меня, боюсь,

Глава 5. Джиннчёт и порочный круг

ничего не получится. Я ему скорее ногу сломаю, чем доброе дело сделаю.

— Тебя никто не заставляет, — повторила Филиппа. — Я все сделаю сама.

Джон видел, что сестра настроена очень решительно, и знал, что, находясь в сауне, она вполне способна выполнить задуманное.

— Разве ты не хочешь сначала спросить у мамы разрешения? — спросил он.

— У нее что, других забот нет, кроме прыщей на лице твоего Бородавчинса? — сказала Филиппа. Она заметила, что в последнее время, а именно после встречи с Синей джинн, миссис Гонт стала какой-то молчаливой и сосредоточенной.

Филиппа собралась с мыслями. Сейчас ей предстоит воспользоваться своей джинн-силой.

— Не думаю, что мама станет возражать, — добавила она. — Во-первых, ему от этого будет только лучше. Тебе тоже. А главное, тебе не придется драться с ним в школе.

Филиппа представила себе Гордона Бородавчинса, представила прыщи на его лице, потом представила, как на следующее утро он просыпается, а они исчезли! Еще она представила, как он в результате станет приличным человеком... И произнесла свое слово-фокус:

— ПОПРИТРЯСНООТПРИПАДНОФАНТАПРИСМАГОРИЯ!

Джон вежливо выжидал.

— Ну что, вышло? — не выдержал он наконец.

Филиппа кивнула:

— Сам увидишь. Думаю, классно получилось.

Джон хлопнул ее по плечу:

— Спасибо, Фил.

Он нежно улыбнулся сестре. Внешне близнецы были совершенно разными. Джон, высокий, худой, темноволосый, пошел в мать, а Филиппа — маленькая и очкастая — в отца. Но внутренне они походили друг на друга как две капли воды. Джон готов был ради Филиппы в лепешку расшибиться и сейчас почувствовал, что хочет ей об этом сказать. А как только почувствовал, она это, разумеется, сразу поняла.

— Я знаю, — ответила она. — Я знаю.

До Рождества оставалось совсем немного дней, и Филиппа проводила их в тренировках. Она играла в джиннчёт с Нимродом, господином Ракшасом, с отцом или Буллом Хакстером.

Канадец по происхождению, родом из Торонто, Булл Хакстер сменил немало профессий: был адвокатом, рекламным агентом, журналистом и даже профессиональным игроком в покер. Теперь он руководил отделом маркетинга и общественных связей в Европейском космическом агентстве. Булл утверждал, что перепробовал в жизни все и знаком с каждым, кто из себя хоть что-то представляет. Филиппе казалось, что он мало подходит для таких серьезных начинаний, как космические программы, пусть даже европейские. Она

Глава 5. Джиннчёт и порочный круг

несколько раз заговаривала с ним о космических полетах в надежде выведать что-нибудь об Иблисе и его ужасной судьбе, поскольку корабль, которому предстояло доставить его на Венеру, должен был стартовать со дня на день. Но Хакстер мгновенно менял тему, и Филиппа быстро пришла к выводу, что, будь она управляющим в отцовском банке, этот человек не получил бы от нее ссуду даже в пять долларов. Еще он был немного глуховат, потому что, как он сам объяснял, часто стоял недалеко от стартующих ракет. Зато Хакстер превосходно играл в джиннчёт. Нимрод говорил, что Булл Хакстер — лучший игрок в астрагалы среди мундусян и искуснее него не блефует никто. Играя с ним регулярно, Филиппа освоила многие премудрости блефа.

В отличие от сестры, Джон совсем не увлекался джиннчётом. Он совершенно не понимал, о чем сыр-бор, и предпочитал проводить время за чтением «Краткого курса Багдадских законов». По правде говоря, сами законы его не очень интересовали, зато интересовали всевозможные факты, связанные с джинн. Миссис Гонт называла такие факты пустяками, но Джона это нисколько не расхолаживало. Ничто в те праздничные рождественские дни не занимало его больше, чем толстенный том, вышедший из-под пера господина Ракшаса.

Например, он выяснил, почему ему так сильно не нравится вкус соли и запах смолы. Оказалось, мундусяне когда-то использовали их, чтобы изгонять джинн. Согласно книге, джинн должны были также ненавидеть громкий шум (что было, разумеется, верно в отношении Филиппы) и избегать контакта с железом и сталью — потому-то ни Лейла Гонт, ни Нимрод не терпели прикосновения никаких металлов, кроме золота.

Филиппа тоже с любопытством читала книгу. Особенно ее привлекла информация о клане Гуль, к которому принадлежала Лилит. Женщин этого клана называли пишачи, и были они традиционно злонамеренны и отвратительны на вид. Филиппа с ужасом листала страницы, где описывалось, как джинн из клана Гуль ели человечье мясо. К счастью успокаивала себя Филиппа, все это происходило в старые времена и эти обычаи давно забыты. Теперь для удовлетворения кровожадных желаний есть Макдоналдс. В «Кратком курсе» также объяснялось, что представителя клана Гуль можно убить одним-единственным ударом по лицу, а второй удар — как ни странно — возвращает его к жизни.

— Если я когда-нибудь ударю Лилит, — предупредила Филиппа брата, — пожалуйста, перехвати мою руку, чтобы я не ударила ее снова и она не ожила.

Кожаный переплет ККБЗ, как вскоре прозвали творение Ракшаса, был сделан из расписанной вручную верблюжьей шкуры, а если потереть большим пальцем серебряный овал на обложке, на нем явственно проступало миниатюрное трехмерное изображение самого автора. Этот мини-джинн, до

Глава 5. Джиннчёт и порочный круг

мельчайших деталей похожий на оригинал, тут же принимался рекламировать свою замечательную книгу или излагать истории из жизни джинн. Рассказ искусственного господина Ракшаса о Синей джинн Вавилона привлек особое внимание Джона.

— Вначале, — объяснял мини-Ракшас, чей ирландский акцент звучал не хуже, чем у его прототипа, — Синяя джинн звалась Иштар, да будет благословенно это имя, и ей поклонялись как Царице небесной, наследнице Беллили. Символами Иштар были лев и синий цвет, который, разумеется, также является символом Луны и Ночи. Синяя джинн так и не сделала свой Великий выбор между добром и злом. Почему это произошло, вернее, не произошло, никому не известно, но за много столетий, прошедших с тех пор, все воплощения Синей джинн стали непререкаемым авторитетом для всех кланов. Это полезно для обеих сторон — для добрых и злых джинн, — поскольку существует один могучий, вернее, одна могучая джинн, которая остается выше вечной борьбы за право властвовать над удачей, так ценимой мундусянами. Со временем Синяя джинн смогла даже установить законы, единые для всех шести джинн-кланов. Примерно тогда же царь Навуходоносор Второй построил в честь Иштар большие ворота, ведущие в его новый город, Вавилон. Он также возвел себе великолепный дворец со знаменитыми висячими садами, которые стали одним из чудес Древнего мира. Но Иштар рассердилась, что Навуходоносор построил для себя дворец и сады раньше, чем для нее. То есть ворота, конечно, дело хорошее, но какой прок от ворот, которые, в сущности, никуда не ведут? Положение ухудшилось еще больше, когда старый Навуходоносор вознамерился победить величайшего волшебника Древнего мира, самого царя Соломона. Навуходоносор захватил Иерусалим, украл знаменитый «Гримуар» и вывез в Вавилон все золото. Справедливости ради надо сказать, что к этому времени царь Навуходоносор уже усвоил, что с Иштар надо делиться, причем очень и очень щедро, и поэтому он потратил награбленное в Иерусалиме золото, чтобы выстроить для нее сказочной красоты дворец, так называемый Висячий Вавилонский дворец, местоположение которого и по сей день — большая тайна. Иштар простила Навуходоносору прошлые обиды, но вскоре их отношения снова испортились, потому что ему потребовались средства на еще одну войну, и он изъял золото из ее дворца. На сей раз Иштар отказалась простить его и превратила царя в овцу. С тех пор Навуходоносора никто и никогда не видел.

Джон слушал внимательно, хотя и понятия не имел, как важны окажутся для него вскоре любые сведения о Синей джинн Вавилона.

— С упадком Вавилона как мировой державы более поздние воплощения Синей джинн обосновались в Швейцарии, стране более прохладной и политически нейтральной на протяжении всей ее истории. Это имело символическое значение, посколько демонстрировало, что Синяя джинн не станет пользоваться своим могуществом в личных интересах, а будет выступать только в качестве советчика, судьи и законодателя. Почти все «Багдадские законы» — творчество тех семидесяти пяти воплощений Синей джинн, что сменяли друг друга вплоть до сего дня. После восстановления знаменитых Иштарских Врат в берлинском музее Пергамон Синяя джинн решила перебраться из Женевы в Берлин. И с тех пор, за исключением периода с тысяча девятьсот сорокового по тысяча девятьсот сорок пятый год, когда Синяя джинн на время вернулась в Швейцарию, она живет в Берлине.

Пространная лекция мини-Ракшаса вызвала у Джона множество новых вопросов. Но когда он стал расспрашивать о Синей джинн маму, та отказалась даже обсуждать эту тему. Он был этим немало озадачен, учитывая, что Филиппа уже рассказала ему о встрече между миссис Гонт и Айшой, случайным свидетелем которой она стала в гостинице «Пьер». Наконец он дождался начала чемпионата мира по джиннчёту, который проводился в известной нью-йоркской гостинице «Алгонкин». Туда приехал настоящий господин Ракшас, и у него Джон рассчитывал узнать все подробности о Синей джинн.

— Синяя джинн — всегда женщина? — спросил он.

— Всегда, — ответил господин Ракшас. — Считается, что женские джинн-особи заведомо умнее мужчин.

— А как назначается новая Синяя джинн?

— Ее выбирает непосредственно предыдущая Синяя джинн — следуя некоторым знакам. Сейчас они известны только Айше, да будет благословенно имя ее.

— И кто будет следующей Синей джинн? Это уже известно?

— Ходят упорные слухи, что Мими де Гуль. — Господин Ракшас усмехнулся. — Не исключено, что имя преемницы будет объявлено на этом чемпионате. Но, по правде говоря, точно об этом не знает никто, кроме Айши. Она искала замену десять лет. Непросто выбирать кота в мешке, ох непросто. Говорят, что те, кто хотят получить этот пост, вовсе для него не подходят, а подходящие кандидатки, наоборот, отказываются.

— Но почему? Неужели кто-то не хочет быть следующей Синей джинн? — спросил Джон.

Господин Ракшас замялся и принялся глубокомысленно поглаживать свою длинную белую бороду.

— Сложный вопрос, — произнес он. — Думаю, женщины-джинн с добрыми сердцами не склонны соглашаться, поскольку понимают, как тяжело и неприятно скрывать свою доброту. — Он помолчал, а затем добавил: — Впрочем, для Мими это отнюдь не проблема.

Туманные объяснения господина Ракшаса, как это часто бывало, не вполне удовлетворили Джона.

Глава 5. Джинччёт и порочный круг

— Ладно. — Он пожал плечами. — Наступит время, и она назначит, кого посчитает нужным.

— Осмелюсь заметить, что, будь у нее достаточно времени, ей бы крепче спалось по ночам. Зачем бояться ветра, если знаешь, что твои стога крепко обвязаны и никуда не улетят? Но если нет... — Господин Ракшас покачал головой. — И конечно, чем старше она становится, тем меньше у нее остается времени и тем больше черствеет ее сердце. Она принимает все более жестокие решения, выносит все более суровые приговоры. Это подвергает риску всех джинн — и добрых и злых. Иблис, бедняга, познал это на собственной шкуре.

— Понимаю, — кивнул Джон.

— Нет, пока не понимаешь, — сказал господин Ракшас. — Подобно людям, мы, джинн, знаем, что обязательно умрем. Это — то, что отличает нас от животных. Это и умение говорить. Да, еще мы носим одежду. Ну, есть, наверно, и другие отличия. Но главное — мы знаем, что нас ждет смерть. Только не знаем когда. Что облегчает и скрашивает жизнь. Но Синяя джинн точно знает, когда подойдет ее земной срок. Это одна из причин, почему она так жестока. Так, по крайней мере, считается. А о том, что происходит в ее тайном дворце в Вавилоне, мы вообще ничего не ведаем. Это тайна за семью печатями — даже для меня.

— Вот ужас-то, — вздохнул Джон. — Жить и точно знать, когда умрешь.

— Да... Лучше уж после дождичка в четверг.

— Очень верно замечено, — сказал Джон, хотя опять совершенно не понял, что имеет в виду достопочтенный господин Ракшас.

Первоначально чемпионат мира по джиннчёту проводился в Чикаго, где зимой задувают студеные ветра. Но в последнее время джинн пришли к выводу, что, хотя холод и препятствует использованию джинн-силы и жульничеству во время игры, необходимо найти место более комфортное для теплолюбивых джинн. Поэтому было решено перенести чемпионат в Нью-Йорк, в знаменитый Дубовый зал гостиницы «Алгонкин». Соревнование длилось три дня и было открыто для всех желающих представителей любого из шести кланов, и добрых и злых. Использовать джинн-силу категорически запрещалось — под угрозой дисквалификации. Но зато — в соответствии с легендарной историей гостиницы, где традиционно завтракали самые умные писатели и самые остроумные актеры Нью-Йорка, — здесь позволялось оскорблять друг друга, причем по возможности учтиво и элегантно.

Поэтому, когда Палис-пятколиз, один из печально известных членов злобного клана Ифрит, столкнулся в дверях Дубового зала с Нимродом, он первым делом отпустил в его адрес глумливую остроту.

— Ах, вот и ты, Нимрод, — сказал он. — Нимрод — друг человека! Гав-гав-гав. Держи косточку...

Глава 5. Джиннчёт и порочный круг

И в мгновение ока два маститых джинн затеяли горячую словесную пикировку, которую Джон слушал с величайшим изумлением.

— А ты, Палис, как всегда, в своем репертуаре, — парировал Нимрод. — Похож на мурашки, что бегут по спине крысы.

Палис был высок, худ, весь в черном. Он двигался крадучись и, казалось, мог бесшумно просочиться всюду, точно огромная капля машинного масла. Его кожа была смертельно бледна, а глаза походили на глубокие-преглубокие колодцы с водой на самом дне. Время от времени он высовывал изо рта длинный, похожий на огромного угря, язык и поводил им перед собой, точно ощупывал воздух. Джон знал, что Палис — настоящий джинн-вампир и его язык ищет человеческую кровь. Знание это, однако, ничуть не умаляло ужаса и потаенного восторга, с которым Джон пялился на этот змеиный язык. Почувствовав на себе завороженный взгляд юного джинн, Палис посмотрел на него мертвыми глазами и произнес:

— Что уставился, уродливый плюгавый щенок?

Мгновенно собравшись с духом, Джон парировал вполне достойно:

— Лучше быть плюгавым щенком, чем старой бешеной собакой. Которая, судя по всему, привыкла гадить где попало.

Нимрод рассмеялся.

— Браво, Джон! — воскликнул он. — Браво!

— Нимрод, твой Джон — специалист по выгулу собак? — оскалбился Палис. — Знает все места, где можно безнаказанно гадить?

— Удивительно, что вы не чуете этих мест сами — с таким-то языком. Ведь им, если что не унюхаешь, и лизнуть можно! — сказал Джон. Он уже начал входить во вкус этой перепалки, поскольку был нормальным двенадцатилетним школьником и давно натренировался говорить гадости сверстникам в школьном дворе после уроков. — А еще с таким языком вам надо конверты на почте заклеивать.

— Отбрил, — пробормотал Нимрод.

— Следующую шутку выбирай потщательнее, щенок, — прошипел Палис. — А то она окажется последней.

Нимрод покачал головой:

— Ты, Палис, как всегда, лезешь в бутылку, а потом шипишь оттуда, словно забродившее пойло. Боюсь, твое последнее замечание является уже открытой угрозой, которая нарушает правила, принятые на этом чемпионате. В них ясно сказано: допустимы любые оскорбления, но — никаких угроз. Придется тебе забрать свои слова назад и извиниться перед мальчиком. В противном случае тебя выдворят из «Алгонкина».

Палис смолк.

— Конечно, я всегда могу попросить Синюю джинн вынести судебное решение по этой тяжбе, — продолжал Нимрод.

Глава 5. Джиннчёт и порочный круг

Палис шумно облизал губы и кривовато улыбнулся.

— В этом нет никакой необходимости, — сказал он, элегантно поднимая вверх обе руки. — Прими мои извинения, юный джинн. Хотя ты родом из клана, который ни умом, ни остроумием не наделен, ты умеешь произвести достойное впечатление.

Прежде чем Джон нашелся с ответом, Палис поклонился и отошел.

— Клянусь лампой, ты разделал его под орех! — воскликнул Нимрод. — Поздравляю!

Игра в джиннчёт выглядит так: один игрок бросает семь астрагалов, или попросту игровых костей, в коробку, а затем, закрыв коробку хрустальной крышкой, предлагает ее следующему игроку. При этом заявляется ставка (каждая следующая ставка должна быть выше ставки предыдущего игрока), которую противник может оспорить, произнеся «не верю», после чего крышка поднимается и игроки придирчиво осматривают астрагалы. На этом этапе один из игроков — либо тот, кто объявлял ставку, либо тот, кто пытался эту ставку перебить, — может потерять одно из трех желаний, имеющихся у каждого игрока на начало игры, в зависимости от того, выше или ниже заявленной ставки оказалось сочетание выпавших в коробке костей.

В первом раунде Филиппа играла против трех джинн, включая Марека Квутруба, премерзкого типа, изо рта у которого пахло сырым мясом, и Радьярда Тира, самого младшего из сыновей Иблиса, предводителя ифритцев.

Филиппа успешно справилась с Квутрубом, лишив его одного из трех желаний. Тут наступила ее очередь бросать астрагалы. Выпал «ковчег» — четыре кости одинакового достоинства плюс три одинаковых, но уже другого достоинства. Она закрыла коробку и, протягивая ее следующему игроку, которым был Радьярд Тир, сразу честно заявила «ковчег». Он вообще выпадает очень редко, а с первого броска тем более, поэтому Тир ее ставке не поверил. Но напрямую говорить с Филиппой Тир считал ниже своего достоинства, поскольку был уверен, что она отчасти ответственна за то, что случилось с его отцом. Поэтому он передал через судью Баньипа, что оспаривает ее ставку. А обнаружив, что Филиппа не блефовала, а говорила чистую правду, он, будучи истинным ифритцем, принялся громко и неприлично ругаться. В результате чего заработал предупреждение за сквернословие.

— Тьфу, — поморщился четвертый игрок, Зади Элоко, единственный, кроме Филиппы, добрый джинн в этом раунде, представитель клана Джань с Ямайки. — От такой ругани у меня прямо хребет в дугу завивается.

Радьярд Тир с презрением подвинул ямайцу коробку с хрустальной крышкой.

Глава 5. Джинччёт и порочный круг

— Да что ты и твои родственники знают о хребтах! — воскликнул он. — Если бы ваш клан имел хоть один хребет на всех, вы бы не сделались прислужниками мундусян.

Эта реплика стоила Тиру еще одного желания, поскольку оскорблять друг друга разрешалось только болельщикам, а не игрокам. Так Филиппа вышла вперед в первом же раунде, не проиграв ни одного желания, что чрезвычайно удивило тех многочисленных зрителей, которые прогнозировали, что основную конкуренцию Лилит де Гуль составит Марек Квутруб.

— Пойдем-ка, — сказал Нимрод Филиппе после игры. — Она хочет с тобой познакомиться.

— Кто — *она*?

— Айша, конечно. Та, кому следует повиноваться. Железная леди, вот кто.

Глава 6

Правило Бадрульбадур

Айша ждала их в углу Дубового зала за большим круглым столом. Рядом сидела маленькая, словно припорошенная пылью женщина. Увидев, что к ней направляются Филиппа с дядей, Айша отослала женщину прочь и холодно улыбнулась гостям.

— Садись, дитя мое, — сказала она Филиппе. — Не бойся. Я не кусаюсь.

Хотя Филиппа, конечно, немного боялась, она села и сжала руки — сильно-пресильно, точно пыталась сдержать свой страх.

Айша пристально посмотрела на Нимрода:

— Нимрод, ты не мог бы найти себе какое-нибудь занятие?

Глава 6. *Правило Бадрульбадур*

— Да, конечно, — с готовностью согласился Нимрод. — Схожу, пообщаюсь с Эдвигой-странницей. Приятно снова видеть ее в нашем джинн-обществе.

Айша презрительно засмеялась.

— Нет такого понятия, как джинн-общество, — сказала она. — Взгляни вокруг, Филиппа. Есть пестрый набор хороших и плохих джинн, и количество удачи в мире зависит только от того, насколько каждый из нас готов лично принять на себя ответственность за собственные поступки.

Вежливая улыбка Нимрода подсказала Филиппе, что дядя не вполне согласен с Айшой. Но тут он откланялся и отправился искать Эдвигу.

— Почему ее называют странницей? — спросила Филиппа у Айши.

— Эдвигу? Она странствует по миру и тщетно пытается помочь мундусянам избавиться от бесчисленных казино, которые понастроили ифритцы, чтобы умножить человеческие несчастья.

— Почему же ее старания тщетны?

— Там, где речь идет об азартных играх, мундусяне не хотят помощи. Строго говоря, выигрыш — лишь подобие удачи, поскольку всегда существует альтернативная возможность неудачи. Из-за этого игра дает людям столь острые ощущения. Но я позвала тебя не для того, чтобы обсуждать философию азартных игр. Дай-ка я рассмотрю тебя получше, детка.

Филиппа умолкла, поскольку Синяя джинн принялась рассматривать ее так тщательно, словно покупала новый автомобиль.

— Что ж, ты — дочь своей матери.

— Вы хорошо знаете мою маму?

Айша засмеялась:

— Достаточно хорошо, чтобы печалиться по поводу ее выбора. Она отвергла собственную судьбу и захотела быть тем, кем по природе своей быть никогда не сможет.

— Кем?

— Мундусянкой. — Айша покачала головой. — Когда лучшие из нас отрекаются от собственного происхождения и пытаются быть обычными людьми, это так бессмысленно... Ты не согласна?

Вместо ответа Филиппа спросила:

— Так вы об этом спорили с мамой в гостинице «Пьер»? — И затем, чтобы Айша, как в свое время мама, не сказала «нет, мы не спорили», Филиппа добавила: — Я видела, как вы спорили.

— Вот как? Тогда спроси о предмете спора свою мать.

— Уже спросила.

— И что она сказала?

— Почти ничего.

— Что ж, ей виднее. — Айша громко чихнула, вытерла нос платком, а затем решительно сменила тему: — Ну, как тебе нравится твой первый чемпионат по джиннчёту?

— Все идет замечательно, — ответила Филиппа. — Только, похоже, чем лучше я играю, тем больше от меня ждут все вокруг. По крайней мере, у меня такое чувство. Так странно... Вроде никто

Глава 6. *Правило Бадрульбадур*

ничего не говорит, но в то же время все подразумевают. Вам это знакомо?

Айша кивнула:

— Да, я знаю это чувство, Филиппа. Поначалу оно мне не нравилось. Теперь, конечно, все изменилось. Теперь у меня достаточно сил, чтобы поступать так, как — по моему разумению — необходимо. Даже если эти поступки даются мне нелегко и даже если они идут вразрез с моими естественными желаниями. Но я делаю так, а не иначе, — ради высшего блага и справедливости. Понимаешь?

— Наверно, понимаю, — неуверенно сказала Филиппа, пребывая в полнейшем недоумении.

— Я имею в виду, что мои поступки не имеют личных мотивов. Постарайся это запомнить.

Филиппа кивнула, хотя была совершенно уверена, что истинный смысл слов Синей джинн остался от нее сокрыт. Интересно, сколько лет Айше? С виду примерно восемьдесят, а для джинн, которые стареют куда медленнее, чем люди, это означает, что ее истинный возраст — по крайней мере лет двести пятьдесят. Посему Филиппа решила, что старушке уже трудновато ясно мыслить и связно излагать свои мысли. Это распространенное заблуждение молодежи — не важно, джинн или людей — относительно стариков. Филиппа и предположить не могла, что в словах Айши заключен вполне конкретный смысл. Все прояснилось много, много позже.

— У тебя есть еще вопросы, дитя мое? — спросила Филиппу Айша.

— Да. Почему Синяя джинн — всегда женщина?

— На земле существует универсальный закон, равно применимый и к людям и к джинн. Когда надо что-то сказать, мы ищем мужчину, чтобы он произнес слова. Но когда надо что-то сделать, по-настоящему сделать, мы ищем женщину. Это отвечает на твой вопрос?

— Да, — улыбнулась девочка.

— Мы, женщины, должны держаться вместе, Филиппа.

— Конечно, Айша.

— Что ж, мне было весьма приятно с тобой побеседовать. Теперь тебе пора. У тебя впереди игра. И помни о том, что я сказала.

— Да, Айша.

Джон со страхом и восхищением наблюдал, как сестра беседует с Синей джинн. Неужели эта маленькая старушка со смешным ридикюлем безжалостно сослала Иблиса на Венеру на целых десять лет? Даже не верится... Тут сзади раздался голос, будто вторивший его мыслям:

— Н-да, сдает старуха.

Джон обернулся. За спиной у него стоял коренастый парень лет шестнадцати—семнадцати. Не то чтобы красивый, но весьма приметный. И явно с характером. Он говорил с легким акцентом и достаточно тихо, но, по всему видно, просто сдерживал громкий от природы голос. От него сильно пахло табаком.

— Она стала стара и забывчива, а оттого очень опасна, — сказал парень. — Причем опасность грозит и ей самой, и всем джинн на земле. Поэтому мне надо срочно поговорить с Нимродом. Безотлагательно.

— А ты кто?

— Изаак Балай-ага, — сказал парень, протягивая Джону руку.

Джон потянулся ее пожать и чуть не забыл о простейшей предосторожности. Лишь в самый последний момент он прижал средний палец к ладони, распрямив остальные.

— Я работаю у Айши, — пояснил Изаак. — Джинн-хранителем во дворце Топкапи в Стамбуле.

— Стамбул — это столица Турции, да?

— А вот и нет. — Изаак снисходительно улыбнулся. — Столица Турции — Анкара. А Стамбул — самый крупный город. Впрочем, наивно ждать от американца знания географии. Для вас ведь, кроме собственной страны, вообще ничего не существует.

Джон вспомнил, что взаимные оскорбления — одна из традиций этого чемпионата.

— Если ты в состоянии вспомнить, не подскажешь ли, что входит в обязанности джинн, работающего охранником? — пренебрежительно спросил он.

— Хранителем, — поправил его парень и начал объяснять: — Это очень просто...

— Разумеется, просто, — вставил Джон. — Иначе тебе бы пришлось искать другую работу.

В ответ на хамство Изаак лишь вежливо кивнул и продолжил объяснение:

— Крупные драгоценные камни обладают способностью умножать джинн-силу. По этому же принципу люди используют рубин или гранат, чтобы изготовить твердотельный лазер. В сущности, ведь джинн-сила так и действует: заряженные атомы генерируют фотоны.

Джон неопределенно кивнул и вспомнил о лунном камне на кольце мистера Водьяного. Вот он, оказывается, для чего нужен!

— Итак, драгоценности помогают накачать атомы дополнительной энергией, — продолжал Изаак. — И джинн обретает силу вдвое, а то и втрое большую, чем та, что дана ему от природы. Несравнимо большую. Во дворце Топкапи есть знаменитый кинжал, украшенный такими крупными драгоценными камнями, что его необходимо охранять от злонамеренных джинн, желающих увеличить свою джинн-силу. Другие джинн-хранители выполняют сходные обязанности в других королевских сокровищницах по всему миру. Я полагаю, ты слышал о про́клятых алмазах и рубинах?

— Да, конечно, — сказал Джон, которого уже начала тяготить беседа с этим занудным юношей.

— Так вот, все это болтовня. Сами камни прокляты быть не могут. Зато некоторых джинн, чьих имен мы не станем упоминать, когда-то снедала жажда мести. Им страшно хотелось наказать мундусян, которые владели этими драгоценностями. И отобрать у них камни — раз и навсегда. Только не насильно, а так, чтобы люди сами не захотели держать их у себя. Кстати, драгоценные камни — это единственное, что, вопреки представлениям людей, джинн не могут сотворить с помощью сил, которые дала им природа. Потому-то самые большие камни теперь хранятся в основном в музеях. И их охраняют другие джинн. Понимаешь?

— Понимаю, — сказал Джон и подумал, что господин Ракшас напрасно не упомянул такую важную информацию в ККБЗ.

— В прежние времена кинжал Топкапи полагалось раз в год доставать из музейной витрины, — продолжал Изаак. — На церемонии, в соответствии с предписанием, должны были присутствовать сорок слуг турецкого султана и один джинн, специально назначенный самой Синей джинн. Этот джинн был одним из моих предков. Поэтому я и получил эту работу.

— Но ведь Турция теперь республика, верно? — сказал Джон. — Значит, в наши дни там нет никакого султана.

— А ты смышленый пацан, — улыбнулся Изаак. — Во всяком случае, поумнее, чем выглядишь.

— Я прочитаю еще одну книгу и стану еще умнее, — парировал Джон. — Зато тебя, урода, только могила исправит.

Изаак усмехнулся:

— Лихо хамишь. Где это ты так поднаторел?
— У меня сестра имеется, — сказал Джон. — Практикуемся ежедневно.
— Да, ты прав, султана теперь нет. Но джинн по-прежнему должен присутствовать, когда кинжал вынимают из-под стекла. Я обязан быть там с корой алоэ и произносить заклинания из «Гримуара» царя Соломона, чтобы никакой джинн не смог завладеть кинжалом. Это — то, о чем я хотел поговорить с Нимродом.
— О кинжале Топкапи?
— Нет, юный тупица. О «Гримуаре». О книге Соломона.

Джон вспомнил, что Нимрод упоминал это слово.

— Говорят, ценная книга?
— Существуют лишь три известных «Гримуара», представляющих ценность для джинн, — сказал Изаак. — Была когда-то четвертая книга, «Свитки Беллили». Но «Свитки» не пережили пожара, который Юлий Цезарь учинил в Великой Александрийской библиотеке. Так что на сегодняшний день осталось только три: «Свод Аркануса», «Метамагия» и «Гримуар Соломона». Из этих трех «Гримуар Соломона», безусловно, самый важный. Используя заклинания, описанные в этой книге, джинн или маг может достигнуть неограниченной власти над многими джинн. Из-за ценности этого документа Синяя джинн уже больше двух тысяч лет хранит «Гримуар Соломона» у себя. Она держит его в сво-

их берлинских покоях, в специальном электронном сейфе Гейзенберга.

— Что это за сейф?

— Самый надежный сейф во вселенной. Любая попытка подобрать комбинацию, открывающую сейф, автоматически изменяет саму комбинацию. Ее, собственно, не существует, пока ее не наберет та единственная, которая имеет на это право, то есть Айша, потому что сейф использует электроны из ее собственных атомов. — Он нахмурился. — Только сейчас книги там нет. Потому что в последнее время Айша стала страшно забывчива. В частности, вынув «Гримуар Соломона», она забывает вернуть его на прежнее место, в сейф. И вот теперь он просто пропал. Старая перечница даже не подозревает об этом. Поскольку практически свихнулась. Я — единственный, кто знает, что случилось.

— Ничего себе! — воскликнул Джон. — Теперь понятно, зачем тебе нужен Нимрод. Это — вопрос жизни и смерти! Надо срочно вернуть книгу в сейф Синей джинн!

Изаак покачал головой.

— Дело не только в этом, — вздохнул он. — Ты уж прости, что я к тебе с этим обращаюсь, но я не знаком с Нимродом, а по правилам чемпионата младшие джинн, такие как я, могут заговаривать с более старшими джинн, только если их официально познакомили. Или в ответ на оскорбление. Я видел, как ты с ним беседовал, и надеюсь, что ты сможешь меня представить.

— Так это же проще простого! — обрадовался Джон. — Нимрод — мой дядя.

— Так ты знаменитый Джон Гонт? Один из близнецов, которые победили Иблиса? Я много слышал о тебе и твоей сестре.

— Слышал? От кого? — Джон нервно огляделся. Ему по-прежнему было не по себе оттого, что на чемпионат собралось столько джинн из злых кланов. По крайней мере, три близких родственника Иблиса! А один из них, Джонатан Тир, стоит сейчас совсем рядом, всего в нескольких шагах. — Спасибо, конечно. Но ты уж не трепись, ладно? Некоторые джинн в этом зале не очень-то рады такому исходу дела.

— Прости. Я как-то не подумал.

— Ладно, ничего страшного. Теперь пойдем знакомиться с дядей Нимродом.

Они пересекли устланный коврами Дубовый зал — туда, где легко различимый благодаря извечному красному костюму стоял Нимрод и, вместе с толпой других джинн, внимательно наблюдал за ходом матча.

— Послушай, Нимрод, — сказал Джон. — Тут один парень хочет с тобой познакомиться.

Нимрод ничего не ответил, лишь выпустил кольцо дыма, которое образовало над головой Джона отчетливое «тсс!».

— Это срочное дело, — шепнул Джон. — Вопрос жизни и смерти.

— Даже важнее, — настойчиво добавил Изаак.

Глава 6. *Правило Бадрульбадур*

Нимрод повернулся к юным джинн.

— Прости, Джон, но вам придется подождать. Ты разве не видишь? Твоя сестра вышла в финал среди джинниоров.

На этот раз Филиппа играла против Патрисии Никси из Германии, Юки Онна из Японии и самой Лилит де Гуль. Пытаясь оспорить ставку Патрисии, которая заявила «серебро Аарона» (что означало пять одинаковых костей), Лилит только что произнесла «не верю» и, к своему очевидному неудовольствию, потеряла желание. Таким образом Филиппа осталась единственным игроком, сохранившим в этом раунде все три желания.

Юки Онна бросила астрагалы, объявила «маги» (три кости одного достоинства) и пододвинула к Филиппе коробку с хрустальной крышкой.

Филиппа приняла коробку, холодно оглядела ее содержимое, нашла три выпавших «огня», собрала остальные кости и произнесла:

— Бросаю четыре.

Одно из правил джиннчёта, а именно Парибанон, гласит, что игрок должен честно называть количество астрагалов, которое бросает. Посмотрев на выпавшие кости, Филиппа даже не поверила своему везению. Она добавила еще четыре «огня» к тем трем, что выбросила Патрисия! В результате получился «бастион» (то есть семь равноценных костей, а больше в джиннчёте выпасть уже не может).

Филиппа на мгновение задумалась. Если она сейчас предложит Патрисии «бастион», та, разумеется, не поверит, попытается оспорить ее ставку и потеряет очередное желание. Но одолеть Патрисию — дело нехитрое. Важнее — одолеть Лилит, которая сидит сразу за Патрисией. И, глядя Патрисии прямо в глаза, Филиппа со значением сказала:

— «Рубин и гранат».

Она рассчитывала, что Патрисия примет ее игру и объявит Лилит «бастион», вообще не бросая астрагалов.

Так и случилось. Лилит, естественно, оспорила ставку Патрисии с громким криком «не верю», который превратился в еще более громкий вой, когда она поняла, как ловко надула ее Филиппа. Публика вокруг стола одобрительно загудела — все оценили тонкую игру Филиппы. Сама же Лилит де Гуль была, разумеется, иного мнения.

— Грубая игра, пигалица, — процедила Лилит сквозь зубы, вернее, сквозь пластинку, которую она носила для исправления неровных желтых зубов.

— Я просто запомнила твои слова, Лилит, — сказала Филиппа. — Джиннчёт — игра для взрослых? Так ты, кажется, говорила?

— Вот выскочка! — фыркнула Лилит. Поскольку у нее теперь оставалось только одно желание, она бросала первой. Почти целую минуту Лилит сердито смотрела на семь выпавших астрагалов и сосредоточенно их двигала, после чего наконец закрыла коробку и придвинула ее Юки Онна.

— «Пятерка», — сказала она мрачно. («Пятерка» означает три кости одного достоинства плюс еще две другого.)

Юки открыла коробку, осмотрела астрагалы и объявила, что бросает только одну кость. Кинув, она закрыла коробку и, передавая ее Филиппе, произнесла:

— «Квадрат».

Обнаружив заявленный «квадрат» и еще «пару», Филиппа бросила только один астрагал в надежде на создание «ковчега», но — не вышло. Ситуация в игре осталась прежней. Поскольку Юки про «пару» не упоминала, Филиппа решила не блефовать.

— «Квадрат» и «пара», — сказала она, вручая коробку Патрисии.

Подумав, Патрисия приняла предложение Филиппы и открыла коробку с астрагалами. Удивленно вздернув бровь, она закрыла крышку и, не бросая ни одной кости, передала коробку Лилит.

— «Рубин и гранат», — сказала она.

Лилит покачала головой. Она прекрасно помнила, как обманула ее Филиппа, сказав именно «рубин и гранат», когда в коробке лежал настоящий «бастион».

— Ну уж нет, — сказала она решительно и добавила, — не верю!

Она открыла коробку и вскрикнула. Там лежал еще один «бастион». Лилит поняла, что вылетела из игры.

— Погодите минуту, — сказала Юки Онна. — Тут что-то не так. Я заявила «квадрат», хотя передала Филиппе «квадрат» и «пару». Потом она бросила одну кость...

— Правильно, — сказала Филиппа. — Я тоже передала Патрисии «квадрат» и «пару».

— Но когда я открыла коробку, там был «бастион», — настаивала Патрисия. — Я подумала, что ты затеяла тот же финт, что в прошлый раз. Чтобы снова надуть Лилит. Вот почему я ничего не бросала и предложила ей «рубин и гранат», то есть, шесть астрагалов одного достоинства.

Юки Онна вежливо поклонилась — сперва Патрисии, а затем Филиппе. Было видно, что обвинительные речи ей даются непросто. Но она продолжила:

— Я весьма и весьма сожалею, но одна из вас говорит неправду. Бросив одну кость, Филиппа никак не могла сделать «бастион» из «квадрата» и «пары».

— Похоже, одна из финалисток лжет, — объявил судья Дьюргар. — Кто-то из вас, должно быть, использовал джинн-силу и переместил астрагалы после того, как крышка была закрыта.

— Но хрустальная коробка используется как раз для того, чтобы предотвратить обман! Разве не так? — спросила Филиппа. — Разве она не должна замерцать и покраснеть, если кто-то вздумает использовать джинн-силу?

Глава 6. *Правило Бадрульбадур*

Мистер Дьюргар, коротышка англичанин, взял хрустальную коробку, повертел ее в руках, а затем направил на нее поток джинн-силы от своих пальцев. Но коробка не замерцала и не изменила цвет.

— Это — фальшивка, — сердито сказал судья.

Все находившиеся в Дубовом зале ахнули.

— Вы обе идите за мной, — сказал мистер Дьюргар. — Решение по этому вопросу должен принять главный судья чемпионата.

Все смотрели, как мистер Дьюргар в сопровождении Филиппы и Патрисии направился к круглому столу в углу Дубового зала, поскольку главным судьей, разумеется, была сама Синяя джинн. Ей он и сделал официальное сообщение о происшедшем.

Филиппу снедали недобрые предчувствия. Она прекрасно знала, что не нарушала никаких правил, но ей все время вспоминались странные речи Айши. Похоже, ее подставили.

— За все годы моего судейства! — верещал мистер Дьюргар, возмущенно дергая крошечным подбородком. — Никогда! Ничего подобного! Ваше превосходительство, нарушительница достойна самого сурового наказания!

Медленно, с видом скучающей кошки, Айша перевела взгляд на мистера Дьюргара и моргнула. Было очевидно, что его болтовня ее ничуть не занимает, но было также очевидно, что все вокруг ждут от нее решительных действий. Айша подняла руку, чтобы прервать жалобы мистера Дьюргара, который вел себя не как судья, а как потерпевший.

— Истина восторжествует, — твердо сказала она и указала сначала на Патрисию. — Ты подчинишься власти Иштар и скажешь правду.

Как только Айша произнесла эти слова, Патрисия почувствовала, что ею завладела мощная сила и давит эта сила на то, что принято называть совестью. Никаких эмоций — ни приятных, ни неприятных — эта сила не вызывала. Она просто была. И в конце концов Патрисия словно разделась донага перед собравшимися в зале джинн. Ни одного потаенного уголка не осталось в ее мыслях.

— Я не делала этого, — сказала она, заметно покраснев. — Клянусь, я не переворачивала кости.

Айша удовлетворенно кивнула, признав, что Патрисия говорит правду и только правду. Теперь она посмотрела на Филиппу, которая каждой клеткой ощущала прикованные к ней взгляды и знала, что все замерли, ожидая ее ответа.

— Истина восторжествует, — снова произнесла Айша с сильным британским акцентом и ткнула в Филиппу костлявым пальцем. — Ты подчинишься власти Иштар и скажешь правду.

Филиппа убеждала себя, что надо говорить правду — и все будет прекрасно. Это полезный жизненный принцип, которого следует придерживаться всем, даже жителям острова Крит, хотя в древности их считали лжецами. Однако когда дело

Глава 6. *Правило Бадрульбадур*

касается джинн, все не так просто и однозначно. Девочка открыла рот и хотела заговорить, но поняла, что не может. Она внезапно онемела, точно рот ей заткнули изнутри. Да-да, сомнений нет. Внутри нее сидит другой джинн! Она поняла это, но сделать ничего не могла, а другой джинн тем временем завладел ее легкими, ее голосовыми связками, языком, губами и уже готовился отвечать Синей джинн. Филиппа попробовала закрыть рот, но не смогла. Пробовала прикрыть его ладонью, но не смогла. Даже замотать головой, чтобы опровергнуть то, что собрался сказать поселившийся в ней джинн, она тоже не смогла. Она могла лишь бессильно слушать то, что слышали все, собравшиеся в Дубовом зале. Джинн, завладевший ею изнутри, произнес голосом, так похожим на ее собственный:

— Ладно, признаюсь. Это был обман. Мне удалось подменить хрустальную коробку и использовать джинн-силу, чтобы перевернуть астрагалы после того, как крышка была закрыта. Ваш джинн-чёт — самая глупая игра на свете, и мне плевать на ее правила. Слышите, вы, старая перечница? Мне и на вас наплевать!

Все ахнули. Ничего себе признание! Мало того, что она всех обманула, она еще и обозвала Синюю джинн старой перечницей, а это уж переходит всякие границы! Даже Филиппе это показалось диким. Но, хотя другой джинн теперь смолк, сама Филиппа по-прежнему не могла заговорить от себя и опровергнуть слова, только что вылетевшие из ее собственного рта.

— Что ж, все слышали, — сказала Айша, оглядев присутствующих. — Филиппа подчинилась власти Иштар и сказала правду. Она сама вынесла себе приговор.

Однако Филиппа прекрасно знала, что Иштар тут ни при чем. Уж не сама ли Айша заставила ее солгать? Девочка по-прежнему чувствовала, что ею владеет чужая сила, но не знала, что за джинн сидит у нее внутри. Она знала лишь, что он управляет ею точно так же, как сама она управляла белкой в Центральном парке.

— Оскорбление нашей собственной персоны нас нисколько не заботит, — сказала Айша. — Нас вообще не волнуют такие мелочи. Но использование джинн-силы на чемпионате по джиннчёту, безусловно, является нарушением *правила Бадрульбадур*. За это полагается одно-единственное наказание. Филиппа Гонт, ты дисквалифицирована. Отныне и навсегда ты не имеешь права принимать участие в любых турнирах по джиннчёту. Желаешь что-нибудь сказать в свое оправдание?

Филиппа желала сказать очень многое. Единственная неприятность состояла в том, что она не могла сказать ровным счетом ничего. Зато вселившийся в нее джинн заявил:

— Ничего я вам не скажу. Катитесь вы со своей дисквалификацией!

Глава 6. *Правило Бадрульбадур*

— ТОГДА УХОДИ! — прогремел голос Айши, и старуха указала на дверь Дубового зала.

Тут другой джинн наконец покинул тело Филиппы, и она снова обрела контроль над своей речью. Первым ее порывом было — защищаться, оправдываться... На сей раз Филиппу остановило только одно: вскипевшая в душе обида. Ладно, подумала она, мне хочется плакать, но я не стану. Мне хочется орать о несправедливости на весь мир, но я не буду. Мне хочется броситься на пол, колотить по нему кулаками и кричать, что меня подставили, но — какой в этом смысл? Кто бы ни был этот подлый джинн — а вокруг столько ифритцев, что в подозреваемых недостатка нет, — он, наверно, злорадствует и ждет, чтобы я унизила себя снова. Не надейтесь, я не доставлю вам такого удовольствия. С высоко поднятой головой, стараясь не потерять самообладания и отчаянно сдерживая слезы, Филиппа прошествовала к двери Дубового зала и вышла в вестибюль гостиницы.

— Ничего не понимаю, — сказал Нимроду Джон. — Фил никогда никого не обманывает. Ее подставили.

— Не сомневаюсь, — пробормотал Нимрод. — А еще в словаре Филиппы нет выражения «старая перечница».

— Точно, — сказал Джон. — В крайнем случае она бы сказала: «пожилая перечница». То-то я думал: голос вроде ее, а вроде и нет... Давай пожалуемся судьям?

— Теперь не время. Синяя джинн сказала свое слово. Нельзя оспаривать ее решение при таком стечении народа. К этому надо подойти как-то иначе. — Нимрод кивнул на дверь. — Пока что ее нельзя оставлять одну. Догони сестру и доведи ее до дому целой и невредимой.

— Будет сделано, — сказал Джон и бросился вслед за Филиппой.

Нимрод же повернулся к Изааку Балай-ага, отрешенно смотревшему в пространство, и несколько раздраженно спросил:

— Так чего вы от меня хотели, молодой человек? Зачем я вам понадобился?

— Гм?

— Мой племянник Джон сказал, что вы хотели поговорить со мной о чем-то важном.

— О, простите, сэр, я на миг задумался... Унесся мыслями далеко-далеко...

— Джон сказал, что это вопрос жизни и смерти, — напомнил Нимрод.

— Даже важнее, сэр, куда важнее.

Глава 7

Королевский венгерский экспресс

— Вы-то мне верите? — в слезах воскликнула Филиппа. Она сидела в гостиной, возле самого камина, близко-близко к огню, разве что не влезла в камин целиком. С ней были Джон, мама, дядя Нимрод и господин Ракшас, который, будучи в гостях, одновременно оставался и у себя дома — в лампе, лежавшей в кармане Нимрода.

— Конечно верим, — сказал Джон и повторил идею Нимрода о том, что Филиппа не имеет обыкновения обзывать старушек.

— Тогда почему вы за меня не заступились? — спросила сестра.

— Это не помогло бы делу, — ответил Нимрод. — Тот, кто подставил тебя, Филиппа, продумал все досконально. Для начала он изготовил хрустальную коробку для джиннчёта, точную копию той, что используют на турнирах. Настоящие коробки делают, конечно, не из хрусталя, а из флюорита, материала, обладающего термолюминесцентными свойствами. Когда на него воздействует джинн-сила, флюорит нагревается, начинает светиться и меняет цвет. А та коробка, с которой играли вы, была сделана из лешательерита — дешевого некристаллического минерала, который с виду и на ощупь напоминает флюорит, но ни светиться, ни нагреваться не может вовсе. Кроме того, кто бы ни был этот злоумышленник, он прекрасно знал, что должен продержаться в твоем теле ровно до того момента, пока Синяя джинн не вынесет свой приговор, поскольку после этого никто уже не осмелится с нею спорить.

— Тут опять что-то не так, — возразил Джон. — Если Айша действительно использовала власть Иштар, чтобы заставить Филиппу сказать правду, то джинн, завладевший в это время Филиппой, тоже был обязан подчиниться этой власти.

— Ты прав, Джон, — согласился Нимрод. — Поэтому я и утверждаю, что тот, кто это сделал, весьма умен и все отлично продумал. Джинн, который сидел внутри Филиппы — кто бы он ни был, — говорил сущую правду, когда «признавался», что подменил коробки и использовал джинн-силу, чтобы перевернуть астрагалы. А в результате все решили, что это признание сделала Филиппа. Чисто сработано. Весьма квалифицированно.

— Вот что случается, когда связываешься с джинн, — сказала миссис Гонт. — Среди них есть сущие дьяволы. Мерзкие, отвратительные существа. Потому-то я и приняла когда-то решение не иметь с ними и с их идиотскими выдумками ничего общего. Может, вы хоть теперь поймете, почему я старалась держать вас подальше от всяких джинн. Я так хотела уберечь вас обоих. В частности — от эпизодов, подобных сегодняшнему.

— Лейла! — мягко остановил сестру Нимрод. — Если бы все джинн последовали твоему примеру, где был бы теперь мир? Хотим мы этого или не хотим, но мы, джинн, — хранители удачи во вселенной. И обязаны поддерживать гомеостаз.

Гомеостазом джинн называют шаткое равновесие между добром и злом, между удачей и неудачей. Количество удач и неудач в мире измеряется особым прибором, фортунометром. Самый большой и точный фортунометр находится в Берлине, при дворе Синей джинн Вавилона.

— Мы обязаны уберечь мир от несчастий, которые посылают людям злые джинн, и уравновесить эти несчастья истинной удачей. Это по силам нашему клану и другим добрым джинн-кланам, — добавил Нимрод.

Снова вспомнив, как обидела ее Айша, о которой она была столь высокого мнения, Филиппа опять заплакала, на что ее мать сердито вздохнула.

— Это было так унизительно, мама, — сказала Филиппа. — И там было столько народа!

— Я знаю, дорогая. Но Нимрод прав. Мы действительно ничего не можем поделать. Айша приняла решение, а она не из тех, что меняют решения по десять раз на дню. Она принимает их раз и навсегда.

— Я не говорил, что мы ничего не можем сделать, — возразил Нимрод. — Я сказал лишь, что Дубовый зал — это не то место, а чемпионат — не то время, когда пристало препираться с Синей джинн. Но я уверен, что убедить Айшу отменить дисквалификацию Филиппы и таким образом восстановить ее репутацию в джинн-обществе вполне можно. Не исключено, что Айша сама захочет это сделать — для сохранения собственной репутации.

— Ты о чем, Нимрод? — спросила миссис Гонт.

— Например, о том, что кто-то украл «Гримуар Соломона».

— Но это невозможно! — потрясенно воскликнула миссис Гонт. — Каким образом?

— Я рад, что ты понимаешь всю серьезность ситуации, Лейла, — сказал Нимрод. — Представляешь, что случится, если книга когда-нибудь попадет в руки джинн из кланов Ифрит, Гуль или Шайтан?

— Нимрод, если я предпочитаю не влезать в дела джинн, это еще не значит, что я последняя идиотка. «Гримуар», попавший в дурные руки, при-

Глава 7. Королевский венгерский экспресс

несет множество бед и несчастий. Ни один джинн, не важно — хороший или плохой, не сможет чувствовать себя в безопасности.

— Даже если он или она не желает влезать в дела джинн, — вставил Нимрод.

— Намек понят, — сказала миссис Гонт.

— Нимрод, я помню, ты рассказывал нам с Джоном о книге-копилке царя Соломона, — сказала Филиппа. — Это она пропала?

— Увы, речь не о ней, — сказал Нимрод. — Пропала намного более важная книга, в которой описаны различные заклинания, позволяющие обрести безграничную власть над всеми джинн. Любой из нас может навсегда оказаться в услужении у обладателя этой книги. Это означает бесконечное рабство. Не говоря уже о полнейшей утрате гомеостаза. Мир, который мы знаем, будет разрушен. Воцарятся хаос и анархия.

— Но как же это случилось? — спросила миссис Гонт. — Ведь предполагается, что Айша хранит «Гримуар Соломона» в условиях абсолютной безопасности и недосягаемости для других джинн. В специальном небьющемся сейфе, разработанном каким-то известным немецким учёным. Я помню, как она сама об этом рассказывала… Но почему Айша никому не сообщила о пропаже? Как она может тратить время на какой-то дурацкий чемпионат по джиннчёту, если произошла такая беда?

— Она пока о пропаже не знает, — объяснил Нимрод. — Так меня, по крайней мере, уверили.

— Кто?

— Изаак Балай-ага.

— Никогда о таком не слышала, — удивилась миссис Гонт.

— Он — джинн-хранитель во дворце Топкапи в Стамбуле, — ответил Джон матери. — Да, теперь я понимаю, почему он так рвался говорить с Нимродом. И вправду — вопрос жизни и смерти.

— На самом деле даже важнее, — откликнулся Нимрод.

— Но откуда он знает, что «Гримуар» украден? — спросил Джон. — Он же работает в Стамбуле, а не в Берлине.

— Изаак Балай-ага и есть тот джинн, который украл книгу, — сказал Нимрод. — Айша взяла книгу из электронного сейфа Гейзенберга, чтобы научить Изаака заклинанию, с помощью которого кинжал Топкапи традиционно оберегают от любого джинн, который захочет завладеть им или алмазными ножнами. По словам Изаака, Айша взяла книгу из сейфа, а затем просто забыла положить ее обратно.

— Тогда этот Изаак — просто идиот! — сказала миссис Гонт. — Что, спрашивается, на него нашло? Почему он вздумал украсть книгу?

— Искушение оказалось для него слишком велико, — сказал Нимрод. — Конечно, теперь он сожалеет об этом. Он взял книгу без злого умысла, но теперь не может вернуть ее на место, потому что не может открыть сейф. Никто не может открыть сейф, кроме Айши. И он боится, что, если признается в содеянном, Айша поступит с ним так же сурово, как она поступила с Иблисом. Поэтому он просит меня ходатайствовать за него перед Айшой.

— Она и вправду слишком стара, — сказала миссис Гонт. — Смешно, что не существует закона, по которому Синяя джинн должна была бы вовремя уйти на покой. Чем скорее она назначит преемницу, тем лучше. Даже если преемницей окажется Мими де Гуль. Айша уже объявила имя?

Нимрод покачал головой:

— К счастью, пока нет.

— Но как вся эта история может помочь Филиппе? — спросил Джон.

— Да, объясни-ка, Нимрод, а то я что-то не улавливаю связи, — призналась миссис Гонт.

— Попробую. Во-первых, — начал Нимрод, — Айше совсем не на руку, если джинн-общество узнает о краже «Гримуара». Разумеется, сам я не собираюсь рассказывать об этом никому, кроме вас троих и самой Айши. Но есть и более важный момент. Изаак не доверяет мне настолько, чтобы передать «Гримуар» в мои руки. Он сказал, что готов вручить книгу только Джону и Филиппе. Очевидно, рассчитывает, что вы не закатаете его в лампу или бутылку. Возможно, надеется, что у вас пока недостаточно джинн-силы.

— Где и когда он предлагает передать книгу? — спросила миссис Гонт.

— В поезде между Стамбулом и Берлином, — сказал Нимрод. — Через два дня.

— Это может оказаться ловушкой, — сказала миссис Гонт. — И ты это понимаешь не хуже меня. В это время года в поездах холодно. У близнецов действительно не будет никакой джинн-силы, и они окажутся совершенно беззащитны. Полагаю, этот ваш Изаак Балай-ага об этом прекрасно осведомлен.

— Ты права, — сказал Нимрод. — И я уже придумал способ защитить близнецов.

— Дискримен? — спросила Лейла.

Нимрод кивнул.

— Что такое дискримен? — спросила Филиппа.

— Желание на особый случай, — сказал Джон. — Я читал о нем в ККБЗ.

Джону ужасно хотелось попасть в Берлин и в Стамбул, и он решил подождать, пока Нимрод изложит свой план, а уж потом рассказать о дискримене, который дал ему мистер Водьяной. Но потом Джон отвлекся и просто забыл рассказать о дискримене. Так вот и получилось, что о нем никто не узнал.

— Лейла, мы просто не можем упустить такой шанс, — сказал Нимрод. — «Гримуар Соломона» надо вернуть в Берлин во что бы то ни стало.

— И что тогда? — спросила миссис Гонт.

— За участие в операции по вызволению книги Филиппа удостоится бесконечной благодарности Айши. — Нимрод посмотрел на близнецов. — Если, конечно, вы оба готовы мне помогать. Хорошо зная вашу отвагу, я, естественно, предполагаю, что вы не откажетесь.

— Конечно не откажемся! — воскликнул Джон. — Правда, Фил?

Филиппа уверенно кивнула.

— Правда, — сказала она. — Тут и спрашивать незачем.

— Я всегда хотел попасть в Стамбул, — добавил Джон. — И в Берлин.

— Помни, Джон, это не турпоездка, — предупредил Нимрод. — Нас могут подстерегать опасности. Слышали, что сказала ваша мама? Возможно, это западня.

— Если это западня, — размышляла тем временем миссис Гонт, — я пока не понимаю, в чем ее суть. Если бы ифритцы уже завладели «Гримуаром», они, конечно, не преминули бы использовать его против нас. И лучшее место для этого — чемпионат по джиннчёту. Ведь там собирается так много джинн. — Она глубокомысленно сдвинула брови. — Пока не чувствую, чтобы Ифрит, Шайтан или Гуль были здесь действительно замешаны.

— Я правильно понимаю, что ты согласна отпустить детей в Стамбул? — спросил Нимрод.

— Я должна спросить их отца. — Лейла поймала на себе насмешливый взгляд Нимрода и пожала плечами. — Будь ты женат, Нимрод, ты бы знал, что брак — это прежде всего товарищество. Важные решения должны приниматься сообща.

— Несчастливых браков нет, — подал голос сидевший в лампе господин Ракшас. — Ссоры возникают только во время совместных завтраков.

— Если муж согласится, — громко, специально для господина Ракшаса сказала Лейла, — близнецы поедут.

Но мистер Гонт не согласился. Во всяком случае, поначалу. Пришлось уговаривать его целый вечер. Впрочем, он был человеком проницательным и понимал, что миссис Гонт не стала бы так настаивать на поездке близнецов в Стамбул вместе с дядей, если бы не считала их миссию жизненно важной.

— Это действительно столь необходимо? — спросил он наконец.

— Да, — сказала миссис Гонт. — Боюсь, что да.

— И опасно?

— Не исключено, — честно призналась Лейла. — Но в этом случае надо идти на риск.

— Если они не раздобудут эту книгу — как там ее? «Гримасы Соломона»? — наша семья может пострадать?

— Да, Эдвард, — сказала миссис Гонт. — И не только наша. Могут пострадать очень многие, и джинн и люди.

В отличие от своей статной красавицы жены, мистер Гонт не обладал выдающейся внешностью. Невысокий, с длинными седыми волосами, в дымчатых очках, он был похож на гениального учено-

Глава 7. Королевский венгерский экспресс

го или университетского профессора. И он никогда не принимал важных решений, не продумав всех возможных последствий. Их-то он теперь и принялся обсуждать с Нимродом и Лейлой, что заняло еще больше времени, чем сами уговоры. Наконец, он согласился отпустить детей с дядей в Турцию.

— С одним условием, — объявил он. — Состоит оно в следующем. Вас будут сопровождать Алан и Нил. Эти собаки — лучше любых телохранителей.

— Я и сам хотел это предложить, — оживился Нимрод.

— Слушай, Нимрод, а как вы доберетесь до Стамбула? — спросил мистер Гонт. — Я не хочу, чтобы дети летели на какой-нибудь развалюхе.

— Можешь на меня положиться, — заверил Нимрод. — Даю слово, что мы выберем самый безопасный транспорт.

— Да? И какая авиакомпания?

— Это будет частный чартерный рейс, — ответил Нимрод. — Полностью за мой счет.

Мистер Гонт одобрительно кивнул.

— Хорошая идея, — сказал он. — И с собаками будет попроще, без лишней волокиты.

— Верно, — согласился Нимрод. — Во всем есть свои плюсы.

Эдвард Гонт, естественно, полагал, что, говоря о частном рейсе, Нимрод имеет в виду самолет: «Гольфстрим IV», «Фалькон» или, по крайней мере, «Лирджет». И вряд ли он воспринял бы идею чартера с таким энтузиазмом, если бы Нимрод откровенно признался, что восемь тысяч километров, отделяющих Нью-Йорк от Стамбула, он собирается пролететь с двумя детьми, двумя собаками и лампой, содержащей господина Ракшаса, внутри собственноручно созданного им смерча.

— Лететь регулярным рейсом просто нет времени, — сказал Нимрод близнецам, когда на следующий день, на рассвете, они готовились стартовать с крыши знаменитого Музея Гуггенхайма. — Кстати, по дороге мы должны подхватить Джалобина. Он уже наверняка вернулся в Лондон из своего манчестерского отпуска. Правда, бедняга терпеть не может летать на смерче. Но тут уж я ничем не могу ему помочь.

Джалобин — однорукий дворецкий и шофер Нимрода — был всем всегда недоволен и постоянно жаловался, что, впрочем, не мешало ему быть довольно изобретательным и храбрым человеком. Кроме того, он очень любил Джона и Филиппу.

Алан и Нил опасливо выглянули за край крыши и заскулили протяжно и тоненько, потому что смерч, которому предстояло перенести их через Атлантику, уже полз вверх по спиралевидному фасаду музея — одного из шедевров архитектора Фрэнка Ллойда Райта. Было ясно, что псы совершенно солидарны с Джалобином в неприязни к таким нетрадиционным воздушным путешествиям. Филиппа поняла, что сама она тоже не слишком рада предстоящему приключению и предпочла бы летательный аппарат, который можно хотя бы увидеть.

— Почему мы вылетаем с Гуггенхайма? — спросила она Нимрода.

— Чтобы сделать по-настоящему большой смерч, лучше здания не придумаешь, — ответил Нимрод. — Я всегда вылетаю отсюда, если оказываюсь в Нью-Йорке. Перевернутая спиральная форма самого здания помогает быстренько закрутить доброкачественный смерч. Кроме того, Музей Гуггенхайма сам по себе — культурное явление, и благодаря ему наше путешествие будет более запоминающимся. Ты не согласна?

— Согласна. — Филиппа нервно сглотнула. — А мы там точно не замерзнем?

— Мы используем исключительно теплый воздух, — сказал Нимрод, осторожно опуская лампу с господином Ракшасом в просторный карман своего пальто. — Неужели вас в школе не учат физике? Вверх поднимается только теплый воздух.

— Расслабься, Фил, — посоветовал сестре Джон, ощущавший себя ветераном путешествий на смерчах. — Тебе понравится.

— Допустим, — с сомнением пробормотала девочка.

Едва появившись над краем крыши, смерч тут же окутал их струями мягкого теплого воздуха, и через несколько секунд Филиппа поняла, что они, вместе с багажом, уже покинули вершину Музея Гуггенхайма. Алан и Нил растерянно тявкали, посколько крыша в буквальном смысле слова ушла у них из-под ног. Наконец они не выдержали и улеглись, закрыв глаза огромными передними лапами.

— Ну, что стоите? — спросил Нимрод у близнецов. — Если вы не видите, на что можно сесть, это еще не значит, что надо всю дорогу стоять.

Джон усмехнулся и плюхнулся в подобие огромного невидимого кресла. Заметив, что брат скинул обувь и задрал ноги, Филиппа сделала то же самое. Она оказалась в преудобнейшем кучевом облачке, которое поддерживало ее, какую бы позу она ни вздумала принять. Девочка с облегчением вздохнула. Никогда прежде ей не сиделось так удобно.

Поднявшись над Пятой авеню, Джон понял, что этот смерч несколько отличается от того, который создал мистер Водьяной, отправляя его домой из «Дакоты». Во-первых, он был много больше и мощнее, во-вторых, путешественники оказались не на вершине, а внутри самого смерча.

Словно на воздушном шаре, наполненном горячим воздухом, проплыли они над Манхэттеном и устремились на юго-восток — над Ист-Ривер, Бруклином, проливом Рокэвэй и Парком Джекоба Рииса... Теперь под ними простирался Атлантический океан. Здесь смерч начал набирать высоту и скорость. Нимрод объявил, что сейчас они двигаются со скоростью примерно тысяча двести километров в час и вот-вот поднимутся на высоту в полтора километра, где их ждет реактивный по-

Глава 7. *Королевский венгерский экспресс*

ток, который позволит им нестись на восток со скоростью тысяча триста километров в час.

— Это означает, что всего через четыре с небольшим часа мы окажемся в Лондоне, — сказал Нимрод. — А спустя еще несколько часов — в Стамбуле.

— Четыре часа? — простонал Джон. Они как раз влетели в облако, распугав стаю чаек, собравшихся поразмять поутру крылышки. — Что тут, спрашивается, делать целых четыре часа?

Алан устало вздохнул и перевалился на другой бок, точно всецело разделял недовольство Джона.

— В тебе нет ни капли поэтичности, мальчик, — заявил Нимрод. — Уильям Вордсворт отдал бы правую руку, чтобы оказаться на твоем месте.

— Какой еще Уильям? — спросил Джон.

Нимрод печально покачал головой. Он вынул из кармана пальто медную лампу с господином Ракшасом и прокричал:

— Вы только послушайте! Этот мальчик впервые пересекает Атлантику на смерче и спрашивает, как ему скоротать четыре часа.

— Слышу-слышу, — отозвался господин Ракшас из своей теплой и надежной темницы. — Похоже, в школах теперь вовсе не преподают ничего толкового. Помни, Джон, чернила ученых — материал более стойкий, чем кровь мучеников.

— Воистину, — сказал Нимрод. — Запали мою лампу, Джон, все-таки летать на смерче куда лучше, чем страдать от клаустрофобии на борту реактивного самолета. — Он шумно, со смаком вдохнул. — Один воздух чего стоит. Словно стоишь на вершине Швейцарских Альп.

— Вы меня не так поняли, — возмутился Джон. — Я тут тоже кайф ловлю. Только я привык, что в полете показывают кино и кормят. Даже два раза за рейс.

— И еще чтобы был мини-бар с водой и шоколадками, — добавила Филиппа. — Как в бизнес-классе. — Она на мгновение задумалась. — И хорошо бы свежие журналы.

— Не сердитесь на них, Нимрод, — захихикал господин Ракшас. — Право же, собака, которая не чешется, — плохая собака.

Но Нимрод смотрел на племянников с явным разочарованием. Наконец он обвел рукой полупрозрачное нутро смерча.

— Что ж, не стесняйтесь. Создайте здесь все, что вам нужно для комфортного путешествия, — сухо сказал он.

Джон кивнул:

— Мы бы с радостью. Только, боюсь, тут слишком холодно, и мы не сможем воспользоваться джинн-силой.

— Понятно, — сказал Нимрод, закуривая сигару. — Предполагаю, вы надеетесь, что я все сделаю за вас. — Он вздохнул. — Отлично. Только я терпеть не могу эти самолетные экраны величиной с пачку кукурузных хлопьев. Если уж смотреть кино,

Глава 7. *Королевский венгерский экспресс*

то на нормальном большом экране.

Нимрод выпустил кольцо дыма, которое вмиг разгладилось, растянулось по внутренней поверхности смерча, и вот уже перед ними — серебристый киноэкран, пятнадцать метров высотой и двадцать с лишним метров длиной. Алан и Нил оживились. Давненько они не смотрели кино на большом экране.

— Потрясающе, — прошептал Джон.

— Не спорю, — сказал Нимрод. — Более того. Потрясающий экран требует потрясающего кино. Не идиотских мыльных опер, не видеоклипов и не мультиков. Мы будем смотреть то, что пристало смотреть нам, джинн. Ленту о песках пустынь. По-настоящему сильную и вдохновляющую. По-настоящему британскую. Всем этим критериям соответствует только один фильм. Величайший фильм всех времен и народов. «Лоуренс Аравийский». Изумительное кино. В последние годы я ничего, кроме него, и смотреть-то не могу.

И в течение следующих трех часов все они сидели в своих уютных креслах и смотрели «Лоуренса Аравийского». Который, кстати, как справедливо заметил Нимрод, действительно величайший фильм мирового кинематографа.

Достигнув Лондона сразу после обеда, смерч пронес путешественников вверх по Темзе, затем над Кенсингтонским садом и, наконец, опустил их на землю в палисаднике за домом Нимрода. В Лондоне и без того стояла холодная, ветреная погода, и никто не обратил внимания на шквалистый ветер, который бушевал за домом номер семь по Стенхоуп-Террас, пока дородный мужчина в длиннополом пальто и черной шляпе-котелке включал сигнализацию, запирал заднюю дверь, а потом быстро шел по садовой дорожке с большим кожаным баулом в единственной руке. На мгновение он замер, поскольку ветер бесновался прямо перед его вечно недовольным лицом. Как же не хотелось ему снова летать на смерче! Сняв на всякий случай шляпу, чтобы не унесло, он старался собраться с духом, а маленький, словно игрушечный, смерчик закручивал остатки волос на его почти лысой голове.

— Эй, сэр! — закричал Джалобин. — Я давно не путешествовал с вами на этом, с позволения сказать, средстве передвижения. Как войти-то? Или вскарабкаться?

Когда Джалобин был особенно сердит, он всегда называл Нимрода «сэр».

— Простите, Джалобин, одну минуту, — отозвался Нимрод и приподнял полог смерча над землей прямо перед дворецким.

Оказавшись внутри, Джалобин оглядел интерьер крутящегося конуса. По обыкновению, неодобрительно.

— Ураган — неестественный способ путешествовать. Особенно для мужчины моей комплекции.

— Это — не ураган, — сказал Нимрод. — Это — смерч. Совсем не одно и то же. И ваш выдающий-

Глава 7. *Королевский венгерский экспресс*

ся живот от этого нисколько не пострадает. Да вы это и без меня прекрасно знаете.

— Придется поверить вам на слово, сэр, — ответил Джалобин.

— Как приятно видеть вас снова, мистер Джалобин, — сказала Филиппа, вдруг поняв, что все эти месяцы ей очень не хватало бесконечных жалоб Джалобина.

— Вот и я говорю, что скучал без вас, без вас обоих. Ужасно скучал, это — факт. И мне тоже приятна наша встреча, хотя она происходит в столь малокомфортной обстановке. Меня крутит, как охапку опавших листьев.

— На самом деле, — начал Джон, — наш перелет через Атлантику оказался куда удобнее, чем на обычном самолете. Ни тебе турбулентности, ни шума двигателей. Даже уши не закладывает.

Алан и Нил залаяли в знак согласия.

— Что ж, можешь называть меня старомодным, сынок, но я предпочитаю путешествовать, когда под ногами у меня пол, а над головой — потолок. Не говоря уж о наличии туалета с дверью и дезодорантом. Запах дезодоранта меня так успокаивает...

— Как прошел ваш отпуск? — спросил Джон. — Вы ведь были в Манчестере?

— Ужасно, — ответил Джалобин, но тут же сменил тему, почтительно поклонившись Нимроду. — Сэр, если мне дозволено поинтересоваться, в какие веси мы держим путь на этот раз?

— В Стамбул, — сказал Нимрод. — А оттуда в Берлин.

— Ненавижу Стамбул, — поморщился Джалобин. — Это факт, я ненавижу Стамбул. Видите ли, там полным-полно иностранцев.

— А как насчет Берлина, мистер Джалобин? — фыркнул Джон. Джалобин нисколько, ну нисколько не переменился.

— Там полным-полно краснощеких немцев. — Джалобин сморщился еще больше и, откинувшись в невидимом кресле, обреченно закрыл глаза.

Когда они достигли Черного моря, солнце как раз садилось, поэтому море и впрямь выглядело черным. Сотворенный Нимродом смерч нес их на юг, вдоль пролива Босфор, и наконец взорам путешественников открылась бухта Золотой Рог и ни с чем не сравнимые силуэты стамбульских мечетей, минаретов, куполов и телеантенн. Филиппа почувствовала, как сердце запрыгало у нее в груди: впервые увидев этот древний город, она сразу поняла, что когда-то он был Нью-Йорком средневекового мира. Нимрод направил смерч над запруженным автомобилями Галатским мостом, а потом резко свернул влево — вдоль южного берега Золотого Рога. Наконец, когда почти совсем стемнело, — что было на руку джинн, поскольку суеверные турки могли неверно расценить их замечательный способ передвижения, — они приземлились в пустынных садах знаменитого дворца Топкапи. В Стамбуле шел дождь и было не просто прохладно, а

Глава 7. *Королевский венгерский экспресс*

по-зимнему зябко — к немалому удивлению близнецов. Джон даже порадовался, что прилетел из Нью-Йорка в пальто с меховой подкладкой.

— Здесь служит Изаак Балай-ага. — Нимрод указал на дворец. — Примерно в полумиле находится железнодорожный вокзал Сиркечи, откуда в прежние времена уходил Восточный экспресс. Он шел через Вену в Париж. В наши дни по этому маршруту ходит Королевский венгерский экспресс, на котором поедете и вы, — ощущения почти такие же. Так или иначе, дальше вам придется двигаться самим. Изаак поставил очень жесткие условия. Ни мне, ни господину Ракшасу не разрешено даже приблизиться к вокзалу. Вас проводят туда Алан и Нил. Я уже рассказал им, как идти.

Алан подтверждающе залаял, а затем принялся тщательно обнюхивать землю, чтобы наверняка найти путь назад. Он совершенно не жаждал остаться в Стамбуле навсегда.

— Итак, — сказал Нимрод, — вам предстоит самостоятельно добираться в Берлин. — Он вручил Филиппе конверт. — Вот ваши билеты. Поезд отходит ровно через час. Запомните, до Берлина он делает всего четыре остановки: в Болгарии, Трансильвании, Будапеште и Праге. Изаак сядет в поезд на одной из этих остановок, но не раньше, чем удостоверится, что я нахожусь в Берлине и вы путешествуете одни. Если все будет в порядке, он встретится с вами прямо в экспрессе и передаст «Гримуар». Я буду ждать вас на берлинском вокзале «Зоо». Вопросы есть?

— Ты сказал, поезд идет через Трансильванию? — уточнила Филиппа.

— Да. И останавливается в городке Сигишоара. Приятное средневековое местечко на вершине холма. Очень живописное, — сказал Нимрод.

— Приятное? — фыркнул Джалобин. — Ну и, разумеется, живописное, если вы имеете в виду старый фильм ужасов про графа Дракулу. Он как раз родом из Сигишоары.

— Дракула? — Джон нервно сглотнул.

— Он самый. Ну, ты знаешь. Вампир. — Джалобин захихикал. — Вот вам мой совет: будете проезжать Сигишоару, держите окно в купе закрытым. И не дай вам бог порезаться! Они запах крови за милю учуют, понимаете?

Нимрод бросил на дворецкого укоризненный взгляд, а затем ободряюще улыбнулся Джону.

— Волноваться совершенно незачем, — уверенно сказал он. — Настоящий граф Дракула умер много столетий назад.

— Не факт, — заметил Джалобин. — Во всяком случае, с этим не все согласятся.

— Кроме того, — продолжал Нимрод, — вы поедете в шикарном купе первого класса, оно будет полностью в вашем распоряжении. В поезде имеется превосходный вагон-ресторан, можете есть сколько влезет. Это включено в стоимость ваших билетов.

— Только старайтесь потреблять побольше чеснока, с любой пищей, — пробормотал Джалобин. —

Глава 7. Королевский венгерский экспресс

Они, вампиры эти, терпеть не могут чеснок. Я, кстати, тоже не поклонник.

— К тому же Филиппа знает, что следует делать в чрезвычайной ситуации, верно, девочка? — Нимрод улыбнулся и ободряюще кивнул племяннице.

— Я? — Филиппа растерялась, но потом вспомнила, что Нимрод действительно снабдил ее на время путешествия особым желанием — «на крайний случай». — Да-да, конечно, я знаю, что делать.

Нимрод поглядел на часы.

— Вот и отлично, — сказал он, потирая руки. — Пора в путь. Вы же не хотите опоздать на поезд. — Он нежно обнял племянников. — Удачи вам. И будьте осторожны.

— Пусть холодным вечером для вас найдутся теплые слова! — донесся голос господина Ракшаса из кармана пальто. — *Go n-éirían bóthar leat.*

По-ирландски это означало «счастливого пути».

— Не делайте ничего, слышите, ничего такого, чего бы я не сделал на вашем месте, — добавил Джалобин.

Нимрод скептически взглянул на дворецкого.

— Ну уж нет. Это пожелание совершенно лишнее, — сказал он. — Будь ваша воля, Джалобин, вы бы вообще ничего не делали и никуда бы не двигались. Так не годится. Джон и Филиппа должны быть находчивы и бесстрашны.

Однорукий дворецкий пожал плечами:

— Я всегда говорю: лучше поберечься, чем потом пожалеть.

Алан громко залаял и положил лапу Джону на руку. Рядом с часами.

— Пес прав, — заметил Джалобин. — Вам и в самом деле пора.

В воротах Садов Топкапи близнецы остановились и помахали Нимроду и Джалобину — на прощанье. А потом последовали вместе с собаками на запад, к вокзалу Сиркечи. Собаки шли по бокам, подобно мотоциклетному эскорту, и бдительно зыркали вокруг, готовые дать отпор практически любой исходящей от мундусян опасности.

Стамбул был очень странным, но интересным городом, и близнецы сожалели, что до поезда осталось так мало времени и они не успеют как следует рассмотреть местные достопримечательности. А еще здесь было куда холоднее, чем они рассчитывали. Джон и Филиппа притихли и задумались, поскольку понимали, что поезд поедет на север, в Германию, и вряд ли на этом маршруте станет значительно теплее и они смогут воспользоваться джинн-силой.

Жители Стамбула, встретившиеся им на пути к вокзалу, смотрели на близнецов и их могучих собак дружелюбно, с любопытством, но и с некоторой опаской. Многие турки верят в существование джинн, и некоторые даже распознали, что их город посетили не простые дети, но они не посмели заговорить с ними из страха перед ротвейлерами. На вокзале какой-то торговец, бродивший в толпе меж билетных касс, предложил им купить *симит*, что-то вроде круглого кренделя с солью. Но Нил предостерегающе зарычал, и торговец тут же скрылся в толпе.

Вокзал был красивый, с огромными витражами. Возле нарядной, выложенной красным кирпичом платформы уже стоял обитый деревом, до блеска отполированный поезд — Королевский венгерский экспресс. Большой красный локомотив урчал, точно небольшая электростанция, а прилично одетые пассажиры, в основном русские и немцы, рассаживались по вагонам и громко переговаривались, не обращая внимания на еще одного торговца, который сновал по платформе с бутылками фруко — легкого напитка, который очень любят в Турции. Толстый, как бочка, начальник вокзала уже помахивал свернутым зеленым флажком и выжидающе смотрел на машиниста.

— Ладно, парни, спасибо, — сказал Джон собакам. — Дальше вам нельзя.

Встав на колени, дети обняли огромных псов, а те, поскулив, облизали их лица и бросились прочь — назад к парку, где оставались Нимрод и Джалобин.

Близнецы поднялись в вагон и прошли по ковровой дорожке до своего купе.

— Здóрово, — сказал Джон, плюхнувшись сначала на одно, а потом на другое место. — Только посмотри. И все для нас двоих.

Через несколько минут поезд тронулся. Сначала он двигался медленно, рывками, точно машинист никак не мог решить, остаться или уехать.

Наконец, набрав скорость, они обогнули дворец Сераль, понеслись вдоль моря, а потом свернули внутрь страны, на север, и там поезд пошел еще быстрее.

— Интересно, где Изаак сядет в поезд? — сказал Джон.

— Не удивлюсь, если он уже в поезде, — заметила Филиппа. — Весь этот треп, что он, мол, сядет где-нибудь между Стамбулом и Берлином, наверно, затеян для того, чтобы мы побольше поволновались. Может, он уже звонит Нимроду, прямо из поезда. По мобильному.

— Как он узнает, в Берлине Нимрод или нет? — спросил Джон.

— Нимрод сказал, что Изаак будет звонить ему в гостиницу, в Берлин. И если он окажется на месте, Изаак спокойно передаст нам книгу.

— Может, стоит его поискать? — предложил Джон.

— Какой смысл? — ответила Филиппа. — Он не отдаст нам «Гримуар», пока не будет готов. Зачем искать? Так можно его ненароком спугнуть и заставить выйти из поезда.

— Верно, не стоит. — Джон встал. — Тогда давай поищем вагон-ресторан. Я хочу есть.

Глава 8

Ужас в Трансильвании

Королевский венгерский экспресс с ревом несся сквозь ночь. Филиппа заснула вскоре после ужина, а Джон решил не смыкать глаз. Вдруг появится Изаак? Бодрствовать, однако, было нелегко, потому что вагон покачивался, точно колыбель, да и колеса убаюкивающе постукивали на стыках рельсов. Джон пару раз зевнул, потянулся по-кошачьи и прижался лицом к холодному стеклу, надеясь разглядеть залитый лунным светом пейзаж. Но он видел только собственное отражение — затуманенные глаза, бледное лицо... Разобрать, что там, за окном, было трудно.

Джон на миг закрыл глаза. Но миг все длился и длился — под перестук колес его мысли унеслись далеко-далеко, во тьму. Когда Изаак сядет в поезд?

Почему в поездах нет телевизоров, как в самолетах? Почему Нимрод будет ждать их на вокзале «Зоо»? Неужели в Берлине вокзал находится в зоопарке? Почему мама с папой тоже здесь, в поезде? И почему они улыбаются и смотрят на багажную полку, а оттуда на них глядит огромная змея с головой Иблиса? И почему Иблис остановил поезд?

Джон резко сел. И понял, что экспресс и в самом деле стоит. Он беспокойно покосился на багажную полку, хотя уже знал, что Иблис ему просто приснился. Филиппа, лежавшая теперь поперек трех сидений, все еще крепко спала, даже похрапывала — то мерно, то вдруг совсем беспокойно. Громкий раскат грома раздался сразу вслед за вспышкой молнии, осветившей пустую платформу с надписью «Сигишоара». Так, значит, они уже в Трансильвании. И не просто в Трансильвании, а в том самом месте, где, по словам мистера Джалобина, родился Дракула.

Джон взглянул на часы. Только что перевалило за полночь. Жаль, что за ужином он не последовал совету Джалобина. Венгерский гуляш показался ему немного странным на вкус. Во всяком случае, мистер Джалобин, с его чувствительным желудком, никогда не стал бы есть подобное блюдо. Но Джон понятия не имел, есть ли в этом блюде чеснок. Двигатель локомотива тихо урчал, других звуков в поезде не было. Джон выключил верхний свет и, прижавшись носом к стеклу, пробовал разглядеть этот старинный трансильванский город. И тут же в ужасе отшатнулся: новая вспышка молнии на долю секунды осветила чьё-то лицо. Существо за окном глядело прямо на него. И оно могло бы с лёгкостью победить в чемпионате мира среди ужасных горгулий. Джон отполз на самый дальний от окна конец полки. Сердце его билось громко, как барабан.

— Что такое? — спросонок спросила Филиппа, приоткрыв один глаз. Она видела, что брат напуган, а существа за стеклом не заметила вовсе. — Ты что, призрака увидел?

Джон указал на окно.

— Там что-то есть, — с трудом выговорил он.

— Конечно есть, балда. — Филиппа зевнула. — Там Европа.

— Я не про то. Там кто-то. Не то зверь, не то человек.

Филиппа глубоко вздохнула, чтобы окончательно прогнать сон. Села. Выглянула в окно. Тут как раз опять ударила молния и осветила табличку с названием станции. Больше Филиппа на этой платформе ничего и никого не увидела.

— Только не говори, что это был Дракула. — Она с грустью покачала головой, словно жалея брата и его по-детски ущербное чувство юмора. — Балда ты всё-таки!

— Там правда кто-то был!

— Это же платформа, станция. На платформах и должны стоять люди, даже в Трансильвании. Даже в такую гнусную погоду.

— Этот кто-то был страшный урод.

— Внешнее уродство еще не означает, что это плохой человек. Сам знаешь.

— Знаю. Только бывают просто уроды, а бывают персонажи из фильмов ужасов, — сказал Джон, кивая на окно. — Уж поверь, разница есть.

— Кто бы это ни был, он, должно быть, довольно высок, — заметила наблюдательная Филиппа. — Чтобы, стоя на платформе, заглянуть в окно этого вагона, ростом надо быть под два метра, не меньше.

Прошло десять минут, а поезд все не двигался. Филиппе стало зябко. А вдруг Джон не шутил? И вообще, было тут нечто, вселявшее и в нее беспричинный страх.

— Надеюсь, поезд не сломался, — сказала она с тревогой.

Джон встал, открыл дверь купе и оглядел пустой коридор. Прислушался. Ничего, никаких признаков необычных происшествий. Мальчик вернулся в купе и поплотнее закрыл за собой дверь. Он не хотел больше пугать сестру, поскольку она — по всему видно — и без того перепугалась, но он был уверен, что видел это страшное заоконное лицо прежде. Может, даже среди иллюстраций в «Кратком курсе Багдадских законов» господина Ракшаса.

До сих пор он полагал, что в мире есть лишь три вида разумных существ: люди, джинн и ангелы. Однако в ККБЗ ясно говорилось о том, что есть и четвертый вид — падшие ангелы, также известные как демоны. Из всех демонов, о которых он читал, одним из самых ужасных и злых был Асмодей. У этого демона, если судить по книге, имелось три головы, в том числе одна бычья и одна баранья; а вот третью — голову ужасного звероподобного людоеда — Джон, похоже, как раз и успел ненадолго разглядеть в окне несколько минут назад. Он, конечно, мог ошибаться, но думал, что такие демоны, как Асмодей, наверняка достаточно высоки, чтобы заглянуть в окно железнодорожного вагона. Вряд ли уважающий себя демон станет для этой цели притаскивать на платформу ящик.

— Неужели мы застрянем здесь на всю ночь? — вздохнула Филиппа. — Джалобин наговорил об этой Сигишоаре столько неприятного.

— Он просто накручивал нас, — сказал Джон. — Специально заводил, понимаешь?

— Заводил? Что я ему, часы, что ли? Впрочем, он своего добился. Слышишь: тик-так, тик-так!

— Давай посмотрим на ситуацию с другого боку, — предложил Джон, стараясь успокоить сестру. — Мы едем в купе первого класса. Даже если поезд сломался, мы тут обеспечены всем необходимым. И, что еще важнее, ограждены от всего лишнего.

Не успел он договорить, как в купе полностью вырубился свет и двигатель локомотива перестал урчать. Все погрузилось во тьму, лишь изредка вспыхивали случайные молнии.

— А на это что скажешь? — спросила Филиппа.

— Должно быть, замыкание. Вода попала, — сказал Джон, убеждая уже не столько Филиппу, сколько себя самого. — Дождь-то льет как из ведра. Скоро починят. Сейчас пришлют кого-нибудь. Да уже, наверно, чинят.

Мальчик открыл окно и опасливо высунул голову на холодный влажный ночной воздух. Он осмотрел весь поезд в надежде увидеть ремонтных рабочих. Вместо этого гораздо дальше, рядом с железнодорожными путями, на опушке небольшой рощицы, он разглядел огромную, окутанную тьмой фигуру. Сначала Джон решил, что это памятник какому-нибудь трансильванскому герою. Но когда влекомая ветром туча сдвинулась, открыв полную луну, отчего осветилась и платформа, и все окрестности, Джон почувствовал, что каменеет от ужаса. У фигуры можно было отчетливо различить три головы, хвост пресмыкающегося и ноги как у гигантского черного петуха. Самый настоящий демон, и, похоже, он поджидал кого-то, чтобы сесть с ним вместе в экспресс.

— Видно что-нибудь? — спросила Филиппа.

— Нет, — сказал Джон. — Тьма кромешная.

Он закрыл окно и уселся, стараясь улыбаться как можно шире. Возможно, сейчас самое время использовать дискримен — то самое желание на крайний случай, которым одарил его в Нью-Йорке, в здании «Дакота», мистер Водьяной. Джон как раз сообразил, что еще не использовал его... только бы теперь еще вспомнить немецкое слово-фокус, которое прицепил к нему мистер Водяной... И Джон вспомнил! Мгновенно. Словно мистер Водяной так и задумал. Единственная неприятность состояла в том, что он, хоть и видел это слово — DONAUDAMPFSCHIFAHRTSGESELLSCHAFTKAPITÄN, — видел так ясно, будто слово напечатали прямо ему на ресницах, он совершенно не представлял, как оно произносится.

— Дон Од Ампф Шиф Арц...

— Братец, тебя снова заносит, — сказал Филиппа. — Бормочешь какую-то бессмыслицу.

— Да-да, — поддакнул Джон. Только бы Филиппа его не отвлекала! И без ее комментариев ничего не выговоришь! — Дона удамп...

— Слушай, похоже, мы тут надолго застряли, — продолжала Филиппа. — Это же поезд, а не автомобиль. Тут надо долго искать какой-нибудь огромный фен, чтобы просушить все электрические контакты.

Но тут снова заурчал двигатель и в купе зажегся свет. Джон немедленно оставил свои попытки произнести бесконечное немецкое слово-дискримен и таким образом упечь демона куда подальше. Он не мог упустить шанс покрасоваться перед сестрой.

— Ну, что я говорил? — язвительно произнес он. В этот момент поезд качнулся и двинулся вперед.

— Вот и замечательно. — Филиппа с облегчением засмеялась. — Надо признаться, это не самая приятная ночь в нашей жизни.

Но в следующую секунду они оба замерли, потому что услышали в отдалении громкий вой. Вой огромного страшного зверя.

— Что это? — с трудом выдохнула Филиппа.

Джон решил, что не стоит подробно описывать сестре существо, которое он видел.

— Корова, — сказал он. — Наверно, корова.

Зверь снова взревел, на этот раз еще громче. Джон пожал плечами:

— Или бизон.

— В Трансильвании бизоны не водятся, — сказала Филиппа. — И по-моему, даже самые крупные коровы в этой стране все-таки меньше автобуса. — Снова раздался дикий рев. — А этот зверь, судя по звуку, намного больше. — Филиппу передернуло от ужаса. — Так ревут только существа, у которых много зубов и острые когти в придачу.

Тут внимание Джона привлек совсем другой звук — цокот копыт; и он увидел, как прямо по платформе мимо медленно разгоняющегося поезда пронеслась маленькая черная карета, запряженная парой черных лошадей. Близнецы прижались носами к стеклу и увидели, что карета обогнала их вагон и остановилась метрах в двадцати впереди. Возница в толстом пальто-крылатке и широкополой шляпе бросил поводья и, спрыгнув на платформу, побежал вдоль поезда. Миг — и он, подтянувшись, скрылся в одном из передних вагонов. Дверца с шумом захлопнулась.

— Думаешь, это Изаак? — спросила Филиппа.

— Надеюсь, — сказал Джон. — Любой другой вариант привлекает меня куда меньше.

Мгновение спустя они снова услышали рев страшного существа, только уже в отдалении, поскольку поезд уносил их прочь от этого самого мрачного места в Трансильвании. Джон был почти готов с облегчением вдохнуть.

— Что же это все-таки было? — повторила Филиппа.

Теперь уж Джон не пожалел красок. Он в подробностях рассказал сестре о чудище, которое стояло по ходу поезда, совсем рядом с путями. Филиппа искренне порадовалась, что не узнала об этом раньше, поскольку, наверно, использовала бы дискримен, который Нимрод дал ей в дорогу. Именно ей, а не Джону (тот даже не знал о дядином подарке), потому что, по словам Нимрода, дискримен нужен для действительно чрезвычайных ситуаций, а Джон может запросто использовать его, чтобы избавиться от скуки, или от голода, или от того и другого одновременно. Но брат все равно молодец, подумала девочка. Такой храбрый! Скажи он ей, что Асмодей стоит рядом с поездом, она бы тут же произнесла слово ШАБРИРИ, и демон бы исчез. А с ним и единственное желание, имеющееся в их распоряжении. Меж тем до Берлина еще ехать и ехать, и куда спокойнее иметь дискримен в запасе. О том, что Джон вооружен собственным дискрименом, она не знала.

— Как ты думаешь, зачем Асмодей наблюдал за поездом? — спросила Филиппа, усаживаясь поудобнее.

В коридоре раздались шаги, и за стеклянной дверью их купе появилась фигура в мокром пальто-крылатке.

— Понятия не имею, — сказал Джон. — Но подозреваю, что мы скоро узнаем.

Дверь отъехала в сторону, человек вошёл в купе и рухнул на сиденье. На нём было накручено столько шарфов, а шляпа была так низко надвинута на уши, что прошла минута-другая, прежде чем дети окончательно уверились, что это Изаак Балай-ага. Размотав последний шарф, он вздохнул с облегчением и озорно улыбнулся близнецам.

— Вы его видели? — воскликнул он. — Вы видели Ашмадая? Старого негодяя? Он поджидал меня!

— Какого Ашмадая? — спросил Джон, огорчившись, что, видимо, принял одного демона за другого.

— Какого Ашмадая? Да сущего негодяя! — захихикал Изаак. — Асмодея, конечно. Не тварь, а наказание. Злобный злодей, дьявольский дьявол — вот кто он на самом деле. И обращаться к нему следует исключительно с непокрытой головой. — Изаак бросил собственную шляпу на пол и громко засмеялся. Он, судя по всему, был чрезвычайно доволен собой и в особенности своими ровными

Глава 8. Ужас в Трансильвании

белыми зубами. Во всяком случае он то и дело одаривал Филиппу широкой голливудской улыбкой. — А еще этого гада называют Сатурн, Маркольф или Шаммадай. В последнее время меня так и подмывает добавить в этот список пару крепких словечек от себя, но в присутствии дамы я не решусь их произнести. Два дня этот дьявол меня выслеживал! Целых два дня! — Он горько рассмеялся. — Вы хоть представляете, каково это: улепетывать от Ашмадая сорок восемь часов напролет?

— Нет, — призналась Филиппа.

— В общем, это вам не пикник, точно скажу. Догони он меня — как пить дать съел бы мое сердце и печень на завтрак. Пожарил бы их в козлиной крови и устроил бы пир на весь мир. Так-то, необразованный вы народ.

— А почему Асмодей за тобой гнался? — спросила Филиппа.

— Моя маленькая леди! Я полагал, что это очевидно! — усмехнулся Изаак.

Филиппа прикусила язык. Она терпеть не могла, когда ее называли маленькой. Тоже мне, взрослый! Всего-то на несколько лет старше их с Джоном.

— Разумеется, этот гад охотится за «Гримуаром Соломона», — сказал Изаак и раскурил огромную сигару, словно хотел таким образом отпраздновать свое чудесное спасение. — У Асмодея, раз уж вы так его называете, старые счеты с царем Соломоном. — Встав, Изаак сбросил с плеч крылатку и оказался в черном фраке с длинными фалдами и в простой белой сорочке с галстуком. Черные кожаные перчатки он так и не снял. — Понимаете, когда Соломон правил Израилем, Асмодей жутко переживал, что у царя тысяча жен. И этот хитрый пройдоха украл у Соломона кольцо, в котором заключалась вся его власть и сила. Снял кольцо с пальца царя, пока тот спал, и стал носить его сам, выдавая себя за Соломона. Поскольку кольцо было волшебным, все ему поверили. А Соломону никто не верил, как ни старался он убедить подданных, что он и есть настоящий царь. И пришлось ему какое-то время служить поваром на кухне собственного дворца. К счастью для Соломона, одна из его жен просыпала на пол муку, а Асмодею случилось по этому месту пройти. И женщина заметила, что на полу не человечьи следы, а петушиные. Сообразив, что это демон, она ночью, пока Асмодей спал, выкрала кольцо, и настоящий Соломон снова взошел на трон. Но в то время когда Асмодей еще правил вместо Соломона, который, надо заметить, был могущественным магом, этот дьявол ненадолго получил доступ к царской библиотеке и обнаружил там написанную Соломоном книгу. В книге этой содержалась вся мудрость, накопленная царем за долгие годы, и было описано, как можно получить власть над джинн, ангелами, мундусянами и демонами. К счастью, потом книга перешла к Иштар. Говорят, она получила ее в подарок от Навуходоносора. Но с тех пор Асмодей все пытается наложить свою лапу на эту книгу. — Изаак печально усмехнулся. — Сказать по правде, я и сам узнал все эти подробности совсем недавно. И это — одна из причин, по которым я так стремлюсь побыстрее вернуть книгу *Ей*. У меня нет ни малейшего желания всю жизнь скрываться от Асмодея.

— Ей? Кому?

— Айше. Той, кому нужно всегда повиноваться.

— Где же теперь книга? — спросила Филиппа.

Изаак поднял с пола пальто и показал близнецам потайной карман размером с небольшой рюкзачок. Из кармана он вынул красивую книгу в богатом кожаном переплете, с золотой гравировкой в виде лестницы, наверху которой был — тоже золотой — всевидящий глаз, глаз Хоруса, тот самый символ вечной жизни, который есть на любой американской купюре достоинством в один доллар.

— Вот она. — Изаак положил книгу возле себя на сиденье.

— Но если книга у тебя, — сказал Джон, — а в ней объясняется, как обрести власть над демонами, разве ты не можешь воспользоваться этим знанием, чтобы укротить Асмодея?

— Кажется, чего проще? — отозвался Изаак. — Но только после того, как я... гм... позаимствовал книгу, я обнаружил, что ее не может открыть абы кто. Она открывается только тому, кто действительно мудр и чист сердцем. Синяя джинн наложила это небольшое заклятие на всякий случай — вдруг книга попадет в нечистые руки.

— Значит, ты не способен воспользоваться книгой, даже если б захотел? — сказала Филиппа.

— Боюсь, что нет. Похоже, весь мир делится на тех, кому она может открыться, и тех, кому она не откроется никогда. И сам факт, что я ее украл, означает, что я — среди тех, кому ее открыть не дано. — Он пожал плечами. — Вот так-то.

Джон критически оглядел книгу:

— Можно потрогать?

Изаак снова пожал плечами:

— Валяй.

Джон осторожно взял книгу в руки и с удивлением обнаружил, что она тяжеленная. Весит как камень такого же размера.

— Прямо гиря, — сказал он. — И пахнет так интересно. Вроде цветами, только посильнее.

— Переплет обязательно пропитывается мазью из сока алоэ, — пояснил Изаак. — Наверно, чтобы кожа не трескалась.

Джон положил книгу на колени и пробовал ее открыть.

— Ты прав, Изаак, — сказал он. — Обложку нельзя даже приоткрыть. Значит, я в той же категории, что и ты.

— Но это несправедливо, — заметила Филиппа. — Ты же ее не крал, Джон. И ты, вернее, мы с тобой еще дети. Я не понимаю, как ты можешь быть нечист сердцем, если тебе только двенадцать лет. — Она забрала книгу у брата. — Дай-ка я попробую. — Она тоже обратила внимание на запах книги, поднесла корешок к лицу и вдохнула. — Лилии, — сказала она. — Пахнет лилиями.

— Ладно, не тяни.— Джона интересовал вовсе не запах, которым все еще веяло от его пальцев, а то, сможет ли сестра разгадать загадку книги. — Открывай, если получится.

Но Филиппа тоже не смогла. И покачала головой — расстроенно и сердито. Она немало гордилась своей сообразительностью и добротой и не могла постигнуть, почему книга, предназначенная для мудрых и чистых сердцем, осталась для нее закрыта. Бред какой-то.

Изаак забрал книгу, и только теперь близнецы заметили, что он до сих пор не снял перчаток, да и улыбка у него была какая-то странная. Но скоро Джон понял, что теперь ему кажется странной уже не улыбка Изаака, а ощущение, которое возникло у него самого — странное онемение, сначала в кончиках пальцев, потом в кистях, локтях, плечах... Должно быть, что-то попало на кожу, когда он трогал книгу. И тут его охватил гнев. Он увидел, как Изаак без труда открыл книгу и вынул из вырезанного в страницах тайника несколько предметов.

— Эй, — сказал Джон, еще не вполне постигнув всю степень подлости Изаака. — Ты вроде сказал, что не можешь открыть книгу.

— Я не мог. Пока она не побывала в ваших руках. Иначе я бы испортил обложку.

Теперь и у Филиппы онемело все тело.

— Что происходит? — возмутилась она. — Я не могу пошевелиться.

— Это воздействие дубильной мази, — сказал Изаак. — Она содержит впитывающийся в кожу фермент, восстановленный из яда желтого пустынного скорпиона. Вас это не убьет. Просто парализует на несколько минут. А мне больше и не нужно. И пожалуйста, не обижайтесь. У меня, в сущности, нет выбора.

Джон понял, что на этот раз они действительно попали в беду. Не вот-вот попадут, а уже попали. В этом вся разница. Поэтому он, даже не задумавшись, с легкостью произнес труднейшее немецкое слово, которое являлось ключом к его дискримену, подарку Фрэнка Водяного. Как предсказывал мистер Водяной, так и случилось.

Филиппа недаром была близнецом Джона. В голове у нее пронеслись точно такие же мысли, так что в итоге оба они использовали свои дискримены одновременно:

— DONAUDAMPFSCHIFAHRTSGESELLSCHAFT-KAPITÄN!

— ШАБРИРИ!

И не добились никакого результата, потому что два дискримена свели друг друга на нет. Кстати, Нимрод дал близнецам лишь одно чрезвычайное желание на двоих еще и для того, чтобы избежать подобных ситуаций.

Конечно, Джон и Филиппа ничего об этом не знали и предположили, что их дискрименам не удалось одолеть Изаака Балай-ага. Близнецы беспомощно наблюдали, как он взял стебли алоэ, немного глины, две звериных кости и кусочки шелка, вырвал у каждого их них по одному волосу из головы и начал мастерить две куколки, которые чем дальше, тем больше напоминали Джона и Филиппу.

— Что ты делаешь? — спросила Филиппа.

— Творю джинн-заклятие. Дело в том, что я могу трансэлементировать вас только поочередно. А если бы я не связал вас заклятием и начал трансэлементировать одного, другой в это время сделал бы со мной то же самое.

— Трансэлементировать? — переспросила Филиппа. — Нам предстоит залезть в бутылку?

— Этот глупый Нимрод вас ничему не научил? Когда вы залезаете в бутылку по собственному желанию, это называется транссубстантизация. А трансэлементация — это действие, осуществляемое не над собой, а над другим, причем против его желания. — С этими словами он взял две длинные тонкие иглы и проткнул одной из них куклу-Джона.

Джон презрительно усмехнулся:

— Мне даже не больно.

— Причинять боль не входит в мои планы, — сказал Изаак. — Это же не дурацкая кукла для колдовских шалостей, хотя ведьмы и знахари почерпнули кое-какие идеи именно отсюда. Это — просто временное заклятие. Временное, поскольку, когда яд скорпиона испарится, заклятие снимется само собой.

Джон громко крикнул, надеясь, что им поможет охрана поезда или кто-то из пассажиров.

— Успокойся, — сказал ему Изаак. — Все спят. И считайте, что вам повезло. Ведь я не использую диминуэндо, то есть не превращаю в кукол вас самих. Иначе вы бы остались в таком виде до тех пор, пока я не вздумал бы превратить вас в кого-то еще. А так через день-два вы сами вернетесь в обычное состояние. Не волнуйтесь, все путем.

— Но зачем ты это делаешь? — спросила Филиппа. — Что все это значит? Ты работаешь на Асмодея?

Изаак засмеялся и пронзил куклу-Филиппу второй иглой.

— Нет никакого Асмодея, — сказал он. — Вернее, есть, но не в нашем случае. В Сигишоаре вы видели не настоящего Асмодея, а мое собственное произведение, которое я изготовил, чтобы развеять любые ваши подозрения. Для отвода глаз. Нет, дорогие мои, реальный Асмодей догнал бы этот поезд в два счета и разбил бы его в щепки, чтобы достать «Гримуар Соломона». Только это, разумеется, вовсе не «Гримуар». Настоящая книга слишком ценна, чтобы возить ее в поезде. А эта книга — подделка. И демон — подделка, которую я сотворил по рисунку из новой книги господина Ракшаса.

Подняв обе куклы в воздух, Изаак наклонил голову, дважды топнул каблуком по полу купе и произнес следующее:

— Я два раза постучал в двери большого зала, что в земляном нутре, чтобы связать этих двух джинн. ХАДРОКВАРКЛУОН!

После этого он снова рухнул на сиденье и закурил сигару.

— Все, — гордо сказал он. — Готово. Вы связаны. Теперь я могу сделать то, что хочу.

— И что же? — спросила Филиппа.

— Разве я не сказал? — удивился Изаак. — Я помещу вас в отдельные контейнеры и закупорю. — Он незамедлительно извлек из кармана пальто два контейнера и, поддразнивая, сунул их под нос близнецам.

— Тебе это так не пройдет, — прошипел Джон.

— Пожалуйста, — взмолилась Филиппа, — не делай этого.

Изаак вздохнул и прижался лицом к оконному стеклу.

— Я бы рад вам помочь, честное слово. — Он провел пальцем по стеклу — вслед за каплей дождя, катившейся с внешней стороны. — Но у меня нет выбора... Ладно, не грустите. Все не так ужасно.

— С каким треском ты бы сейчас вылетел в окно! — сказал Джон.

— Руки коротки, старик, — хихикнул Изаак. — Не выйдет. — Он встал. — Мне очень жаль. Честное слово. Но, как говорится: «Я не хорош и не плох. Я просто выполнял приказ».

Он снова произнес свое слово-фокус, театрально взмахнул руками, и близнецы один за другим исчезли в облаке дыма.

Глава 9

Демон-вышибала

Последние пассажиры еще не покинули Королевский венгерский экспресс на берлинском вокзале, а Нил и Алан уже начали тревожно поскуливать, поскольку почуяли, что в поезде произошло что-то неладное.

— Что будем делать? — спросил Джалобин. — Эй, слышите? Я говорю, что прикажете делать?

— Разумеется, обыскивать поезд, — сказал Нимрод. — Вы берите Алана и начинайте с головы состава, а я возьму Нила и начну с хвоста. Встретимся посередине.

— Ну что, ты идешь? — окликнул Джалобин Алана и не оглядываясь двинулся вдоль платформы. Пес бросился следом.

Нимрод поднялся на подножку последнего вагона. К этому моменту он уже не рассчитывал найти близнецов в экспрессе. Он искал лишь ключ к разгадке того, что с ними случилось. И очень надеялся на острый нюх двух ротвейлеров. И действительно, Нил громко залаял, как только вошел в купе, где ехали близнецы. Нимрод тут же послал его за Джалобином и Аланом, а сам потер старую медную лампу, вызывая господина Ракшаса.

— Боюсь, их нет в поезде, — произнес Нимрод, едва господин Ракшас вывинтился из лампы.

— Да, я уже понял. Слышал, как вы говорили с Джалобином, — отозвался господин Ракшас и начал тщательно, по-собачьи, обнюхивать купе. — Вы чувствуете запах?

— Нет, — признался Нимрод. — Ничего конкретного... Кроме, пожалуй, хорошей сигары. — Он тоже шумно втянул ноздрями воздух. — Марки «Ромео и Джульетта». Думаю, размер «Черчилль». Именно такую сигару курил Изаак Балай-ага в гостинице «Алгонкин» в Нью-Йорке... — Нимрод задумался. — Вы этот запах имели в виду, господин Ракшас?

— Нет, — сказал старый джинн и снова понюхал воздух. — Как ни странно, покидая лампу, я ощущаю все запахи острее. На протяжении какого-то времени, во всяком случае. Так вот, сейчас обоняние мне подсказывает, что здесь сильно пахнет мазью алоэ. Как будто...

Глава 9. Демон-вышибала

Тут в дверях купе появился Джалобин с двумя псами. Алан принес в зубах кость, которую тут же опустил к ногам Нимрода. Сначала Нимрод не обратил на нее особого внимания, но потом насторожился.

— Так-так, баранья лопатка, — сказал он. — Эта кость плюс запах, который вы ощущаете, свидетельствуют только об одном.

— Соломоново заклятие, — кивнул господин Ракшас.

— Что это означает? — спросил Джалобин.

— Это означает, что тот, кто подчинил моих племянников своей воле, использовал очень старое и мощное заклятие из той самой книги, которую Джон и Филиппа должны были получить от Изаака Балай-ага.

Тут Нил начал прочесывать купе своим носом, точно пылесосом: сначала пол, потом сиденья и, наконец, багажные полки. И снова залаял.

— Неужели ты что-то нашел? — воскликнул Нимрод. Он встал ногами на сиденье и заглянул на багажную полку. В глубине, почти скрытая за металлическими держателями, валялась трубочка от огромной сигары.

— О! И впрямь «Черчилль». Значит, Изаак здесь побывал. — Потянувшись, он достал трубочку и отвинтил колпачок.

Оттуда сразу повалил дым. И спустя тридцать секунд Джон уже стоял рядом с друзьями и рассказывал им обо всем, что случилось с ним и его сестрой. Нимрод и Ракшас оторопели: выходило, что дискримен, который Нимрод дал Филиппе, не сработал! Постепенно они восстановили картину происшедшего.

— Что ж, теперь все понятно, — сказал господин Ракшас. — Боюсь, что желание, которое дал тебе господин Водьяной, и желание, которым Нимрод наделил Филиппу, взаимоуничтожились. В «Полном своде Багдадских законов», издание тысяча девятьсот сорокового года, том десятый, Уложение шестьдесят два, раздел сорок девять, указано, что в одном месте в одно время может существовать только одна чрезвычайная ситуация, а две чрезвычайные ситуации должны быть непременно разнесены во времени; по той же самой причине два дискримена не могут применяться одновременно. Следовательно, если они все-таки применяются одновременно, они не имеют законной силы, и их действие будет сведено к нулю.

— Знаете, Ракшас, о законах пока можно забыть, — сказал Джалобин. — Похоже, их тут нарушают все, кому не лень.

— Это точно, — кивнул Джон, забирая у Нимрода трубочку от сигары. — У Изаака было две таких штуки. Во второй должна находиться Филиппа. — Он поводил трубочкой под носом Алана, чтобы пес смог взять след. — Иди, ищи, — велел Джон. — Ищи вторую трубочку.

— Можно попробовать, — согласился Нимрод. — Но боюсь, что это бесполезно. Если бы Изаак хотел забрать вас обоих, он не стал бы возиться с раздельной трансэлементацией.

— Почему он взял Филиппу, а не меня?

— Не знаю. Но закатай меня в бутылку, если я не узнаю это очень скоро!

Они стали ждать Алана. И он возвратился — без трубочки, страшно опечаленный... Ведь он любил Филиппу ничуть не меньше, чем Джона.

— Ладно, — сказал Нимрод. — Пора что-то делать. Джалобин, вы с господином Ракшасом берите собак и идите в гостиницу. Это на тот случай, если похитители попробуют войти с нами в контакт и потребуют выкуп.

— А вы куда? — спросил Джалобин.

— В музей Пергамон, — ответил Нимрод. — У меня есть вопросы к Айше.

— Например? — спросил Джон.

— Например, действительно ли «Гримуар Соломона» пропал. Или это была просто байка, с помощью которой Изаак заманил нас в эту западню.

Музей Пергамон находится в восточной части Берлина и считается — наряду с Британским музеем и комплексом Смитсонианского института в Америке — ведущим собранием восточных сокровищ. Четырнадцать залов Пергамона отданы под коллекцию, которая включает в себя реконструированные элементы всемирно известных архитектурных памятников Вавилона с вкраплениями из глазурованных кирпичей, найденных немецкими археологами. Главные достопримечательности музея — не копии, а самые настоящие врата Иштар, или Синие Вавилонские врата, Торжественный путь и фасад тронного зала царя Навуходоносора II. Кроме того, как объяснил Джону Нимрод, когда они входили в Пергамон, здесь существуют потайные залы и комнаты, о которых мундусяне — ни посетители музея, ни даже служащие — совершенно ничего не знают.

— Одна из стен Торжественного пути является не чем иным, как пленумом, то есть непустым пространством. В сущности, это ширма, которая служит визуальным прикрытием квантового пространства — в противоположность декартовскому.

— Ты хочешь сказать, что там есть секретная комната? — уточнил Джон, пытаясь извлечь из слов Нимрода хоть какой-то смысл.

— Да, — сказал Нимрод.

— Так бы сразу и сказал, — пробормотал Джон, следуя за дядей.

Нимрод привел его к Торжественному пути и остановился перед стеной, сделанной из синего глазурованного кирпича, с барельефным изображением льва в натуральную величину.

— За этой стеной — дворцовые покои Синей джинн Вавилона, — сказал Нимрод. — Теперь осталось туда попасть.

Джон неуверенно кивнул.

— А попасть туда — значит освободить свой разум от обычных представлений о времени, про-

Глава 9. Демон-вышибала

странстве и материи, — сказал Нимрод. — Попасть туда можно, только двигаясь с потоком.

Джону эта идея пришлась по душе, поскольку двигаться с каким-то потоком все-таки легче, чем двигаться против потока.

— Итак, — начал он, пытаясь сделать из слов Нимрода практические выводы. — Эта стенка поддельная. Мы подходим к ней, а потом, не останавливаясь, проходим сквозь нее. Так?

— Не совсем. Ты же не можешь подойти к чему-то, чего на самом деле нет? Стены фактически не существует. Во всяком случае, для нас. Ты должен исключить стену из своих мыслей, Джон.

Джон нахмурился. Он никак не мог понять, чего хочет от него Нимрод. Исключить стену из мыслей ему мешала одна, но существенная сложность: сама стена. Она просто стояла на дороге, как любая нормальная стена.

— Ну, давай, — сказал Нимрод. — Попробуем вместе. Возьми меня за руку. Готов?

Джон кивнул. «Двигайся с потоком», — сказал он себе, когда они быстрым шагом направились к стене. Все шло прекрасно, и он вполне уверил себя, что перед ним нет, в буквальном смысле, никаких препятствий, как вдруг — в самую последнюю секунду — один из музейных светильников вспыхнул чуть ярче, отбросив блик на туловище льва... И вот Джон уже лежит на полу Торжественного пути, и голова у него трещит, как у боксера после нокаута. А что еще можно чувствовать, врезавшись в кирпичную стену на скорости шесть километров в час? Первое, что увидел Джон, открыв глаза, была нога Нимрода, исчезающая в толще пленумной стены. Мальчик сел, мучительно потирая лоб.

Крепкий широкоплечий охранник помог Джону встать, но изъяснялся он по-немецки, и Джон, так толком и не поняв, что ему говорят, только улыбнулся в ответ, заверил охранника, что все в порядке, и извинился за собственную рассеянность. Следующие десять минут он провел, расхаживая взад-вперед по Торжественному пути — якобы любуясь его неземной красотой. На самом деле он пытался окончательно прийти в себя и дождаться возвращения Нимрода. Он, возможно, и рискнул бы предпринять вторую попытку попасть в потайные покои, но охранник теперь не сводил с него глаз. Беспокоился, наверно, как бы Джон снова не врезался в стену и не повредил ценный экспонат. Он наблюдал за Джоном так пристально, что даже не заметил, как из стены, прямо за его стулом, тихо появился Нимрод. Нимрода вообще никто не заметил. Кроме Джона.

— Ничего себе шишка! — воскликнул дядя, осматривая лоб Джона. — Н-да, этот квантовый прыжок требует некоторой тренировки. К тому же ты еще не вполне оправился от заклятия, которое наложил на тебя Изаак.

— Боюсь, моя голова еще одной попытки не выдержит, — признался Джон. — Что она сказала?

— Кто?

Глава 9. Демон-вышибала

— Айша, кто же еще?
— Ее там не было, — ответил Нимрод, направляясь к надписи AUSGANG, что по-немецки означает «выход».
— Куда теперь?
— К Айше домой.
— То есть она живет не в музее? Ее дом не за этой пленумной штукой?
— Что ты! Разумеется нет, — сказал Нимрод. — Тут у нее вроде офиса, где она принимает джинн, пришедших к ней как к советчику или судье. Неприемные часы она проводит дома, в предместье Берлина. На вилле «Фледермаус».

Выйдя из музея, Нимрод остановил такси и велел водителю везти их к дому один по улице Амона Гета. По дороге Джон сказал:

— Кажется, «фледермаус» означает по-немецки «летучая мышь»?
— Верно. Когда я был в твоем возрасте, мы так и называли дом Айши: «Мышиный особняк».
— Значит, ты бывал у нее в гостях?
— Запали мою лампу! Еще бы! — Нимрод вздохнул, как показалось Джону, немного печально. — Но с тех пор прошло много лет.

«Мышиный особняк» вполне заслужил такое название. Он стоял за высоченными железными воротами в окружении почти подпиравших небосвод елей и выглядел жутковато. Сквозь щель в воротах Нимрод осторожно, словно его терзали смутные сомнения, осмотрел сад. Джон решил, что поведение Нимрода как-то связано с тремя немецкими словами, начертанными на воротах.

— «Vorsicht, bissiger Dämon!» — громко прочитал Джон и покачал головой. — Как же хочется понимать по-немецки, — бездумно добавил он, совсем позабыв, что рядом стоит могучий джинн. Внезапно Джон понял, что означают эти три слова. Пожалев племянника, на долю которого выпало столько испытаний — и в поезде и в музее, — Нимрод просто взял и выполнил желание Джона. Теперь юный джинн понимал любое немецкое слово так же хорошо, как английское. Ему даже показалось, будто мозги его стали вдвое больше.

— Осторожно, злой демон! — перевел Джон.

— Вот именно, — пробормотал Нимрод и медленно открыл ворота. — Держись ко мне поближе, мальчик.

— А о каком злом демоне идет речь? — спросил Джон. — Надеюсь, не об Асмодее?

— Закатай меня в бутылку! Надеюсь, что нет, — прошептал Нимрод. — Как тебе только в голову такое пришло?

Джон хотел было рассказать ему про то, что случилось в Сигишоаре, но Нимрод продолжал говорить сам, а гравий под его крепкими грубыми ботинками хрустел, как пачка печенья на зубах у великана.

— Нет, здешний демон — это своего рода вышибала. Демон при вратах, такие были когда-то модны в древнем Вавилоне. — Нимрод на мгновение остановился и прислушался, потом снова двинулся вперед. — Эти демоны лежат у порога дома, защищая его от неприятных посетителей. — Они подошли совсем близко к крыльцу, и Нимрод взглянул вверх. — Иногда они сидят на крыше.

— А мы тоже неприятные посетители? — спросил Джон.

— Не исключено, — сказал Нимрод.

Уже почти совсем стемнело, но в доме огни не зажигались — а ведь демон притаился совсем рядом! И готов на них наброситься. Джону было ужасно неуютно. Это чувство резко усилилось, когда дядя взошел на крыльцо и взялся за большой медный дверной молоточек в форме анатомически точного человеческого сердца. Нимрод собрался было постучать, но вдруг передумал.

— Ну и юмор у Айши! — фыркнул Нимрод. — Намекает, что ее сердце самое твердое на свете.

При свете полной луны они простояли у двери долгую минуту.

Вокруг мрачного дома с башенками, хлопая крыльями, порхали летучие мыши; где-то среди деревьев громко ухала сова. Но внутри дома признаков жизни не было. Джон наклонился и, подняв откидную створку, прикрывавшую щель для писем и газет, заглянул в дом. В темной прихожей он различил большие стоячие часы, подставку для зонтиков в виде мохнатой ноги мамонта, огромный пустой камин, стол и груду нераспечатанных писем на полу.

— Там никого нет, — сказал Джон.

— Я бы на твоем месте так не рисковал, — сказал Нимрод. — Здесь лучше ни до чего не дотрагиваться, никого не тревожить.

— По-моему, тут тревожить некого. Мертвая тишина. — Джон пожал плечами.

— Вот и я о том же. Слишком уж она мертвая.

Тут Джон отпустил створку, и она с шумом захлопнулась. Нимрод вздрогнул.

— Ну вот тишина и нарушена, — добавил он.

— Пошли отсюда, — произнес Джон, спускаясь с крыльца. — Меня от этого места жуть берет. Давай поскорей уйдем.

— Джон, стой! — сказал Нимрод, но было слишком поздно.

Едва ноги Джона снова коснулись гравия на дорожке, он увидел, что сбоку к нему несется нечто. Оно было крупнее собаки, но перемещалось слишком быстро, чтобы разглядеть, кто это. Инстинктивно он понимал, что это и есть демон-вышибала и ему, Джону, надо как-то от него спастись. Но эта мысль пробивалась через его юное сознание медленнее, чем двигался демон. Хохоча, как гиена, он летел к Джону на всех парах. С его клыков капала слюна. Демон рвался сомкнуть их на шее мальчика и в одно мгновение перекусить ему горло. За исключением головы, демон был совершенно черным и действительно походил на гиену: крепкие плечи, высокие передние лапы, а задние — намного короче. Сама голова была чересчур массивная, но явно получеловечья, с ши-

Глава 9. Демон-вышибала

рокими округленными ушами и очень крупными клыками.

Джон вскрикнул, уверенный, что это последняя минута в его жизни, и был бы прав, не окажись рядом дяди, который, по счастью, сохранил присутствие духа. Но даже Нимрод не успел толком сообразить, что делать, потому что вышибала двигался с неимоверной быстротой (на долю миллисекунды Джона даже обуяла жалость к несчастному немецкому почтальону, который вынужден ходить мимо этого существа). Нимрод хотел спасти племянника от серьезной раны, но он, разумеется, не хотел убивать демона. Будучи англичанином, Нимрод вообще не любил убивать, ибо честная игра была для него превыше всего. Кроме того, у него имелись вопросы, на которые — в отсутствие других обитателей виллы «Фледермаус» — он мог найти ответ только у вышибалы. И вот, вспомнив, как Джон не попал в потайные покои музея Пергамон, Нимрод крикнул «ФЫВАПРОЛДЖЭ!», и между его племянником и несущимся, как пуля, демоном тут же появился лист пуленепробиваемого стекла, способного отразить выстрел из автомата калибра 7,62 мм. Стекло Нимрод выбрал лучшее из всех, что были в ассортименте, с уровнем прозрачности 91,4 процента, а это означало, что Джон его попросту не видел. Не видел его и вышибала. С гулким стуком, похожим на удар в колокол, лютый зверь столкнулся с закаленным стеклом на скорости пятьдесят километров в час.

Демона тут же отбросило от невидимого барьера, он распростерся на гравии и больше не шевелился.

Джон неуверенно перевел дух, но сердце его продолжало бешено колотиться. Когда оно чуть успокоилось, мальчик осмелился взглянуть через спасший его стеклянный экран на своего несостоявшегося убийцу.

— Он мертвый?

— Искренне надеюсь, что нет. — Нимрод встал на колени около черного существа и попытался нащупать на его шее пульс. Но в это время вышибала вдруг начал меняться — прямо у них на глазах. Голова, прежде лишь смутно напоминавшая человеческую, стала вполне человеческой, а четвероногое тело превратилось в двуногое, тоже человеческое. На дорожке лежал теперь маленький мужчина в опрятном темном костюме, с галстуком-бабочкой, в желтых перчатках. Вскоре он застонал и перекатился на спину. Джон, пожалуй, представлял себе его ощущения, поскольку сам недавно врезался в стену в музее Пергамон, хоть и на вдесятеро меньшей скорости. Если у него, Джона, на лбу до сих пор шишка, то каково сейчас демону?

Наконец мужчина сел, потирая голову и морщась от боли. Потом он снял перчатку и потрогал кровоточащий рот. Заметив, что несколько капель крови попали на рубашку, он раздраженно сдвинул брови.

— Смотрите, что вы сделали с моей рубашкой, — сказал он тонким фальцетом. Говорил он

Глава 9. Демон-вышибала

по-немецки, но Джон обнаружил, что понимает каждое слово, и очень обрадовался.

— Весьма сожалею, — сказал Нимрод. Его немецкий был безупречен. — Но поймите и нас. Ведь на нас напал ужасный демон. А именно — вы. — Нимрод протянул ему руку. — Позвольте, я помогу вам встать.

Нимрод подвел маленького человечка к каменной скамейке у крыльца виллы. Демон опустился на нее в полном изнеможении и учтиво произнес:

— Благодарю вас, сэр.

Он вел себя совершенно иначе, чем в обличье демона. Настолько, что Джон невольно задавал себе вопрос: неужели это тот, кто едва не съел его заживо?

— Разве вы не видели табличку на воротах? — спросил Нимрода вышибала.

— Видели, господин... Простите, как вас зовут?

— Дамаскус. Разящий Дамаскус. — Господин Дамаскус нашел носовой платок и промокнул кровь на подбородке. — Но если вы видели табличку, — на лице Дамаскуса появилась вежливая, но скептическая усмешка, — почему вы подвергли себя и мальчика столь серьезной опасности? Зачем вам понадобилось открывать ворота? Вы ведь джинн. Это очевидно. Значит, вам известен порядок общения с Синей джинн, да благословенно имя ее. Только в Пергамоне. Таков закон.

— Мы уже были в Пергамоне, — ответил Нимрод, подбирая цветок, выпавший из петлицы в костюме господина Дамаскуса. — Ее там нет.

— Вам следовало подождать. Или договориться о встрече. На все есть свои правила.

— Боюсь, что наше дело не терпит отлагательств, — настойчиво сказал Нимрод. — Кроме того, я знаю, что делаю. Я бывал здесь прежде.

— Бывали? Каким образом?

— Сейчас это несущественно, — сказал Нимрод. — Но ее здесь нет. А у меня для нее важная новость. О «Гримуаре Соломона».

— Новость? Какая?

— Есть предположение, что он украден.

— Невозможно, — задохнулся господин Дамаскус. — Это неправда!

— Хорошо, если так. Но в любом случае есть некто, использующий знание, которое содержится в этой книге. Мой юный племянник подвергся мощнейшему джинн-заклятию, которое можно узнать только из «Гримуара». Как видите, дело срочное. Необходимо проинформировать об этом Синюю джинн как можно скорее. Вам известно, где она, господин Дамаскус?

— Возможно. Но могу я сначала выяснить, кто вы такие?

— Мое имя — Нимрод Плантагенет Годвин. А это — мой юный племянник, Джон Гонт.

Дамаскус приподнялся со скамейки и низко поклонился гостям.

Глава 9. Демон-вышибала

— Я слышал о вас, — сказал он. — Скажу лишь одно. Она уехала из Берлина вчера. Я сам отвез ее в аэропорт. У нее всего двое помощников: мисс Угрюмпыль, которая является одновременно компаньонкой и горничной, и я. Я выполняю здесь почти любую работу, какая потребуется. Дворецкий, садовник, охранник, шофер.

— Вы знаете, куда она отправилась?

— Разумеется. В Будапешт.

— Зачем ей могло это понадобиться?

— Я только слуга, — промолвил господин Дамаскус. — Я не знаю.

— Дядя Нимрод, — сказал Джон. — После Трансильвании Королевский венгерский экспресс должен был остановиться в Будапеште.

— Запали мою лампу! Верно! — воскликнул Нимрод.

— Возможно, она хотела лично забрать книгу? — предположил Джон.

— Все может быть, — глубокомысленно сказал Нимрод и воткнул цветок в петлицу Дамаскуса.

— Спасибо, сэр. — Дамаскус схватился за отворот своего пиджака и жадно понюхал цветок, точно аромат мог вернуть ему силы.

— Когда вы ждете ее назад? — спросил его Нимрод.

— Не могу знать. Я только сторожу дом. Она не докладывает мне о своих планах, сэр. — Тут он улыбнулся даже несколько горделиво. — Однако за годы службы я хорошо узнал Айшу, да будет благословенно ее имя. В это время года, сэр, она обычно проводит по крайней мере три или четыре недели в своем дворце в Вавилоне. До тридцать первого января включительно. Вряд ли она нарушит заведенный порядок.

Нимрод нахмурился:

— До тридцать первого января?

— До древнего пира Иштар, сэр.

— Ну конечно! — воскликнул Нимрод. — Именно в тот вечер ... — Он взглянул на Джона и, похоже, передумал пускаться в воспоминания. — Спасибо, господин Дамаскус. Вы очень любезны.

Джон тоже поблагодарил Дамаскуса, почти оправившегося от удара о стекло, и пошел вслед за Нимродом по дорожке к воротам виллы «Фледермаус». Тут его дядя на скорую руку сотворил новый смерч.

— Разве не проще вызвать такси? — спросил Джон. — Вон, по-моему, едет. И как раз в нашу сторону.

— Мы не возвращаемся в гостиницу, — ответил Нимрод. — Боюсь, нам снова предстоит далекое путешествие. Поторопись. Время не ждет.

— Мы летим в Будапешт? Говорить с Айшой?

— Нет, нет. Ее там теперь нет.

— Тогда куда же мы направляемся? — спросил Джон, когда смерч уже поднял их в воздух.

— В Каир. Поговорить с Изааком Балай-ага.

Глава 10

Три желания Вирджила Макриби

— Откуда ты знаешь, что Изаак в Каире? — спросил Джон у Нимрода, когда смерч уже нес их к югу, прочь от Берлина.

— Я этого точно не знаю. Пока это всего лишь предположение, но небезосновательное. Будь я на месте Изаака и знай, что меня ищет намного более мощный джинн, я бы отправился именно туда.

— Почему не в Вавилон? — спросил Джон. — Разве он не мог отправиться в Вавилон вместе с Айшой?

— Другим джинн, особенно особям мужского пола, не дозволяется находиться в вавилонском дворце Синей джинн, — сказал Нимрод. — И если Айша действительно направилась туда, Изаака с ней скорее всего нет. В этом случае он мог запаниковать и полететь в Каир, в дом Кафура.

— Я читал о доме Кафура, — воскликнул Джон. — В «Кратком курсе Багдадских законов». Это единственное официально признанное в мире убежище джинн.

— Правильно. И в доме Кафура тебя не тронет ни джинн, ни маг. Уложение триста девятнадцать, раздел сорок восемь, параграф девятьсот-А.

— Убежище джинн, — повторил Джон. — Мне бы тоже не помешало там оказаться.

— Зачем? Ты ведь не негодяй и не злодей. Лишь они ищут приют в доме Кафура. Большинство подобных джинн изгнаны из собственных кланов. Или сбежали от более могучих джинн, которым умудрились напакостить. Среди них есть и те, кто отказывается подчиняться суду Синей джинн.

Джон устало откинулся в смерчевом кресле. Он еще не вполне оправился от наложенного Изааком заклятия. И даже помнил, как покалывало ладони, когда по ним растекался яд скорпиона. Эти мысли и воспоминания нагнали на него сон. Мальчик закрыл глаза. А когда открыл, они уже летели над зеленым треугольником — дельтой огромной реки Нил.

— Я спал? — спросил он, зевая.

— Немного вздремнул, — улыбнулся Нимрод. — Как ты?

Глава 10. Три желания Вирджила Макриби

— Лучше, спасибо. Знаешь, пожалуй, я давно не чувствовал себя так хорошо.

И это было действительно так. По крайней мере, физически Джон чувствовал себя крайне бодро. Едва он ощутил на лице горячий ветер египетской пустыни, к нему тут же вернулись силы. Настроение омрачало только одно: тревога за Филиппу. И тревога эта только росла, потому что Нимрод явно уклонялся от прямых ответов на его вопросы — и о значении пира Иштар, и о поездке Айши в Вавилон... Где вообще этот знаменитый Вавилон? Джон смутно помнил, что Вавилон — столица древней Месопотамии. Кажется, его разрушили персы больше двух тысяч лет назад. Похоже, поиски Айши и Филиппы будут нелегкими.

Знаменитое убежище джинн оказалось обветшалым зданием на одном из нильских островов, в западных кварталах Каира. Проходя мимо этого дома, местные жители ускоряли шаг. Мало кто осмеливался приблизиться к зловещему швейцару, который сидел снаружи в тюрбане и длинной, до пят, накидке — галабии. Почти беззубый, небритый, сильно пахнущий кошками, он оживленно закудахтал, приветствуя Нимрода.

— Мстер Наймрод! — воскликнул старик. — Какая радость, сэр! Какими сдьбами? — Жутковатая улыбка обнажила редкие желтые обрубки зубов. — Хтя прчина-то ясная...

— Привет, Ронни, — сказал Нимрод. — Джон, знакомься, Ронни Планктон. Хранитель убежища джинн. Ронни, это мой племянник, Джон Гонт.

— Приятно познакомиться, сэр, — сказал Джон.

— И мне, снок, очнно даже прятно.

— Вы ведь англичанин, верно? — Джон, наконец, разобрался, что старик говорит на кокни — языке лондонских простолюдинов.

— Свршенно верно. Из Лондона. Из Уэст-Хэма, если быть абслютно точнм. Но трчу тут пследние тридцть лет. Малсть нбедкурил, вот мня и выдврили в инстранный климат.

— Он здесь, Ронни? — спросил Нимрод.

— Изаак Блай-ага? Ага! Прибл вчра, сэр, в всьма плчевном состоянии. Скзал, что вы, нверно, приедете его искать. Влел собчить вам, что он здесь. Чтвертый этаж, комнта двацть восм. Вы уж острожненько идите, крыс больно много. Не джинн, не людишек, а нстоящих, крсиных крыс, с хвстами. С реки приходят, чтобы нашим джинн-крысам кмпанию составить. — Ронни засмеялся. — Что ж, вы здешние обычаи знаете, сэр. Но вот плмянника вашего надо бы в курс дела ввести.

Нимрод наклонился, чтобы снять ботинки, и кивком велел Джону сделать то же самое. Потом он вынул блокнот, написал в середине чистого листа свое слово-фокус, вырвал лист и, сунув его в один из своих ботинок, передал их Ронни. Джон неохотно последовал его примеру.

— Это действительно безопасно? — спросил он дядю.

— Ронни — кто угодно, только не вор, — ответил Нимрод.

Глава 10. Три желания Вирджила Макриби

— Спсибо, сэр, — сказал Ронни. — Оччнь ценю кмплменты от таких блгродных джинн, как вы. — Потом он обратился к Джону: — Я охраняю это джинн-убежище тридцть с лишним лет, и под моим надзором ни одна пара обуви не прпала. Не гвря уж о ваших фокусах. Слвах, то бишь. Не влнуйся понпрасну, сынок.

— Оставляя в ботинке слово-фокус, мы подтверждаем, что прибыли с честными намерениями, — сказал Нимрод. — Если же мы по глупости или злому умыслу нарушим правила убежища, Ронни будет вынужден нашу обувь сжечь.

— Вот-вот, — кивнул Ронни. — Спрва запалю обувь, но пскольку там лежит твое слово-фокус, ноги твои тоже охватит пламя. Вечный, ткскзть, огонь. А это малпрятно. Даже для вас и для меня, даром что мы, джинн, и сами сделны из огня.

Вслед за Нимродом Джон вошел в дурно пахнущий вестибюль с грязными, неряшливо изрисованными стенами. Выяснилось, правда, что это не просто граффити, а особые знаки и заклятия; некоторые были написаны по-английски, но больше всего оказалось латыни и египетских иероглифов. Нимрод объяснил Джону, что знаки охраняют здание от любых попыток преобразить материю сознанием.

— Пойми, это очень важно, — говорил Нимрод, поднимаясь по лестнице мимо новых и новых заклятий. — Что бы ни сказал нам Изаак, как бы мы на него ни рассердились, здесь нельзя использовать джинн-силу. Ни в коем случае. Кстати, учитывая все эти знаки на стенах, из такой попытки все равно ничего толкового не получится.

— Но почему джинн соглашаются жить в таком мерзком месте? — спросил Джон. — Неужели у них не осталось ни капли джинн-силы? Могли бы сотворить себе убежище и получше.

— Похоже, ты не вполне вник в происходящее, — сказал Нимрод. — Использовать джинн-силу запрещено не только посетителям. Это относится и к тем, кто нашел приют под этим кровом. Потому-то здесь не найти того комфорта и роскоши, с которыми большинство из нас обставляют свои бутылки и лампы.

— А у здешних жителей нет другого выхода? — спросил Джон. — С ними действительно сделают что-то ужасное, если они покинут этот дом?

— Спроси-ка себя: будь моя воля, что бы я сделал с Изааком Балай-ага?

— Я бы превратил его в верблюжьи какашки.

— Вот ты и ответил на свой вопрос, — сказал Нимрод и постучал в дверь под номером двадцать восемь.

Увидев их в дверях, Изаак подскочил к Джону и принялся целовать ему руки и просить прощения.

— Эй, прекрати! — Джон вырвал руки и сунул их в карманы брюк — на случай, если Изаак вздумает поцеловать их снова.

Глава 10. *Три желания Вирджила Макриби*

Подобострастно кланяясь, Изаак пятился в темноту, чтобы впустить гостей.

— Входите, прошу вас, — сказал он. — Обстановка неказистая, но мне некуда было больше податься.

Джон и Нимрод вошли. Мальчик озирался, стараясь не обращать внимания на сильный запах вареной баранины. Драные занавески, плесень на стенах. В углу расчесывала свои усики крыса. Кругом царила такая грязь, такое запустение! Джон решил, что крыса — единственное существо, которое когда-либо занималось уборкой, пусть и собственных усов, в квартире Изаака.

— Что ты сделал с моей сестрой? — сухо спросил Джон. — Говори, или я натравлю на тебя самых страшных элементишей.

Нимрод взглянул на племянника с большим любопытством. Он и не подозревал, что Джон знает о таких вещах. Но потом он поспешно прервал разговор:

— Достаточно. Ни слова про элементишей, во всяком случае при мне. Элементиши — препротивная штука. И от них очень трудно избавиться. — Нимрод посмотрел на Изаака с отвращением. — Расскажите нам, что произошло. И кто за этим стоит.

— Она ее сцапала, — выдохнул Изаак и затараторил: — Она просто вынудила меня так поступить. Никакого выбора не оставила. Я не хотел. Я ведь неплохой джинн, честное слово. Но что я мог поделать?

— Помедленнее, — остановил его Нимрод. — И лучше с самого начала.

— Айша заставила меня это сделать. Это она все затеяла, понимаете? Я никогда не крал «Гримуар Соломона». Она велела мне про это наврать. Сказала, что Нимрод никогда не допустит, чтобы «Гримуар» попал в руки к ифритцам, что вы пойдете на все, чтобы вызволить книгу из их лап. Она же придумала условие, по которому я буду готов передать книгу только близнецам. Все она!

— Понятно, — кивнул Нимрод. — Это многое объясняет.

— Но что нужно Айше от Филиппы? — спросил Джон.

— Разве не ясно? — сказал Изаак. — Она хочет сделать твою сестру своей преемницей, Синей джинн Вавилона.

— Что? — испуганно вскрикнул Джон.

— Айша сказала, что проверила джиннтеллектуальные способности Филиппы во время чемпионата, — пояснил Изаак, — а еще у Филиппы имеются какие-то секретные признаки, но в это меня не посвящали.

— Такой подоплеки дела я и боялся, — признался Нимрод.

— Послушайте, я расскажу вам все, что знаю, — продолжал Изаак. — Век Айши подходит к концу. У нее уже нет времени уговаривать преемницу. Она просто решила, что ею будет твоя сестра, Джон. А меня сделала своим сообщником. Сначала я отказался. Но она пригрозила, что, если я ослушаюсь, она отправит меня на Венеру вслед за Иблисом. На самом деле я подозреваю, что она и сослала-то его туда не за грехи, а чтобы меня испугать. Чтобы я согласился выполнять все, что она прикажет. Ну, я и согласился. Разве у меня был выбор? Она научила меня джинн-заклятию, которое я использовал в поезде, дала поддельную книгу... Короче, все это — ее рук дело. После того как ты и твоя сестра оказались в футлярах от сигар, Айша встретила меня у поезда в Будапеште. Вчера. Она забрала футляр с Филиппой, а мне приказала исчезнуть. Я заикнулся было о награде за ту помощь, которую я ей оказал, но она сказала, что награждать меня бесполезно, поскольку первое, что наверняка сделает Филиппа, став новой Синей джинн, так это — первостатейно меня накажет. Да и вы сделаете то же самое. Вот я и отправился сюда. Просто не нашел лучшего места...

— А вам нигде теперь нет места. На всей земле. Жаль, что вы не подумали об этом раньше, — мрачно сказал Нимрод.

— Где она теперь? — гневно спросил Джон. — Где она? Говори, крыса!

— Полагаю, они уже добрались до тайного дворца Айши в Вавилоне, — сказал Изаак. — Они в Висячем дворце.

Джон покачал головой.

— Филиппа никогда не согласится стать новой Синей джинн, — убежденно сказал он. — Может,

Айша и отвезла ее в Вавилон, но она не заставит ее стать кем-то, кем она стать не хочет. — Увидев, как помрачнел Нимрод, Джон вдруг усомнился в собственных словах. — Или заставит?

— Боюсь, заставлять особо не придется, — сказал Нимрод. — Если Филиппа пробудет во дворце Айши достаточно долго, она волей-неволей станет следующей Синей джинн. Ее сердце окаменеет. Вся ее природная доброта, все тепло высохнут и истлеют. Она будет совсем новой джинн, стоящей над злом и добром. А та Филиппа, которую мы знаем, исчезнет навсегда.

— Не понимаю, — сказал Джон. — Неужели такое возможно?

— Никто из нас, из тех, кто не посвящен в тайны инициации, не способен этого понять, — ответил Нимрод. — Но одно я знаю наверняка: если Филиппа пробудет там тридцать дней, по крайней мере до пира Иштар, то случится нечто, что изменит ее навеки. Именно так было с самой Айшой. Так было всегда.

— Тогда мы должны ее спасти! — воскликнул Джон.

— Невозможно, — сказал Изаак. — Ты сам не знаешь, что говоришь. Во-первых, местоположение дворца — тайна. Известно лишь, что он находится в Вавилоне, а где именно — никто толком не знает. Во-вторых, дворец тщательно охраняется. И система охраны ведома одной только Айше.

Джон с надеждой посмотрел на Нимрода:

Глава 10. *Три желания Вирджила Макриби*

— Что же делать, Нимрод? Мы не можем оставить ее там.

— Я крайне, крайне сожалею о том, что случилось, — сказал Изаак. — Но сейчас вы и вправду ничего не сделаете. Вам не одолеть самую могущественную джинн на земле. Объясните ему, Нимрод.

— Все так, Джон, — сказал Нимрод. — Синие джинн словно атомные бомбы. Каждая следующая мощнее предыдущей. Айша, может, и похожа на старую перечницу, но победить ее невозможно, поверь. Она сильнее нас всех вместе взятых.

— Что-то наверняка можно сделать, — настаивал Джон. — Вдруг господин Ракшас придумает? Он много знает о Синей джинн. Намного больше, чем написал в своей книге, это точно.

— Не исключено, — кивнул Нимрод. — У него может найтись хороший совет.

— Тогда не будем терять времени! — Джон направился к двери.

— А со мной как? — подал голос Изаак.

— Что — с тобой как? — нахмурился Джон.

— Если вы меня не простите, мне придется остаться здесь до конца жизни.

Джон поглядел на дядю. Тот пожал плечами.

— Тебе решать, Джон, — сказал Нимрод. — Ты близнец Филиппы, ее самый близкий родственник. Если ты хочешь отомстить Изааку за сестру, то весь наш клан, все мариды будут обязаны мстить ему от твоего имени. У джинн это называется *виндикта*. Если ты решишь вступить на этот путь, по выходе из убежища я скажу тебе, какие слова нужно произнести для виндикты. В этом случае бедняга Изаак останется здесь, в доме Кафура, на веки вечные. Но, повторяю, решать тебе.

— Давай-ка разберемся, — сказал Джон. — Мне не разрешают использовать джинн-силу против него, пока мы находимся в этом здании, верно? — Нимрод кивнул. — Но я могу произнести виндикту против него, когда мы выберемся наружу? Так, что ли?

Нимрод снова кивнул. Изаак с надеждой смотрел на Джона.

Джон все еще очень злился на Изаака. Но пожелать ему вечной мести он бы не осмелился. С другой стороны, не оставлять же преступление Изаака безнаказанным! Джон колебался. Жаль, Филиппы нет рядом. Она-то с подобными задачками справляется куда лучше. И пока сын Лейлы Гонт раздумывал, как должен поступить в этом случае джинн, сын Эдварда Гонта поступил вполне по-человечески. Со всего размаха Джон двинул Изааку кулаком в лицо. Парень взвыл и упал на пол. Из носа у него пошла кровь.

— Я прощаю тебя, Изаак, — сказал Джон. — Но это не должно повториться. Иначе тебе будет намного больнее.

Изаак заплакал.

— Это не повторится, — сказал он. — Клянусь.

— Пошли отсюда, — сказал Джон Нимроду. — Пошли, пока я не передумал. Иначе я снова дам ему в морду.

Глава 10. *Три желания Вирджила Макриби*

В Берлине, в шикарной гостинице «Адлон», господин Ракшас и Джалобин терпеливо слушали рассказ Нимрода и Джона о том, как Айша утащила Филиппу в свой тайный дворец в Вавилоне.

— Похитить ребенка! — воскликнул Джалобин. — Какая бесчеловечность!

— Ваш комментарий вряд ли уместен, — сказал Нимрод однорукому дворецкому. — Поскольку Айша — не человек, да и Филиппа на самом деле не из людской породы, человечность тут совсем ни при чем.

— А то вы не поняли, что я имею в виду? — возмутился Джалобин. — Сэр.

— Простите, Джалобин. Вы, разумеется, совершенно правы. Действия Айши бесчеловечны, это подходящее слово.

— Я все готов отдать за этого ребенка... — Джалобин достал большой носовой платок и промокнул выступившие на глазах слезы.

Алан и Нил, стараясь утешить Джона, лизали ему руки. Мальчик нервно теребил собачьи уши.

— Где хоть находится этот ваш Вавилон? — спросил он.

— В Ираке, — ответил Нимрод.

— Чтоб мне провалиться! — Джалобин даже охнул. — Повезло так повезло...

Джон вздохнул. Ирак, вероятно, одна из самых опасных стран в мире. Сама мысль о путешествии в Ирак казалась совершенно безрассудной. Как вызволить кого-то из страны, где опасности грозят всем и каждому? А если к этим опасностям добавятся заклятия, наложенные джинн? Самой могущественной джинн на земле? Но если Филиппа действительно там, то он, Джон, тоже должен быть там. Тут вариантов нет. По крайней мере, в Ираке жарко, и там много пустынь. Так что свою джинн-силу он там применить сможет. Интересно, Ирак таит особые опасности для таких, как он? Для джинн?

— Значит, мы все отправляемся в Ирак, — твердо сказал Джон.

Господин Ракшас покачал головой.

— Иногда, — сказал он, поглаживая бороду, что всегда было признаком глубокой задумчивости, — чтобы добраться до цели, нужно двигаться ровно в обратном направлении. Вавилон расположен к юго-востоку отсюда, но будет превеликой глупостью двигаться напрямик. Сначала надо побывать далеко на западе. И попасть в Ирак через Ниневию.

— Пожалуйста, господин Ракшас, — взмолился Джон, — объясните, что вы имеете в виду?

— Только одно. Прежде чем мы найдем нашего потерянного ягненка, нам придется найти паршивую овцу. — Господин Ракшас все гладил и гладил свою длинную белую бороду, теперь уже обеими руками. — Нам придется поговорить с Макриби, — сказал он Нимроду.

— Вирджил Макриби — жулик и шарлатан, — сказал Нимрод.

Глава 10. Три желания Вирджила Макриби

— Несомненно, — мягко улыбнувшись, согласился господин Ракшас. — Но иногда даже жулик и шарлатан может подсказать, где сесть на последний автобус, который отвезет тебя в родные палестины. Кроме того, никто из мундусян не ведает о различных таинствах джинн больше, чем Вирджил Макриби.

— Вирджил Макриби — вроде современного царя Соломона, — пояснил Нимрод для Джона. — Поэтому он очень опасен. Для мундусян.

— Поэтому с ним и стоит поговорить. Вирджил Макриби посвятил всю свою жизнь изучению джинн, это чистая правда. Я слышал, он прочитал все книги, находившиеся в закрытом доступе в Британском музее и библиотеке Ватикана.

— А некоторые попросту украл, — вставил Нимрод.

— Теперь его коллекция магических книг — лучшая в мире. Еще лучше, чем моя собственная, — признал господин Ракшас.

— В этом вы, бесспорно, правы. — Нимрод раскурил большую сигару и выдул кольцо дыма, напоминавшее по форме долларовую купюру. — Конечно, он не будет помогать нам задаром. А я, положа руку на сердце, скажу, что это последний на свете человек, чьи три желания мне хотелось бы выполнять. Он подлый обманщик, настоящий злодей.

— Можно подарить ему книгу для коллекции, — предложил господин Ракшас.

— Я, наверно, мог бы отдать ему «Копилку Соломона». Весьма редкая книга.

Господин Ракшас покачал головой:

— Редкая? Да. Интересная? Порой. Полезная? Нет. Во всяком случае, для такого человека, как Вирджил Макриби. Нет, Нимрод, я полагаю, что он способен клюнуть только на одну книгу. На «Метамагию». И, по странному стечению обстоятельств, она как раз у меня в лампе.

— Но она бесценна! — возразил Нимрод.

— Я сделал копию. И храню ее здесь. — Господин Ракшас гордо постучал пальцем по лбу. — И вообще, теперь, когда я закончил «Краткий курс Багдадских законов», она мне, в сущности, больше не нужна. Кроме того, у такой книги, как «Метамагия», не может быть владельца. Можно лишь временно принять ее на хранение. Разумеется, даже подарив Макриби такую книгу, не стоит надеяться, что мы купили его с потрохами. Все равно надо быть бдительными. Вдруг он вздумает подчинить нас собственной воле?

— Нас трое, — сказал Нимрод, метнув взгляд на Джона. — Вирджил не посмеет. Что ж, если вы и вправду готовы расстаться с «Метамагией»...

Господин Ракшас молча кивнул.

— Я совершенно согласен с вами в оценке Макриби, — продолжал Нимрод. — Нам всем надо быть начеку. Как ты себя чувствуешь, Джон? Силы есть? Или вяло?

Глава 10. *Три желания Вирджила Макриби*

Джон выглянул из окна гостиницы «Адлон» в холодную берлинскую ночь. Он, конечно, по улицам не гулял, но, проходя мимо электронного табло в вестибюле гостиницы, заметил, что температура ниже нуля.

— Вяло, — отозвался он. — Пустыня из костей уже выветрилась, а берлинский холод в них, наоборот, заполз.

— Тогда тебя надо наделить дискрименом, — сказал Нимрод. — На всякий случай... Или нет, после истории в вагоне лучше дать тебе не одно, а три чрезвычайных желания. Но будь осторожен, Джон. Обращаться с этими штуками надо крайне бережно.

— Понял.

Нимрод глубокомысленно попыхивал сигарой.

— Теперь давай посмотрим... Надо выбрать подходящее слово... Одно для всех трех желаний.

— Как насчет...

— Нет, Джон, слово должен придумать я, а не ты, — сказал Нимрод. — Иначе дискримен не работает.

— Хорошо, только не делай его слишком сложным, — сказал Джон. — Мистер Водяной дал мне немецкое слово, которое было почти невозможно произнести.

— Как насчет РИМСКИЙ-КОРСАКОВ?

— Римский кто?

— Римский-Корсаков. Русский композитор. Его самое известное произведение — написанная в тысяча восемьсот восемьдесят девятом году симфоническая сюита «Шехерезада». Да-да, та самая, которая рассказывала царю сказки тысячу и одну ночь подряд.

Джон кивнул:

— Римский-Корсаков, говоришь? Ладно, это я запомню.

— Запоминать нет нужды, — сказал Нимрод. — В чрезвычайной ситуации дискримен вспоминается сам.

Новый смерч понес их на запад, в деревню Большая Ниневия, расположенную в графстве Кент на юго-востоке Англии. Здесь, в замке, построенном посреди озера еще норманнами, и жил Вирджил Макриби.

— Это здесь, — сказал Нимрод. — Замок Камбернолд.

Надо же, какое потрясающее место! Рассматривая Камбернолд сверху, Джон подумал, что, пожалуй, не удивится, если из этого озера высунется женская рука с мечом, как в легенде о короле Артуре.

— Кажется, нас ждут, — произнес он, заметив, что на травяной вертолетной площадке в центре замка-острова стоит крепко сбитый мужчина и смотрит в небо. — Наверно, это и есть Вирджил Макриби.

Постепенно уменьшая обороты смерча, Нимрод плавно опустил себя и спутников на вертолетную площадку. Макриби приветственно помахал гостям. Он выглядел совершенно спокойным, как будто в замок Камбернолд джинн прилетают что ни день. По трое. На смерче.

— Откуда он узнал о нашем прибытии? — спросил Джон.

— С таким человеком, как Макриби, — сказал господин Ракшас, который на этот раз решил лететь не в лампе, а вместе со всеми, — никогда не известно, что он знает, а что — нет. Нам, несомненно, следует вести себя крайне осторожно. Слишком радушный прием все-таки подозрителен.

Благополучно приземлившись, Нимрод отпустил смерч. Вирджил Макриби шел к ним с широкой приветливой улыбкой. На нем был твидовый костюм, бородка его напоминала щетку для обуви. Голос оказался ровный, учтивый — точь-в-точь как у актеров, которые играют пьесы Шекспира.

— Никогда не устану наблюдать, как вы, друзья мои, путешествуете этим замечательным способом! — Макриби аж смеялся от счастья. — «Я вышел из вод, я лечу как ветер», верно? И куда экологичнее самолета. Да, я завидую вашим смерчам, Нимрод. Вы непременно должны меня как-нибудь покатать на досуге. Это внесет разнообразие в мою рутину. А то все на метле да на метле. — Макриби подмигнул Джону. — Шутка. У меня и метлы-то нет. Хотя некоторые из здешних селян уверены в обратном. В этой части Англии живет легковерный народ. — Макриби протянул руку. — Вы, должно быть, юный Джон Гонт. Наслышан о вас, молодой человек.

— Здравствуйте, сэр, — сказал Джон, пожимая руку Макриби. Средний палец он успел загнуть и прижать к ладони.

— Вы хорошо обучили ребенка, Нимрод, — сказал Макриби. — Ему известно рукопожатие джинн.

— Его многому научила мать.

— Ах да, прекрасная Лейла. Как она поживает? А вы как, господин Ракшас? Я с нетерпением жду вашу книгу. Надеюсь, вы привезли экземплярчик для моей библиотеки. Говорят, весьма авторитетное издание. Какая досада, что вы, пока писали, не обращались ко мне за консультацией. — Он приглашающе обвел рукой замок. — Что ж, прошу в мою обитель.

Войдя в «обитель», Макриби немного помедлил, словно выбирая одну из трех тяжелых дверей, ведущих вглубь замка.

— Думаю, лучше расположиться в библиотеке. Там есть камин, и это, я уверен, вы оцените, как никто. Туда подадут знаменитый пирог с лимоном, творение миссис Макриби. И нас там не потревожат.

— Давненько я не видел коллекции Макриби, — произнес господин Ракшас.

В библиотеке все было колоссальных размеров: огромный камин, немереное количество книг, гигантский круглый стол, высоченные стулья вокруг него и даже кусок лимонного пирога, которым Макриби не замедлил угостить Джона, едва они уселись. Макриби был приветлив и мил, и Джон подумал, что Нимрод, похоже, преувеличил потенциальную опасность, исходящую от этого английского мага. Но вдруг он заметил ногти Макриби. Длинные и заостренные на концах — прямо как крошечные мечи. А из нагрудного кармана его пиджака вместо шелкового носового платка торчал большой черный паук. Все это побудило Джона взглянуть на пирог с некоторым подозрением.

— Все в порядке, мальчик, — хихикнул Макриби, — пирог не отравлен. А вот про этого юношу я так сказать не могу. — Макриби вынул паука из кармана и позволил ему куснуть себя за палец. — Это — *atrax formidabilis*. Паук. Живет на деревьях, плетет паутину в форме воронки. Вероятно, наиболее ядовитый паук в мире. Я вырабатываю у себя стойкость к его яду — даю молодому пауку куснуть себя пару раз в день.

Джон чуть не подавился.

— Для чего вы вырабатываете ядоустойчивость? — спросил он, глядя, как паук вновь впивается в палец Макриби.

— В вашей Америке многие имеют при себе огнестрельное оружие, верно? А для чего? Чтобы защитить себя от нападения. — Он пожал плечами. — Я ношу с собой паука по той же самой причине. Хочу защитить себя от врагов, а их у меня много. Конечно, обращаться с таким пауком, как *atrax formidabilis*, посложнее, чем с огнестрельным оружием. Яд взрослого самца убивает человека за считанные часы. Эти юные экземпляры тоже достаточно ядовиты. Смертельный исход не исключен. Однако моя собственная ядоустойчивость позволяет мне пережить даже укус взрослой особи без всяких болезненых последствий. — Макриби вздрогнул, поскольку паучок сомкнул челюсти уже в третий раз. — Конечно, боль нестерпимая. Но я должен поддерживать сопротивляемость. — Макриби улыбнулся Джону. — Хочешь потрогать?

Джон замотал головой.

— Он весьма агрессивен для такой крошки, верно? Нет? Впрочем, я не стану порицать тебя за излишнюю осторожность. Во всяком случае, после того, что случилось с твоей несчастной сестрой. Так что я пока верну паука в карман.

— Что вы об этом знаете? — вскинулся Джон. — О моей сестре?

Макриби поместил паука в нагрудный карман.

— Только то, что сорока на хвосте принесла. Но если всерьез... дайте-ка подумать... Ну, разумеется! Я слышал это от Мими де Гуль, а она — от Изаака Балай-ага.

— Я не знал, что вы знакомы с Мими де Гуль, — сказал Нимрод.

— Мы с Мими старые друзья. — Макриби обвел руками библиотечный зал. — Именно благодаря щедрости Мими я могу позволить себе жить в такой роскоши. — Он покачал головой. — Честно говоря, Джон, я поражен, что ты простил Изааку подобное коварство. На твоем месте я бы вселил в него демона. Хотя... как я понимаю, именно поэтому вы ко мне и пожаловали. Вы вознамерились спасти девочку, и вам нужна моя помощь.

— Верно, — сказал Нимрод, немало обескураженный осведомленностью Макриби. — Нам нужны вы и ваша знаменитая библиотека. Мы надеемся, что в ваших книгах найдется хоть какая-то зацепка, которая помогла бы нам вызволить Филиппу из Вавилона.

— Хорошо, попробуем, хотя, скажу без обиняков, это будет нелегко, — сказал Макриби. И улыбнулся новой мысли, которая внезапно пришла ему в голову. — Забавно! Нет, все-таки забавно! Вы ищете помощи у мундусянина, Нимрод. Причем именно у меня — из всего человечества! — Он хихикнул. — Учитывая все привходящие обстоятельства, вас этот сюжет, вероятно, весьма смущает.

Джон как раз собирался спросить у дяди, о чем толкует Макриби, но тут в дверь постучали, и в библиотеку вошел зеленоглазый мальчик, примерно ровесник Джона. По всему видно — занудный зубрила-отличник и к тому же малоприятный и злой. Макриби посмотрел на него холодно.

— Это — мой сын, Финлей. Он не желает изучать науки, которые необходимы, чтобы стать чернокнижником, а впоследствии и магом. Компьютеры. Это — все, что интересует моего сына. Не так ли, Финлей?

— Да, отец.

— По какой причине ты почтил нас своим присутствием, Финлей?

— Бабушка хочет знать, останутся ли наши гости на ужин.

— Не думаю, — ответил Макриби. — Они пришли за мудрым советом. Полагаю, получив его, они тут же отправятся в путь. Впереди у них длинное, утомительное путешествие. Сколько километров до Вавилона, Нимрод? Вам предстоит лететь за тридевять земель, да?

— Это так. — Нимрод вздохнул.

Макриби махнул сыну, отсылая его вон, как прислугу.

— Семьи не выбирают, верно, Нимрод? — произнес он. — Нам с вами обоим не повезло. Для меня самым большим разочарованием стал сын.

— Он, кажется, вполне приятный молодой человек, — вступил в беседу господин Ракшас.

— Господин Ракшас, вы умудряетесь найти добрую сторону в каждом, — сказал Макриби. — Наверно, даже во мне.

— Для этого нужны очки получше моих, — отозвался господин Ракшас.

Макриби усмехнулся:

— Спорить не буду. Так или иначе, вы вряд ли захотите делить трапезу с мундусянами, когда впереди у вас столько дел. Разве стоит тратить время на еду, если его можно провести, читая, к примеру, «Свитки Беллили»?

— Вы шутите! — Нимрод опешил.

Глава 10. Три желания Вирджила Макриби

— Прошу прощения, Нимрод. Если вы действительно хотите остаться на ужин, все к вашим услугам.

— Вы пошутили насчет «Свитков Беллили»?

— Отнюдь. И разумеется, это именно та книга, которая вам нужна.

— «Свитки Беллили» сгорели, — уверенно заявил господин Ракшас. — Когда Юлий Цезарь сжег дотла Великую библиотеку в Александрии.

— Я тоже так думал, — сказал Макриби. — Но это неверно. Вообще так называемая история во многом основана на пустых слухах. На самом деле часть уникального собрания была спасена, в частности «Свитки Беллили». Я нашел их на дальней полке в старой Ватиканской библиотеке. Выкрасть их оттуда было дьявольски трудно. — Заметив явное недоверие на лицах Нимрода и Ракшаса, Макриби улыбнулся. — Уверяю вас, господа, я не шучу. Я даже сделал перевод «Свитков» на английский язык. И готов продать вам экземплярчик.

— Вы шутите, — повторил Нимрод.

— Нисколько, — сказал Макриби. — Я продал один экземпляр перевода Мими де Гуль, так почему бы мне не продать другой вам?

— Мими купила «Свитки»? — вскинулся Нимрод. — Интересно, для чего они ей нужны?

— Кто-нибудь может мне объяснить, что это за «Свитки»? — спросил Джон.

— Беллили, или Белая богиня, — начал господин Ракшас, — была предшественницей Иштар. Ей поклонялись до того, как появился культ Иштар. Свитки написал верховный жрец Беллили, Эно, и в совокупности они составляют книгу. Предполагается, что в ней содержится детальное описание тайного подземного мира Иравотум, который Иштар унаследовала от Беллили в Вавилоне.

— Единственное описание, — уточнил Макриби.

— Иравотум? — повторил Джон.

— Иравотум, — кивнул Макриби. — Это — то место, куда Айша увезла твою сестру, Джон.

Нимрод и господин Ракшас все никак не могли оправиться от потрясения. Макриби это и веселило и сердило одновременно.

— Послушайте! — сказал он. — Джинн с вашими знаниями и опытом хватит десяти минут, чтобы понять, что «Свитки» подлинные. — Тут Макриби выдержал паузу ради драматического эффекта. — Есть и приложение. В виде карты.

— Карта? — подскочил Нимрод. — Карта Иравотума? Невероятно!

— Изумительно! — Макриби взволнованно потирал руки. — Замечательно! Обожаю иметь дело с покупателями, которые способны оценить истинную редкость, а следовательно, и подлинную стоимость предмета продажи. Да, в книге есть карта! Послушайся моего совета, Джон. Никогда не отправляйся за границу без карты. Если, конечно, не хочешь потеряться. Впрочем, именно это вам всем и грозит, если предложенная мною цена окажется вам не по карману. Ибо, и я говорю это совершенно искренне, господа, от вашего стремления к знанию я хочу получить хорошую прибыль.

— В таком случае козыри на стол, — сказал Нимрод. — Господин Ракшас желает обменять свой экземпляр «Метамагии» на «Свитки» и ваш перевод. Разумеется, мы должны их предварительно осмотреть.

— Это весьма любезно со стороны господина Ракшаса, — сказал Макриби. — Но надеюсь, что у вас в запасе есть и другие предложения, Нимрод, потому что на «Метамагию» я «Свитки» не обменяю. У меня, видите ли, имеется ее факсимильная копия. И содержание этой книги мне известно досконально. Кстати, замечу, что этот трактат в значительной мере переоценен. Вот если бы вы предложили мне «Гримуар Соломона», у нас был бы совсем другой разговор. Но боюсь, что «Гримуар» вы мне предложить не можете? — Он по-волчьи оскалился. — Всем нам прекрасно известно, что книга существует в одном-единственном экземпляре. И хранится он тоже понятно у кого.

— Назовите вашу цену, Макриби, — вздохнул Нимрод.

— Не увиливайте, Нимрод. Давайте придерживаться традиции. Три желания. За это вы получаете оригинал «Свитков», мой перевод на английский и, конечно, бесценную карту верховного жреца Эно.

— Дать вам три желания, Макриби, — все равно что дать ребенку пулемет. Это исключено.

— Да не скупитесь вы! Что такое три желания для джинн вашего полета?

— Почему же вы не попросили Мими де Гуль? — спросил Нимрод. — Ведь она тоже получила от вас экземпляр «Свитков Беллили». Вряд ли эта дама стала бы особо ломаться. Исполнила бы ваши желания — и дело с концом.

— Дело в том, что к моменту, когда она узнала про «Свитки», я уже был у нее в долгу, — объяснил Макриби. — По уши. Несколько лет назад я дал семейству де Гуль ряд весьма опрометчивых обещаний, за что сразу получил три желания. Де Гули на меня страшно давили, ибо я своих обещаний не исполнил. Так что «Свитки Беллили» меня очень выручили. Иначе, Нимрод, и не знаю, что бы она со мной сделала, честное слово. Вы же знаете, насколько мстительны бывают де Гули. Но стоило Мими узнать, что я нашел «Свитки», ее отношение ко мне коренным образом изменилось. Я перевел «Свитки», отдал ей экземпляр, и мы были полностью квиты. К счастью, больше я ничего ей не должен.

— Интересно, зачем он ей понадобился, — произнес Нимрод. — Есть идеи?

— Понятия не имею, — ответил Макриби. — Спросите у Мими сами. Но, возвращаясь к нашей сделке, Нимрод... Как хотите, но мне нужны три желания.

Нимрод продолжал недоверчиво смотреть на английского мага.

Глава 10. Три желания Вирджила Макриби

— Вы — злой человек, Вирджил Макриби. Даже представить трудно, какой хаос и запустение могут наступить в мире, если я, могущественный джинн, обязуюсь выполнить три ваших желания.

— Но какое отношение к моему злобному характеру имеют простые человеческие потребности? Например, мне надо сменить крышу замка. Она давно прохудилась, а латать — удовольствие дорогое и к тому же длительное. Я просто не вынесу присутствия кровельщиков в течение долгих месяцев. Кроме того, мне нужны деньги. Это же ерундовая работа для такого великого джинн, как вы. И наконец, я бы попросил новую модель «роллс-ройса», я о ней недавно читал. Вот такой списочек. Ну и что в нем опасного для человечества? По-моему, ничего.

— Я не поверю, что вы ограничитесь перечисленными желаниями, Макриби, даже если вы напишете этот список собственной кровью, — сказал Нимрод. — Мы оба знаем, что вы мастер говорить одно, держа в уме совершенно другое. Даже если мы полностью согласуем список, в последнюю секунду вы вполне можете пожелать что-то еще.

— Разве в Багдадских законах не оговорена подобная ситуация? — удивился Макриби. — Помнится, там сказано, что джинн и человек могут согласовать желания заранее. Я это точно помню.

— Тогда вы помните и другое, — сказал господин Ракшас. — Это соглашение основано на клятве. Человек клянется тем, во что верит и что почитает для себя святым. В вашем случае это будет не клятва, а полная бессмыслица, так как все знают, что вы не верите вообще ни во что и ничего святого для вас не существует. Таких неверующих людей еще поискать.

— Верно, верно. С гордостью признаю, что это действительно так. — Макриби холодно улыбнулся. — Насколько я понимаю, мы стоим перед дилеммой, господа, — продолжал он. — Вам нужны «Свитки». А я хочу получить за них хорошую цену.

— Я не стану исполнять для вас три желания, Макриби, — сказал Нимрод. — Последствия непредсказуемы. А господин Ракшас, как известно, уже не в силах выполнять людские желания...

Макриби закивал, понимая, что Нимрод готов сделать встречное предложение.

— Продолжайте. Я слушаю.

— Я думаю, решение есть, — сказал Нимрод. — Ваши желания исполнит мой племянник Джон. Надеюсь, вы осознаете, что его джинн-сила еще незрела и поэтому некоторые желания могут оказаться ему не по плечу. Иными словами, в ваших интересах придерживаться оглашенного ранее списка.

Макриби задумался.

— Мальчик уже умеет это делать? Он может выполнить три желания? Вы даете слово, Нимрод?

— Да, если вы не окажетесь слишком жадным.

— А ты сам что скажешь? — Макриби повернулся к Джону.

Глава 10. *Три желания Вирджила Макриби*

— Дядя уже все сказал, — сказал Джон. — Главное — не жадничайте.

— Хорошо. По рукам.

— Дайте сначала посмотреть «Свитки», — сказал Нимрод. — И перевод заодно. Потом разберемся с тремя желаниями.

Макриби потирал пухлые ручки, как ребенок в предвкушении подарка. Его холодные глазки блестели. Но голос по-прежнему напоминал мурлыканье сытого кота.

— Хорошо. Сейчас принесу. Вместе с переводом. Уверяю вас, это академически грамотная, достойная работа. Вам ведь известна моя репутация.

Проворно, как обезьяна, он вскарабкался на высокую библиотечную лестницу. Вскоре книга в голубом кожаном переплете и коробка со «Свитками» лежали на столе перед гостями.

— «Свитки» чем-то похожи на хорошие сигары, — сказал он. — Требуют особого уровня влажности.

Он с некоторым даже трепетом открыл коробку и отошел, чтобы Нимрод и Ракшас могли исследовать оригиналы. Это дело всецело поглотило их на несколько долгих минут. Макриби улыбнулся Джону.

— Хочешь еще пирога? — спросил он.

Джон отказался. Пересев поближе к камину, он старался теперь вспомнить слово-фокус для трех чрезвычайных желаний, которым наделил его дядя. Мальчик понимал, что, поручив ему исполнять желания Макриби, Нимрод нашел удачный выход из этого трудного положения. Ведь английский маг никак не сможет догадаться, что у самого Джона в условиях столь холодного климата джинн-силы нет вовсе, и три желания, которые Джон якобы выполнит для Макриби, все равно будет контролировать Нимрод. Это отличный способ не дать Макриби совершить злодеяние. Главное теперь — вспомнить слово-фокус. Ситуация-то не чрезвычайная, значит, само оно в памяти не всплывет... *Как же зовут того русского? Такое странное имя... Похоже на Румпельштильцхен... Только как-то иначе...*

Прошло еще четверть часа. Старшие джинн одобрительно кивали. Судя по всему, они признали подлинность «Свитков».

— Никогда бы не поверил, что это возможно, — сказал господин Ракшас. — Как жаль, что у меня под рукой не было такого источника, когда я писал свою книгу!

— Жизнь открывает новые факты постепенно, — отозвался Макриби. — Такова судьба историка. Таков удел биографа.

— Запали мою лампу! — воскликнул Нимрод. — Тут и правда есть карта!

— «Свитки», бесспорно, подлинные, — объявил господин Ракшас. — Качество бумаги! Чернила! Язык! Невероятно...

Глава 10. *Три желания Вирджила Макриби*

Нимрод тем временем просматривал томик в кожаном переплете — сделанный Макриби перевод «Свитков».

— Прекрасная работа, Макриби, — сказал он. — Очень достойный научный текст.

— Учитывая ваш джиннтеллект, Нимрод, это высочайшая похвала. Что ж, если не возражаете... Я свои обязательства по сделке выполнил. Теперь ваша очередь, — нетерпеливо сказал Макриби.

— Ты готов, Джон? — спросил Нимрод.

Ну, как же звучит это слово? Римскас-вискас-корм-котов?

— Гм... думаю, да. — Джон встал, надеясь, что дядя все-таки найдет способ подсказать ему слово-фокус. *Римтус-свинтус-нет-оков?*

— Если не возражаете, — сказал Макриби, — я бы хотел пригласить сюда Финлея. Пусть увидит, как настоящий джинн дарует мне три желания. Может, это убедит его в том, что его отец не шарлатан. Кто знает? Может, это даже убедит мальчика пойти по моим стопам?

Нимрод вопросительно посмотрел на Джона.

— Конечно... пусть приходит, — сказал Джон. Он уже вспомнил, что тот русский не кто-нибудь, а великий композитор, и предполагалось, что Джон должен знать его фамилию. *Не Чайковский, это точно. А каковский? Или какович? Как Шостакович? Он ведь, кажется, тоже русский композитор? Но все-таки не он. Овский-кович?*

Они направились на улицу в поисках Финлея. Нимрод прекрасно понимал, что Джону нипочем не вспомнить слово-фокус, а в нечрезвычайной ситуации само слово-фокус о себе не напомнит. Поэтому он воспользовался моментом и шепнул племяннику на ухо:

— Римский-Корсаков. Рим-ский-Кор-са-ков.

Макриби с Финлеем ждали их во внутреннем дворе замка.

— Ну, смотри, — сказал маг сыну, взволнованно потирая руки. — Смотри, и ты увидишь нечто, неподвластное твоим компьютерам.

— Помните, Макриби, — сказал Нимрод. — Держите ваши желания в рамках разумного.

— Я всего-то прошу новую крышу! Что может быть скромнее и разумнее? Вы хоть представляете, как дорого перекрыть крышу в таком уникальном месте? Итак, я желаю, чтобы в моем замке появилась новая крыша.

Джон посмотрел на крышу. Он, конечно, будет пользоваться силой Нимрода, но все равно надо сосредоточиться. Иначе первое желание Макриби не осуществить. Джон не очень хорошо разбирался в архитектуре, тем более в английских замках, но Макриби, судя по всему, хочет точно такую же крышу, только новую. Что ж, это несложно.

— РИМСКИЙ-КОРСАКОВ, — пробормотал он. И объявил: — Готово.

Финлей Макриби покачал головой и громко рассмеялся.

Глава 10. *Три желания Вирджила Макриби*

— Что смешного? — возмутился его отец.

— Не вижу никаких отличий, — фыркнул Финлей.

Джон рассердился.

— Вы не сказали, что вам нужна крыша другой конструкции. Поэтому я сохранил прежнюю форму, — сказал он Макриби и повернулся к Финлею: — Нечего издеваться. Лезь наверх и протри глаза. Сам увидишь, что крыша новая.

— Ага, — глумился Финлей. — Как же, как же!

— Молчи, — осадил сына Макриби. — Что с тобой? Если Джон говорит, что крыша новая, значит — новая.

Нимрод поглядел на часы. Ему не терпелось поскорее ознакомиться с переводом «Свитков Беллили».

— Второе желание, — произнес он, пробуя ускорить процесс.

— Деньги, — сказал Макриби и тряхнул головой. — Однозначно.

— Однозначно, — хихикнул Финлей.

— Так, сколько же попросить? — Поймав на себе взгляд Нимрода, маг досадливо поморщился. — Помню, помню. Не жадничать. Как насчет миллиона фунтов? — Нимрод кивнул. — Желаю получить один миллион фунтов, наличными.

— РИМСКИЙ-КОРСАКОВ, — прошептал Джон и указал Макриби на пару стальных чемоданов, которые появились у порога замка.

Макриби взвыл от восхищения, упал на колени и, открыв один из чемоданов, принялся жадно перебирать пачки банкнот.

— Ты видишь? — сказал он Финлею.

Финлей обалдел.

— Погодите, — сказал он и схватил обернутую в целлофан пачку пятидесятифунтовых купюр. — Это что? Настоящие деньги?

— Конечно настоящие, — сказал Макриби. — О чем я тебе твержу!

— Так эти люди действительно джинны?

Нимрод заметно вздрогнул.

— Мы называемся «джинн», с вашего позволения.

— И в самом деле исполняете желания? Как в сказках?

Макриби засмеялся:

— Ты не оглох ли? Джинн именно это и делают. Идиот! Чем, по-твоему, я тут занимаюсь? В игрушки играю?

Финлей снова взглянул на деньги и недоверчиво улыбнулся.

— И ты разбазарил два желания на новую крышу и вшивый миллион? — Он покачал головой. — Сам ты идиот, папаня. Попросил бы нормальный дом вместо этого паршивого замка.

— Достаточно, Финлей, можешь идти, — оборвал его отец.

— Еще чего! — смеялся Финлей. — А кто тебе правду скажет? То-то! Миллион в наше время — не

Глава 10. *Три желания Вирджила Макриби*

деньги. На миллион ничего не купишь. Слушай, ты, глухая тетеря! У тебя осталось всего одно желание, так хоть его не профукай. Придумай что-нибудь стоящее!

— Замолчи, — сказал Макриби. — Закрой рот и дай подумать. Вообще-то я хотел новый «роллс-ройс». Модель «фантом».

— Да что «роллс-ройс»! Пожелай все «роллс-ройсы», какие есть в магазине. А еще лучше — фирму, которая их производит.

— Ты ничего не понимаешь. — Макриби возмущенно замахал руками на сына.

— Это ты не понимаешь! Глухая тетеря! Только и умеешь, как птица, крыльями хлопать.

— Как бы я хотел, чтобы ты был птицей, Финлей! Но в тебе нет никакого полета! — сердито сказал Макриби.

Джон не успел себя остановить, да и не мог, поскольку желание Макриби прозвучало вслух. Оставалось только одно: выбрать для Финлея лучшую птицу. Так, выбрал. И Джон произнес РИМСКИЙ-КОРСАКОВ в третий раз, чтобы осуществить третье желание Макриби. Едва имя русского композитора слетело с губ Джона, как бедный Финлей превратился в сокола-сапсана.

— Вот это да! — воскликнул Нимрод. — Вы только поглядите!

— Слово не воробей, — глубокомысленно изрек господин Ракшас. — Вылетит — будет сокол.

Сокол кружил над внутренним двором замка и сердито вертел головой.

— Еще не поздно, — сказал Нимрод. — Быстрей, Макриби, загадывайте четвертое желание.

— Какое? Зачем?

— Багдадский закон номер восемнадцать, — настаивал Нимрод. — Четвертое желание, произнесенное непосредственно за первыми тремя, их уничтожает. Все возвращается в исходное состояние.

— Лишиться новой крыши и миллиона фунтов наличными? Ну уж нет!

— А как же Финлей? — изумился Джон.

Макриби поглядел на парящего над его головой сокола и помрачнел.

— Возможно, это научит его уважать отца.

— Макриби, что за глупость? — сказал Нимрод. — Он — ваш родной сын.

— Нет. — Макриби безжалостно засмеялся. — Уже нет. Теперь он птица. Удачного полета.

Он подхватил набитые деньгами чемоданы и направился в замок.

— Вам я тоже желаю удачи, — бросил он гостям на ходу, почти не оборачиваясь. — Судя по тому, что написано в «Свитках Беллили», без удачи вам никак не обойтись, да и с нею придется туго. — Он внес чемоданы в прихожую и пинком закрыл за собой дверь.

Джон сжался в комок, в ужасе наблюдая за соколом. А тот взмыл выше новой крыши, куда-то

Глава 10. *Три желания Вирджила Макриби*

ввысь, где обретаются ангелы, а потом полетел на юг и исчез за горизонтом.

— Я боялся, что произойдет нечто в этом роде, — вздохнул Нимрод.

— Что я наделал! — простонал Джон. — Что я наделал...

— От тебя ничего не зависело, — отозвался Нимрод. — Как только желание произнесено вслух, ты обязан его исполнить.

— Он прав, Джон, — сказал господин Ракшас, положив свою добрую руку на плечо мальчика. — Зато теперь ты знаешь, на какой риск мы неизбежно идем, исполняя желания мундусян. Они ведь сначала говорят, а уж потом думают. Я сам, помнится, был страшно удручен, когда мне пришлось исполнить три желания впервые. Этот желатель такого нажелал! — Он вздохнул. — Но такова жизнь. Опыт — великое дело. На суше плавать не учатся.

Нимрод сунул книгу Макриби под мышку, а другую руку тоже положил на плечо Джона.

— Вперед, друзья, — сказал он. — Давайте-ка поскорее покинем этот замок, пока я не превратил его хозяина в воробья. Посмотрел бы я, как он улепетывает от своего сына-сокола.

Глава 11

Висячий Вавилонский дворец

Прошла, казалось, целая вечность. Наконец кто-то выпустил Филиппу из трубочки от сигары, в которую ее заточил Изаак Балайага. Девочка очутилась одна в необъятной спальне, обставленной так роскошно, как бывает только у королей. Мраморные колонны высились до прихотливого сводчатого потолка, а с него свисали огромные хрустальные люстры. Окна — высотой с целый автобус — были обрамлены тяжелыми портьерами из желтого шелка. Под цвет им были и покрывала на кровати, и обивка на позолоченных креслах. А еще повсюду были белые мраморные статуи младенцев — пухлых, голых, обернутых в простыни или неудобно откинувшихся на огромных морских ракушках. Комната была совсем не в ее вкусе. Лишь одно понравилось Филиппе: запах. Самый чудесный, самый свежий, самый экзотический аромат из всех, что встречались ей прежде.

В спальню лился яркий солнечный свет, и по ворсистому ковру с розовым узором Филиппа устремилась к окну — посмотреть, что же там, снаружи. Но, к своему удивлению, обнаружила, что там ничего нет. За окном не было ни пейзажа, ни хотя бы угла здания, в котором она находилась. Ничего. Только чистый белый свет. Вот это да! Встревоженная Филиппа решила, что такой вид из окна может открываться только во сне, причем не в самом лучшем. Она сильно ущипнула себя пару раз, поскольку в книгах люди всегда так делают, когда хотят убедиться, что все происходит наяву. Нет, пожалуй, она не спит... а жаль. Филиппа бросилась к двери, но дверь оказалась заперта. Тут уж девочка совсем растерялась.

Поначалу Филиппа хотела кричать, орать и колотить в дверь, пока кто-нибудь не придет ей на помощь. Но тут она вспомнила, кто она такая. Собрав всю свою джинн-силу, она произнесла слово-фокус: — ПОПРИТРЯСНООТПРИПАДНОФАНТАПРИСМАГОРИЯ! — и представила себя дома, в Нью-Йорке.

Никакого результата. Странно... Ведь в этой позолоченной клетке достаточно жарко, и она ощущает в себе немалую джинн-силу. Может, сила ее покидает? Ведь уже второй раз за последнее время ей не удается использовать слово-фокус! Первый раз — в поезде, когда ее подвел полученный от Нимрода дискримен, а вот теперь не сработало ее собственное слово... Остается только одно: ждать. К счастью, Филиппа была очень терпелива. Она устроилась на большой, довольно мягкой кровати и стала ждать.

И вскоре дождалась.

Услышав, что в замке повернулся ключ, Филиппа спрыгнула с кровати и с бьющимся сердцем побежала к двери. Она оказалась лицом к лицу с маленькой, смутно знакомой, похожей на мышку женщиной. Женщина держала в руках серебряный поднос с бутербродами, пирожками, бисквитными пирожными и большим кувшином фруктового сока. Только увидев все эти яства, Филиппа поняла, как же сильно она проголодалась. Однако еще больше, чем есть, ей хотелось узнать, где она и на каком основании ее держат в заточении.

— Эй, здравствуйте, — сказала Филиппа. — Я ведь вас знаю?

Женщина кивнула и поставила поднос на стол. Ее платье, очень дорогое и кичливое, вышло из моды лет сорок назад вместе с кружевными перчатками и нитями довольно потертого жемчуга. В ее волосах была пыль, на зубах — желтизна, на лице — слишком много пудры, а в глазах — столько же разочарования.

Глава 11. Висячий Вавилонский дворец

— Это правда, мы встречались, — сказала женщина. — На чемпионате мира по джинччёту, в Нью-Йорке. Я — мисс Угрюмпыль.

— Да, теперь я вспомнила, — сказала Филиппа. — Вы были с Айшой.

— Я — горничная и компаньонка миледи, сопровождаю ее во всех путешествиях. — Выговор мисс Угрюмпыль выдавал в ней уроженку американского юга.

— Тогда, возможно, вы мне скажете, почему меня похитили и привезли сюда, — гневно потребовала Филиппа. — Сюда — не знаю куда.

— Конечно, дорогая, скажу, не утаю. Но прежде позволь сказать тебе кое-что еще. Твое похищение не имеет ко мне абсолютно никакого отношения. Помни, я тебе не враг. Всегда помни. Я готова стать тебе другом и помогать по мере сил и возможностей, если это не противоречит пожеланиям моей хозяйки, от которой я полностью завишу уже сорок пять лет. — Мисс Угрюмпыль попыталась улыбнуться. — Девонька, хочешь попить? Может, соку? Яблочного? Я узнала этот рецепт от мамы, а лучше ее яблочного сока во всей Северной Каролине не было.

— Сначала все объясните, — потребовала Филиппа.

Мисс Угрюмпыль уселась в одно из желтых кресел, которые очень подходили к цвету ее зубов.

— Раз уж ты такая, какая есть, надеюсь, ты не потребуешь объяснений всем чудесам. У джинн все возможно, сама знаешь. — Она осмотрела спальню и удовлетворенно кивнула. — Этот дворец — точная до последней детали копия Осборн-Хауса, где королева Виктория жила с тысяча восемьсот сорок пятого года до самой своей смерти, то есть до тысяча девятьсот первого.

— Мы в Англии?

— Позволь, я договорю. Сама Айша родом конечно же из Англии. Она в детстве бывала в Осборн-Хаусе и с тех пор очень его полюбила. Когда много лет спустя Айша стала Синей джинн, она решила, что, раз уж она вынуждена проводить часть жизни в Вавилоне — а мы с тобой сейчас находимся именно в Вавилоне, — она сделает интерьер этого дворца точной копией Осборн-Хауса.

— Но Вавилон в Ираке. Неужели мы сейчас в Ираке?

— Именно. Мы находимся в самом дальнем конце обширного подземелья — таинственной страны Иравотум. — Мисс Угрюмпыль сделала паузу. — Ты, разумеется, слышала о Висячих садах Вавилона. А мы сейчас — в Висячем дворце. Царь Навуходоносор построил его для Иштар, одной из предшественниц Айши. Дворец называют Висячим, оттого что он вроде как висит на краю пропасти. Это еще одна причина, по которой Айша захотела хотя бы внутри обустроить все по-домашнему, словно в викторианской Англии. Она жуть как боится высоты. Ладно, в конце концов, вид дворца — дело не самое важное. Важнее другое. Этот дво-

Глава 11. Висячий Вавилонский дворец

рец — духовный дом Синей джинн, и она прибывает сюда каждый год в январе, чтобы закалить сердце. — Мисс Угрюмпыль улыбнулась. — Так мы, во всяком случае, называем то, что здесь происходит. Понимаешь, девонька, все знают, что у Айши не сердце, а кремень. У нее и должно быть такое сердце, чтобы вершить суд над всеми джинн на земле. И она закаляет его здесь, в этом дворце. Я не вправе рассказывать, каким образом, но, если бы она не проводила здесь один месяц в году, она стала бы добрейшей старушкой, из тех, что вяжут внукам носки и держат в кармане пряники. А у нашей Айши характер крутой... Но я ее ни в чем не обвиняю — знай я все, что ведомо ей, я, наверно, была бы такой же.

— А какое отношение все это имеет ко мне?

— Неужели не сообразила? На чемпионате в Нью-Йорке меня уверяли, будто с головкой у тебя все в порядке. До сих пор не поняла?

Филиппа покачала головой.

Мисс Угрюмпыль пожала плечами.

— Сама я, понятное дело, ни во что не посвящена. Но я так разумею, что она хочет сделать тебя следующей Синей джинн.

— Что за глупость! — воскликнула Филиппа. — Мне всего двенадцать лет.

— В истории была куча королей и королев, которые взошли на трон еще в подгузниках, дорогая. Ни младость, ни старость в таком деле никогда не считались препятствием.

— Но я не хочу быть Синей джинн, — настаивала Филиппа. — Я отказываюсь.

— Вот и скажи ей об этом. Ей, а не мне. Если хочешь, отведу тебя к ней прямо сейчас. Она тебе все растолкует, ответит на все вопросы, какие у тебя остались.

— Ведите, — твёрдо сказала Филиппа. — Ведите меня к ней. Чем скорее мы проясним ситуацию, тем лучше. Я понимаю, что это — большая честь. Но я просто не готова принять на себя такую ответственность.

Вслед за мисс Угрюмпыль Филиппа вышла из спальни и проследовала по длинным коридорам и вниз, по широкой лестнице. Дом казался пустым, но у Филиппы сложилось впечатление, что здесь полно привидений: она увидела в одной из комнат самостоятельно двигавшийся пылесос, а у подножия лестницы тряпка сама полировала деревянные перила. Заметив тревогу Филиппы, мисс Угрюмпыль объяснила, что вся прислуга Айши невидима.

— Из всей свиты в Вавилоне я — единственная, кого можно видеть живьем, — сказала она Филиппе. — С обычными слугами, хочешь не хочешь, приходиться разговаривать. А на невидимок можно не тратить время. Так что они куда удобнее. Старушка не прочь их иногда слышать, но видеть не желает.

— Но сами-то они не возражают?

Глава 11. *Висячий Вавилонский дворец*

— Им хорошо платят, — покачала головой мисс Угрюмпыль. — Здесь они просто выполняют свою работу, а выйдя из замка, снова становятся видимыми. Ничего предосудительного мы с ними не делаем.

— Я бы никогда не смогла привыкнуть к невидимым слугам. — Филиппу даже передернуло. — Они же люди, в конце-то концов. Нет, я бы тут жить не смогла.

— Тебе и не надо ни к чему привыкать, — сказала мисс Угрюмпыль. — Когда дворец станет твоим, ты сможешь все тут переделать по-своему, в любом стиле: хочешь — современный минимализм, хочешь — готику, хочешь — шестидесятые, или рококо, или... Короче, на твой вкус. А можешь даже вернуть замку первоначальный облик, как в древности. Суть в том, что тебя никто не заставляет жить в таких хоромах. Мне самой не доводилось сидеть ни в лампе, ни в бутылке — Айша говорит, что я бы этого не пережила, — но я полагаю, что принцип почти такой же.

Филиппа замотала головой:

— Я ни за что не стану тут жить, даже если устроить вместо дворца пятизвездочный отель «Времена года».

— Айша и в этом дворце имеет все, что пожелает. Зачем ей слуги, если она сама может всем себя обеспечить? Новейшие книги, фильмы, свежие газеты, лучшая в мире еда и вина. В остальном она полностью полагается на меня. Без ложной скромности скажу, что мы стали весьма близкими подругами.

Они вошли в огромный белый зал, который напоминал уже не покои королевы Виктории, а приемную индийского махараджи. Мисс Угрюмпыль пояснила:

— Виктория правила не только Великобританией, но и Индией. Что и нашло свое отражение в убранстве этого зала. Он называется Дурбар, на тамошнем языке это слово означает большое сборище. Я-то в Индии не была. Но слышала, что красота там неописуемая. И этот зал, согласись, великолепен.

— А откуда вы сами родом, мисс Угрюмпыль?

— Из Гринвилла. Это в Северной Каролине. Мечтаю когда-нибудь туда вернуться.

— Вы давно не были дома?

— С тех пор, как начала работать на Айшу. Значит, сорок пять лет.

— Вы не были дома сорок пять лет?

Мисс Угрюмпыль задумчиво кивнула.

— Но почему вы не возьмете отпуск?

Они уселись около окна, из которого, как и в спальне, не открывалось никакого вида, только лился все тот же яркий и густой свет.

— На этой работе отпуск не положен, — сказала мисс Угрюмпыль. — Это указано в нашем договоре с Айшой, который я подписала, поступая на службу. Другое условие состояло в том, что я не имею права просить о повышении зарплаты. То есть вначале я могла попросить любую зарплату, самую невероятную, но потом она уже не могла повыситься. Никогда. Я попросила пятнадцать тысяч долларов в год. В пятидесятых годах пятнадцать тысяч в год были настоящим богатством. Я думала: заработаю на спокойную старость, да еще с лихвой. А сейчас-то это что? Тьфу, а не деньги. Но я не смею просить о повышении. И об отпуске не заикаюсь.

— Почему же не попробовать перезаключить контракт на новых условиях?

Мисс Угрюмпыль покачала головой:

— Во-первых, Айша — человек жестокосердный. Она никогда не согласится. А во-вторых, она обещала мне, что, если я не нарушу наше первоначальное соглашение, в один прекрасный день она дарует мне три желания. Прямо как в сказке. Три желания! Только вообрази! — Она застенчиво улыбнулась. — Вот я и воображаю. Жду. Придумываю, что можно пожелать, когда настанет этот прекрасный день .

Заметив на лице Филиппы сочувствие, мисс Угрюмпыль сказала:

— Зря ты меня жалеешь. Дома, в Гринвилле, никакого волшебства не было. Только суровая действительность. А мне ничегошеньки, кроме волшебства, и не нужно. — Она опять улыбнулась. — Разве это плохо?

— Это как посмотреть... — Филиппа задумалась. — Но мне все-таки кажется, что вы потратили все эти годы впустую, мисс Угрюмпыль. Ради чего? Ради мечты? Жить-то надо настоящей жизнью.

— Тебе легко говорить, — заспорила мисс Угрюмпыль. — Ты — джинн. Можешь делать все, что хочешь...

— А ведь она права.

Филиппа подняла глаза и увидела Айшу — под потолком, на галерее, которая напомнила девочке церковные хоры с органом.

— Ты можешь изменить мир, в котором живешь, Филиппа, — сказала Айша. — А для нее, как для любого мундусянина, настоящая жизнь — это всего лишь действительность. Просто дерево или просто камень. И в сердце они эту действительность не впускают. В их сердцах живут мечты. Да-да, люди мечтают сердцем, а не разумом. Впрочем, ты во всем разберешься сама. Когда проведешь здесь достаточно времени.

— Я не хочу проводить здесь время, — отрезала Филиппа. — Я хочу домой. Мне лестно ваше предложение, Айша, честное слово. Но это не для меня.

— Это не то предложение, от которого можно отказаться, — сказала Айша, спускаясь по маленькой лестнице. На ней было синее шелковое платье с высоким цветистым воротничком. В руках она, как всегда, держала сумочку. Из рукава торчал носовой платок. — Боюсь, в данном вопросе выбора у тебя нет. В течение многих лет я искала для себя достойную преемницу. И я ее нашла. Когда я покину этот мир — что, по счастью, случится уже очень скоро, — ты примешь бразды правления, Филиппа. Ты станешь Синей джинн Вавилона.

— Я убегу. Вы меня тут не удержите. Я не дамся.

— Куда же ты убежишь? — Айша говорила тихо, почти шепотом, но ее челюсти смыкались так жестко... а в голосе и в пронзительном взгляде была такая сталь... — Ты даже не знаешь, где находишься. А если б знала, вряд ли рискнула бы замышлять побег. Ирак опасен сам по себе, но это ничто по сравнению с опасностями, с которыми можно столкнуться здесь, в Иравотуме.

— Где? — Филиппа нахмурилась. Она слышала об Ираке. И об Иране. Эти страны сейчас у всех на устах. Но об Иравотуме она впервые услышала от мисс Угрюмпыль. И вот теперь — от Айши.

Айша взяла Филиппу за руку и провела по залу Дурбар к одному из огромных окон, откуда по-прежнему лился густой белый свет. Но стоило Айше коснуться стекла, оно словно очистилось, и Филиппа увидела, что дворец стоит перед глухим, непроходимым лесом.

— Это и есть Иравотум, — сказала Айша, — место дурных и злых желаний. Когда люди мечтают о чем-то плохом и их мечты сбываются, плоды их желаний стремятся сюда в надежде, что их исправят. Как раз сегодня утром я увидела у ворот полускунса-получеловека. Выяснилось, что мать этого бедного существа однажды сказала вслух: «Хочу ребенка — все равно какого, пусть даже будет похож на скунса». А рядом оказался джинн. И ее желание осуществилось. Она родила того, кого пожелала. Полускунса-получеловека. — Айша холодно улыбнулась. — Будь осторожна со своими желаниями. Они могут осуществиться.

— Какой джинн посмел выполнить такое желание? — спросила Филиппа.

— Не каждый практикующий джинн так же добр и хорош, как твой дядя Нимрод. Среди нас есть любители сыграть с мундусянами какую-нибудь злую шутку. С другой стороны, бывают случаи, когда даже добрый джинн может осуществить желание невольно, сам того не подозревая. Старые джинн, например, иногда делают это во сне. Их разум спит, а в итоге рождаются монстры. Чудовища. А иногда юные и неопытные джинн претворяют желания в действительность с весьма пагубными результатами. Мы называем это бессознательным выполнением желаний. Кажется, ты и сама с этим сталкивалась?

Филиппа кивнула. Такой случай с ней действительно был — в самолете, когда они летели из Нью-Йорка в Лондон.

— Все плоды этих желаний здесь, и если ты по глупости высунешь нос из дворца, ты непременно с ними столкнешься. — Айша дотронулась до оконного стекла, и чаща скрылась из виду. Окно снова превратилось в белый светящийся экран.

Глава 11. *Висячий Вавилонский дворец*

— Почему вы им не поможете? — спросила Филиппа.

— Такими их сотворила не я, — сказала Айша. — Кроме того, их жизнь обычно коротка. В конечном счете их непременно поглотит чудовище по имени Оптарык. Это могучий монстр, который выполз из спящего сознания самой Иштар. Так что мне нет необходимости вмешиваться. Но, скажу совершенно искренне, их судьба мне в высшей степени безразлична.

— Это — еще одна серьезная причина, по которой я никогда не смогу занять ваше место, — настойчиво продолжала Филиппа. — Я на вас ни капельки не похожа. Я не из тех, кто стоит в стороне и позволяет людям страдать. Я пытаюсь им помочь.

— Не похожа? — Синяя джинн улыбнулась. — Ты очень похожа на меня, гораздо больше, чем думаешь, Филиппа. Именно поэтому я тебя и выбрала.

— Сколько бы я ни проторчала в этом дурацком месте, я никогда не стану такой злой, как вы.

— Не злой. Безразличной. Это не одно и то же.

— Я думаю, быть безразличной ничуть не лучше, чем быть злой.

— Поживем — увидим, — сказала Айша. — К счастью, закалка твоего сердца не займет слишком много времени. Скоро ты станешь такой же жестокосердной, как я. Тогда мы сможем вернуться на мою виллу в Берлин. Тебе понравится Берлин. И оставшееся время — то время, что осталось мне на этом свете, — мы будем отлично между собой ладить.

— Ни за что! Вы и так выглядите, словно вам тысяча лет, а проживете, наверно, еще тысячу, ужасная вы женщина! И ладить с вами я не собираюсь, особенно после того, что случилось на чемпионате по джиннчёту. Ведь это сделали вы, правда? Это вы перевернули кости! И заставили меня сознаться в том, чего я не делала!

— Ты почти права. Я действительно подменила коробку и перевернула кости. А в твое тело временно вселился Изаак Балай-ага, он и отвечал на мои вопросы.

— Да, но и его заставили тоже вы!

— О, я его не заставляла. Я ему приказала. Это не одно и то же. В сущности, у него не было выбора, поскольку он прекрасно знал, что его ждет, если он ослушается.

— Но почему? Почему вы так со мной поступили?

— По многим причинам. С одной стороны, я хотела посмотреть, как будет реагировать на твое унижение Мими де Гуль. Годятся ли ее интеллектуальные качества для того, чтобы быть следующей Синей джинн. И ее поведение меня, мягко скажем, не вдохновило. Во-вторых и в-главных, я хотела проверить силу твоего характера. Убедиться, что, несмотря на неудачу на чемпионате, ты решишься взять на себя высокую миссию, которую вам предложит Нимрод, — попробовать вернуть «Гримуар Соломона» на службу всем джинн. Иными словами, я хотела посмотреть, ставишь ли ты общие интересы выше собственных. — Она пожала плечами. — И ты успешно выдержала проверку, дитя мое. Ты ведь здесь, не так ли?

— Я вам не дитя, — возмутилась Филиппа. — Я уже не маленькая. И не смейте мне покровительствовать, вы, старая ведьма!

Айша переглянулась с мисс Угрюмпыль и кивнула.

— Хорошо, — сказала она. — Началось.

— Что началось? — вскинулась Филиппа.

Айша села и сложила руки на груди.

— Эдемский сад был расположен совсем близко отсюда. Большинство из тех, кто читал историю Адама и Евы, помнит, что там росли два дерева: Древо Познания Добра и Зла и Древо Жизни. В некоторых версиях этой истории упоминается и третье дерево, Логос. Некоторые называют его Древом Разума, некоторые — Древом Логики. Сама я предпочитаю Логику, ибо она существует вне знания о добре и зле. Логика должна поддерживать только самое себя, Филиппа. Все остальное бессмысленно.

— Какое отношение это имеет ко мне?

— Все здесь связано с этим деревом. Воздух, который ты вдыхаешь, наполнен ароматом его цветов, и в это время года он особенно силен. Мы пользуемся маслом этого дерева, когда готовим пищу. Яблочный сок мисс Угрюмпыль сделан из плодов Древа Логики, выросших в нашем саду. Его соки — через корни — проникают даже в воду, которую мы пьем...

Филиппа недоверчиво покачала головой:

— Я вам не верю.

— Задай-ка себе вопрос, дорогая. Разве хорошая, вежливая девочка, с которой я познакомилась в Нью-Йорке, стала бы обзывать меня старой ведьмой? Что-то я сомневаюсь.

— Значит, я не буду пить яблочный сок, — сказала Филиппа.

— Пусть так. Но даже джинн должны дышать, Филиппа. И ты не станешь обходиться без воздуха, если не хочешь задохнуться и заболеть.

— Заболеть — намного более приятная перспектива, чем стать такой, как вы, — вызывающе сказала Филиппа и направилась к двери.

— Ты можешь ходить по всему дворцу и садам, где вздумается, — промолвила ей вслед Айша. — Если тебе что-нибудь понадобится, просто сними телефонную трубку. Один из наших многочисленных невидимых слуг принесет то, в чем ты нуждаешься. Если какая-то дверь оказалась заперта, это не преграда и не запрет, это делается, чтобы защитить тебя от нежелательных и неприятных встреч, поскольку ты еще молода и тебя легко испугать. Помни об этом в первую очередь. Ты находишься в Иравотуме, а не в Америке и даже,

Глава 11. *Висячий Вавилонский дворец*

в сущности, не в Ираке. Здесь нельзя верить собственным глазам, потому что это древнее, как пирамиды, место и здесь происходит много очень странных вещей. Особенно в саду. Так что будь осторожна, дитя мое. Будь осторожна.

Глава 12

Путь в Багдад

Тем временем в номере Нимрода в берлинской гостинице «Адлон» изможденный Джон бухнулся спать, а Нимрод и господин Ракшас всю ночь изучали сочинения верховного жреца Эно по переводу, сделанному Вирджилом Макриби. Наутро Джон проснулся изрядно посвежевшим. Нимрод заказал кучу вкусностей на завтрак, их привезли на большом столике на колесах, и, подкрепившись, Джон, Джалобин, Алан и Нил уселись послушать, что скажут двое старших джинн. Но вскоре стало ясно, что Нимрод и господин Ракшас мнутся и не собираются переходить к сути дела.

— Мы тут почитали записи Эно ... — медленно произнес Нимрод.

Глава 12. *Путь в Багдад*

— Он — автор «Свитков», — добавил господин Ракшас. — Верховный жрец Беллили. А Беллили была предшественницей Иштар.

— Джон, дело в том, что мы тут пришли к целому ряду выводов... Не самых приятных...

— Говорите же! — потребовал Джон. — Каковы наши шансы спасти Филиппу?

Господин Ракшас покачал седой головой и произнес загадочную фразу:

— Если олень заходит в шляпный магазин, то он всего лишь желает привлечь к себе внимание.

Джон раздраженно застонал. Он очень любил господина Ракшаса, но временами — и сейчас был как раз такой случай — он бы предпочел, чтобы старик помолчал. От его речей нет никакой пользы.

— Мальчик задал вопрос в самую точку, — продолжал господин Ракшас. — Наши шансы невелики, это точно. Зато твои шансы, Джон, много выше.

— Он пытается сказать, что мне с тобой идти нельзя, — сказал Нимрод. — Если я окажусь в пределах ста пятидесяти километров от Иравотума и Висячего Вавилонского дворца, Айша непременно это обнаружит и предпримет контрмеры.

— Какие именно? — спросил Джалобин.

— Точно не знаю, — сказал Нимрод. — Эно не вдается в подробности. С другой стороны, у тебя, Джон, есть два очень важных преимущества. Поскольку ты — близнец Филиппы, тебя, в отличие от меня, практически невозможно обнаружить. Твое приближение Айша тоже почувствует, но спишет его на присутствие в замке самой Филиппы. — Нимрод замолчал.

— А второе преимущество?

— Является обоюдоострым мечом, — сказал господин Ракшас. — Ты не так могуществен, как Нимрод, и поэтому тебя труднее обнаружить. Но отнюдь не невозможно.

— Это означает, что Айша не почует твоего присутствия до тех пор, пока ты не начнешь применять свою джинн-силу, — объяснил Нимрод.

Джон криво улыбнулся.

— Давайте разберемся, — сказал он. — Вы предлагаете мне отправиться в одну из самых опасных стран в мире. Одному. И запрещаете применять джинн-силу, чтобы себя защитить?

Нимрод кивнул:

— Что-то в этом роде...

— И даже дискримена не дашь?

— И даже дискримена не дам, — подтвердил Нимрод. — Имей в виду, Джон, ты совершенно не обязан никуда ехать. Это действительно крайне рискованно. Не исключено, что от этой идеи нужно отказаться. Никто тебя за это не осудит и не будет думать о тебе плохо. Я — уж точно.

— Я поеду, — тихо сказал Джон.

— Если так, тебя в качестве советчика будет сопровождать господин Ракшас. Если он не станет покидать лампу, его никто не обнаружит. Ну и, разумеется, с тобой будут Алан и Нил.

Глава 12. *Путь в Багдад*

Собаки согласно залаяли. Тут откашлялся мистер Джалобин.

— Со всем должным к вам уважением, сэр, — произнес он, — замечу, что вы кое-что забыли.

Нимрод сдвинул брови:

— Нет, Джалобин, по-моему, я ничего не забыл.

— Вы забыли меня, сэр. Я готов сопровождать паренька. Пускай у меня только одна рука, но я могу за себя постоять. Слышите, сэр? И, как я уже говорил, за этих ребятишек я все отдам... ничего не пожалею...

— Спасибо, мистер Джалобин! — воскликнул Джон, глубоко тронутый преданностью дядиного дворецкого.

— Что ж, — сказал Нимрод, — это очень благородно с вашей стороны, Джалобин.

Джалобин покачал головой:

— Да чего ж тут благородного, сэр? Просто по-человечески. Да-да, именно по-человечески. Иногда вы, джинн, забываете, что люди тоже кое на что способны.

Алан громко залаял, словно вспомнил, как тоже когда-то был человеком.

— Но где этот Иравотум? — спросил Джон. — И как туда добраться?

— Вот в этом смысле нам повезло, — оживился Нимрод. — Верховный жрец Эно снабдил нас подробнейшими инструкциями о том, как туда добраться и как проникнуть внутрь. Он также предупреждает об опасностях, которые подстерегают путников в этом тайном подземелье. Он даже нарисовал карту, на которой обозначен самый благоприятный маршрут.

— Ты сказал, это подземелье? — Джон сразу задумался о том, как он будет справляться с клаустрофобией. Одно дело — несколько часов на борту самолета, в этом случае неплохо помогают угольные таблеточки. А вот что его ждет в подземелье?

— И Висячий дворец, и подземная страна Иравотум, где собираются все злые и дурные желания, находятся на несколько километров ниже поверхности земли. Как и пристало месту, окруженному непроницаемой тайной, — сказал Нимрод. — Фактически Иравотум расположен под руинами древнего Вавилона. Эно не раскрывает, как попадали в этот дворец Иштар и ее потомки. Но он подробно описывает второй, секретный вход, который находится как раз под тем местом, где в древности пытались построить знаменитую башню до небес. Вавилонскую башню.

— Так это было по-настоящему? — удивился Джон. — Я думал, это просто легенда такая. О том как люди, говорившие до этого на одном языке, внезапно заговорили на сотнях различных языков, перестали понимать друг друга и так и не смогли ничего построить.

— Совершенно реальная история, — подтвердил Нимрод. — Это место находится к северу от Багдада, в местечке Самарра. Остатки башни со-

Глава 12. *Путь в Багдад*

хранились и по сей день. Эно подробно описывает, как найти секретный вход под башней и как попасть оттуда в Иравотум. Согласно «Свиткам», вас будет ждать лодочник. Он перевезет вас через подземное море.

— Вот это да! — обрадовался Джалобин, который обожал читать припасенные почти на любой случай стихи.

Паромщик взял лишь одну монету
И замер с веслом, как с мечом.
К кому ты стремишься чрез воды Леты?
Ко мне? Но я ни при чем*.

— Я ни при чем... — повторил он задумчиво.
— Да уж, — кивнул Джон. — Джалобин прав. Хочется быть ни при чем... Короче, дрожь пробирает.

В последнее время с мальчиком случилось слишком много неприятного и даже страшного, и он начал задаваться вопросом: так ли уж хорошо быть джинн? Не лучше ли оказаться сейчас в Нью-Йорке и заняться чем-нибудь обычным, нормальным? Пусть даже над ним там издевается Гордон Бородавчинс. Кстати, если Филиппе действительно удалось очистить ему лицо от прыщей, может, он перестал быть таким противным? Что ж, это

---

* Первая строфа из стихотворения Альфреда Э. Хаусмана (1859—1936) «Паромщик взял лишь одну монету...».

скоро станет известно... если удастся пережить предстоящее испытание и вернуться в школу к началу следующей четверти. Впрочем, в одном Джон был совершенно уверен: ему очень не хватает сестры, ее выдержки и мудрых советов. Когда ее нет рядом... все равно что от него отрезали половину!

— Дрожь, говоришь, пробирает? — переспросил Нимрод. — Иравотум таков, каков он есть, Джон. Мундусяне издавна слагали вокруг него дурацкие легенды и мифы, но нас это вряд ли должно беспокоить. — Он бросил взгляд на часы. — Что ж, пора в путь. Сейчас мы все отправимся на смерче в Амман, в Иорданию, а дальше вам придется добираться самим.

— Иордания ведь граничит с Ираком? — уточнил Джон.

— Да. Там надо будет найти уже обычный, человеческий способ переправить вас четверых через пустыню.

Несколько часов спустя они уже поселились в лучшей гостинице Аммана, столицы Хашимитского королевства Иордания. Оставив Джалобина с Джоном в одном из бесчисленных гостиничных ресторанчиков, Нимрод и господин Ракшас отправились искать транспортное средство для следующего этапа пути. Эта гостиница пользовалась популярностью среди британских и американских бизнесменов и журналистов. Некоторые из них также намеревались пересечь границу и попасть в Ирак. Но от историй, которые Джон подслушал, поглощая восхитительный гамбургер, на душе у него стало еще хуже. Кажется, путешествие в Ирак может оказаться даже опаснее, чем он думал.

— Премерзкое место, — сказал Джалобин, выскабливая чайной ложечкой стенки и дно баночки с детским пюре. Дядин дворецкий не доверял блюдам, приготовленным за пределами Англии, и повсюду возил с собой большой рюкзак, набитый баночками со стерилизованным детским питанием, которое он полагал единственно безопасной пищей в жарких странах. Безопасной-то безопасной, но Джон с отвращением наблюдал, как взрослый человек ест эту бурую размазню под названием «Пирог пастушеский с морковью». И уж конечно лучше маяться животом, чем есть «Лук-порей и цветную капусту с сыром чеддер», от одного запаха которых Джону становится тошно.

— Все-таки зря вы не едите как все, — заметил Джон, откусывая огроменный кусок гамбургера. — Вкуснотища.

— Если ты готов рисковать, это твое личное дело, — отозвался Джалобин. — Кроме того, из многолетнего опыта службы у твоего дядюшки я знаю, что вы, джинн, можете лопать все подряд. Умолчим, что именно. Иначе меня стошнит. За подробностями можешь обратиться к книге, которую написал господин Ракшас. Почитай — поймешь, о чем я говорю.

Тем временем Нимрод нашел водителя, который был готов отвезти Джона, Джалобина и двух собак (не считая лампы с господином Ракшасом) через пустыню в Самарру. Еще до рассвета, в четыре утра, он подал к гостинице автомобиль — большой «мерседес» с дизельным двигателем.

— Вот те на! — Джалобин буквально обалдел, увидев водителя, который торжественно представился как Дарий аль Багдади. — Совсем ребенок! Сколько ж тебе лет, сынок?

Дарий горделиво улыбнулся:

— Мне двенадцать лет, господин.

— И что же, папа позволяет тебе садиться за руль?

— Мой отец умер, — сказал Дарий. — Я теперь кормилец семьи. А вожу я очень хорошо. Сами увидите, господин.

— Все, с кем я говорил, подтвердили, что Дарий — один из лучших шоферов в Ираке, — сказал Нимрод. — Он сам из Багдада и знает путь через пустыню как свои пять пальцев.

— А как насчет телохранителя? — спросил Джалобин. — Вы ведь собирались нанять телохранителя. Где он?

Дарий покачал головой.

— Не нужен телохранитель, — сказал он. — Телохранитель привлекает внимание. Люди подумают, что у нас есть что взять. Лучше не иметь телохранителя.

Глава 12. *Путь в Багдад*

Джалобин, служивший при Нимроде не только дворецким, но и водителем его лондонского «роллс-ройса», совсем пригорюнился:

— Я ненавижу эту страну.

— Вам понравится Ирак, — заверил его Дарий. — Ирак — очень хорошая страна. Очень хорошие люди.

— Очень сомневаюсь. — Джалобин поджал губы.

Джон пожал руку юному иракцу.

— Хороший у тебя автомобиль, — сказал он и подумал: «Везет же некоторым: двенадцать лет — а он уже машину водит!»

— «Мерседес» — очень сильная машина, очень надежная, — сказал Дарий. — Но в обслуживании дорогая, да и сервис-центры плохие. Этот автомобиль остался от отца. Сам я больше люблю «феррари».

— Я тоже, — согласился Джон.

— Я, когда вырасту, хочу стать гонщиком, — сказал Дарий. — Гран-при. Как Михаэль Шумахер. Шумахер — мой кумир.

— Я его тоже люблю, — опять согласился Джон, хотя предпочитал гонки класса «инди».

У Дария была широкая улыбка и огромная копна жестких черных волос. Они падали ему на глаза, отчего Джону вспомнились знаменитые битлы. Юный шофер был в джинсах и футболке с надписью «ЧАО, КРОШКА». Дарий сказал, что футболку ему подарил один британский солдат. На поясе у мальчика висела кобура, где хранилось не оружие, а деньги, и серебряные ножны, откуда торчал не нож, а пара солнечных очков. На руке у него были поддельные золотые часы «ролекс». Дарию очень понравились Алан и Нил. Он даже сказал, что этих собак за американцев никто не примет. А вот Джону и мистеру Джалобину он настоятельно предложил прогуляться до магазина мужской одежды, который был неподалеку от гостиницы, и купить каждому *тобе* — длинную, почти до пят белую рубаху — и *бишт* — широкий халат, который носится поверх этой рубахи.

— Лучше всего, чтоб вас все принимали за арабов, — объяснил Дарий. — Тогда любые бандиты, которые встретятся нам по пути, подумают, что грабить тут нечего.

— А сам ты как же? — спросил Джалобин у Дария. Он чувствовал себя глупо, облачившись в непривычные длинные обновки. — Ты-то не одет по-арабски.

Дарий засмеялся:

— Верно, но я и так араб. Если мы попадем в какую-нибудь переделку, я заговорю по-арабски, и они меня отпустят. А вот если кто-то заподозрит, что вы англичане или американцы, вас вполне могут ограбить.

Джалобин нервно сглотнул:

— Н-да, пожалуй, ты прав.

— Я тоже хочу говорить по-арабски, — тихонько произнес Джон и добавил свое слово-фокус. Это утро выдалось довольно жарким. А накануне было

Глава 12. *Путь в Багдад*

вообще за тридцать, и пустыня хорошо прогрела кости Джона, возвратив ему джинн-силу. Поэтому, оформив свое желание по всем правилам, он тут же получил искомый результат. Услышав, что племянник вдруг заговорил по-арабски, Нимрод тут же сообразил, что случилось.

— Ты уж за собой последи, — проворчал он. — Насчет желаний. Помни, как только вы пересечете границу с Ираком, джинн-силу применять категорически нельзя. Иначе Айша обнаружит тебя с помощью джинн-радара. — Он вручил Джону сотовый телефон. — Когда выберетесь обратно на поверхность, позвони мне сюда, в Амман. В подземелье вы все равно будете вне зоны действия сети.

Алан и Нил гавкнули на прощанье и забрались на заднее сиденье автомобиля.

— До свидания, сэр. — Джалобин чопорно пожал Нимроду руку.

— До свидания, Джалобин. И спасибо за все.

Дворецкий уселся сзади рядом с двумя ротвейлерами и тут же раскрыл «Дейли телеграф».

— Что ты собираешься делать, пока мы будем в Ираке? — спросил Джон у Нимрода.

— Без дела сидеть не стану, будь уверен. Наша задача — не дать Айше превратить твою сестру в следующую Синюю джинн, а это значит, что нам надо найти для Айши другую преемницу. И чем быстрее, тем лучше.

— Похоже, на эту работенку никто особо не рвется.

— Это не вполне верно, — ответил Нимрод. — Часть проблемы состоит в том, что Айша, будучи предельно жестокосердной, полностью утратила навыки общения. Она стара. Она общается с джинн совершенно неправильно. Я же умею уговаривать куда убедительнее и дипломатичнее. В результате весьма возможно, что я преуспею там, где она потерпела фиаско.

— И где же ты намерен искать преемницу?

— Полагаю, стоит пробовать Монте-Карло, — сказал Нимрод. — Это европейская столица неудач и разочарований, там наверняка отыщутся хорошие кандидаты.

Нимрод обнял Джона, а затем принялся с притворным энтузиазмом потирать руки, скрывая тревогу за племянника, отправлявшегося в столь опасное путешествие.

— Ну, до свидания, Джон. Желаю удачи.

— До свидания, дядя. — Джон живо запрыгнул на переднее сиденье «мерседеса». Он тоже не хотел, чтобы Нимрод заметил, насколько ему не по себе. Мальчик посмотрел на Дария, а затем на Джалобина. — Мы ничего не забыли, мистер Джалобин? — спросил он.

У Джалобина, как у любого хорошего дворецкого, имелся список:

— Мобильный телефон, зарядное устройство, аптечка, вода, чай в пакетиках, карманные фонарики, зонт, влажные салфетки, собачьи консервы — пятьдесят шесть банок, туалетная бумага, детское

Глава 12. *Путь в Багдад*

питание — пятьдесят шесть баночек, тортик, арабские питы... кажется, все.

— Зонт? — удивился Джон. — Зачем нам зонтик?

— На случай дождя, разумеется.

— В пустыне не бывает дождя. — Джон засмеялся.

— Я думаю, ты заблуждаешься, — сказал Джалобин. — Дождь бывает повсюду. И к нему надо быть готовым, я всегда это говорю.

— Кое-что вы все-таки забыли, — сказал Нимрод и просунул в окно «мерседеса» книгу в кожаном переплете — перевод «Свитков Беллили», сделанный Вирджилом Макриби. — Книга Эно.

— Да, — улыбнулся Джон. — Она нам точно понадобится.

Они миновали предместья Аммана, и вскоре Джон узрел указатель «Самарра», гласивший, что по этой стрелке им предстоит проехать пятьсот километров. Значит, шесть-семь часов пути. Впрочем, может, и меньше — уж больно лихо Дарий ведет машину. Этот иракский мальчик действительно классный шофер, а ведь шкет совсем, ему даже приходится подкладывать на сиденье несколько толстых багдадских телефонных справочников, чтобы видеть приборную панель и дорогу. В «мерседесе» имелись и другие приспособления, помогавшие Дарию вести машину. К ручке коробки передач была прикручена клюшка для гольфа, а высоту педалей какой-то умелец-механик увеличил с помощью пустых банок из-под кофе. Когда забрезжил рассвет, они выехали на безлесную, пустынную дорогу, и пейзаж вокруг стал почти марсианский. Дарий вжал педаль газа до самого пола.

— Неужели обязательно так гнать? — Джалобин недовольно заерзал.

— Я — очень хороший водитель, — засмеялся Дарий и дотронулся до фотографии Михаэля Шумахера, болтавшейся вместо талисмана под зеркалом заднего вида. — Смотри. Очень быстро. Точно как Шумахер, да? — И он еще увеличил скорость.

Джалобин громко застонал и откинулся на сиденье. Он открыл баночку со смесью «Жареная свинина и яблочное пюре» и принялся уплетать эту дрянь за обе щеки, чтобы успокоиться.

— Ты давно получил водительские права? — спросил Джон у Дария.

Маленький житель Ирака громко рассмеялся:

— Какие права? Нет у меня никаких прав. У меня есть семья, которую надо кормить. Мать и четыре сестры. Никаких прав не нужно.

Джалобин снова взвыл и закрылся от всего происходящего газетой двухдневной давности.

Их автомобиль не был единственным на дороге в Багдад. С самого Аммана на хвосте у них висели три белых «рейндж-ровера» с западными журналистами, фотографами и их вооруженными до зубов телохранителями. Дарий кивнул на отражение в зеркале.

Глава 12. Путь в Багдад

— Пытаются не отставать, — радостно сказал он. — А хотите, мы их в два счета потеряем?

— Бог мой, нет, конечно! — жалобно ответил Джалобин. — Двигаться кучно гораздо безопаснее.

— Только не в пустыне, — отозвался Дарий. — В Англии или в Америке, может, вместе и безопаснее. А здесь много народу — лакомая цель. Лучше путешествовать в одиночку. Я так думаю.

— А я так не думаю, — возразил Джалобин. — И вообще, притормози-ка на минуту, может, они тоже остановятся. Вдруг у них есть газета посвежее?

— Ладно, господин, как скажешь. Притормозим. Только не здесь, а в Сафави.

Сафави оказался небольшим иорданским городком, где останавливались грузовики. Водители огромных фур подбегали к окошкам торговых лавок, заливали в себя колу похолоднее, заглатывали шашлык или плоскую арабскую питу. Дарий съехал с дороги и затормозил перед кустарной бензоколонкой. «Рейндж-роверы» сделали то же самое. Из них повыскакивало множество мужчин и женщин. Пока водители заправляли машины, а Джалобин клянчил у них газеты, одна из женщин — красивая, но с виду очень суровая — подошла к Джону,

На ней была черная рубашка, черные бриджи и ботинки для верховой езды, черный бронежилет и солнцезащитные очки. На шее, точно медальоны у рэперов, висели несколько фотоаппаратов.

— Ты британец? — спросила она.

— Американец, — ответил Джон.

— Что ты тут делаешь? Здешние места — не парк с аттракционами. Здесь опасно. Тот человек с одной рукой — твой отец?

— Нет, — сказал Джон. — Он не мой отец. Послушайте, спасибо, конечно, но вы обо мне не волнуйтесь. Я одет как араб. Я свободно говорю по-арабски. Я еду — в отличие от вас — в машине с иракскими номерами. Думаю, опасность грозит скорее вам, а не мне.

— А ведь ты прав! — Женщина улыбнулась и протянула ему руку.

Джон осторожно пожал ее руку и представился.

— Я — Монтана Негодий, — сказала она в ответ. — Из информационного агентства «Беретта». Может, ты даже видел мои работы?

— Нет, — сказал Джон. — Извините, не видел.

— Ладно, не важно. Ты не против, если я тебя сфотографирую? — Мисс Негодий уже снимала крышечку с объектива одной из своих камер. — Тут все-таки не часто встретишь американского ребенка. Да еще одетого как ты. Прямо Лоуренс Аравийский.

Джон просиял. Сравнение с Лоуренсом Аравийским весьма польстило его самолюбию.

— Валяйте, — сказал он. — Фотографируйте.

— А куда ты едешь? — спросила она, глядя в объектив.

— В Самарру.

Глава 12. *Путь в Багдад*

— Там произошло что-то интересное?

— Да, в седьмом веке нашей эры, — сказал Джон. — Персы тогда завоевали арабов, по крайней мере, так говорится в путеводителе по Ираку. Но я что-то сомневаюсь.

Мисс Негодий была явно разочарована.

— Н-да... Ты извини. Такое наше журналистское дело — обо всём расспрашивать.

Джон обернулся: Джалобин пронзительно свистел и размахивал газетой. А Дарий как раз закончил заправлять автомобиль.

— Мне пора идти, — сказал Джон.

— Что ж, Джон, приятно было побеседовать.

— Мне тоже, мисс Негодий. Удачи вам.

— Спасибо, — ответила она. — Удача нам пригодится.

Глава 13

День саранчи

Они достигли иракской границы как раз перед полуднем. Контрольно-пропускных пунктов оказалось не меньше шести, и на каждом они были обязаны предъявлять паспорта: сначала иорданским, а затем иракским должностным лицам. Американский паспорт Джона и его очевидная молодость тут же привлекали внимание, но они с мистером Джалобином слаженно рассказывали легенду, выдуманную для них Нимродом: якобы Джалобин везет Джона на встречу с бабушкой, с которой они никогда прежде не виделись. Наконец, после нескольких часов объяснений и ожидания, им все-таки разрешили продолжить поездку.

По иракскую сторону границы шоссе оказалось ничуть не хуже, чем дома, в Америке. Вдоль него тянулись ограждения, а через каждые сто километров даже стояли бетонные столики для пикников с металлическими зонтиками. Вот в такой зоне отдыха рядом с кукурузным полем они и остановились позавтракать. Но завтрак не состоялся, поскольку сначала Джалобин не обнаружил своего рюкзака с детским питанием — по-видимому, его украли на одном из контрольно-пропускных пунктов. Дальнейшие поиски показали, что походный холодильник, где лежали фалафели (лепешки с шариками из бобов со специями) для Джона и Дария, также исчез, а заодно и все собачьи консервы.

— Вот невезуха! — жалостно взвыл Джалобин. — И что теперь прикажете делать? Повторяю: что мы теперь будем делать?

— Кому понадобились пятьдесят шесть банок собачьего корма? — спросил Джон у Дария.

— Некоторые люди в Ираке очень бедные, — сказал Дарий. — Они будут рады съесть собачью еду. А мы сможем раздобыть еды в Фаллудже, — сказал Дарий. — Я знаю хорошее место. Много фалафеля. Много всякой еды.

— Нет, спасибо, — сказал Джалобин. — С них станется накормить нас собачьей едой, которую они у нас же и стырили.

Джон кивнул на кукурузное поле:

— А тут ничем нельзя поживиться?

— Кукуруза еще не выросла, она пока несъедобная, — сказал Дарий.

— Да что ты, я не про овощи. — Джон ненавидел кукурузу почти так же сильно, как капусту брокколи. — Мне пришло в голову совсем другое.

Согласно «Краткому курсу» господина Ракшаса, жившие в пустыне джинн иногда питались саранчой и ее личинками, *джарадами*, которые среди искушенных знатоков даже считались большим деликатесом. Джон читал об этом совсем недавно — в амманской гостинице, и еще тогда идея питаться личинками завладела его воображением. Но в тот момент он думал, что сам вряд ли станет есть джарады. Однако теперь, в пустыне, томимый голодом и жаждой, он уже готов был попробовать традиционную пищу джинн. Раздобыв в багажнике большой мешок, Джон отправился в поле — искать саранчу или пригодные для еды личинки этой самой саранчи.

Нашествия саранчи были настоящим бедствием для местных фермеров. И недаром! Первая найденная Джоном саранча оказалась аж двадцать сантиметров длиной. Джону, как настоящему, да еще голодному джинн, саранча показалась восхитительной с виду пищей, и ему нетерпелось попробовать ее на вкус. Не прошло и десяти минут, как он набил мешок доверху и вернулся к столу для пикника, рядом с которым Дарий уже развел костерок, чтобы вскипятить воды на чай и кофе.

Джалобин перепугался.

— Ты не станешь это есть, — сказал он.

Глава 13. День саранчи

— В ККБЗ говорится, что это деликатес, — сообщил ему Джон. — Вы знаете, что в Библии люди тоже питались саранчой? Саранчой и диким медом.

— В Библии упоминается много продуктов, которые ты вряд ли захочешь попробовать по своей воле, — сказал мистер Джалобин, которого затошнило от одной мысли, что саранчу можно есть. — Лично я не люблю, когда моя еда прыгает по тарелке.

Покрепче завязав мешок, чтобы ни одна из его прыгающих или извивающихся жертв не сбежала, Джон пошел к автомобилю — за лампой с господином Ракшасом. Он хотел посоветоваться, как лучше всего приготовить саранчу и джарады. Старый джинн велел ему поискать что-то вроде шампура, на который можно нанизать саранчу. Джон сразу увидел подходящую железку — она валялась на полу машины.

— Кусок автомобильной антенны сгодится? — спросил он.

— Прекрасно, просто прекрасно, — сказал господин Ракшас. — Насади их на этот вертел и зажарь на открытом огне. Затем надо ощипать, то есть удалить ноги, голову и снять панцирь с грудной клетки. Представь, что ешь рака или креветку. Все оставшееся мясо насекомого пригодно в пищу. Я бы очень хотел поесть вместе с тобой, очень. Как давно я не пробовал это чудное блюдо. — Господин Ракшас вздохнул. — Однако мне все-таки лучше остаться в лампе. Иначе Айша запеленгует меня своим радаром.

Зажарив шесть или семь штук саранчи на своем самодельном вертеле, Джон приготовился есть. Он снял с антенны одну саранчу и удалил ей ноги и голову. Дарий и Джалобин с ужасом наблюдали, как Джон положил тело насекомого себе в рот и начал жевать, сначала медленно, а затем, распробовав, все быстрее, потому что новая еда ему действительно понравилась.

— Слу-у-ушайте! — воскликнул он. — Вкуснотища! Смесь вареного яйца и гигантской креветки.

Джалобин отвернулся и схватился за живот.

— Наверно, меня сейчас вырвет, — с отвращением проговорил он.

Алан и Нил тоже наблюдали за трапезой, но, в отличие от Джалобина и Дария, с завистью. Они нетерпеливо переминались, облизывались и жалобно скулили, глядя, как Джон разделался с одной саранчой и принялся за следующую.

— Что, парни, хотите попробовать?

Собаки громко залаяли.

Джон скормил им несколько горячих насекомых и приготовил еще порцию.

— Вы точно отказываетесь? — спросил он у своих спутников-мундусян, облизнув с нижней губы каплю саранчового сока. — На вкус они лучше, чем на вид.

Джалобина аж передернуло.

— Нет уж, спасибо, — мрачно сказал он. — Я предпочитаю воздержаться. Как говорится, лучше умереть с голоду...

Глава 13. День саранчи

— Ладно, если вы уверены... — Джон начал жевать следующую порцию. — Умирайте. Приду к вам на похороны.

— Сначала мы придем на твои, — фыркнул Джалобин.

Но Дарий в конце концов кивнул.

— Может, я и попробую... — нерешительно сказал он и стянул саранчу с почерневшей от огня автомобильной антенны.

— Вот это круто, — оценил Джон. Он впервые заговорил с мальчиком по-арабски и помог ему очистить лакомую для джинн пищу от всего лишнего.

Дарий откусил кусочек, проглотил, улыбнулся Джону, а потом, радостно кивнув, быстро доел остальное.

— Правда вкусно, — согласился он. — Но почему ты так здорово говоришь по-арабски? И почему у тебя лампа разговаривает? Ты, случаем, не чревовещатель? — Он съел еще одну саранчу. — Если б я не знал, что все это сказки, подумал бы, что в лампе у тебя сидит джинн. И этот джинн — твой раб.

— Если честно... — начал Джон. — Я и сам — джинн.

— Без дураков?

— Без дураков.

— Так это же здорово! — обрадовался Дарий. — Если на нас нападут бандиты и захотят нас ограбить, ты превратишь их всех в саранчу, и мы сможем съесть наших врагов.

— Боюсь, мне нельзя сейчас использовать джинн-силу, — признался Джон. — Понимаешь, мою сестру Филиппу похитил могучий-премогучий джинн, и я приехал, чтобы ее спасти. Если я использую свою джинн-силу, этот джинн узнает, что я здесь, и перепрячет Филиппу куда-нибудь еще. Или сделает с нами что-нибудь нехорошее.

— Понятно. — Вежливый Дарий снова перешел на английский, поскольку рядом был не понимавший ни слова Джалобин. — Тогда будем надеяться, что грабители нам не встретятся. Но, что еще важнее, будем надеяться, что нам не встретятся Утуг и Джиджим. Сам я их никогда не видел, но в наших краях о них все знают. Это два демона, и живут они в пустыне, через которую нам предстоит ехать. С тех пор как началась война, они редко беспокоят людей. — Он пожал плечами. — Но кто знает, как они отнесутся к тебе, Джон, если почуют, что ты — джинн? Могут стребовать с тебя какую-нибудь дань. Мне говорили, они всегда так делают.

— У нас есть что-нибудь подходящее для дани? — спросил Джалобин.

Джон обратился за советом к господину Ракшасу.

— Дань демонам, — ответил тот, — традиционно платят в виде большого пира или красивых цветов. Еще они любят драгоценные камни.

— Хорош совет, — сказал Джалобин. — У нас как раз с собой сундуки с самоцветами. — Он мрачно покачал головой. — Все, поехали. А то я еще передумаю и съем одного из ваших ползучих гадов.

Через час им пришлось объезжать большую воронку от бомбы, ударившей прямо в середину шоссе, а вскоре и брошенную на дороге бронемашину. Над их головами прожужжали два вертолета, потом они увидели вдалеке столб черного дыма от горящей нефтяной скважины. Минуту спустя Дарию пришлось маневрировать, чтобы не столкнуться с автомобилем, который летел прямо им навстречу по их стороне шоссе. Джон вскрикнул, увидев, что прямо на них наставлен ружейный ствол.

Дарий вывернул руль и дал газу. Вслед им прогремели выстрелы, что-то металлическое чиркнуло по крылу автомобиля, но иракский паренек сохранял потрясающее присутствие духа и не спускал ногу с педали — наоборот, он вжал педаль до отказа. Так они гнали несколько километров. Наконец Дарий сбавил скорость и подкатил к пальмам метрах в ста от дороги.

— Оторвались, — воскликнул он с облегчением.

— А почему тормозим? — спросил Джалобин.

— Потому что мы должны сменить колесо, господин, — ответил Дарий. — У нас шина спустила. Наверно, в нее попала пуля.

— Лучше уж в шину, чем в нас, — заметил Джалобин.

Дарий остановил автомобиль за большой песчаной дюной, чтобы их не было видно с дороги.

— Пожалуйста, не шумите, — сказал он, вылезая из машины. — Это окраина владений демонов. И бандитов вокруг полно. Очень плохое место для остановок.

Подозрения Дария подтвердились. Надо было менять колесо.

— Тебе помочь? — спросил Джон.

— Давай, — ответил Дарий.

Джалобин тоже взялся помогать, насколько мог со своей единственной рукой. Тем временем Алан и Нил ушли по своим собачьим делам, но вскоре принялись с громким лаем гонять лису, что, впрочем, тоже дело вполне собачье. Джон сердито потребовал их «к ноге».

— Разве вы не слышали, о чем просил Дарий? Нельзя шуметь!

Алан покаянно повесил голову, облизал Джону руку и отошел почитать первую страницу газеты, которую раздобыл Джалобин, а Нил забрался в автомобиль, включил радио и, прижимая ухо к одному из динамиков, стал тихонько слушать «Радио-Багдад».

— Очень умные собаки, — заметил Дарий.

— Дело в том, что они на самом деле — не собаки, — объяснил Джон. — Они мои дяди. — И он рассказал, как мама превратила их в ротвейлеров, когда они попытались убить его отца.

— Я бы хотел, чтобы человека, который убил моего отца, тоже превратили в собаку, — сказал Дарий по-арабски, доставая из багажника домкрат.

Глава 13. День саранчи

Он улыбнулся Джону. — Может, ты сделаешь это для меня?

— Я такие вещи не делаю, — ответил Джон, вспомнив, каким виноватым он себя чувствовал, превратив Финлея Макриби в сокола-сапсана. Наверно, этот кошмар будет преследовать его всю оставшуюся жизнь. — Ни с кем.

— Жаль, — сказал Дарий и начал откручивать гайки на колесе. — Но если честно, я вообще не вижу смысла быть джинн, если не превращать людей в зверей. Особенно тех людей, которых не любишь.

Солнце уже начинало клониться к закату, а они все еще возились с прохудившимся колесом. Дарий поминутно озирался и читал арабское заклинание против живущих в этой пустыне демонов.

— Утуга и Джиджима на жалость не возьмешь, и доброта им неведома, — пояснил он Джалобину и указал на боковые зеркала своего автомобиля. — Если мы их увидим, сразу схватим эти зеркала и направим на них. Они должны испугаться собственного отражения. По крайней мере, так советовал мне отец.

Дарий с Джоном наконец сняли старое колесо и как раз прилаживали запаску на ось, как вдруг иракский мальчик испуганно вскочил. Он молча указал на кромку холма, где на фоне солнца четко выделялись две фигуры. Алан и Нил тут же встали рядом с Джоном и зарычали, почуяв, что их юному хозяину и его друзьям грозит опасность.

— Что-то не так? — заволновался Джалобин.

— Утуг, — прошептал Дарий. — И Джиджим. Демоны пустыни. Ой-й-й! Прямо как гигантская саранча! — Он нервно облизнул губы. — Боюсь, они сердятся, хозяин. На нас сердятся.

Это было похоже на правду. Фигуры на холме были ростом с высоченного человека, имели человеческие ноги и руки, но головы и крылья их напоминали огромную саранчу. Поняв, что их заметили, чудища взмыли в воздух и, страшно жужжа, полетели прямиком к автомобилю.

Джон схватил лампу с господином Ракшасом, лежавшую на переднем сиденье.

— К нам приближаются два демона пустыни, — закричал он в стенку лампы. — Дарий говорит, их зовут Утуг и Джиджим, но я не уверен, что это их настоящие имена. Они похожи на ужасную гигантскую саранчу.

— Это печально, поскольку ты недавно полакомился джарадами, — отозвался изнутри господин Ракшас. — Ты съел их друзей, и церемониться с тобой они не станут. Демоны пустыни вспыльчивы, поэтому они и гоняют пыль по пустыне всю жизнь напролет. В них бушует чистое зло, без капли трезвого рассудка. Тебе может не поздоровиться, Джон, скрывать не буду!

— Придумайте какой-нибудь выход, — прервал его Джон, поскольку демоны были уже совсем близко. — Теперь время действовать.

Но было слишком поздно. Демоны пустыни приземлились перед Джоном, Дарием и мистером

Глава 13. День саранчи

Джалобином. Алан и Нил угрожающе зарычали на мерзких чудищ, но Джон крепко удерживал собак за ошейники, понимая, что нападение на демонов равносильно мгновенной смерти. Но Дарий, конечно, прав: на жалость демонов тоже не возьмешь, нечего и пытаться. Их тела, казалось, сами излучали жар, настоящий жар гнева. Температура воздуха и так была под пятьдесят, но от демонов веяло точно из открытой духовки. Джон понял, что попал в настоящий переплет. Джалобин тем временем пытался отвинтить боковые зеркала «мерседеса», чтобы предъявить демонам их ужасные отражение, но у него это никак не получалось.

— Он и впрямь хочет испугать нас нашим собственным отражением, — сказал тот, кто повыше, и расхохотался. Голос Утуга, а это был именно он, оказался низким и хриплым, но страшнее всего был его смех, больше похожий на сухой лающий кашель.

— Очень трогательно, — сказал Джиджим таким же надтреснутым голосом. Лица у обоих демонов, хоть и имели человеческий рот и два больших глаза, все-таки были как у саранчи и вечно искажены гримасой. — Гляди-ка, у этого только одна рука, — добавил он, указывая на Джалобина одним из двух усиков, извивавшихся на макушке его темно-коричневой, абсолютно лысой головы.

— Может, другую отломил и съел маленький джинн? — с сарказмом сказал Утуг, глядя на Джона. — Ведь он именно так поступил с нашими друзьями. Я чую их запах в его дыхании! Я вижу, как корчатся они у него в животе. Вот и посмотрим теперь, как это ему самому понравится. Мы его насадим на вертел, зажарим заживо на углях и — съедим.

— Разве вы не слышали о правах животных? — возмущенно продолжил Джиджим. — Такая жестокость наказуема по закону. Даже в Ираке.

— Я не знал, что саранча — ваши друзья, — храбро произнес Джон. — Если б знал, я никогда не стал бы их есть. Мне действительно очень жаль.

— Думаешь, извинился — и дело с концом? — глумливо усмехнулся Утуг. С каждой секундой гнев его, видимо, усиливался, потому что из его крошечных, едва заметных ушей повалил дым. — Позволь напомнить тебе, мелкий джинн: у саранчи тоже есть чувства.

— Не только чувства, — настаивал Джиджим. — Права! У саранчи есть право на жизнь, как у любого джинн или человека.

Утуг шагнул к Джалобину.

— Я хочу съесть этого толстяка, — сказал он. — Плохо только, что у него всего одна рука. Руки-то — самое вкусное! Обожаю. Особенно пальцы.

— Да, на пальцах кожа вкусная. Но лично я больше всего люблю разгрызать головы. С хрустом. Особенно когда волос много, как у этого маленького человека.

Вверх от ступней Джиджима поднялись в воздух два смерчика, и в лицо Джону ударила горячая, иссушающая глаза пыль. Едва она попала в нос, как Джон оглушительно чихнул — прямо на Джиджима, и капельки влаги зашипели на бурой кожистой груди демона как сырое яйцо, попавшее на раскаленную сковородку.

— Ну разве он не очаровашка? — скорчился Джиджим.

— Разорви-ка его на куски за плохие манеры, — сказал Утуг. — В наказание за хамство.

Алан и Нил громко залаяли.

— А собак — за то, что они такие уроды.

— Сделай что-нибудь! — закричал Джалобин Джону. — Иначе наша песенка спета.

— Не могу, — сказал Джон. — Если я воспользуюсь джинн-силой, Айша это тут же почувствует, и мы лишимся последних шансов на спасение Филиппы.

— Последних шансов мы лишимся сейчас, потому что просто погибнем, — возразил Джалобин и взвыл от боли, поскольку Утуг дотронулся до него длинным костлявым пальцем. — Ну и горячая бестия! Палец — как раскаленная кочерга.

— Они жгутся, как огонь, — подтвердил Дарий и бросился наутек в пустыню.

— Отлично! — Джиджим хрипло засмеялся. — Мы его выследим, когда разделаемся с этой братией. Я люблю, когда убегают. Так даже веселее. — Теперь он ткнул раскаленным пальцем в Джона. — А ты почему не убегаешь? А вообще нет, давай ты нам лучше немного поджиннишь, а? Почему ты не хочешь спасти свою шкуру? Ну, попробуй! — Он громко расхохотался, и Джон понял, что с этими двумя демонами ему не справиться, даже применив джинн-силу. — Ты джинн или не джинн?

— В нем слишком много воды и совсем нет огня, — сказал Утуг. — Слизняк не умеет джиннить!

— Верно! — Джиджим мерзко захихикал. — Он слишком мокрый!

Это произошло на слове «мокрый». Джон поглядел на небо в невнятной надежде, что там появится туча и окатит демонов пустыни проливным дождем. Едва эта мысль зародилась у него в голове, как туча действительно появилась. Огромная, она возникла внезапно, прямо над головами демонов, и спустя пару секунд начался дождь. Не обычный дождь, а настоящий тропический ливень, который мгновенно промочил обоих чудищ насквозь. Они в ярости завизжали.

— Убери! — вопил Джиджим. — Отзови его!

Джон так изумился этому странному повороту, что сначала не мог вымолвить ни слова.

— Кого отозвать? — спросил он наконец.

— Своего водяного элементиша, кого ж еще? — верещал Утуг. От его тела шел пар, и оно уже превращалось из коричневого в зеленое. — Убери его, пожалуйста. Я не прикасался к воде уже много лет! Ой-ей-ей! Больно-то как! Я не выдержу! Ой, не могу! — И прежде чем Джон успел сказать хоть слово, оба демона бросились прочь, а туча полетела за ними, извергая на них ливневые потоки.

Глава 13. День саранчи

Джон засмеялся. Хорошо бы водяной элементиш погонял их по пустыне еще пару дней... Так, кстати, и произошло на самом деле.

— Вот уж не думал, что буду радоваться дождю, — заметил Джалобин. — Отличная тучка, отличный дождь. Откуда он, черт возьми, взялся? Ты его вызвал, Джон? Признавайся?

Из лампы послышался голос господина Ракшаса. Он был удивлен не меньше, чем Джалобин, но главное — обеспокоен, что Айша теперь прознает о том, что Джон в Ираке.

— Я ничего не делал, — настаивал Джон. — Я точно не произносил слово-фокус. И я не ощутил никакого расхода джинн-силы в тот момент, когда начался этот дождь.

— Что бы это ни было, — сказал Джалобин, — я же предупреждал вас, что нужно взять зонтик.

Но тут Джон начал потихоньку догадываться, что могло произойти. Он рассказал господину Ракшасу о Дыббаксе и водяном элементише, которого этот парень создал в Нью-Йорке с помощью Джона и Филиппы.

— Должно быть, этот элементиш теперь сопровождает меня повсюду, — предположил он.

— В таком случае, — сказал господин Ракшас, — нам повезло, что за это время элементиша никто не отозвал, хотя их, конечно, надо отзывать, когда они сделают свое дело. И ты совершенно прав, Джон. Тебе не нужно было использовать джинн-силу, чтобы напустить элементиша на этих двух демонов. Достаточно было просто подумать о дожде. Элементиша ты не сделал, он уже существовал независимо от тебя, так что Айша не обратит на это никакого внимания.

Джон снял мокрую одежду и принялся ее выжимать. Джалобин сделал то же самое, а потом стал высматривать в окрестностях Дария.

— Ну, из этой истории мы выпутались, — сказал он Джону. — Теперь надо найти нашего Михаэля Шумахера и снова отправиться в путь. И, ради бога, не ешь ты больше эту саранчу. А то еще какое-нибудь чудище накличешь на наши головы.

Глава 14

Дневник Филиппы Гонт

ДЕНЬ ПЕРВЫЙ. Я решила вести этот дневник, потому что мне совсем не с кем поговорить здесь, в плену у Айши, в ее странном подземном дворце...

Я пишу «подземном», но в это сложно поверить: такое тут все огромное. И хотя небо снаружи очень странного оттенка, все равно невозможно вообразить, что это место находится ниже поверхности земли.

...Так или иначе, я надеюсь, что этот дневник поможет мне следить за временем, пока я в плену, и даст возможность проверить, не стала ли я такой же сухо-логичной и бессердечной, как Айша. Она утверждает, что именно это со мной и произойдет, если я пробуду здесь достаточно долго. Я, конечно, могу отказаться пить яблочный сок, который мисс Угрюмпыль готовит из плодов Древа Логики, но дышать-то мне надо! А здешний воздух пропитан запахом его цветов. Интересно, что сделал бы на моем месте Джон? Наверно, что-нибудь решительное. Не обязательно правильное. Но он бы наверняка совершил Поступок. Вообще, мне кажется, что он где-то совсем близко и пробует меня спасти — это в его характере. Надеюсь, что я не ошиблась.

После встречи с Айшой в зале Дурбар я ужасно рассердилась. Меня охватила ну просто дикая злость! Я бегала вверх-вниз по лестнице, пинала ногой в стенки, кричала во весь голос... Но через некоторое время почувствовала себя такой беспомощной... Я вернулась в свою комнату, села и стала решать, что делать дальше. Джинн-силы у меня, понятное дело, вовсе не осталось. Но если она когда-нибудь вернется и этот подлый сопляк Изаак Балай-ага снова встретится на моем пути, я непременно превращу его в утконоса — это самое примитивное млекопитающее на свете. Изааку это обличье очень подойдет: во-первых, оба — ядовитые (у утконоса на задних лапах имеются ядовитые шпоры, и этого яда хватит, чтобы убить собаку), во-вторых, у обоих ужасно глупый вид.

Кстати, когда я двинула ногой по стенке, на ней остался грязный след. А потом смотрю: появились мокрая губка и ковш с мыльной водой и сами, вроде как без человека, удалили пятно. Трудно привыкнуть к этим невидимым слугам.

Глава 14. Дневник Филиппы Гонт

Для начала я решила узнать побольше об Айше и ее Висячем дворце. Надо понять, где он висит и на чем крепится, это может помочь мне перехитрить Айшу. Вот я и отправилась в огромную библиотеку, которая расположена на первом этаже дворца. Здесь я с радостью обнаружила кучу книг на английском языке — много-много полок, а еще свежие американские журналы и все английские газеты. Книги тут на самые разные темы, в том числе несколько описаний настоящего Осборн-Хауса. Кроме того, я обнаружила сколько-то книг о самом первом висячем дворце и решила их изучить. В тот момент, когда я отбирала книги, чтобы взять их с собой в комнату, дверь открылась, и в библиотеку вошла Айша. Она приветствовала меня тепло — в той мере, в какой она на это вообще способна.

— Я рада, что ты нашла сюда дорогу, — любезно сказала она. — Уверена, что многое здесь тебя заинтересует и поможет тебе скоротать время.

Мне не хотелось, чтобы Айша поняла, какие именно книги я планирую почитать, поэтому я стала улыбаться и всячески отвлекать ее внимание. Надо быть осторожной и не возбуждать подозрений. А то еще поймет, что я собираю информацию и замышляю побег.

— Я люблю читать, — ответила я. — Часто хожу в школьную библиотеку. — И, сунув под мышку несколько книг и журналов, я ушла, а Айша уселась читать газету.

У себя в комнате я быстренько пролистала журналы, а потом начала тщательно изучать книги, которые выбрала. Одна из них показалась мне особенно полезной: что-то вроде путеводителя по Висячему дворцу и Иравотуму. Написал ее Эно, верховный жрец Иштар, или, точнее, Беллили, потому что в древние времена Иштар называли Беллили. Эно описывает довольно много полезных фактов. Например, здесь имеются так называемые *Bocca Veritas* — что означает «уста истины». Согласно Эно, Уста Истины — не что иное, как оракул, который отвечает на все заданные ему вопросы абсолютную правду. Единственная проблема состоит в том, что Эно не сообщает, где находится этот оракул. Что ж, придется обыскать весь дворец. Если BV действительно существует, остается только правильно сформулировать вопросы, и я получу ответы, которые помогут мне отсюда выбраться.

ДЕНЬ ВТОРОЙ, ПОЛНОЧЬ. Большую часть дня я потратила на поиски BV, одновременно пытаясь улизнуть от мисс Угрюмпыль, которая преследует меня, как собака-ищейка, и непрерывно заговаривает о том о сем. Наверно, ей тут очень одиноко. Но я не могу позволить себе ей довериться. Ни в коем случае. Ведь я собираюсь сбежать.

Утром я вошла в сад, который — я уверена — очень отличается от сада, в котором гуляла королева Виктория, и скорее напоминает те самые Вися-

Глава 14. Дневник Филиппы Гонт

чие сады Вавилона, которые были здесь когда-то. Во всяком случае, на одной стороне дворца сад расположен на целых ста различных уровнях, и они спускаются вниз по все более узким уступам скалы, так что один сад буквально нависает над другим.

С другой стороны дворца все выглядит вполне по-английски: зеленая лужайка с воротами, а за воротами находится собственно Иравотум, то есть глухой, непроходимый лес. Ворота на замке. Перелезть тоже нельзя — слишком они высокие. Вообще, продолжать исследования в этом направлении как-то не хочется, потому что в чаще, почти у самой ближней опушки, скрывается огромное и, вероятно, ужасное существо. Я его не вижу, зато слышу весьма отчетливо, оно трубит, как слон, ревет, как бык, и, должно быть, свирепствует, как они оба вместе взятые.

Короче, я обошла здание и вернулась в висячие сады. В одном из них, наслаждаясь ароматом жасмина и лаванды, я случайно наткнулась в кирпичной стене на деревянную дверцу, величиной не больше камина. Решив, что за дверцей может скрываться BV, я пробовала ее открыть. Она оказалась заперта, но звук — когда я повернула ручку — казалось, пробудил что-то внутри. Из-за двери до меня донесся слабый, еле слышный голос. Я подобрала камень, чтобы сбить замок, с виду довольно ветхий. После нескольких хороших ударов дверца открылась. За ней, во влажной стене, оказалась крошечная ниша, а в ней, прикованный к стене цепью, стоял странный медный сосуд с длинным изогнутым горлышком. Странный, потому что он был похож на дикобраза, весь покрыт шипами и острыми иглами, так что его было почти невозможно взять в руки. Почти — но все-таки возможно. И в тот момент, когда я осторожно подняла сосуд, оттуда послышался голос:

— Освободите меня.

— Вы кто? *Bocca Veritas*? Уста Истины?

— Возможно, — сказал голос.

— Это не похоже на правдивый ответ, — сказала я.

— Хорошо, я не *Bocca Veritas*. Я — такой же пленник этого замка, как и вы.

— Не совсем такой же. В конце концов, я гуляю по прекрасным садам, а вы сидите в заточении в колючем, прикованном к стене сосуде, который, если б не я, до сих пор стоял бы в нише под замком.

— Но вы тем не менее тоже пленница, — сказал голос с явным французским акцентом.

— Почему вы так считаете? — спросила я.

— Потому что вы сказали: «Не совсем такой же», когда я предположил, что вы здесь в плену, как и я. Если бы это было неправдой, вы построили бы свой ответ иначе.

— Верно.

— Если вы меня освободите, я помогу вам убежать.

— Интересно, как? Вы и самому себе помочь не в состоянии.

Глава 14. Дневник Филиппы Гонт

— Верно. Однако тот факт, что я нахожусь именно здесь, под семью замками, указывает на то, что в моем случае требуется дополнительный уровень безопасности. Если меня не запереть, не приковать и не заточить в бутылку, я наверняка убегу.

— Может, и так... — сказала я. — Если, конечно, вас заточили в сосуд именно для того, чтобы не дать вам убежать... А если по другой причине? Если вас не просто посадили в тюрьму, а заперли, приковали и заточили, чтобы наказать построже?

— Как это ни печально, но и сейчас вы говорите истинную правду, — сказал голос. — Только правда намного ужаснее, чем вы способны вообразить. Кроме перечисленных, Айша наложила на меня дополнительный уровень наказания. Я всегда обязан носить железную маску. Пожизненно.

— И вы не можете ее снять?

— Эта маска больше походит на шлем, прилаженный к металлическому ошейнику. Айша надела его мне на шею и заперла на висячий замок. Единственный ключ — у нее.

— Какой ужас, — сказала я и попробовала открутить пробку сосуда. Учитывая торчавшие во все стороны шипы и колючки, это было не так легко. — Я, конечно, освобожу вас, если смогу. Любой враг Айши — мой друг. Как вас зовут?

— Равиоли Цыпа, — сказал французский джинн.

К этому времени я наконец разобралась, как открыть сосуд, и, нисколько не опасаясь джинн по имени Равиоли Цыпа, вынула пробку. Несколько секунд спустя, когда рассеялся вонючий зеленый дым (который, как я понимаю, всегда образуется, когда джинн проводит в заточении очень много времени), передо мной предстала жуткого вида фигура. В длинном черном кожаном одеянии, рукава которого казались чересчур длинными для его рук, в белой рубашке с высоким стоячим воротником, отчего голова тоже казалась чересчур большой, с черным ковбойским ремнем, который делал ноги чересчур короткими, и с черным шейным платком. Я немедленно заметила, что никакой железной маски на нем нет. У него были седые длинные волосы, собранные в большой «конский хвост», а на переносице — пара больших темных очков.

— Где же ваша железная маска? — Вопрос мой был, разумеется, глупым. Я уже поняла, что меня обвели вокруг пальца.

Мрачно усмехнувшись, он обнажил острые зубы, и на меня повеяло его зловонным дыханием. Господин Цыпа сказал:

— Я не ношу железную маску. Я просто всегда хожу в черном. Под цвет сердца.

— Понятно, — коротко отозвалась я, рассчитывая побыстрее откланяться и убраться восвояси.

— Ничего тебе не понятно, — сказал он, прижимая ладонь к щеке и по-кошачьи выгибая спину. — Когда Айша помещает кого-то в бутылку, она лишает его возможности обустроить там все по своему вкусу. Мне она дала кровать, стул и одну книгу из библиотеки. Одну книгу! На все годы, что я провел в этой вонючей бутылке. И знаешь, что это была за книга?

Я пожала плечами:

— Надеюсь, длинная.

— «Человек в железной маске» Александра Дюма. — Он топнул каблуком своего маленького ботинка об землю, как капризный ребенок. — Я прочитал эту паршивую книгу раз сто, а может, и больше. Так много раз, что я теперь могу рассказывать ее наизусть — с начала до конца. — Он сложил украшенные перстнями руки на груди и на мгновение стал похож на священника. — В течение первых пяти лет заточения я твердил, что кто бы меня ни освободил, я стану его рабом навсегда. В течение следующих пяти лет я говорил себе, что уничтожу любого, кто выпустит меня из бутылки.

Господин Цыпа снова оскалился и усмехнулся, а я чуть в обморок не упала от запаха, который шел у него изо рта. Видимо, Айша не снабдила господина Цыпу зубной щеткой и пастой.

— Ну, и когда, по-твоему, ты меня освободила? Правильно. На исходе вторых пяти лет. — Он принялся нервно обкусывать ноготь на большом пальце. — На самом деле я рад, что ты девчонка, потому что джинн женского пола я ненавижу больше всего на свете. А виновата в этом Айша.

Господин Цыпа захохотал, да так страшно, что у меня мурашки по спине побежали. Глаза его замерцали, как угли, и, прежде чем я успела убежать, он уже схватил меня за руку.

— Для начала я превращу тебя в мышку. А себя — в кота. Уж очень хочется поиграть с тобой перед тем, как убить.

Я решила, что у меня нет другого выхода, кроме как встретить Равиоли Цыпу с открытым забралом. Попробую-ка и я поиграть с ним. Тут нужен блеф, как в джиннчёте.

— Мне кажется, что вы — самый глупый джинн из всех, которые мне когда-либо встречались, — с замирающим сердцем произнесла я. — Если б мне довелось провести последние десять лет жизни, читая только «Человека в железной маске», я бы захотела в первую очередь послушать какую-нибудь новую историю. В моем списке это было бы требование номер один. Я бросилась бы слушать новую историю прежде, чем мыть уши, чистить зубы, стричь волосы и превращать в мышь какую-то невзрачную девчонку. — Я беспечно пожала плечами, хотя на самом деле ужасно боялась погибнуть. — Впрочем, не знаю, может, вы опять хотите почитать «Человека в железной маске»? Почему бы нет? Отличная книга.

— Ужасная книга! — взревел Равиоли Цыпа. — Я просто сдохну, если мне когда-либо придется читать ее снова. — Он схватил меня за плечи и повернул к себе. На меня снова повеяло заплесневелым сыром. — Ты можешь рассказать мне что-нибудь другое?

— Я ведь ребенок. Конечно, у меня в голове куча сказок и историй. Я их всю жизнь коплю.

Глава 14. Дневник Филиппы Гонт

Сначала мне их читали мама с папой, потом я слушала книги на кассетах и читала все, что попадалось в местном книжном магазине и в библиотеке. Поэтому меня зовут принцесса-сказительница с Мэдисон-авеню. А Мэдисон-авеню, к вашему сведению, — главная улица всемирной столицы беллетристики, то есть Нью-Йорка. Нью-Йорк — это воплощенная сказка.

— Вот и отлично. — Господин Цыпа проглотил мою наживку! — Расскажи мне сказку. И если она окажется интересной, я не стану тебя убивать. Годится?

— Что ж, по-моему, справедливо, — сказала я. — Садитесь поудобнее.

Ужасный джинн, которого я по глупости освободила, немедленно уселся на каменную скамью между двумя кустами лаванды и в ожидании сложил руки на груди.

— Сказка начинается, — объявила я. — Однажды... — Я судорожно придумывала сюжет, который помог бы мне прожить, по крайней мере, еще несколько часов. Ведь не исключено, что, как только я произнесу: «Они жили счастливо и умерли в один день», Равиоли Цыпа все-таки пожелает меня убить. Поэтому в моих интересах было выдумать максимально длинную историю, так как он вряд ли посмел бы разделаться со мной прежде, чем я закончу. Единственная неприятность состояла в том, что я не особенно сильна в сочинительстве. В школе нас этому совсем не учат. Учителям подавай не сочинения, а факты, как будто факты — главное в жизни. На самом-то деле правда состоит ровно в обратном. Короче, моя история оказалась не самой оригинальной, но, к счастью, я действительно весьма начитанна. Завязка напоминала сразу два романа Чарльза Диккенса: «Оливер Твист» и «Большие надежды», но с некоторыми дополнениями, рассчитанными специально на моего слушателя. Например, я ввернула поединки на мечах, которые, по моему разумению, регулярно случаются в «Человеке в железной маске», иначе Цыпа наверняка бы начал зевать и скучать. Вообще, я надеялась, что в какой-то момент Равиоли Цыпа просто заснет или попросит пятиминутный перерыв, и я в это время улизну. Но мне не повезло. На исходе шестичасового марафона я рискнула на минуту остановиться.

— Надеюсь, это — не конец? — сказал господин Цыпа, раздраженно подергивая длинные волоски, росшие на тыльной стороне его маленьких ладоней.

— Просто мне надо попить. У меня горло пересохло.

— Лучше пересохло, чем перерезано, — заметил Цыпа, поправляя солнцезащитные очки.

— О да, разумеется. Но сама история только началась. Все еще впереди.

— Вон там из стенки торчит кран, к которому садовник цепляет шланг, — сказал господин Цыпа, который имел премерзкую привычку ковырять перочинным ножиком под ногтями и в ушах. Он извлек из левого уха огромный, величиной с кусок сахара, комок зеленой серы и выбросил в кусты. — Вот из этого крана и попей, если в горле сухо.

Я встала и подошла к стене. Там действительно имелся медный краник, и я сделала пару глотков. Но главное — рядом с краном я заметила почти скрытую в зелени лестницу, которая, как я предполагала, вела на нижний уровень сада.

— Поторопись, — взревел Равиоли Цыпа. Увидев, что я рассматриваю лестницу, он добавил: — Если тебя интересует, что находится внизу, там — *Bocca Veritas*, Уста Истины, к которым ты так стремишься. И если б ты сейчас стояла перед ними и спрашивала о своем будущем, эти Уста сказали бы чистую правду, а именно: если сказка не возобновится через десять секунд, никакого будущего у тебя нет.

— Немного терпения, — сказала я, снова садясь перед господином Цыпой.

— Терпения? — возмутился он. — Не напоминай мне о терпении. За десять лет сидения в бутылке я натерпелся предостаточно. На всю жизнь хватит.

И я опять принялась рассказывать.

Прошло еще восемь часов, а господин Цыпа не выказывал никаких признаков сонливости или усталости. Я же ужасно утомилась от бесконечной импровизации. Теперь я описывала поединки на мечах с единственной целью: не заснуть самой. У Джона батальные сцены наверняка получились бы гораздо лучше.

Наконец, когда я поняла, что больше не смогу выдавить из себя ни единого слова, в саду появилась Айша в сопровождении мисс Угрюмпыль. Неужели невидимый садовник стал свидетелем моей беды и сообщил Айше, что Равиоли Цыпа выбрался из бутылки? Айша выглядела очень сердитой — и на меня, и на господина Цыпу, который тут же стал молить о пощаде. Но когда я объяснила, что случилось и как я провела целый день, рассказывая господину Цыпе сказку, чтобы он меня не убил, Айша расхохоталась.

— Может, это послужит тебе уроком. Нечего лазить повсюду и выпускать на волю безумных джинн, которых посадили в сосуд и закрыли пробкой ради блага окружающих. Правда, этот ифритец все равно не причинил бы тебе никакого вреда. Никто, кроме меня, не обладает джинн-силой в этом дворце. Цыпа совершенно бессилен. И прекрасно об этом знает.

— Но он сказал, что убьёт меня! Он хотел превратить меня в мышку, а себя в кота и поохотиться на меня, а потом съесть.

Айша снова засмеялась:

— С таким же успехом это могла бы сделать мисс Угрюмпыль.

— Ну и ну, — выдохнула я и сердито посмотрела на Равиоли Цыпу, который стоял, сдернув тем-

Глава 14. Дневник Филиппы Гонт

ные очки, на коленях перед Айшой и умолял: — Ну, пожалуйста, Айша, пожалуйста, не наказывайте меня!

— И не собираюсь, — сказала Айша и указала на меня: — Она сделает это вместо меня.

Я задумалась, пытаясь изобрести наказание для Цыпы. Обычно-то я всех всегда прощаю, и при других обстоятельствах я тут же предложила бы просто позабыть об этой истории. Но едва я начала мысленно перебирать неприятности, которые мне пришлось испытать по милости этого ифритца-француза, как вся моя доброта иссякла. Кому охота чувствовать себя идиотом? А ведь он действительно сделал из меня идиотку, заставив поверить, будто может меня убить! И вдруг мне пришло в голову замечательное наказание.

— Пусть прочитает «Человека в железной маске», — сказала я Айше. — Вслух. Причем по-английски.

— Так тому и быть, — провозгласила Айша. Что ж, неплохо. Но то, что она произнесла дальше, встревожило меня не на шутку.

— А когда закончите читать эту книгу, — добавила она, — вы тут же начнете сначала. И так далее. До конца жизни.

Равиоли Цыпа отчаянно взвыл, но принялся за чтение. А куда денешься, если ты прикован к большому стулу и одна рука у тебя всунута в железную перчатку, к которой припаяна подставка с огромной книгой? А главное, если у тебя сам открывается рот?

В то время как при дворе каждый был занят своим делом, какая-то фигура незаметно пробиралась по Гревской площади в уже знакомый нам дом. Фасад дома выходил на площадь Бодуайе. Этот довольно большой дом, окруженный садами и опоясанный со стороны улицы Сен-Жан скобяными лавками, защищавшими его от любопытных взоров, был заключен как бы в тройную ограду из камня, шума и зелени, как набальзамированная мумия в тройной гроб.

Айша в сопровождении мисс Угрюмпыль уже шла прочь. Я бросилась их догонять.

— Вы не думаете, что наказание слишком жестоко?

Айша промолчала, будто не слышала моих слов.

— Ладно же, — сказала я, — но когда я стану Синей джинн, я полностью отменю наказание. Я его отпущу. В ту самую минуту, как вы умрете. — Она по-прежнему не удостаивала меня словом. И я, ужасно рассердившись, злобно добавила: — А случится это очень скоро. По всему видно, что вы долго не протянете.

Глава 14. Дневник Филиппы Гонт

Что это я такое несу? Совсем на меня не похоже! Мама была бы в ужасе, если б слышала, как я позволяю себе разговаривать с пожилой дамой.

На сей раз Айша остановилась и взглянула на меня с любопытством:

— Как ты думаешь, дитя мое, как скоро это случится? Когда я умру?

Я пожала плечами:

— Не знаю. Но, наверно, достаточно скоро, если вы так торопились меня украсть и привезти сюда.

Она холодно улыбнулась:

— Идем. Тебе следует кое-что увидеть.

Мы вошли во дворец и поднялись в часовую башню. Айша вела меня по лабиринту коридоров и лестниц, такому запутанному, что самой бы мне никогда не найти дороги — ни туда, ни обратно. В центре лабиринта оказался металлический камин высотой с жирафа. Внутри камина рос небольшой куст, а на нем цвели лиловые цветы всех оттенков — от бледно-фиолетового до белого. От куста шел сильный аромат, напоминавший запах лимонной цедры, но что самое удивительное — воздух вокруг куста горел нежным синим пламенем, не причиняя цветам никакого урона. По бокам высоченного металлического камина были зарубки — вроде как на линейке. При ближайшем рассмотрении выяснилось, что синее пламя, окружавшее растение подобно ореолу, когда-то достигало самого верха камина.

— Из всех живых существ, — произнесла Айша, — только Синей джинн Вавилона дано точно знать, когда она умрет. Этот огненный куст, дитя мое, — не что иное, как моя собственная душа. Пламя горит в каждом джинн, но внутри, а у меня оно здесь, снаружи. Этим пламенем измеряется мое могущество. Мое угасающее могущество. Когда-то пламя достигало самого верха, и жизнь казалась почти бесконечной. Теперь, сама видишь, огонь едва тлеет. Каждый год я прибываю в Вавилон и смотрю на этот цветок. Поэтому я точно, до минуты, знаю, когда наступит конец. Не стоит праздно гадать, дитя мое. Если ты хочешь узнать день моей смерти, достаточно войти сюда и просто посмотреть. — Айша подтолкнула меня к камину. — Подойди. Посмотри сама.

Страшно перепуганная, я пригляделась к зарубкам и поняла, что высота синего пламени отмеряет Айше всего несколько месяцев жизни. Пока я смотрела, Айша держала руку прямо в огне, как человек, опустивший руку в ручей посреди знойного лета.

— Разве это не больно? — спросила я.

— Нет, дитя мое. Нам — не больно. Мы — Дети лампы.

Айша подвела меня к подножию золотой винтовой лестницы:

— А там, Филиппа, находится огонь твоей собственной души. Когда захочешь, можешь подняться по лестнице и точно выяснить, как долго тебе осталось жить.

— Какая ужасная идея! — ответила я. — Нет ничего хуже, чем знать дату собственной смерти.

Глава 14. Дневник Филиппы Гонт

Даже не представляю, как вы могли жить и быть счастливой, если точно знали, когда вам предстоит умереть. Только незнание делает жизнь приятной и беззаботной.

Айша улыбнулась:

— Это говорят твои эмоции, Филиппа. Когда ты пробудешь здесь подольше и по-настоящему вкусишь аромат и плоды Древа Логики, у тебя возникнут совсем иные ощущения. Ты поймешь, что на самом деле существует много преимуществ в том, чтобы точно знать продолжительность собственной жизни.

Я в ужасе убежала к себе в комнату. А потом, придя в себя, записала все в этот дневник.

Пожалуй, я начинаю понимать, что быть джинн — не сплошной праздник. Но... ничего! Несмотря на все, что сегодня случилось, я обязательно вернусь в сад. Теперь я знаю, где находятся Уста Истины, и я обязательно должна расспросить их, как мне отсюда выбраться.

Глава 15

Вавилонская башня

Джон с Джалобином нашли Дария и радостно сообщили ему, что демоны пустыни сбежали. Потом, сменив наконец колесо на автомобиле, компания продолжила путь.

— Ты, наверно, великий джинн, раз победил таких демонов, — сказал Дарий, который теперь из-за темноты ехал значительно медленнее. — Я был уверен, что нас всех убьют.

— Ты не одинок, — вставил мистер Джалобин.

Алан и Нил согласно загавкали, будто тоже присоединялись к словам Дария.

— На самом деле, — сказал Джон, — никакой я не великий джинн. Чаще всего у меня все случайно получается. Вот моя сестра — она умная. У нее талант. И о разных джинн-штуках она знает куда больше.

Глава 15. *Вавилонская башня*

Дарий покачал головой и ответил по-арабски:

— Так скромно о себе может говорить только великий джинн. Только великий и храбрый джинн отважился бы отправиться в Ирак, чтобы спасти сестру. Ведь Ирак такое опасное место. А тебе к тому же нельзя пользоваться своей силой.

В девятом часу вечера они достигли предместий Самарры, то есть убогих, цвета грязи глинобитных домишек среди развалин и нескольких пальм. На большинстве сохранившихся домов тоже остались следы бомбежек.

— Самарра была когда-то столицей халифата, — сказал Дарий, когда они въезжали в город. — Но халифы покинули ее больше тысячи лет назад. Теперь сюда заглядывают только солдаты и археологи.

Наконец они добрались до того места, которое искали: перед ними стояла спиралевидная Самаррская башня. С апломбом опытного экскурсовода Дарий уверил их, что башня возведена как раз на том месте, где начинали строить древнюю Вавилонскую башню:

— Проект тот же, а фундаменты вообще сохранились с древних времен. Так, по крайней мере, говорил мне отец.

Именно здесь, согласно «Свиткам», написанным Эно, верховным жрецом Беллили, им предстояло найти секретный вход в подземную страну Иравотум. Впрочем, увидев башню, они поняли, что сначала им придется решить другую задачу.

Спиралевидная башня стояла на территории небольшой американской военной базы, и попасть туда казалось сложнее, чем в любое потайное подземелье. Базу окружали несколько заборов с колючей проволокой и несколько сотен тысяч мешков с песком.

— Вот так повезло... — вздохнул Джалобин. — Что будем делать?

— Искать путь внутрь, что ж еще? — Джон пожал плечами.

— Это, между прочим, не лагерь бойскаутов, — сказал Джалобин. — И гостей они не приглашали. Особенно в арабских национальных костюмах. Короче — нас там не ждут.

Дарий остановил автомобиль на безопасном расстоянии от базы, и они принялись ее разглядывать и придумывать план.

— Избавиться от арабской одежды — не проблема, — сказал Джон, сбрасывая с плеч бишт и стягивая через голову тобе. Под ними оказалась нормальная по западным меркам одежда. — Кроме того, у меня американский паспорт. Может, стоит просто пойти к ним и давить на милосердие?

— У меня нет американского паспорта, — сказал Дарий.

— Конечно нет, — ответил Джон. — Но я, честно сказать, предполагал, что ты останешься при машине. А то еще угонят ненароком.

— И то верно, — быстро согласился Дарий. — Я тут подожду.

— У меня тоже нет американского паспорта, — сказал Джалобин.

— Но у вас есть британский. Американцы и британцы — союзники.

— Нам всегда предлагалось в это верить. — Джалобин хмыкнул. Его тон ясно показывал, что сам он не очень-то верит в союз Великобритании с Америкой. — Но каким образом однорукого лондонского дворецкого и двенадцатилетнего ребенка из Нью-Йорка занесло в одну из самых опасных стран мира? Как это объяснить?

— Мы скажем, что вы — мой опекун, мистер Джалобин, — сказал Джон. — Это означает, что основную часть беседы вам придется взять на себя. Мы скажем, что моя бабушка живет в Багдаде и она заболела. Не просто заболела, а при смерти. И что она никогда меня раньше не видела. Так что у нас есть причина быть в Ираке, причем безотлагательная. Мы скажем, что наш водитель взялся довезти нас до Багдада, но потом струсил и бросил нас по дороге.

— История довольно правдоподобная, — кивнул Джалобин. — Но предположим, мы действительно проберемся на военную базу. Что дальше?

Джон на мгновение задумался.

— Пожалуй... — медленно начал он, — пожалуй, это может сработать... Когда Дарий впервые услышал, как я говорю с господином Ракшасом, сидящим в лампе, он спросил, не чревовещатель ли я. Так вот, мы скажем, что вы — профессиональный чревовещатель. И работаете с лампой, в которой якобы сидит джинн. Там, само собой, и сидит джинн, господин Ракшас. И не просто сидит, а может пользоваться своей библиотекой, в которой найдется ответ на любой вопрос, а это отличный материал для чревовещателя. К тому же он поможет вам справиться с заданиями на запоминание — знаете, бывают такие мнемонические представления.

— Но для чего это все? — спросил Джалобин.

— Вы устроите этот спектакль, чтобы развлечь военных. И главное — отвлечь. А я тем временем осмотрю базу с картой Эно. Может, и найду этот потайной ход.

— Дикость какая-то! Ничего не получится! — возмутился Джалобин.

— Еще как получится, — настаивал Джон. — Господин Ракшас вам поможет, и вы станете лучшим чревовещателем в мире.

— Превосходная идея, — откликнулся из лампы сам господин Ракшас.

Они попрощались с Дарием, который пожелал им удачи и пообещал ждать их в ресторане «Кебабилон», который держит троюродная сестра его матери в пригороде Самарры.

— Это по дороге к Багдаду, — сказал он. — Заметное место, ни с чем не спутаешь. Вся мебель фиолетовая, а на стене — большой портрет Михаэля Шумахера. Моя тетка, госпожа Ламур, любит Михаэля даже больше, чем я.

Глава 15. Вавилонская башня

Джон и Джалобин с собаками подошли к воротам, ярко освещенным прожекторами. На вышке сидели пулеметчики. Тут Джалобин проявил себя прирожденным актером и рассказал их неправдоподобную историю двум совсем юным часовым. Парни слушали вежливо, но бдительности не теряли. В конце концов господин Ракшас, притворяясь, что он — это голос Джалобина, идущий изнутри лампы, которую Джалобин держал в единственной руке, предложил солдатам проверить его память.

— Хорошо, — сказал один из часовых. — Я — из штата Нью-Мексико. Может, ты помнишь, какой там главный город?

— Слишком легкий вопрос, — произнес Джалобин, стараясь выиграть время, чтобы Ракшас успел найти ответ в «Британской энциклопедии». — В следующий раз спросите что-нибудь потруднее. — Он поднял вверх лампу. — А теперь джинн этой лампы сообщит вам ответ.

— Главный город штата Нью-Мексико — Санта-Фе, — сказал господин Ракшас. — Этот город — самый старый из всех административных центров американских штатов. Население составляет семьдесят тысяч человек. Расположен на уровне две тысячи сто тридцать метров над уровнем моря.

— Черт возьми, столько я и сам не знал, — признался солдат.

— Хорошо бы нам тут у вас переночевать, — сказал Джалобин. — Нам действительно некуда деться. Если вы не пустите меня, то пустите хотя бы мальчика. В конце концов, он — гражданин Соединенных Штатов.

— Пошли к лейтенанту, — сказал первый солдат. — Как она решит, так и будет.

Самаррская башня стояла в центре большой, плоской, иссушенной солнцем площади. За рядами колючей проволоки и мешками с песком оказалось несколько десятков танков и боевых машин пехоты, а дальше — штук двадцать казарм для личного состава — этакие длинные жестяные полуцилиндры, вроде консервных банок. Они располагались прямо у подножия башни.

В самой большой «консервной банке» лейтенант Келли Санчез выслушала историю мистера Джалобина. Лейтенант была худенькая и бледная, с короткими рыжими волосами и темными кругами под зелеными глазами. Глаза эти смотрели на Джалобина крайне неодобрительно.

— Вам не кажется, что это безрассудство? — сурово произнесла она. — Как можно привезти ребенка в такое место?

— Я вас вполне понимаю и разделяю ваши опасения, — сказал Джалобин. — Но мальчик свободно говорит по-арабски. Его мать, моя единокровная сестра, американка арабского происхождения.

— Хорошо, — вздохнула лейтенант. — Вы можете провести здесь ночь. Только одну. Утром я попрошу кого-нибудь отправить вас в Багдад, если это настоящая цель вашего путешествия.

— Спасибо, — сказал Джалобин. Он посмотрел на Джона и улыбнулся. Джон тоже улыбнулся. — Повезло нам, правда, Джон?

— Да, — сказал Джон. — Большое спасибо, лейтенант.

— Я ведь упомянул, что я — профессиональный чревовещатель? — продолжил Джалобин. — В благодарность я буду счастлив дать представление для вас и ваших подчиненных. Я объехал с гастролями всю Европу и Америку. Попробуйте, лейтенант. Джинн этой лампы ждет ваших вопросов.

— А три желания можно загадать? — спросила лейтенант.

— Я могу исполнить невозможное, — туманно ответил господин Ракшас. — Но волшебство требует куда больше времени. Пока буду рад открыть для вас пределы моего знания.

— Хорошо, — сказала лейтенант Санчез. — Пока я не пошла в армию, я изучала математику. В колледже. Скажите-ка мне, что такое Декартов лист?

— Декартов лист, — повторил Джалобин. — Ты слышал вопрос, о джинн лампы?

— Рене Декарт родился тридцать первого марта тысяча пятьсот девяносто шестого года в городе Лаэ во французской провинции Турень, — начал господин Ракшас. — Умер в Стокгольме одиннадцатого февраля тысяча шестьсот пятидесятого года. Французский математик и философ. Декартов лист — это плоская кривая третьего порядка, выраженная картезианским уравнением $x^3+y^3=3axy$.

— Потрясающе! — Лейтенант Санчез впервые улыбнулась Джону и Джалобину. — Возможно, вы правы. Солдатам понравится. А вы как думаете, сержант?

— Так точно, сэр, — сказал сержант, стоявший у дверей позади Джона.

— Скажем, через час? — сказала Санчез.

— Не вижу причин для отказа. Я согласен, — произнес из лампы господин Ракшас.

— Очень хорошо, — улыбнулась Санчез. — Прекрасно.

Солдат отвел Джона, Джалобина и собак к небольшому жестяному домику, где им предстояло переночевать, и остался стоять на страже возле их двери. На это они совсем не рассчитывали.

— Если часовой будет все время торчать у входа, мы не сможем свободно передвигаться, — сказал Джон, изучая карту.

Джалобин заглянул ему через плечо.

— У тебя имеются хоть какие-нибудь предположения, где находится этот секретный вход? — спросил он.

— Мне кажется, с северной стороны башни, сразу за палаткой, где у солдат, наверно, душевая, — сказал Джон.

Джалобин задумчиво вздохнул.

— Тогда тебе остается только одно, — сказал он. — Идти в Иравотум без нас.

— Одному?

Глава 15. Вавилонская башня

— Возьмешь Алана и Нила, конечно, — сказал Джалобин. — Но ждать меня и господина Ракшаса нет смысла. Раз возле двери стоит часовой, у тебя есть только один шанс выйти и отыскать потайной ход. Чем быстрее ты это сделаешь, тем лучше.

— Господин Джалобин прав, Джон, — раздался голос господина Ракшаса. — Это твой шанс. Один-единственный.

— Кроме того, однорукий спутник для тебя только помеха, — добавил Джалобин, уговаривая скорее себя, чем Джона, поскольку на самом деле ужасно не хотел отпускать мальчика одного. — Однорукий, говорю, тебе только помеха, парень. А помощь моя тебе вряд ли понадобится. Пока я вижу, что ты куда храбрее большинства людей, даже тех, кто вдвое старше тебя. Если кто и может спасти твою сестру, так это ты сам, Джон.

Мистер Джалобин прижал Джона к своему торчащему животу, а потом смахнул навернувшиеся на глаза слезы.

— Удачи, сынок, — сказал он. — И поспеши. Мы с Дарием будем ждать вас в ресторане «Кебабилон». Верно, господин Ракшас?

— Разумеется, — откликнулся старый джинн.

— Но что вы скажете лейтенанту Санчез, когда она обнаружит, что меня нет на базе?

— Скажу, что у тебя, вероятно из-за жары, поднялась температура и ты в беспамятстве побрел куда глаза глядят. Что сам я останусь в окрестностях Самарры, пока ты не объявишься. И отправлюсь к госпоже Ламур в ресторан «Кебабилон». Все будет в порядке. — Он взял лампу. — Пойдемте, господин Ракшас. Пора начинать спектакль. Не стоит заставлять ждать вооруженные силы.

Солдат повел их к палатке для отдыха, где должно было состояться представление, и примерно на полпути две собаки и Джон незаметно ускользнули в темноту. На плечах у мальчика был рюкзачок с книгой Эно, совком, карманным фонариком, бутылкой воды и парой шоколадок «Херши», которые подарила ему лейтенант Санчез.

— Похоже, нас осталось только трое, — сказал Джон псам, направляясь к душевой палатке.

Задняя часть палатки упиралась в огромный постамент, на котором стояла Самаррская башня. Здесь были туалетные и душевые отсеки, ряд раковин и несколько десятков корзин с грязным бельем. Поверх земляного пола лежали деревянные решетчатые настилы, по которым солдаты могли ходить босиком, не пачкая в песке мокрых ног. Примитивно, но вполне удобно.

Дойдя до задней стенки палатки, Джон нашел за корзинами с бельем откидное окошко, просунул в него голову и плечи и включил карманный фонарик. Медленно-медленно шарил он пучком света по основанию башни. И наконец заметил маленькую львиную голову, вырезанную на камне, — точно как описано в «Свитках» у Эно.

— Нашли, — сказал он собакам. — Мы находимся прямо над потайным ходом, ведущим в Иравотум.

Он отодвинул одну из корзин с бельем и поднял деревянную решетку. Под ней оказался плотно утрамбованный песок. Джон принялся рыть. Но припасенный им совок был непригоден для столь серьезной работы. К счастью, кто-то из солдат оставил на крючке мешок, к которому была приторочена складная окопная лопатка. Джон решил позаимствовать инструмент. Он слышал, как Джалобин разогревает аудиторию какими-то плоскими шутками. Но солдаты, как ни странно, принимали их на ура. Впрочем, вскоре выяснилось, что на представление пошли не все. Не успел Джон снять верхний слой песка, как послышались чьи-то шаги. Мальчик и собаки спрятались в бельевую корзину.

Полдюжины девушек-рядовых вошли в душевую, сняли бронежилеты и форму, пустили горячую воду и тут же начали повизгивать от удовольствия. Джон им позавидовал, потому что его пропитанная потом рубашка липла к телу. Конечно, он бы не отказался принять душ, но, пожалуй, уже не успеет. Впереди следующий этап спасательной операции, и медлить нельзя.

Наконец последняя девушка покинула душевую, и Джон с облегчением вздохнул.

— Вперед, — сказал он собакам, откидывая крышку корзины. — Давайте искать вход.

Схватив окопную лопатку, Джон начал рыть, хотя у него и оставались сомнения в правдивости древних «Свитков», где говорилось, что под песком якобы скрыта ручка в форме льва, и он должен ухватиться за эту ручку и произнести секретный пароль, который и откроет дверь в полу. Если даже то, что написал Эно, верно, впереди все равно много препятствий. Верховный жрец упоминает «семь хранителей», причем шести из них Джон обязан «подчиниться без пререканий», а седьмого — и это тревожило мальчика больше всего — ему предстояло убить! «Свитки» гласили: «Вторгшийся в подземелье должен без колебаний убить седьмого хранителя, иначе его сокрытое тщание не увенчается успехом». По-видимому, Эно недвусмысленно намекал, что иначе Джону не попасть в Иравотум.

Уставший Джон на мгновение перестал копать и прислушался. Джалобин продолжал «представление». Солдаты были очень довольны. Как раз сейчас раздался гром аплодисментов и улюлюканье, потому что дядин дворецкий совершил новый чревовещательский подвиг: голос из лампы рассказывал стихотворение, а Джалобин за это время выдул бутылку пива.

Мальчик снова взялся за лопату, хотя в успех верил все меньше и меньше. Этот самый секретный пароль был словно из какой-то детской сказки. Может, его выдумал сам Макриби? Едва эта мысль пришла Джону в голову, лопата звякнула обо что-то металлическое. Сунув руку в песок, Джон нашарил большое тяжелое медное кольцо с головой льва посередине. От кольца еще глубже в песок тянулась цепь.

Глава 15. Вавилонская башня

— Так, вроде нашел, — сказал Джон и, без большой надежды, произнес: — Симсим, откройся!

Ничего существенного и впрямь не случилось. Только остатки песка обрушились куда-то в темноту. Все еще не веря, что это произошло в результате действия пароля, Джон направил луч фонарика вниз. Там оказалась круглая крышка люка. Джон не раздумывая спрыгнул.

— Эй, здесь правда есть дверь, — сказал он Алану и Нилу, которые пока смотрели на него сверху вниз, с края вырытой им ямы. Джон поставил ноги по обе стороны люка, ухватился за кольцо со львом и потянул. Старая, проржавевшая крышка приподнялась на несколько сантиметров, но прошло еще добрых пять, а то и десять минут, прежде чем Джон сумел снять ее вовсе.

Прислонив крышку к песчаному отвалу, Джон взял фонарик и направил пучок света в древний каменный туннель. Впрочем, он тут же понял, что никакой фонарик ему не нужен, потому что туннель оказался освещен сам по себе, словно при открывании двери свет включался автоматически.

— Наверно, когда я открыл дверь, в туннель поступил кислород, и произошла реакция, — рассудил Джон.

Вернувшись наверх, он велел собакам побыстрее спрыгнуть в туннель, а затем подтянул деревянный настил и прикрыл им яму, а то еще солдаты найдут потайной ход и вздумают его исследовать. Еще не хватало, чтобы вояки пустились за ним в погоню! Затем Джон взял свой рюкзак и спустился через люк. И его сразу прихватил приступ клаустрофобии. Мальчик сунул в рот угольную таблеточку, и троица двинулась вперед по плавно уходящей все ниже и ниже спиральной дорожке. Джон быстро сообразил, что туннель в точности повторяет контур Самаррской башни. Подземная часть башни, как подводная часть айсберга, оказалась намного больше, чем верхушка. Неужели и нижняя часть башни когда-то возвышалась над землей? Если да, то, пожалуй, это здание было не ниже нью-йоркских небоскребов. На стенах туннеля горели факелы — странно ровным фиолетовым пламенем.

— Интересно, кто тут работает фонарщиком? — громко спросил он.

Внезапно он понял, что произнес что-то не то... Он говорит на каком-то тарабарском языке! Он знал, что именно хочет сказать, но к моменту, когда слова выскакивали у него изо рта, сам он их уже не понимал. И не только он. Алан и Нил тоже были обескуражены. Джон знал это наверняка, потому что Нил вывел передней лапой на полу знак вопроса, а Алан просто непонимающе заскулил.

— Это очень забавно, — произнес Джон вслух, но слова прозвучали совсем не так, как положено. Спустя какое-то время Джон понял, что испытывает чувство, описанное у Эно, то есть вавилонское столпотворение и на него «возымело особое действие». В библейской Книге Бытия есть эпизод, когда люди, собравшиеся строить Вавилонскую башню, внезапно прекратили понимать друг друга и начали говорить на разных языках. Он попытался успокоить собак:

— Не волнуйтесь. В «Свитках Беллили» написано, что в этом туннеле такое бывает. Из-за того, что здесь в древности строили Вавилонскую башню.

Однако ни Нил, ни Алан не понимали объяснений хозяина. Через несколько минут до Джона дошло, что он на самом деле говорит на языке североамериканских индейцев племени лакота, больше известных как сиу. Он это понял, потому что смотрел недавно по телевизору передачу о том, как старая индианка учила каких-то киноактеров говорить на ее языке. Джону немного полегчало. И вообще, Эно пишет, что воздействие столпотворения — явление преходящее.

Но дальше случилась менее приятная вещь: на закрученной спиралью дорожке им встретился голый по пояс великан в шелковых шароварах. В руках он держал меч. Джон знал, что Алан и Нил будут защищать его до последней капли крови, но было очевидно, что без жертв мимо великана им не пробраться. По крайней мере одного из них тут либо убьют, либо покалечат.

— Послушайте, — сказал Джон. — Произошла ошибка. Я — друг. Честное слово. Меня зовут Джон. А вас?

На языке индейцев сиу это прозвучало примерно так:

— *Hoka hey. Wonunicun. Miyelo ca kola. Zunta. Micaje Джон. Nituwe he?*

Великан с мечом оскалился, как показалось Джону — довольно кровожадно. По всему было видно, что он не понимает ни слова. Джон поспешно полез в книгу верховного жреца Эно. Вдруг он что-то пропустил? Но перевод Макриби был предельно ясен: «Жизнь учит нас, что преуспеет только тот, кто и вправду хочет добиться цели. Для этого надо в первую очередь научиться смирению. Следует безропотно подчиниться шестерым из семи хранителей, или ваш поиск будет напрасным. Шесть раз вы должны отдаться на волю случая, независимо от того, каких бы ужасных или даже смертельных последствий вы от этого случая ни ждали».

Эно нисколько не преувеличивал. Общение с великаном в шароварах обещало если не смертельные, то, во всяком случае, ужасающие последствия. Даже если бы Джон захотел сопротивляться, он не понимал как.

— Ладно, — сказал он собакам. — Пошли. (По-индейски у него получилось: *Hin, hoppo.*)

Джон поклонился и медленно направился к человеку с мечом, продолжая кланяться и повторять слово *colapi*, что у индейцев племени сиу означает *друзья*.

Подойдя к великану вплотную, Джон почувствовал на своем плече тяжелую руку: его вынуждали встать на колени. А потом... Потом великан молча сделал шаг назад и занес меч над головой Джона! Лезвие блеснуло в причудливом подземном свете, и Джон почувствовал, как оно слегка коснулось его шеи: палач примеривался, чтобы ударить. Неужели конец? Все инстинкты подсказывали Джону, что если он останется стоять на коленях, мгновение спустя он будет обезглавлен. Допустим, смирение — в его интересах. Но вдруг он правда умрет? Что, если Макриби дал неверный перевод? Предположим, Эно написал, что он НЕ должен подчиниться этому хранителю, а Макриби пропустил слово НЕ?

Великан занес мускулистую руку с мечом. Алан и Нил зарычали, но Джон велел им молчать и закрыл глаза.

— Вышел месяц из тумана, вынул ножик из кармана, — бормотал он на языке лакота, когда меч уже опускался на его голову. — Буду резать, буду бить, все равно тебе водить!

Глава 16

Над добром и злом

Любой джинн подтвердит: ничто в этом мире не происходит просто так и случай — это не просто случай. Когда создавалась вселенная, людям была дарована власть над землей, ангелам — над небесами, а джинн — над удачей или случаем, который, в сущности, является результатом взаимодействия двух остальных стихий. Столь любимые людьми азартные игры, якобы подчиняющиеся только случаю, были изобретены злыми джинн, в основном из клана Ифрит, чтобы помучить человечество, а заодно избавить себя от необходимости работать по-настоящему. Ифритцы — жуткие лентяи. Но существуют и хорошие джинн, и их немало, которые посвятили свою жизнь борьбе с несчастьями, порожденными азартными иг-

Глава 16. *Над добром и злом*

рами. Одна из этих добрых джинн, Эдвига-странница, пыталась подорвать благосостояние многочисленных казино. Она изобретала такие приемы игры, чтобы свести шанс проигрыша к нулю и побеждать все снова и снова. Единственная неприятность состояла в том, что хорошим джинн запрещено наживаться на азартных играх, и поэтому Эдвига была вынуждена раздавать свои приемы задаром. А когда люди обретают что-то задаром, они это совсем не ценят. В результате очень немногие рисковали своими деньгами и побеждали, используя советы Эдвиги-странницы. А жаль. Ведь ее система — верный выигрыш.

Нимрод нашел Эдвигу на ступенях старинного казино «Прекрасная эпоха» в Монте-Карло. Эта эксцентричная с виду дама среднего возраста, добродушная и доброжелательная, была для многих вроде любимой тетушки. Нимрод с детства привык называть ее тетей Эдвигой, хотя на самом деле ни в каком родстве они не состояли. Облаченная в бесформенный балахон в цветочек, она, по обыкновению, выглядела странноватой и рассеянной, что не внушало мундусянам большого доверия к тем приемам заведомого выигрыша, которыми она была готова делиться со всеми подряд. Однако эта всеобщая тетушка, эта эксцентричная старая дева обладала потрясающим математическим умом. Она по ошибке могла дать полицейскому неверный адрес или номер телефона, но если б ее попросили доказать последнюю теорему Ферма, она сделала бы это играючи. А заодно испекла бы заказчику бисквитный тортик.

— Нимрод! — Она была приятно удивлена.

— Привет, тетушка. — Нежно обнимая Эдвигу, он тут же узрел у нее в руках пачку брошюрок. — Можно посмотреть?

Она вручила ему свое сочинение. Нимрод прочитал с титульного листа:

*Безупречная система,
помогающая избежать проигрыша
в пагубной игре в рулетку.
Точное следование инструкции
гарантирует добросовестному пользователю
немедленное обогащение.
Примечание.
Требует начальных знаний теории вероятности,
ньютоновой механики
и принципов кондиционирования воздуха.*

— Я называю эту систему: «Три минуты — и дело в шляпе», — сказала Эдвига. — Любой мундусянин мог бы превратить пятьсот долларов в двадцать три миллиона, крутанув колесо рулетки всего три раза.

— Но ведь это приведет к тому, что люди вообще не будут покидать казино! Ставки только вырастут! — воскликнул Нимрод.

— Это поначалу. Если достаточно много мундусян станут играть по моей системе, казино начнут терять доходы. И, в конечном счете, прогорят. Я вычислила: достаточно, чтобы по моей системе заиграли лишь шесть человек, и мы получим статистически значимые результаты. — Она вздохнула. — Увы, людей не так-то легко убедить, что надо хотя бы попробовать... Ведь это так просто. Но мундусяне считают, что бесплатный сыр бывает только в мышеловке.

Они перешли улицу и сели за столик в кафе «Парижское». Нимрод заказал кофе и десерт.

— Как тебя занесло в Монте-Карло? — спросила Эдвига. — У тебя отпуск?

— Боюсь, что нет, тетушка, — ответил Нимрод. — Я приехал по делам. Айша похитила мою племянницу Филиппу и, похоже, намерена сделать ее следующей Синей джинн Вавилона.

— Айша похитила Филиппу? — повторила Эдвига. — Что ж, могу понять ее выбор. Девочка очаровательна, умна, хорошо играет в джиннчёт. Она отлично усвоила математические принципы, лежащие в основе игры в семь восьмиугольных астрагалов. Но Филиппа еще ребенок, она слишком мала, чтобы стать следующей Синей джинн. Надо дать ей возможность пожить нормальной жизнью, прежде чем возлагать на нее такую ответственность. Нет, здесь нужен кто-то, кто уже пожил и повидал жизнь. Пусть даже эта ужасная де Гуль. Она ведь отчаянно пытается стать преемницей Айши, верно? И вообще она уже давно растрезвонила по всему свету, что эта должность у нее в кармане.

— Вообще-то вы правы, — сказал Нимрод. — Но я думаю, что Айша выбрала Филиппу в состоянии некоторой паники. Именно для того, чтобы это место ни в коем случае не досталось Мими де Гуль.

— Мими совершенно ужасна, спорить не буду. Но какой от нее может быть вред на этом посту? Как только Мими встанет над добром и злом, будет совершенно не важно, к какому клану она когда-то принадлежала.

— Не должно быть важно. Да, Синюю джинн можно выбрать из любого клана, из доброго или из злого. В нынешней ситуации, однако, это очень важно. Чрезвычайно важно.

— Почему?

— Я недавно стал владельцем уникальной книги, «Свитков Беллили».

— Я думала, эта книга — только легенда.

— Я тоже. Но я купил один экземпляр перевода у Вирджила Макриби.

— У этого мошенника? А это подлинный текст?

— Безусловно. Из книги я узнал кое-что интересное. Интересное и тревожное. Во-первых, верховный жрец Беллили, Эно, повествует в этих «Свитках» о том, как попасть в Иравотум. Но кроме того, он описывает, как при непорядочном подходе можно нарушить нормальный процесс превращения в Синюю джинн Вавилона, то есть не дать ей встать над добром и злом. Безразличие к добру и злу формируется под влиянием Древа Логики, то есть джинн вкушает его плоды и вдыхает аромат его цветов.

— Меня всегда интересовало, как это работает, — сказала Эдвига.

— По словам Эно, если сок из плодов Древа Логики подвергается очистке, а затем действию алкогольных ферментов, он, перебродив, становится во много раз сильнее, и безразличие к злу блокируется. Иными словами, мы можем получить столь же могучую джинн, как Айша, которая будет безразлична только к добру.

— Нимрод, а почему ты думаешь, что кто-то может воспользоваться этой возможностью?

— Когда Макриби продал мне свой перевод, он сказал, что существует еще один экземпляр этого текста и находится он у другого джинн. Точнее, у другой. У Мими де Гуль. В тот момент я не придал этому особого значения. Но с тех пор я прочитал книгу и понял, для чего она понадобилась Мими. Если она станет следующей Синей джинн, она может извратить все традиции и использовать свое положение в личных интересах. Если это случится, равновесие сил будет нарушено, и в мире воцарится хаос.

— Какой ужас! — воскликнула Эдвига. — Можно только содрогаться при мысли о том, что произойдет с миром, если Мими каким-то образом станет новой Синей джинн. Она наложит свои лапы на «Гримуар Соломона», и само понятие о равновесии сил развеется как дым. Будучи Синей джинн, Мими сможет подчинить любого другого джинн своей воле. Она станет настоящим диктатором. Вернее, настоящей диктаторшей. — Эдвига мрачно покачала головой. — Мими всегда была страшно честолюбива. Она на этом не остановится. И вероятно, позаботится о том, чтобы ее дочь... Как бишь ее?

— Лилит.

— Да, Лилит. Противная девица. Так вот, она наверняка попытается сделать эту Лилит своей преемницей. И мы получим в Вавилоне целую династию де Гулей.

— Вот об этом я даже не подумал, — признался Нимрод. — Но вы, разумеется, правы. Что будем делать?

— Мы должны остановить ее, Нимрод. Это наш долг. Мы не можем позволить Айше сделать Филиппу следующей Синей джинн, но и позволить Мими де Гуль занять это место мы тоже не можем. Мими — очень плохой вариант. Особенно если, как ты говоришь, она знает способ извратить обряд превращения в Синюю джинн и сохранить свое пристрастие к злу. Тогда встает вопрос: если это не Филиппа и не Мими де Гуль, то кто? Послушай, ты должен срочно найти подходящую кандидатуру. Естественно, джинн-особь женского пола.

Глава 16. Над добром и злом

Причем такую, которая не станет использовать свое положение в личных интересах.

— Совершенно согласен, — сказал Нимрод. — По этой самой причине я и прибыл в Монте-Карло. Думаю, вы, тетушка, могли бы отлично справиться с такой работой.

— Я? Как тебе только в голову взбрело? Я нисколько не подхожу, нисколько.

— Ерунда. — Нимрод положил руку на плечо Эдвиги. — На самом деле вы — идеальная кандидатура. Вы не обременены семьей, обладаете незаурядным умом, вы разменяли вторую сотню лет, причем всю жизнь прослужили на благо общества, и, наконец — а вернее, прежде всего, — вы замечательная, достойнейшая женщина. Не думаю, что я где-то найду лучший вариант.

Эдвига улыбнулась:

— Ты серьезно? — Еще пару секунд улыбка блуждала по ее лицу, но потом резко исчезла. Эдвига покачала головой: — Нет, я не смогу. Одно дело — встать над злом. Но встать над добром? Не радоваться добру? Не творить добро? Нет, мне это совсем не по душе. И потом, я слишком занята. У меня очень много работы. Я бы рада помочь тебе, Нимрод, я говорю это совершенно искренне. Я всегда тебя очень любила. Еще когда ты был совсем юнцом. Но у меня есть сто различных причин для отказа. И если сейчас мне на ум пришло всего две, это не значит, что остальные можно сбросить со счетов.

Нимрод терпеливо кивал. Чтобы уломать Эдвигу стать следующей Синей джинн Вавилона, потребуется немало усилий — весьма и весьма тонкая работенка... Но он посмотрел на брошюру у нее в руках и внезапно понял, что делать.

Глава 17

Эдип-Джиннэдип

Джон приоткрыл один глаз. Потом другой. Потер руками шею. Сглотнул, проверяя, на месте ли горло. Так, кажется, голова по-прежнему на плечах. Он приподнял ее и медленно огляделся. Великан с мечом исчез. Значит, когда Джон почувствовал, будто что-то коснулось его шеи, это был не меч? Или все-таки меч? Он снова потрогал заднюю часть шеи, где несколько мгновений назад ему почудилось прикосновение меча. На указательном пальце появилась капля крови. У Джона перехватило дух. Он откашлялся, опять проверяя, все ли работает должным образом в области шеи — и внутри и снаружи. Потом он покрутил головой и окликнул Алана и Нила, которые по-прежнему лежали на полу, прикрыв глаза лапами.

— Эй, парни, — произнес он. Ага, отлично! Он снова говорит по-английски! — Все в порядке. Великан ушел. А моя голова на месте.

Псы вскочили, подбежали к нему и принялись облизывать его лицо и руки.

— Наверно, все выглядело намного страшнее, чем оказалось на самом деле, — утешал он собак, теребя их вислые уши и прижимаясь к ним носом. — Хотя, если честно, мне было жуть как страшно. Только представьте, я до сих пор чувствую меч на своей шее. — Он вздрогнул. И тут же улыбнулся. — Как лезвие бритвы в парикмахерской.

Алан гавкнул и отбежал: чуть поодаль на полу валялся какой-то предмет. Это был меч.

Джон взял его в руки и провел большим пальцем по лезвию. Самый настоящий меч. Острый-преострый. Он несколько раз взмахнул им в воздухе. Так все-таки что это было? Что ему довелось пережить? Мираж? А остальные шесть хранителей, которые ждут его впереди? Они будут настоящие или тоже призраки? Он решил на всякий случай взять меч с собой.

Они двинулись вниз по спиральной дорожке, но не прошло и десяти минут, как им повстречался всадник, настоящий арабский улан, весь в черном, вплоть до головного убора — накидки, прикрывавшей лицо почти целиком. Вороной конь нервно гарцевал под наездником, который незамедлительно наставил на Джона свое копье. Мальчик не преминул дотронуться до острия и обнару-

Глава 17. Эдип-Джиннэдип

жил, что это оружие вполне настоящее, не хуже меча.

— Обнажи грудь, — сказал улан по-арабски. К счастью, этим языком Джон теперь владел в совершенстве. Тем не менее подставляться под копье ему хотелось не больше, чем под меч. С другой стороны, сопротивляться тоже не имело большого смысла. Что такое мальчик с мечом против всадника с копьем?

Джон решил выполнить приказ, уповая на то, что удар копья тоже окажется не смертельным. Расстегнув рубашку, он обнажил грудь, а всадник тем временем проскакал несколько метров вниз по дорожке, развернул коня и понесся прямо на Джона с наставленным на него копьем.

— Лежать, парни, — крикнул Джон собакам и, бормоча молитву, закрыл глаза.

На сей раз он даже почувствовал, как задрожала земля у него под ногами, а в нос ударил сильный лошадиный запах... Джон приоткрыл глаза. Он стоял в облаке пыли, поднятой копытами вороного жеребца. Стоял вполне живой. Всадника нигде не было видно.

Алан перевел дух и тут же закашлялся, поскольку в глотку ему попала пыль. Нил утомленно покачал головой и улегся обратно на землю, наблюдая, как его молодой хозяин осматривает собственную грудь и застегивает рубашку.

— Согласно записям Эно, — сказал Джон, еще не уняв дрожи, — нам предстоит встреча еще с пятью хранителями, причем четырем я должен подчиниться, а пятого убить. Хорошо бы этот пятый оказался как раз тем идиотом, который выдумал эти глупые испытания. А то у меня аж сердце из груди выпрыгивает. — Он притянул голову Алана поближе к своей груди. — Слышишь? — Он возбужденно засмеялся. — Бьется, как птица в клетке. Думаю, к концу дня мы будем точно знать, здоровое у меня сердце или нет. Впрочем, может, в этом и есть суть испытаний?

Джон смело двинулся вниз по дорожке-серпантину и довольно скоро был вынужден подчиниться лучнику, который выпустил в него стрелу — такую же безвредную, как меч и копье. Потом ему встретился огромный борец, который сгреб его в охапку и шмякнул об землю, не причинив ему при этом никакого вреда. К пятому испытанию, состоявшему в том, чтобы засунуть голову в пасть льва, Джон уже чувствовал себя большим знатоком хранителей подземелья.

— Я бы сказал, что трех испытаний вполне достаточно, чтобы составить полное представление о здешних нравах, — сказал он, пройдя через пламя, выдыхаемое огнедышащим драконом. — Мне заведомо известно, что ничего плохого со мной не случится. Да, с шестью они все-таки переборщили.

После шести из семи обещанных встреч Джон совершенно лишился сил и не был готов убить даже саранчу. Думать о том, что ждет его за следующим

Глава 17. Эдип-Джиннэдип

изгибом дороги, он тоже был не в состоянии. Но, понимая, что впереди новое, самое серьезное испытание, он решил, что надо встряхнуться.

— Сейчас мы встретимся с седьмым хранителем, которого я должен убить. Но, наверно, я никого на самом деле не убью, — сказал он Алану и Нилу. — То есть убью, но не по-настоящему, а понарошку, как они убивали меня. А вы как думаете?

Собаки одобрительно залаяли, втайне надеясь, что если Джону действительно суждено кого-то убить, это будет настоящая корова, потому что они ужасно соскучились по свежей говядине. Будучи собаками, они, в отличие от своего юного хозяина, не терзались сомнениями, убивать или не убивать другое живое существо, причем не какое-то насекомое, а седьмого хранителя Иравотума.

Но ничто, ничто не предвещало неожиданности, которая подстерегала Джона за следующим изгибом спиральной дорожки. Там, в своем любимом полосатом костюме, в шикарных ботинках, как у сицилийских мафиози, и даже в рубашке, которую Джон и Филиппа подарили ему на Рождество, стоял невысокий седой человек — родной отец Джона Гонта.

— Привет, Джон, — сказал отец. — Рад тебя видеть.

— Папа! Что ты тут делаешь?

— Нет, лучше скажи, что тут делаешь ты?

Алан и Нил бросились было к брату, но... Они не стали подпрыгивать и лизать ему лицо, как они обычно делали дома (из-за чего мистеру Гонту вечно приходилось снимать и сушить очки, поскольку на задних лапах собаки были ростом с него самого). На этот раз собаки внезапно остановились, а затем отпрянули от стоявшего на дорожке человека и нервно зарычали, будто чувствовали, что с ним что-то не так. Алан и Нил смотрели на Джона и гавкали, да мальчик и без них прекрасно понимал, что этот человек не может... нет, просто не может быть его отцом. И все же...

— Как ты попал сюда, папа?

— Хороший вопрос. Я и сам толком не знаю.

Что ж, ответ уместный — если это и вправду отец. Но, памятуя о предыдущих шести хранителях, Джон был не особенно склонен доверять собственным глазам. Если, конечно, все предыдущие испытания не были хитроумно разработаны именно для того, чтобы ввести его в заблуждение и подсунуть реального хранителя. Джон подошел к отцу и положил руку ему на плечо. Так, костюмчик кашемировый, все правильно. И одеколоном отцовским пахнет — все как надо. Даже конфетки мятные у него во рту в точности такие, какие Эдвард Гонт всегда сосет после того, как выкурит сигару. Если этот человек — действительно плод воображения Джона или мираж... что ж, значит, этот мираж воспроизводит оригинал с такой же точностью, с какой ходят золотые часы на запястье его отца. Ударить этого человека мечом? Убить его? Только если Джон будет на сто процентов

Глава 17. *Эдип-Джиннэдип*

уверен, что имеет дело с самозванцем или с чем-то вовсе не существующим.

— Папа, — произнес он осторожно.

— Да, Джон?

— Помнишь, у тебя на столе стоит золотая статуэтка? Статуя Свободы? Знаешь, я случайно отломил руку с факелом. Нечаянно. Я давно хотел тебе сказать. Вообще-то я сразу приклеил руку на место, суперклеем. Только не очень аккуратно. Прости, пожалуйста.

В эту неприятность Джон вляпался как раз перед тем, как Нимрод позвал близнецов вызволять «Гримуар Соломона». И оправданий-то никаких не придумаешь. Как вышло, что статуэтка сломалась, Джон не понимал. Видно, он держал ее как-то небрежно — притворялся, что получил Оскара, — и вдруг рука с факелом просто отвалилась. Эта дурацкая статуэтка стоила ни много ни мало двадцать пять тысяч долларов, и Джон понимал, что отец вряд ли отнесется к происшедшему равнодушно. Как, кстати, и к путешествию Джона в Ирак. Ведь он отпустил Джона и Филиппу с Нимродом только в Стамбул и в Германию.

— Я действительно не знаю, как это получилось, — продолжал мальчик. — Так уж вышло... Так ведь бывает. Иногда. Прости.

— Ничего, сынок. Я понимаю. Так вышло. В конце концов, это просто безделушка, украшение, правда? — И на губах Эдварда Гонта появилась добрейшая, снисходительнейшая улыбка. Он не ругался, не угрожал стереть Джона в порошок, не обещал лишить его карманных денег до конца учебного года. И это было совершенно не в характере настоящего мистера Гонта. По крайней мере, в зимнее время мистер Гонт вел себя совершенно иначе. Филиппа часто обвиняла родителей в том, что мебель и картины, которыми забит их дом, они любят куда больше, чем собственных детей. Джон, конечно, знал, что это не так, но, с другой стороны, он знал и другое: его настоящий отец никогда бы не простил ему испорченной статуэтки. И совершенно не важно, где это выяснилось — в Ираке или в Нью-Йорке. Будь отец настоящим, он задал бы Джону хорошую взбучку.

— Папа. Прости. Так надо. Ничего личного, понимаешь?

Еще не договорив, Джон ударил отца мечом. В инструкции Эно было ясно сказано: «Вторгшийся в подземелье должен без колебаний убить седьмого хранителя, иначе его сокрытое тщание не увенчается успехом». Джон не очень понимал, что такое «сокрытое тщание», но зато ему было ясно, что если он не выполнит указаний Эно со всей возможной точностью, сестры ему не видать. Во всяком случае, той сестры, которую он знал и любил.

Джон, естественно, ожидал, что меч рассечет отца-мираж, словно пустоту. Не тут-то было. Меч содрогнулся, встретившись с твердым телом, но что было еще хуже, так это вопли. Отец завопил,

Глава 17. Эдип-Джиннэдип

словно его и вправду убивали. И при этом не исчез, как остальные хранители. Вместо этого он ничком упал на землю и остался лежать там в луже крови. Самой настоящей, мокрой, красной крови.

Джон вскрикнул.

— Что я наделал?

Он отбросил меч в сторону и упал на колени около своей жертвы. Его корчило от ужасных предчувствий. Вдруг он и правда сотворил что-то ужасное? Вдруг верховный жрец Эно что-то напутал? Или все-таки Вирджил Макриби сделал неверный перевод? Перед ним лежал его родной отец! Которого он, Джон, собственноручно убил!

— Нет, нет, нет! Пожалуйста, нет! Этого не может быть...

Дрожащими руками Джон снял с мертвеца очки и засунул их в нагрудный карман его пиджака, где обнаружился портсигар с любимыми сигарами отца, «Маньяна Гранд Кру». Зачем ненастоящему Эдварду Гонту настоящие сигары?

— Папа, пожалуйста, очнись, — твердил мальчик. — Я не хотел.

Но огромная лужа крови и землистый цвет лица подтверждали самое страшное: этот человек уже никогда не очнется. Джон зажмурился, а слезы все равно брызнули у него из глаз на бледного мертвеца.

— Прости. — Джон совершенно обессилел от ужаса и горя. Несмотря на все логические умозаключения и свидетельства, он был совершенно уверен, что действительно убил собственного отца. — Папа, прости же меня! Прости...

Алан и Нил безуспешно пытались оттащить Джона от трупа, не умея объяснить ему, что он заблуждается и это, разумеется, никакой не Эдвард Гонт. Не открывая глаз, Джон так и застыл на коленях перед покойником.

Вдруг Нил громко залаял. Открыв глаза, Джон увидел, что труп, такой реальный всего миг назад, исчез — словно его вовсе не бывало.

Джон встряхнул головой, вздохнул поглубже и слабо улыбнулся Нилу. Уфф, все-таки это был мираж. Но все равно... окончательно он успокоится только в тот день, когда сможет обнять своего настоящего отца и прижаться к нему — крепко-крепко.

Алан, который уже сбегал вперед на разведку, теперь вернулся, гавкнул несколько раз и принялся дергать Джона за рукав рубашки: вставай, мол, пора в путь.

— Хорошо, хорошо, — сказал Джон. — Уже иду.

Он последовал за собаками вниз по спиральному туннелю, который все накручивал круги в подземной части Самаррской башни. И вот, за следующим поворотом, Джон понял, почему Алан так разволновался. Дорожка здесь заканчивалась, и они оказались перед маленькой дверцей в стене. Действительно маленькая, не выше стола, дверца была старинная, деревянная, обитая черными гвоздями, с большой черной железной ручкой в форме че-

Глава 17. *Эдип-Джиннэдип*

ловеческой головы. Это была голова мужчины — с заплетенной в косичку бородой и кольцами волос вокруг лица. Но самым примечательным в этой ручке был язык: железного человека заставили высунуть железный язык и прибили его к двери. Джон поразился! Какой ясный и недвусмысленный знак! Точно некто — возможно, сам Эно — хотел предупредить пришельца, рискнувшего потянуть за ручку, чтобы он никогда, ни при каких обстоятельствах не выдавал тайну, которая откроется ему за этой дверью.

В «Свитках Беллили» было очень мало сведений о том, чего, собственно, ожидать дальше. Поэтому, пережив предыдущие испытания, Джон, естественно, побаивался тянуть за ручку. За этой дверью лежит Иравотум, но не сидит ли на пороге семиглавый тигр? Или кое-что похуже, что Джону пока и представить-то трудно.

— Ну, а вы что думаете, парни? — спросил он Алана и Нила, которые тщательнейшим образом обнюхивали дверь. — Так, погодите, а если... Если дверь заперта?

Так и оказалось. Джону потребовалось несколько минут, чтобы разобраться в этом устройстве: из торчащего железного языка вынимался гвоздь, после чего можно было поднять язык и открыть дверцу, которая держалась на простой задвижке.

— Круто! — сказал Джон, потянул за кольцо и, согнувшись в три погибели, переступил порог.

До этого они двигались по освещенному факелами спиральному туннелю, который увел их чуть ли не на километр вниз, в самое основание Самаррской башни, и в туннеле они прекрасно сознавали, что находятся под землей. Но здесь, за крошечной дверцей, в это вообще было невозможно поверить. На мгновение Джон и его собаки просто оторопели.

Перед ними, в колыбели покатых берегов, лежало море. Под ногами золотился песок, легкий ветер лохматил волосы Джона и брызгал ему в лицо солоноватыми каплями. Но что действительно поражало, так это не размеры моря и даже не ветер, который слегка колыхал его гладь, а то, что Джон видел даже противоположный берег, потому что все вокруг было залито светом — ясной и холодной, почти лунной белизной, которая подсказывала, что этот свет имеет скорее всего электрическое происхождение. Взглянув вверх, Джон сразу вспомнил документальный фильм о северном сиянии, который он смотрел однажды по телевизору, по-латыни такое свечение называется *aurora borealis*. Одним словом, Джон и его спутники попали в совершенно другой мир.

Он пробовал представить, какое геологическое событие могло породить такое огромное подземное пространство. Как-то раз родители возили их в гигантскую пещеру в штате Кентукки. Но по сравнению с тем местом, где сейчас находился Джон,

Глава 17. *Эдип-Джиннэдип*

пещера в Кентукки была просто кроличьей норкой. А главное, даже самые большие в мире пещеры не имеют собственного климата и такого странного освещения.

Джон так изумился, что даже почувствовал прилив сил, хотя еще мгновение назад был совершенно истощен после семи изнурительных испытаний. А может, помог и чистый, бодрящий воздух, совсем другой воздух, с другим вкусом и запахом по сравнению с загазованной атмосферой родного Нью-Йорка. Алан подбежал к самой кромке воды, понюхал ее, а потом посмотрел на Джона, будто спрашивая: «Ну, что теперь?»

— Эно написал, что нас будет ждать лодочник, — сказал Джон и подбросил в воздух несколько монеток по двадцать пять центов. Согласно напутствиям верховного жреца, лодочнику надо было дать две монеты. Но в какой валюте? Нимрод, помнится, сказал, что это скорее всего не имеет значения. — Только пока я никакой лодки не вижу.

Тем временем Нил, чье зрение было поострее, чем у брата и у их юного хозяина, осматривал неровную линию горизонта. На самом деле было невозможно определить точное место, где земля над их головами сходится с землей у них под ногами, равно как и где заканчивается море и начинается фосфоресцирующее электрическое небо. Не успел Джон договорить, как Нил залаял. Он явно что-то узрел — далеко-далеко на поверхности моря.

— Что там, Нил? — спросил Джон, проследив, куда смотрит пес. — Ты что-нибудь видишь?

Нил снова гавкнул и попытался было войти в воду, но тут же громко взвизгнул и пулей вылетел на берег. Проверив, Джон обнаружил, что вода в этом море или гигантском озере весьма горячая.

— Тогда понятно, откуда тут облака, — сказал Джон. — От испарения. — Он лизнул палец, которым только что пробовал воду. — Горячая, но пить можно. Жаль, мы не взяли с собой растворимый кофе. Вода-то вполне пригодна.

Вскоре Джон тоже рассмотрел, что именно привлекло внимание Нила. К ним плыла лодка. На ее корме стоял человек и греб единственным длинным веслом, подобно венецианскому гондольеру. А когда лодка наконец ткнулась в берег, Джон понял, что человек этот не настоящий, он просто — подобие человека, медный автомат вроде робота.

— Здравствуйте, — вежливо, но с опаской сказал Джон и протянул лодочнику две монетки. — Не могли бы вы перевезти нас на тот берег, к дворцу Синей джинн Вавилона?

Неужели хватит пятидесяти центов? Ведь это смехотворно малая сумма! Но гребец молча протянул медную руку и принял монеты, а затем указал на скамью на носу лодки. Путешественники быстро поднялись на борт.

С нечеловеческой силой высокий медный гребец оттолкнул лодку от берега. И вот они уже летят по горячей воде с неимоверной скоростью, а

Глава 17. Эдип-Джиннэдип

робот-лодочник без устали машет веслом. Вскоре берег, от которого они отчалили, скрылся из вида.

Постучав по дубовым доскам, из которых была сколочена лодка, Джон прикинул их крепость.

— Надеюсь, наше судно исправно, — сказал он. — Оказаться в этой воде мне как-то неохота. За пять минут можно превратиться в вареного омара. — Он больше беспокоился за собак, чем за себя, понимая, что, будучи джинн, он вряд ли пострадает от горячей воды, а вот в собаках он не был так уверен.

Прошел час, другой... Джон в конце концов заснул, и ему приснилось что-то приятное. Но он не успел запомнить, что именно, поскольку, открыв глаза, увидел вдалеке поросший лесом берег. Алан и Нил нетерпеливо ерзали, поскольку им подошло время сделать то, что собаки всегда делают после долгой поездки. А именно — найти хорошее дерево и поднять лапку.

Джон посмотрел на лодочника и приветливо кивнул:

— Спасибо, что согласились нас подвезти. Даже не знаю, что бы мы без вас делали.

Медный лодочник промолчал. Но Джон упорно пытался втянуть его в беседу.

— Если это не бестактный вопрос... — начал он. — Я вообще-то ничего не имею против такой идеи, потому что в этом мире должно быть место всякому... Но все-таки... Почему вы сделаны из меди, а?

Лодочник не умел говорить. Это было совершенно ясно. Но он умел грести. И не только грести — он умел показывать пальцем. Именно это он и сделал. На миг прекратив грести и явно отвечая на вопрос Джона, он резко ткнул длинным медным пальцем в небо над их головами. А потом снова взялся за весло. Джон вежливо кивнул, но смысл этого немого объяснения он понял лишь несколько секунд спустя. Ибо только гребец, сделанный из меди, мог справиться с угрозой, которая нависла над ними вскоре.

Глава 18

Дневник Филиппы Гонт
(продолжение)

Естественно, я на всякий случай прячу этот дневник от мисс Угрюмпыль, Айши и ее невидимых слуг, поскольку они его наверняка забрали бы и уничтожили. Хотя бы потому, что он помогает мне отсчитывать, сколько дней я тут пробыла, размышлять над своими словами и поступками и отслеживать, происходят ли во мне изменения, которые предрекла Айша. Изменения должны произойти оттого, что я дышу здешним воздухом и пью здешнюю воду, хотя я не выпила ни одного глотка яблочного сока, который мне подсовывает мисс Угрюмпыль. Но все равно Древо Логики воздействует на меня через воздух и воду.

Я видела это дерево. Ничего особенного оно из себя не представляет. Растет в специальной комнате прямо здесь, во дворце, и больше напоминает древний дуб, чем яблоню, хотя яблоки на нем и вправду есть. И оно явно начало на меня действовать. Как еще объяснить то, что я сказала мисс Угрюмпыль сегодня за завтраком?

С мечтательно затуманенным взором она разглагольствовала о том, какие желания осуществит перед возвращением в родной Гринвилл, что в штате Северная Каролина (по-видимому, она рассчитывает вернуться домой после того, как Айша навеки отправится в большую лампу на небе). У нее такие предсказуемые желания! Я все это послушала-послушала, а потом уставилась на нее самым злобным взглядом, на какой способна, и пообещала, что, когда «старая перечница» отдаст концы, я не оставлю мисс Угрюмпыль в покое, а напущу на нее элементиша.

— Огненного элементиша, — язвительно уточнила я. — Мерзкого обманщика, который прилипнет к вам навеки, до конца дней.

А потом я наговорила ей еще много-много других гадостей. Мне даже стыдно об этом писать. В итоге бедная мисс Угрюмпыль убежала из-за стола в слезах, так и не доев завтрак. Сама Айша проявила полное безразличие к тому, что я сказала ее слуге и компаньонке. Вероятно, ничего другого и нельзя ожидать от того, кто давно пребывает выше добра и зла. Однако после этого эпизода

Глава 18. Дневник Филиппы Гонт (продолжение)

я не выдержала и сказала ей, что я, кажется, превращаюсь не в логического, а попросту в противного человека.

— Для начала это нормально, — ответила Айша. — Логика — очень тонкий и требовательный предмет, Филиппа. Пока ты не овладеешь ею в совершенстве, твой разум будет доводить любой логический вывод до абсурда. Иногда это может оказаться очень неприятно. Ты считаешь мисс Угрюмпыль одним из препятствий на пути к собственному освобождению, поэтому хочешь удалить это препятствие во что бы то ни стало.

Уж не знаю, правду ли сказала Айша, но я, несомненно, начинаю становиться такой же жестокой, как она. Вот ужас-то! Но что я могу сделать?

ДЕНЬ ТРЕТИЙ. На самом деле я не вполне ясно представляю, сколько я здесь уже пробыла, потому что день длится почти бесконечно, а темнота наступает и тут же снова сменяется днем. Возможно, время здесь течет так же медленно, как в лампе или в бутылке, если ты ввинтился в нее в неверном направлении. Наверно, Висячий дворец и Иравотум существуют вне нормального трехмерного пространства и времени. В книге Эно об этом ничего не сказано, но он ведь писал ее несколько тысяч лет назад. Полагаю, в глубокой древности верховный жрец Беллили не знал о таких вещах, как относительность и астрофизика.

Так или иначе, я уже дважды ложилась спать, когда за окном было еще светло, и пробуждалась, когда было уже светло. Или все еще светло? Я спросила об этом мисс Угрюмпыль, но после вчерашнего она со мной больше не разговаривает. Конечно, я в отместку не утерпела и снова сказала ей что-то обидное. И, как ни дико это звучит, на сей раз я и вправду почувствовала, как что-то во мне затвердело, закаменело — сердце или что там у нас имеется внутри, что заставляет нас заботиться о чувствах других людей... Очень странное ощущение. И все же...

И все же в этом есть и свои положительные стороны. Ведь если ввести в собственную жизнь побольше логики, это может оказаться очень выгодно. Например, я начинаю понимать одну весьма важную истину: мир устроен так, а не иначе, и не имеет смысла оценивать его с позиций «хорошо-плохо» или «правильно-неправильно». Надо подняться выше подобных рассуждений.

Но все-таки было бы здорово, если бы приехал Джон! На первых страницах дневника я написала, что Джон наверняка попытается меня спасти. Теперь я ощущаю его приближение еще острее, поэтому думаю, что не ошиблась. Может, он даже ближе, чем я думаю. Это, разумеется, еще одна причина, почему надо прятать дневник. Надеюсь, Айша не ощущает, что он близко. А если что-то смутно и чувствует, так объясняет это моим присутствием — мы же все-таки близнецы.

Глава 18. Дневник Филиппы Гонт (продолжение)

ТОТ ЖЕ ВЕЧЕР. Я дважды возвращалась в сад, к лестнице, которая, если верить господину Цыпе, ведет к *Bocca Veritas*, к Устам Истины. Но оба раза в саду оказывалась мисс Угрюмпыль — подстригала розы. На третий раз, однако, мисс Угрюмпыль в поле зрения не было. Там был только бедный, прикованный к стулу господин Цыпа, все еще читавший вслух «Человека в железной маске». Перед тем как сбежать вниз по лестнице, я остановилась возле него и извинилась. По-моему, это очень благородно с моей стороны, учитывая то, как отвратительно он со мной поступил.

— Не бойтесь, господин Цыпа, вы тут навсегда не останетесь, — пообещала я. — Когда я стану Синей джинн, я освобожу вас от этого наказания.

— *Под впечатлением разговора, происшедшего у него только что с королем...* — ответил господин Цыпа словами из книги, поскольку произносить иной текст ему, по-видимому, теперь не разрешалось. Он только слабо улыбнулся и продолжал читать: — *...д'Артаньян не раз обращался к себе с вопросом, не сошел ли он сам с ума, имела ли место эта сцена действительно в Во, впрямь ли он — д'Артаньян, капитан мушкетеров, и владелец ли господин Фуке того замка, в котором Людовику XIV было оказано гостеприимство.*

Предоставив беднягу его незавидной участи, я побежала вниз по лестнице, надеясь наконец найти там BV.

Я оказалась в тускло освещенном гроте. В дальнем конце свет был чуть ярче, и я направилась туда, не подозревая, сколь ужасная встреча меня ожидает. В нише — в углублении в кирпичной стене, где обычно ставят вазы с цветами — оказалась человеческая голова. Глаза ее при моем появлении раскрылись и уставились на меня не мигая, точно яркие крошечные огоньки. Волосы давно выпали, а кожа мало напоминала человеческую, такая она стала бурая и жесткая. Короче, это существо трудно описать в деталях. Определенно было только одно: когда-то это голова принадлежала человеку.

— Задай свой вопрос, — сказала голова, хотя губы — вернее, остатки губ — едва двигались. Я даже оглянулась, чтобы проверить, не вздумал ли кто-то меня разыграть. Впрочем, голос вполне соответствовал самой голове: он звучал приглушенно, точно доносился из глубокой темной ямы. Меня так тронула тяжелая судьба головы, что мне показалось невежливым расспрашивать ее о моем собственном положении.

— Кто вы? — спросила я голову. — И как вы сюда попали?

— Когда-то у меня было имя. Меня звали Чарльз Гордон. Иногда меня называли Гордон-китаец, хотя родился я в Лондоне. Я был генералом британской армии и более ста лет назад попал в плен. Враги передали меня местным чародеям и демонопоклонникам. Они посадили меня в бочку с кунжутным маслом, так что торчала только голова, и продер-

Глава 18. *Дневник Филиппы Гонт (продолжение)*

жали там сорок недель. Все это время они исполняли неописуемо страшные ритуалы. И в конце концов плоть моя отторглась и обнажились кости. После чего голову отделили от тела и на долгие годы поместили в большую серебряную шкатулку. В ней меня носили по базарам и требовали, чтобы я предсказывал будущее. К счастью, Айша спасла меня и поставила сюда. С тех пор я нашел покой в прохладе этого грота. Мне не суждено быть похороненным, ибо не суждено умереть. Вот кто я таков. И вот как я сюда попал. Я ответил на твой вопрос чистую правду.

— Какая ужасная история, — сказала я. — Я могу вам как-то помочь? Неужели у вас нет никакой надежды?

— Я пережил свои надежды, — сказал Гордон. — Те надежды, что были всего лишь мечтами. Надежды — это воспоминания о давно позабытом прошлом. Я ответил на твой вопрос чистую правду.

— Я все-таки хотела бы для вас что-нибудь сделать. Только что?

Голова Гордона-китайца на мгновение смолкла.

— Я хотел бы выкурить сигару, — произнес он. — Я ответил на твой вопрос чистую правду.

— Я раздобуду вам сигару, — пообещала я.

Какое несложное желание! Я сбегала в дом и взяла сигару из большого портсигара с увлажнителем, который лежит на столе в библиотеке. Айша любит покурить здесь после обеда, за чашечкой кофе.

Вернувшись в грот, я засунула сигару между приоткрытых губ Гордона и поднесла к кончику горящую спичку. Он с удовольствием затянулся.

— Давненько я не курил сигару, — сказал Гордон.

— Мой дядя Нимрод говорит, что людям курить вредно, — сказала я. — Курить могут только джинн. — Я улыбнулась, взвешивая ситуацию. — Но в ваших обстоятельствах, наверно, это уже не повредит. — Я снова улыбнулась. — Вы здесь давно?

— Сто двадцать лет, если быть совершенно точным. Я ответил на твой вопрос чистую правду. А знаешь, Филиппа, за все это время ты первая задала мне тот, особый вопрос.

— Какой именно?

— Ты спросила: «Я могу вам как-то помочь?» Я ответил на твой вопрос чистую правду.

— Откуда вы знаете мое имя?

— Оттуда же, откуда я знаю все остальное. Я — Уста Истины. В этом и состоит моя миссия. Я должен отвечать правдиво на любой вопрос. Ведь ты пришла сюда за правдивыми ответами, верно? Я ответил на твой вопрос чистую правду.

— Если вы знаете обо мне так много, наверно, вы знаете, что у меня есть брат-близнец, Джон.

— Это — не вопрос.

— Мой брат Джон придет за мной сюда?

— Да. Я ответил на твой вопрос чистую...

— Где он теперь?

— Близко. Очень близко. Но он в опасности. Я ответил на твой вопрос...

Глава 18. Дневник Филиппы Гонт (продолжение)

— Какая опасность ему грозит?
— Рухх. Я ответил на твой...
— Кто такой Рухх? Или что такое Рухх?
— Рухх — огромная плотоядная птица. Она представляет опасность для всех, кроме старых никчемных стариков, поскольку волос того, кто съест цыпленка птицы Рухх, никогда не поседеет. Я ответил на твой вопрос чистую правду.
— Мой брат выживет? Пожалуйста, мистер Гордон, скажите, что с ним случится?
— Я не могу предсказать, потому что здесь, в Иравотуме, нет ни будущего, ни прошлого. Это относится к каждому, кроме самой Синей джинн. Здесь есть только настоящее. Я ответил на твой вопрос чистую...
— Почему вы говорите загадками? — сердито спросила я.
— Потому что настоящее таит в себе не меньше загадок, чем будущее. И потому что понять тайну жизни, существующей в некоем времени и месте, возможно только вне всякого времени и места. Я ответил на твой вопрос чистую правду.

Я ужасно встревожилась, услышав, что Джон в опасности. Но что я могу сделать? Я не в силах помочь ему, а он не в силах помочь мне... Или все-таки что-то можно предпринять? Я вдруг сообразила, что Гордон-китаец наверняка знает ответ.

— Я могу ему помочь?
— Один близнец может всегда помочь другому, не важно, джинн они или люди. Пожелания

близнецов всегда выполняются, особенно в отношении погоды. Именно поэтому близнецов иногда называют «детьми неба». У них есть власть над погодой. Я ответил на твой...

— Да какая же связь между погодой и этой вашей Рухх?

— Рухх — птица. Птица летает по воздуху, в атмосфере. А атмосфера в Иравотуме крайне чувствительна. За несколько тысяч лет она стала просто непредсказуемой, в отличие от атмосферы на поверхности земли. Близнецы могут повлиять на здешнюю погоду самыми разными способами — вдохнуть, выдохнуть, взмахнуть руками... Короче говоря, ты можешь сотворить ветер. Птицы, даже большие, не очень любят ветер. Поэтому ты должна найти самую высокую точку в саду и подуть на горизонт. Для Рухх — это верная погибель. Но поспеши. Я ответил на твой вопрос чистую правду.

— Спасибо, Гордон-китаец, — сказала я. — Вы мне очень помогли.

Я повернулась и пошла из грота, но тут голова проговорила мне вслед:

— Но у тебя есть еще один вопрос, верно?

— Да. Как вы догадались?

— Я — Уста Истины. Говорить правду — моя миссия. Я ответил на твой вопрос чистую правду.

— Почему Айша выбрала меня? Мне очень, очень хотелось бы понять...

— Айша выбрала тебя, поскольку ты — ее внучка. Я ответил на твой вопрос чистую правду.

Глава 18. *Дневник Филиппы Гонт (продолжение)*

Я невольно вскрикнула, но времени выяснять подробности просто не было. Каждая секунда промедления грозила Джону смертью от клюва и когтей птицы Рухх. Я побежала на самый верхний уровень висячих садов, глубоко вдохнула и принялась дуть в сторону горизонта изо всей силы и махать руками, чтобы нагнать побольше ветра в этом направлении. Я занималась этим целых двадцать минут, пока не посинела от напряжения. Потом я вернулась к себе в комнату, записала все это в дневник и решила поразмышлять над тем, что Гордон-китаец сказал об Айше.

Глава 19

Травоядный царь

Их атаковали внезапно. Еще мгновение назад медный гребец проворно двигал веслом и лодка летела по глади горячего моря, а теперь Джон и его верные собаки пытались увернуться от огромной птицы — величиной с самого большого доисторического птеродактиля Кецалькоатля. Птица целилась в их головы клювом, таким большим и острым, что он наверняка с легкостью вспорол бы обшивку «Боинга-747». Медный гребец по-прежнему стоял на корме лодки и отбивался от гигантской птицы веслом, да так удачно, что задел крыло, и одно перо упало Джону на голову.

Птица отлетела чуть в сторону и пошла на разворот, чтобы снова атаковать путешественников.

Глава 19. *Травоядный царь*

Джон успел рассмотреть перо, оказавшееся не меньше целого куриного крыла. Ничего себе! Пожалуй, эта птица может спикировать на слона и поднять его в воздух, как сова — мышь-полевку. Взревев, точно аллигатор, гигантская птица напала на них снова, и снова лодочник нанес ей удар веслом. Да, теперь понятно, почему этот лодочник сделан из металла. Никакой человек на его месте не смог бы противостоять клюву и когтям такого чудовища. И все же лодка ходила ходуном от каждого удара весла о птицу, и Джон понимал, что еще чуть-чуть — и гадкая тварь просто потопит лодку. Это волновало его больше всего. Допустим, сам он сможет вынести вулканическую температуру воды (хотя мальчик не был в этом вполне уверен), но собаки точно сварятся заживо.

Налетев на них в третий раз, птица схватилась когтями за борт лодки и наверняка бы выдернула их суденышко из воды, если б не Алан с Нилом. Псы подпрыгнули и сомкнули челюсти на чешуйчатых лапах крылатого чудища. Громко вскрикнув, гигантская птица выпустила лодку и, замахав крыльями, взмыла вверх. А собаки так и остались висеть у нее на лапах.

— Отпустите ее! — завопил Джон. — Отпустите, а то убьетесь!

Возможно, они и последовали бы его совету, но тут с берега налетел сильнейший порыв ветра и откинул ужасную птицу далеко от лодки. И внезапно Джону стало ясно, что если Алан и Нил разожмут челюсти, сомкнутые на птичьих лапах, они упадут в кипяток.

— Держитесь! — отдал мальчик новую команду, прямо противоположную предыдущей. — Не отпускайте, а то убьетесь.

Шквалистый ветер и боль в лапах сделали свое дело — птице было явно не по себе. Но она тем не менее напала на лодку в четвертый раз. По счастью, новый порыв ветра отшвырнул чудище в сторону. Признав в конце концов свое поражение, птица захлопала крыльями и полетела к далекому еще берегу, а на ее лапах, по-прежнему не размыкая челюстей, болтались Алан и Нил.

— За ними! — велел Джон лодочнику. Тот снова вставил весло в уключину, и лодка понеслась к берегу. Джон же стоял на коленях на носу лодки, не сводя глаз с гигантской птицы, которая уже превратилась в точку на горизонте. И вот, когда она долетела до берега, ему показалось, что собаки оторвались и упали вниз, на песчаный берег.

— Быстрее, — заклинал он лодочника. — Пожалуйста, побыстрее!

К удивлению Джона, лодочник повиновался и начал грести еще быстрее, чем прежде, так что они одолели километр, отделявший их от суши, всего за несколько минут.

Чем ближе они были к берегу, тем страшнее становилось Джону. В ужасе от того, что он сейчас увидит, мальчик пытался уверить себя, что песок смягчил падение собак и они наверняка живы.

Глава 19. *Травоядный царь*

Но, разглядев у кромки воды два неподвижных тела, он понял, что чуда не произошло.

Когда до берега оставалось метров десять, Джон, не дожидаясь, чтобы лодка ткнулась носом в песок, прыгнул в воду и побежал туда, где совсем близко друг от друга лежали Алан и Нил. Псы еще дышали, но ни одному, ни другому не суждено будет выжить — Джон понял это мгновенно, и глаза его наполнились слезами.

Первым прекратил дышать Алан, за ним Нил. Джон лег между их телами. Никогда прежде не было ему так одиноко. Не важно, в чем провинились когда-то, еще будучи людьми, его любимые товарищи. Они давно искупили свою вину, храбро и преданно служа семье Гонтов. Ни у кого никогда не было и не будет таких друзей.

Гребец наблюдал за Джоном, но лодку не покидал. Наконец Джон произнес:

— Они погибли.

После того, что — как ему казалось — случилось с папой, потеря собак окончательно лишила его сил и надежды. Он тоже хочет умереть! Джон зарылся лицом в песок, чтобы туда впитались слезы, которые ручьями текли из его глаз. Теперь ясно, почему страусы прячут головы в песок... теперь он хорошо понимает страусов... Иногда этот мир, эта жизнь становятся слишком невыносимы. Наконец, выплакав все слезы, он сел и снова взглянул на лежавшие рядом тела, надеясь, что смерть собак окажется такой же ненастоящей, как смерть отца. Но тела оставались неподвижны и бездыханны.

Спустя какое-то время он задумался о насущном: собак надо похоронить. Только чем копать могилу? Окопная лопатка осталась в душевой военной базы. Поэтому он собрал разлапистые пальмовые листья и прикрыл ими Алана и Нила, надеясь, что, когда он найдет сестру и они вернутся сюда вместе, Филиппа сообразит, что делать с телами. Другого пути назад все равно не существует. Во всяком случае, Эно не упоминает, что из Иравотума на поверхность ведет какая-то другая дорога.

Если верить верховному жрецу, дворец теперь совсем близко, всего в нескольких километрах. Джону оставалось лишь пройти через эту глухую чащу, в которой должна быть тропинка, ведущая к дворцовым воротам. Конечно, пройти через лес в Иравотуме — это тебе не погулять в парке. Эно намекал на новые опасности, которые поджидают там путника, и предлагал в первую очередь остерегаться змей. Поэтому Джон достал из кармана свой швейцарский армейский нож, срезал себе длинную палку, еще раз всплакнул, прощаясь с собаками, и тронулся в путь.

Ступив на тропинку, он почти сразу заметил на ветке красивую птицу. Это был сокол-сапсан, и Джон отчего-то сразу понял, что это не простой сокол, а сын Вирджила Макриби, Финлей, тот самый, которого он, Джон Гонт, превратил в птицу.

Глава 19. *Травоядный царь*

По-прежнему ощущая свою вину за то, что лишил Финлея человеческого обличья, Джон подумал: вот он — шанс исправить ошибку. Джон снял рюкзак, отодрал подкладку и обернул этой тканью свое запястье. Потом он вытянул руку вперед и позвал птицу:

— Финлей. Лети сюда.

Сокол без колебаний слетел с дерева и мягко спланировал прямо на руку Джону.

— Слушай, — сказал мальчик, поглаживая маленькую голову птицы. — Если ты поможешь мне, я помогу тебе. Как только я найду сестру, я постараюсь превратить тебя обратно в человека. Если смогу. Давай попробуем?

В ответ сокол визгливо крикнул и опустил голову.

— Условимся так, — сказал Джон. — Если ты кричишь один раз, значит, «да», если два раза, значит, «нет». Итак, ты согласен. Отныне ты станешь моими глазами. Как Хорус, всевидящий бог у египтян. Ты полетишь над деревьями и будешь высматривать все опасности на моем пути. Кроме того, отныне ты, если хочешь, можешь быть моим другом, потому что все мои друзья или умерли, или остались там, на земле.

Сокол однократно проверещал и перепорхнул на лямку рюкзака. И очень вовремя, потому что рука у Джона уже начала потихоньку затекать.

Пройдя еще километра полтора, Джон заметил, что тропинка расширяется и превращается в широкую дорогу, по обе стороны которой тянутся аккуратные ряды глиняных горшков. Каждый горшок был величиной с целую дверь, а по форме напоминал перевернутый колокол. Каждое из этих сооружений покоилось на небольшом песчаном пригорке. Ему стало интересно, хранится ли что-нибудь в горшках или они вовсе пустые, но понять это, стоя внизу, он никак не мог — роста не хватало. Тогда Джон предложил Финлею слетать и поглядеть на них сверху. Финлей взлетел и завис сначала над одним горшком, потом над другим. Оказалось, что они заполнены нефтью. Не усмотрев в этом никакой очевидной опасности, сокол возвратился на плечо Джона.

— Ты что-нибудь видел? Точнее, ты видел что-нибудь опасное?

Финлей крикнул дважды, что на их с Джоном языке означало «нет». Немного успокоившись, Джон продолжил свой путь. Но, помня, что Эно писал о змеях, он то и дело стучал палкой по дороге прямо перед собой, как слепой. Таким образом он быстро обнаружил, что Эно ничуть не преувеличил, говоря об опасностях. Дорожка оказалась с секретом, причем пренеприятнейшим. В каждом горшке под тонким слоем нефти была крышка, а под каждой крышкой таилась змея. Это выяснилось, когда песчаный холмик под первым горшком вдруг разрушился и песок пополз вниз — не то от шагов Джона, не то от постукиваний его палки. Горшок упал, раскололся надвое, точно яйцо, и

Глава 19. *Травоядный царь*

из него выползла огромная змея, метров пятнадцати, а то и двадцати длиной. Джон поначалу надеялся, что эта змея не очень опасна, но его надежды мгновенно развеялись. Раскрыв огромные челюсти, змея выхватила у него из рук палку, обвила ее своими кольцами и переломила, как спичку. А потом громко зашипела и уставилась на Джона немигающим взглядом.

Увидев этот взгляд, Финлей без колебаний бросился в атаку. Растопырив когти, сокол-сапсан вцепился в голову змеи с такой же яростью, с какой гигантская птица Рухх нападала на лодку. Помощь друга дала Джону возможность броситься наутек. Пока громадная змея отбивалась от храброго маленького сокола, который пытался выклевать ей глаза, мальчик успел благополучно пробежать добрый километр — до самого конца дороги. Там он уселся под деревом, чтобы хоть чуть-чуть отдышаться. Спустя несколько минут его догнал Финлей, потерявший несколько хвостовых перьев. На когтях у него была кровь.

Джон попил воды, прикрыл глаза и вдруг услышал в тишине леса тревожные звуки: неподалеку двигалось нечто огромное. Сначала он подумал, что это еще одна змеища или даже сама птица Рухх. Он велел Финлею спрятаться в кроне дерева, поскольку лес был здесь настолько густым, что сокол все равно ничего не смог бы разглядеть с воздуха, а сам решил отправиться на разведку: ползком, как индеец, подобраться к неведомому чудищу как можно ближе и понять, кто это и чего от него ждать.

На опушке Джон лег на живот и затаился. Он был уверен, что, куда бы ни переместилось чудище сейчас, всего несколько мгновений назад оно стояло именно здесь. Казалось невозможным, чтобы столь крупное существо могло двигаться так быстро. Но потом он понял, что оно никуда не делось, оно здесь, просто почти невидимое. Почти — потому что воздух перед Джоном дрожал, обретая некую невнятную, неопределимую форму. Постепенно Джон понял, что это призрак — огромный призрак, возможно, призрак великана, высотой с дерево и толщиной с дом. Время от времени призрак постанывал, да еще потрескивал, испуская зеленоватые электрические разряды — и в этот момент можно было разглядеть, что фигура у него все-таки человеческая.

Джон украдкой вытащил книгу Эно. У верховного жреца не нашлось внятных строк о природе этого существа, зато Вирджил Макриби дал к собственному переводу сноску, в которой, казалось, намекал на более определенное объяснение феномена, с которым сейчас столкнулся Джон.

> *В Иравотум стремятся не только плоды опрометчивых, злых, подлых и пустых желаний. В приложении к этой книге, из которого теперь сохранился толь-*

Глава 19. Травоядный царь

ко фрагмент, верховный жрец утверждает, что наряду с плодами вышеупомянутых желаний сюда также стремятся желания нереализованные, то есть те, которые никогда не были высказаны и никогда не могли осуществиться. Эно полагает, что энергия этих неосуществленных желаний конденсируется и превращается в могучую, сверхъестественную силу, которая называется Оптарыкус или просто Оптарык. В самом грубом переводе — «монстр желаний». Далее в приложении говорится, что это существо, если его вообще можно назвать существом, изначально возникло в сознании спящей Иштар, когда она очень хотела, чтобы Навуходоносор построил для нее храм. Возможно, отсюда и пошла поговорка, весьма распространенная среди джинн: держи свои желания на коротком поводке.

Глядя на зеленоватое свечение вокруг почти невидимого существа и слушая низкие приглушенные стоны, вырывавшиеся из его бесформенной, туманной сердцевины, Джон спрашивал себя: оно ли это? Погодите, ведь это совсем нетрудно проверить! Убрав свое слово-фокус подальше, в самые закоулки сознания — чтобы Айша не почувствовала, что Джон находится совсем рядом, — он отчаянно, изо всех сил пожелал, чтобы Алан и Нил были снова живы.

Его эксперимент незамедлительно дал результат. Чудище задрожало от сильных электрических разрядов. Казалось, оно слегка зашевелилось и даже — Джон мог бы в этом поклясться — немного выросло. Что ж, сомнений нет, это и есть монстр желаний. Джон точно не знал, чем и как может навредить ему это существо, но все-таки чуял подспудную опасность. Он повернулся, чтобы уползти подальше от монстра, и столкнулся лицом к лицу со странным человеком, который, как и он сам, двигался на четвереньках. Впрочем, на этом их сходство кончалось, поскольку мужчина был голым и мокрым от росистой травы, по которой он полз и которую... ел. Да-да, он жевал траву! Все его тело поросло волосами, как птица перьями, а ногти на руках и ногах напоминали птичьи когти. Джон чуть не закричал от испуга, но травоядный человек зажал ему рот сильной и довольно вонючей рукой и молча принялся мотать голову Джона из стороны в сторону, пока мальчик не подал знак, что кричать не будет. Мгновение спустя человек снял руку с его рта и тихонько пополз дальше. А Джон — следом.

Когда они отползли на вроде бы безопасное расстояние от монстра, мужчина сел перед Джоном, заплел в косичку свою длинную бороду и принялся обрывать вокруг себя траву, отправлять ее в зеленый рот и пережевывать. Ну совсем как

Глава 19. *Травоядный царь*

корова или овца! Травоядный не выказывал никакого желания завести беседу.

— Кто вы? — отважился спросить Джон.

— Я царь. Да пребудешь ты в мире, а мир в тебе.

— Царь чего?

Человек пожал плечами и отправил в рот новую пригоршню травы.

— Просто царь, — сказал он, предлагая и Джону подкрепиться травой.

— Нет, спасибо, — ответил Джон. — У меня от зелени живот пучит.

Он приветливо улыбнулся собеседнику, как если бы в его классе появился новый ученик и с ним, хочешь не хочешь, надо налаживать отношения. Тут, к восторгу травоядного царя, на плечо Джона опустился Финлей.

В наступившей тишине Джон задумался, вправду ли этот человек — царь. В представлении Джона его поведение мало походило на царское: питается травой, не стрижет ни волос, ни ногтей, да еще ползает на четвереньках. Но, с другой стороны, чего не бывает в Иравотуме? Да и цари иногда сходят с ума. Этот и вправду выглядит немного безумным, но, кажется, не опасен.

— Тот... то существо на опушке... — сказал Джон. — Это был монстр желаний?

Царь усмехнулся.

— Точно, — подтвердил он. — Монстр желаний. Оптарык.

— Он опасен?

— Жуть как опасен. Каждый, кто прибывает в Иравотум, движим желанием. Очень-очень сильным. Желание состоит в том, чтобы исправить или отменить другое, уже осуществленное желание. Или осуществить сокровенное. А Оптарык питается всеми этими пришельцами и, что еще важнее, теми желаниями, которые ими движут. — Царь многозначительно постучал по своей груди волосатым кулаком. — Это делает его очень мощным. Очень сильным. — Потом он ткнул пальцем в Финлея и с сожалением пожал плечами. — Его тоже употребят, если он пробудет здесь достаточно долго. Да и тебя тоже. Это только вопрос времени. Или вопрос полного отказа от любых желаний. Но кто на это способен? Кто? Я тебя спрашиваю! Кто может сказать, что он всем премного доволен?

Царь запихнул в рот большую охапку травы и стал громко жевать. А потом начал пукать, очень громко и долго, секунд тридцать. На лице его блуждала счастливая улыбка.

Джон восхищенно захохотал.

— Вот это сила! — сказал он. А затем спросил: — А вы, ваше величество? Вы-то всем довольны?

— Да, я доволен, — сказал царь. — Мне нечего желать. Меня наказали справедливо. Именно поэтому я здесь и выжил. Ибо не имею никаких желаний. Здесь есть все, в чем я нуждаюсь. Куча сочной травы, и я ее ем. — Он счастливо рыгнул. — Свежая вода, и я ее пью. Что еще нужно царю для счастья?

Глава 19. *Травоядный царь*

— Не знаю, — искренне признался Джон. — Но если вам и вправду этого достаточно, сэр, тогда и говорить не о чем. Кстати, вы тут давно?

— Давненько. — Царь на мгновение задумался. — Давай-ка посмотрим. Тут неподалеку есть дерево, на котором я делал зарубки, как раз на случай, если мне вдруг зададут такой вопрос. Хотя ты первый попался такой любознательный.

Он пополз прочь в ближайший подлесок. Джон и Финлей последовали за ним. Вскоре царь остановился на полянке и гордо указал на дерево, на котором виднелись зарубки. Несколько сотен.

— Вот мое дерево, — сказал он. — На нем ровно двести пятьдесят зарубок. Полагаю, каждая соответствует одному году. — Тут царь обнаружил кочку с восхитительной травой и снова принялся жевать.

Джон, однако, заметил, что рядом есть и другие деревья с похожими зарубками. В общей сложности их оказалось десять, по двести пятьдесят зарубок на каждом, да еще одно с шестьюдесятью пятью. Он быстренько прикинул в уме сумму, и челюсть у него отвисла от удивления.

— Вы хотите сказать, что пробыли здесь две тысячи пятьсот шестьдесят пять лет? — спросил он. И внезапно его осенило. Теперь Джон знал, что это за царь.

— Долго пробыл, долго, — подтвердил царь. — Для таких, как ты, для тех, что приходят сверху, вообще уму непостижимо. Но здесь это нормально. Здесь — Иравотум.

— Вы никогда не пробовали убежать? — спросил Джон.

Царь покачал головой.

— И куда бы я пошел? Здесь у меня есть все, что нужно для счастья. Куча сочной травы, и я ее ем... — Он снова пукнул.

— Да уж, — заметил Джон. — Ваше счастье и видно и слышно.

Царь растянул в улыбке зеленый рот и мечтательно уставился на верхушки деревьев.

— Висячий вавилонский дворец, — произнес Джон. — Это ведь где-то здесь? Рядом?

— Ты про что? Про дворец Иштар?

Джон кивнул.

— Да, это совсем рядом, — ответил царь.

— Мне как раз туда, — сказал Джон.

— Каждый пришелец мечтает попасть во дворец Иштар. Только там тебе никто не поможет.

— Вы не поняли. Я не ищу там помощи. Моя сестра — пленница, и ее держат в этом дворце. Я должен найти ее, вывести оттуда и доставить домой, в Нью-Йорк. Это — большой город. Огромный. Больше, чем Вавилон.

При упоминании о Вавилоне царь оживился, и глаза его загорелись.

— Больше, чем великий Вавилон? В самом деле?

— В самом деле.

— И там в самом деле есть очень высокие здания?

— Некоторые — выше, чем горы.

Глава 19. *Травоядный царь*

— Я был бы не прочь посмотреть на твой огромный город.

— Ваше величество, а давайте заключим сделку? — предложил Джон. — Вы проведете меня во дворец Иштар, а я потом отвезу вас в Нью-Йорк?

Царь кивнул.

— Я знаю один путь. Такой путь, который никто, кроме меня, не знает. Я тебя проведу. А ты возьмешь меня в Нью-Йорк. Да?

Джон представил, как это будет выглядеть... А впрочем... Кто только не шляется по Нью-Йорку! Ну, появится в Центральном парке травоядный человек. И что с того? Кто его заметит? Кто заметит, что ногти у него на ногах не стрижены больше двух с половиной тысяч лет? Некоторые нефтяные миллиардеры из Техаса ведут себя куда более вызывающе. Кроме того, если царя побрить, постричь ему волосы и ногти, пройтись с ним по магазинам на Мэдисон-авеню и показать приличному диетологу (да еще приложить немного джинн-силы), на него будет любо-дорого посмотреть.

— Пойдемте, — сказал Джон. — Пойдемте скорее, пока этот монстр не учуял наши следы.

Глава 20

Мальчик Джон

Филиппа совсем забросила свой дневник. Она не видела в нем большого смысла. Все ее предыдущие размышления теперь казались ей тривиальными и даже несколько постыдными. Несмотря на это, она все-таки не могла заставить себя уничтожить дневник. Он ее забавлял, как взрослого забавляет игрушка из далекого детства. Филиппа проводила теперь много времени в библиотеке, читая книги великих философов — Аристотеля, Платона, Канта и Витгенштейна — или играя в джиннчёт с мисс Угрюмпыль и Айшой.

К этому моменту Филиппа совершенно смирилась с тем, что Айша — ее бабушка. Более того, это казалось ей совершенно естественным, поскольку всему сразу нашлось объяснение. Во-первых, понятно, почему Филиппа заинтересовала Айшу. Во-вторых, понятно, о чем спорили Айша и миссис Гонт в гостинице «Пьер» в Нью-Йорке и почему мама была так уклончива, когда Филиппа спросила ее об этом споре. В-третьих, пожалуй, понятно, почему ни мать, ни Нимрод никогда не упоминали бабушку — Филиппа всегда предполагала, что она умерла. И разумеется, это объясняет определенное сходство, которое девочка усматривала теперь между матерью и Айшой: ухоженность, внешнее очарование и стальной стержень внутри. Странно только, почему она не замечала этого раньше. И почему никто и никогда не упоминал при ней об этом. Конечно же, Лейла — дочь Айши, тут не может быть никаких сомнений. Кстати, мать умнее дяди Нимрода, точно так же как сама Филиппа умнее своего брата Джона.

Бедный мальчик. Кто же о нем теперь позаботится без нее, кто убережет от неприятностей? Впрочем, ее это нисколечко не волнует. Родственники — вообще большая обуза. Такие назойливые, и стыдно за них бывает ужасно. Правда, теперь ее воспоминания о Джоне совсем помутнели. Она помнила только, что он — нелепая карикатура на нее, Филиппу. Она практически не могла представить его лица. Какой, например, у него цвет глаз? А волосы? Он тоже, как она, рыжий? Или брюнет? Но главное, что она помнит: ей постоянно приходилось выискивать в характере брата положительные свойства, иначе его присутствие вообще невозможно было бы вытерпеть.

Про отца, Эдварда Гонта, она старалась вовсе не вспоминать. Стыд-то какой! Отец-мундусянин! Вот уж воистину... О чем, спрашивается, думала ее бедная мать? Он ведь даже не красив! Самый мундусянский из всех мундусян.

Впрочем, все эти мысли она держала в себе. Разговаривать с Айшой о семье не имеет никакого смысла. Ни смысла, ни прока. Это же ничего не изменит. Во всяком случае, теперь. Обсуждать родственников с мисс Угрюмпыль ей тоже не хотелось. Какой в этом смысл? И вообще, какой смысл в существовании самой мисс Угрюмпыль? Даже странно, что столь высокоинтеллектуальная, столь образованная и столь логичная дама, как Айша, держит при себе это насекомое, эту мисс Угрюмпыль, в качестве горничной и компаньонки! Когда сама Филиппа станет Синей джинн, она наймет в компаньонки кого-нибудь поумнее. Кстати, Айше действительно давно пора на покой, поскольку ее умственные способности уже приказали долго жить. Как еще объяснить, например, провал операции по отправке Иблиса в изгнание на Венеру?

Филиппа выяснила, что Айша заплатила десять миллионов долларов Буллу Хакстеру, чтобы поместить контейнер с флаконом, содержащим ифритца, на борт космического исследовательского корабля «Волкодав», который отправлялся на Венеру. Однако, если верить газетам, ракета, которая дол-

Глава 20. Мальчик Джон

жна вывести «Волкодав» на орбиту, пока еще не стартовала из космического центра во Французской Гвиане. Вылет откладывается по техническим причинам. Так, во всяком случае, пишут журналисты. К тому же исчез сам Булл Хакстер. Причем исчез вместе с деньгами Айши и контейнером, содержащим Иблиса. Это само по себе тревожно, но что еще тревожнее, так это показания местного фортунометра. Иравотумский фортунометр, прибор, измеряющий удачу и неудачу в мире, показывает, что начинается период весьма крупных неудач. Гомеостаз, то есть тончайшее равновесие между добром и злом, на сегодняшний день серьезно нарушен. Айша утверждает, что это связано с Иблисом. Судя по всему, он вырвался на свободу и жаждет мести.

— И чья, по-вашему, это ошибка? — требовательно спросила у Айши Филиппа. — Вы не должны были поручать столь важную для всех джинн задачу мундусянину, да еще такому как Булл Хакстер. Он наверняка узнал, что, вернее, кто находится в контейнере. И решил, что с Иблисом можно заключить сделку. Самую дурацкую — вроде исполнения трех желаний в обмен на освобождение из бутылки. Почему вы не оставили Иблиса здесь, в одной из дворцовых комнат? А теперь нам всем впору спасаться на Венере, потому что на Земле явно грядет что-то ужасное. Кстати, если б вы не затеяли эту безумную операцию, сэкономили бы десять миллионов долларов.

— Ты воспринимаешь это слишком лично, Филиппа, — сказала Айша.

— Конечно, я воспринимаю это лично. Очевидно, вы забыли, что именно я помогла Нимроду заключить Иблиса в бутылку. Из нашего, по счастью очень краткого, знакомства я сделала вывод, что Иблис — премерзкий джинн, с которого станется объявить нам всем, то есть Нимроду, моему брату Джону и, самое главное, мне, кровную месть. Естественно, меня крайне беспокоит его исчезновение.

— Ты преувеличиваешь, дитя мое, — сказала Айша.

— Во время чемпионата по джиннчёту я должна была играть против самого младшего сына Иблиса, Радьярда. Айша, он не мог даже заставить себя говорить со мной! Обращался ко мне исключительно через судью Баньипа. Поверьте, если бы можно было убить взглядом, я давно была бы мертва. — Филиппа покачала головой. — Впереди большие, очень большие неприятности, помяните мое слово.

— Полагаю, дитя мое, об этом лучше судить не тебе, а мне.

— Ха! Вот именно! — Филиппа рассмеялась. — Судите дальше, посмотрим, куда это нас заведет. Я не хочу обижать вас, Айша, но поручите это дело мне. Результат будет выглядеть более осмысленным. Окружающим хотя бы покажется, что вы знаете, что делаете.

Айша закусила губу. И тут у Филиппы окончательно отказали тормоза: она начала поносить

Глава 20. Мальчик Джон

Айшу последними словами — тихонько, себе под нос, но у старухи был по-прежнему превосходный слух. И она рассердилась не на шутку. Подобная... непочтительность — а в словаре Айши просто не было других слов, чтобы описать поведение Филиппы, — была невыносима для Синей джинн, поскольку невоспитанность раздражала ее почти так же сильно, как эмоциональная несдержанность.

— Филиппа, отправляйся-ка к себе в комнату. И оставайся там, пока твои манеры существенно не улучшатся.

Филиппа проворно спрыгнула с дивана.

— Охотно, — сказала она и пошла к двери. А потом оглянулась и нахально добавила: — Может, у меня и плохие манеры, но вы сами меня такой сделали! Во всем виновато ваше дурацкое Древо Логики и ваш уродливый скучный дворец. — Тут она расхохоталась и, не утерпев, оскорбила еще и мисс Угрюмпыль: — Не говоря уже об этой сушеной вобле, вашей компаньонке. Мисс Пылевыбивалка, или как там ее зовут?

— Выйди вон, Филиппа, — ледяным голосом сказала Айша.

— С превеликим удовольствием.

Желая досадить Айше еще больше, Филиппа громко хлопнула дверью и пошла по коридору к себе в комнату, которая нравилась ей теперь все больше и больше.

Поначалу-то она была ей совсем не по вкусу: и слишком просторная, и слишком роскошная. Но теперь она полюбила эту комнату безоговорочно. Все в шелках, в золоте и мраморе. Еще ей нравилось, как работают невидимые слуги: раз — и готово. Тут уж Айше не откажешь в логике и изобретательности: действительно, превосходное решение. Разумеется, положение Синей джинн обязывает ее иметь слуг, а слуги для большинства из тех, кто их имеет, — необходимость, причем достаточно неприятная. Но это в случае, когда ты их видишь. Совсем иное дело, когда твою комнату прямо у тебя на глазах убирают и пылесосят, когда застилают твою кровать и ставят на стол свежесрезанные цветы — и при этом ты не видишь ни одного человека! Филиппа уже не представляла для себя другой жизни. Она сожалела лишь о том, что мисс Угрюмпыль нельзя тоже сделать невидимкой.

Повернув в коридоре за угол, Филиппа столкнулась с оборванным, растрепанным мальчишкой. Сурово и брезгливо рассматривала она его заскорузлые руки с грязными ногтями и заляпанные невесть чем ботинки. Сначала она подумала, что это кто-то из слуг, который стал на мгновение видимым. Может, чистильщик обуви? Одно странно: ни один из слуг не посмел бы с ней заговорить. Уж в этом она была абсолютно уверена. А этот заговорил.

— Привет, — сказал мальчишка и улыбнулся. Правда, получилось у него это как-то неловко, кривовато. Слишком уж холодно смотрела на него Филиппа.

Глава 20. Мальчик Джон

— Ты желаешь видеть Айшу? — спросила она.

— Нет, — раздраженно ответил мальчик. — Конечно нет.

— В таком случае, мальчик, быстро излагай свое дело и пойди вон, потому что ты пачкаешь своими грязными ботинками ковер. Между прочим, очень дорогой.

— Да плевать мне на твой ковер, — возмутился мальчик. — Что с тобой?

— Со мной все в полном порядке, — сказала Филиппа. — Во всяком случае, я не выгляжу так, словно меня вываляли в грязи, а потом тащили через кусты с колючками.

— А меня как раз и тащили через кусты с колючками! — воскликнул Джон. — Тяжелое, в общем, было путешествие. Филиппа, это — я, Джон. Ты меня не узнаешь? Я приехал, чтобы забрать тебя из этого ужасного места. Забрать домой.

Тут Джон попытался взять сестру за руки, но она их отдернула, словно боялась какой-то ужасной заразной болезни.

— К твоему сведению, — сказала она, — помещение, которое ты называешь ужасным местом, — королевский дворец. По этой причине, мальчик, ты и выглядишь здесь совершенно неуместно, потому что у тебя грязные ногти, а в волосах трава. Ты оскверняешь дворец. Слышишь, ты? В таком дворце умерла королева Виктория.

— Неудивительно. В такой дыре можно только сдохнуть. — Джон раздраженно нахмурился. Вот уж на что он вовсе не рассчитывал! Эта жуткая девица как две капли воды похожа на его сестру, одета точно как она, даже голос такой же, но почему она так себя ведет? Словно видит его впервые в жизни!

— Прекрати называть меня мальчиком, — сказал он. — Я — твой брат Джон. А ты — маленькая ведьма.

— Брат? — Филиппа засмеялась. — Чего ж ты тогда обзываешься?

— Я должен забрать тебя домой, — настойчиво повторял он, пытаясь не реагировать на ее слова.

— Ты это уже говорил, мальчик. — Филиппа высокомерно засмеялась и оттолкнула Джона с дороги. — Тебе, кстати, не помешает почистить уши после того, как ты извлечешь всю грязь из-под этих звериных когтей. Здесь все-таки дворец. И дворец этот — отныне мой дом. Этот и еще несколько, которыми пока владеет Айша. Оглянись же вокруг! Роскошно, правда? Моя спальня — размером с теннисный корт. Я сплю на шелковых простынях и ем из золотой посуды. С какой стати мне возвращаться в Нью-Йорк, в эту клетку, которую ты называешь домом? — Она снова пихнула его кулаком. — Отвечай, мальчишка, если тебе есть что ответить.

Джон оглядел великолепную лестницу и огромную люстру. Заодно заметил красивую старинную мебель и прекрасные картины. Дома у отца немало хороших картин, но до этих им далеко.

Глава 20. Мальчик Джон

И внезапно Джон так оскорбился, так обиделся... Она презирает его — и поделом! Он никогда не думал так прежде, но в сравнении с этим дворцом их дом и впрямь показался ему совсем крошечным. И сам он, и их дом слишком просты и незатейливы, они больше не достойны Филиппы. Она уже оставила, бросила их. Неужели он опоздал? Неужели она изменилась необратимо? Навсегда?

— Ну, давай, реви, — сказала она. — Ты же вот-вот заплачешь.

— Не заплачу, — сказал Джон.

— Еще как заплачешь, — торжествующе сказала она и ткнула его кулаком в третий раз.

— И не подумаю, — обозлился Джон. — И перестань драться, а то пожалеешь.

Филиппа рассмеялась:

— Да что ты мне сделаешь? — Она толкнула его в четвертый раз. — Жалкий мальчишка.

Джон отвернулся, боясь, что сейчас не выдержит и даст сдачи. Им, как большинству братьев и сестер, подраться уже случалось. Однажды Филиппа даже пнула его ногой в задницу. Но не затем же он проделал весь этот путь, чтобы пнуть ее в ответ? Хотя очень хотелось. И он схватился за стол, стоявший в середине зала, чтобы остановить свою руку, которая уже начала сжиматься в кулак.

— Нет, этой маленькой ведьме все-таки надо вломить как следует! — бормотал он себе под нос. Сколько же бед и тягот он вытерпел, чтобы найти сестру! Не только он. Ради нее Алан и Нил вообще пожертвовали своими жизнями. И где благодарность?

Филиппа отвернулась и ступила одной ногой на ступеньку лестницы. Она все еще потешалась над ним.

— Глупый мальчишка!

Она наговорила ему еще много других гадостей, отчего на душе у Джона стало совсем скверно. Он и тупой, и невежда... Да, не ожидал он, что его освободительная миссия завершится так бесславно. Но Филиппу совершенно не заботили его чувства. Пьянящий аромат цветов Древа Логики и всепроникающие соки его плодов сделали свое дело. Сердце ее напоминало теперь землю, потрескавшуюся за долгую немилосердную засуху.

Ну, ладно же! Мы это сейчас поправим. Джон вытащил цветы из стоявшей на столе большой вазы и бросил их на ковер. Потом поднял тяжеленную, полную воды вазу и, прежде чем Филиппа успела увернуться, догнал ее на лестнице и в гневе вылил всю воду ей на голову.

— Вот! — сказал он. — Вот все, что я о тебе думаю!

Филиппа вскрикнула, поскольку брат вылил на нее почти четыре литра воды. И на мгновение замерла — вспомнив все, осознав все и придя в ужас от того, где она находится и кем стала. Почти стала. И наконец она по-настоящему узнала брата! Но Джон, в пылу своего гнева, этого еще не заметил.

Глава 20. Мальчик Джон

— Вот, вот тебе! — орал он. — Вот тебе твоя дурацкая ваза и твой идиотский ковер! — И он с размаху грохнул вазу об пол. Ваза разбилась вдребезги.

— Джон! — радостно воскликнула Филиппа. — Ты здесь! Ты приехал! — Она окинула взглядом все вокруг. — Как я сюда попала?

— Фил! — Джон взял ее за плечи и улыбнулся. — Так ты меня все-таки узнала?

— Конечно узнала, балда! — Филиппа прижалась к брату, смеясь и плача от счастья. Потом она вдруг поперхнулась и отчаянно закашлялась, потому что вода из вазы попала ей в нос и в горло. Джон быстро достал из рюкзака бутылку с питьевой водой и дал Филиппе. Один глоток... другой... третий... И тут в животе у нее взбурлила, поднялась вверх и потекла изо рта черная ядовитая жидкость. Чистая вода сумела растворить и обезвредить все то страшное и, казалось, необратимое, что Древо Логики всего за несколько дней сотворило с девочкой.

Черная гадость выплеснулась на пол, оставив следы на шее и подбородке Филиппы. Поняв, что ее организм очищается благодаря воде, которую принес Джон, она выхватила бутылку из его рук и выпила все до дна. Черная жидкость потекла из нее с новой силой, и чем больше шариков логики взрывалось у нее внутри — а именно это и происходило от воздействия чистой воды, — тем больше Джон узнавал родную сестру, прежнюю, настоящую. Наконец она схватила брата за руку:

— Как нам отсюда выбраться?
— Я знаю дорогу.
— Тогда пошли скорей!

Джон привел ее в дворцовые подвалы, где начинались длинные коридоры. Филиппа бывала здесь и раньше, несколько раз, когда обследовала дворец.

— Куда мы идем? — спросила она. — Здесь же ничего нет. Я тут каждую щель обнюхала.

Не слушая сестру, Джон потащил ее за собой по коридору, который выглядел еще древнее остальных. Филиппа точно знала, что он приведет их в тупик. Так и вышло. Однако, достигнув дальней стены, Джон достал свой карманный фонарик и посветил вверх. На оштукатуренном потолке обозначились какие-то буквы.

— Подержи фонарик, — велел он сестре и взобрался на стул, который заранее подготовил, зная, что им предстоит сделать. Потянувшись, он достал пальцем до потолка и стал обводить древние письмена, которые от его прикосновения тут же начинали сиять золотом, а потом светиться ровным сильным светом. Филиппа насчитала девять слов, но смысла их не понимала, поскольку они были написаны на неизвестном ей языке. Как только Джон добрался до конца последнего слова, стена превратилась в дверь.

— *Мой палец пишет, если жив,* — сказал Джон, слезая со стула. — *А дописав, вперед стремится.* Нам, во всяком случае, точно надо поспешить.

Глава 20. Мальчик Джон

— Ну, чудеса! Даже не знаю, что чуднее: потайная дверь или мой брат, который читает стихи.

— Разве это стихи?

— А как же? Рубаи Омара Хайяма.

— Надо же! Я думал, это какая-то мура, которую я в журнале вычитал.

Филиппа довольно усмехнулась:

— Ну вот, узнаю брата Джона!

Джон открыл дверь, и они с Филиппой пошли дальше.

— Пока все идет хорошо, — сказал он. — Будем надеяться, что царь все еще здесь и проведет нас назад через лабиринт.

— Царь? Какой царь?

— Я точно не знаю его имени. Только постарайся не испугаться, когда его увидишь. Он ведет себя несколько грубовато, но на самом деле — хороший парень. Да, кстати, имей в виду, что мы забираем его с собой домой. Он хочет побывать в Нью-Йорке.

Познакомившись с травоядным царем и выяснив его возможный возраст, Филиппа сказала Джону, что это, по всей вероятности, царь Навуходоносор.

— Я так и думал, — сказал Джон. — Навуходоносор Второй. Древний царь Вавилона.

Услышав слово «Навуходоносор», царь очень воодушевился. Казалось, это сочетание звуков пробудило в нем смутные воспоминания.

— Во, точно, царь Навуходоносор Второй! — сказал он, проглотив травяную жвачку, которую пережевывал последние пятнадцать минут. — Царь Вавилона! А я-то все думаю: что же я позабыл, что же я так хочу вспомнить?! — На радостях он предложил Филиппе охапку травы.

— Нет, спасибо, ваше величество, — вежливо отказалась она.

— Ладно, в путь, — сказал царь. — Не отставать и никуда не отходить. Лабиринт очень запутанный. Заблудиться — раз плюнуть.

Лабиринт представлял собой хитросплетение дорожек, обсаженных колючими кустами вдвое или втрое выше царя, хотя точно определить его рост было довольно трудно, поскольку передвигался он исключительно на четвереньках. В результате двигались они очень неспешно. К тому же одной рукой царь постоянно держался за стену, особенно на поворотах. Филиппа сообразила, что таким способом он распознает верный путь по лабиринту. Главное — не отрывать руку.

По дороге царь все время расспрашивал близнецов о Нью-Йорке — что за город, на что похож...

— Там хотя бы есть висячие сады?

— Есть, — ответил Джон, вспомнив о садике на крыше жилого дома напротив. — В каком-то смысле.

— А трава есть? Чтоб вдоволь? Чтоб не голодать?

— Конечно есть, — сказал Джон. Он представил себе Центральный парк и вспомнил, что, когда они покидали Нью-Йорк, парк был засыпан толстым слоем снега. — Ну, прямо сейчас, может, и нет. Когда мы уезжали, как раз выпало немного снега. Но весной, летом и осенью травы на всех хватит.

Царь Навуходоносор как-то сник. Похоже, он уже не так сильно стремился покинуть Иравотум. Но Джон, заметив перемену в его настроении, добавил:

— С этой проблемой мы как-нибудь справимся. Мы же джинн. Да-да, и моя сестра, и я. Мы сделаем так, что у вас всегда будет столько травы, сколько пожелаете. А еще, если вам вдруг надоело быть вегетарианцем... это только предложение, ваше величество... так вот, если вам надоело быть вегетарианцем, тогда вы выбрали правильный город. Нельзя прожить жизнь, не попробовав горячего бутерброда с ростбифом. А нью-йоркские бифштексы! Сэр, вы же любите пердеть! То-то будет канонада!

В ответ царь немедленно пукнул.

— Н-да, — охнула Филиппа. — Неужели так буквально?

Выбравшись наконец из лабиринта, царь нарвал себе травы и, опасливо озираясь, принялся тихонько жевать. Тут с дерева слетел поджидавший их Финлей и устроился на плече Джона. Мальчик начал было знакомить сокола с сестрой, как вдруг царь велел всем замолчать.

Джон осмотрелся. Деревья стояли неподвижно, не было никаких свидетельств не то что опасности, но даже просто чьего-то присутствия.

— В чем дело? — шепнул он царю. — Нас кто-то выследил?

— Оптарык, — сказал царь. — Монстр желаний.

Глава 21

Монстры и спецагенты

Наконец из самой глубины леса донеслись звуки. Сначала — сильное потрескивание статического электричества, следом — громкие стоны, а потом земля содрогнулась под ногами огромного, ломившегося через чащу монстра. Джон быстро объяснил Филиппе, что это за тварь.

— Только постарайся не желать, чтобы он ушёл, — велел мальчик сестре. — Твоё желание только поможет ему нас обнаружить. Постарайся вообще не хотеть, не желать и не мечтать.

— Ничего себе задачка, — шёпотом ответила Филиппа. — Ты хоть знаешь, что пятьдесят процентов наших мыслей состоят из разного рода желаний?

— Вам лучше разойтись в разные стороны, — предложил царь. — Чтобы разделить ваши желания. Так монстру будет сложнее вас выследить.

Джон замотал головой.

— Ни за что, — твердо сказал он. — Мы только что нашли друг друга. Рисковать — так вместе.

Деревья яростно закачались над их головами.

— Тогда ни о чем не думайте, — велел царь. — Оптарык уже близко.

— Все ясно. Мы должны думать о математике, — сказала Филиппа. — Теоремы, например, не содержат никаких желаний. Они даже мыслей настоящих и то не несут. Абсолютная абстракция! Монстр желаний не сможет нас выследить, если мы будем решать примеры в уме.

Заставить Джона заниматься математикой не так-то просто. А сделать так, чтобы он одновременно не мечтал заняться чем-нибудь другим, вообще практически невозможно. Тем не менее он сам осознал, что ничего лучшего им все равно не придумать. Кстати, неплохо зная свою сестру-близнеца, Джон понимал, что она вполне могла выдумать и более садистское заданьице. Поэтому он согласился без пререканий и стал умножать в уме простые числа на 13, 14, 15, 16 17, 18 и так далее, в то время как Филиппа решала в уме квадратные уравнения.

Лес ненадолго затих. Похоже, Оптарык и впрямь не может определить, где они находятся. Джон сосредоточился на вычислениях.

Глава 21. Монстры и спецагенты

— Девятнадцать на семнадцать — триста двадцать три, — пробормотал он, чувствуя, что надолго его не хватит. А монстр желаний хотя и молчал, но явно был где-то поблизости. Во всяком случае, поведение царя Навуходоносора настоятельно указывало на то, что чудище по-прежнему рядом. Так, похоже, надо придумать новый план, иначе им отсюда вовеки не выбраться. Внезапно Джону в голову пришла отличная мысль. Пересадив Финлея с плеча на запястье, он заглянул маленькому соколу прямо в глаза.

— Послушай, Хорус, чей правый глаз — солнце, а левый — луна, — сказал он. — Мне нужна твоя помощь.

Финлей захлопал крыльями, ожидая приказаний юного джинн. Он был готов выполнить любой его приказ, чтобы вернуть себе свое настоящее обличье.

— Но дело опасное, — добавил Джон.

Финлей задрал клюв в воздух и пискнул, заверяя Джона, что ему по силам любая, пусть даже самая трудная задача.

— Ты будешь отвлекать монстра желаний. Мне нужно, чтобы ты парил над ним в вышине, но вне пределов его досягаемости, и желал снова стать мальчиком. Мы с сестрой в это время рванем к берегу и будем ждать тебя там. Все понятно?

В ответ Финлей коротко взвизгнул, и как только Джон поднял руку с соколом повыше над головой, тот взмыл ввысь, отчаянно и искренне желая снова превратиться в человека. Как же сильно ему хочется отомстить отцу, Вирджилу Макриби! Как страшна будет его месть! В чем именно она будет заключаться, он пока не знал, но намеревался обрушить на отца все мыслимые и немыслимые наказания.

Заметив под собой бесформенное, но явно живое существо, Финлей спикировал, ни на миг не забывая о своих желаниях. И монстр тут же учуял преисполненного желаний сокола-сапсана. Он поднялся и с ужасающим, неземным рыком попробовал схватить птицу странной бесформенной рукой. Оказалось, Финлей неверно оценил размер существа и оказался вполне в пределах его досягаемости. Сокол еле увернулся от этой жуткой лапищи, которая, конечно же, принесла бы ему неминуемую смерть. Уж слишком сильным был электрический разряд, бродивший по телу монстра. Финлей взлетел повыше и принялся смаковать свои заветные желания с удвоенной силой.

Как только Финлей получил задание и улетел, царь повел Джона и Филиппу назад к морю через густой Иравотумский лес. По очевидным причинам они шли не по тропе, а напрямик, следуя каким-то ведомым только царю знакам, и вскоре очутились на золотом песчаном пляже.

Там их ожидало новое потрясение. Джон успел рассказать Филиппе о смерти Алана и Нила, и близнецы собирались похоронить их перед тем,

Глава 21. Монстры и спецагенты

как сесть в лодку, но... Ни лодочника, ни тел их верных собак на берегу не было. На песке валялись лишь пальмовые листья, которыми Джон перед уходом прикрыл тела.

— Ты уверен, что они погибли? — спросила Филиппа.

— Совершенно уверен, — сказал Джон.

— Может, их похоронил лодочник? — предположила девочка. — Или еще кто-нибудь.

Что ж, подумал Джон, это самое естественное объяснение. Он не хотел пугать Филиппу ни гигантской змеей, ни птицей Рухх, но втайне боялся, что тела их любимых друзей попросту съедены. И виноват в этом он, Джон! Неужели нельзя было спрятать тела получше?

Ругая себя на чем свет стоит, Джон спустился к мягко накатывающей прибрежной волне и принялся с тревогой высматривать на горизонте лодочника.

— Он скоро вернется, — раздался мужской голос с таким разительным нью-йоркским акцентом, что Джон оторопел. Ведь рядом из мужчин был только царь Навуходоносор. Резко обернувшись, Джон увидел, что к нему направляются два джентльмена: невысокие, в костюмах — словно только что из офиса. Один из них был в очках и сильно напоминал папу.

— Вы нас не узнаете? — спросил тот, что в очках.

— С какой стати им нас узнавать? — сказал другой. — Они же нас никогда не видели. Во всяком случае, в таком виде.

— Твоя правда. — Очкарик усмехнулся.

— Конечно моя. А вон, кстати, и наш извозчик. — Тот, что был без очков, указал на растущую на горизонте точку. Джон подумал, что эти двое ужасно похожи друг на друга...

— Вижу, Нил, у тебя по-прежнему отличное зрение, — сказал очкарик.

У Джона отвисла челюсть.

— Нил? — воскликнул он. — Вы наш дядя Нил?

— Признал! — воскликнул Нил и обнял племянника, а Алан бросился обнимать Филиппу.

— Дядя Алан? — сказала девочка. — Это действительно вы?

— Я, — подтвердил Алан. — И вот что, ребята. Во-первых, обращайтесь к нам на «ты», как это было всю жизнь. А во вторых... До чего же здорово снова ходить на двух ногах! Ни капельки не буду скучать по собачьей жизни.

— Дядя Нил! Дядя Алан! Я же думал, что вы умерли! — повторял Джон, а слезы струились по его грязному лицу.

— А мы и умерли, — сказал Алан. — Кто же выживет после такого падения?

— Не напоминай! — оборвал его Нил. — У меня до сих пор задница ноет.

— Так что произошло? — смеясь и плача, спросил Джон. — Как вы ожили? Как снова стали людьми?

Глава 21. Монстры и спецагенты

— Понятия не имею. — Нил пожал плечами. — Если честно, я ничего не помню с того момента, как сомкнул челюсти на лапе этой жуткой птицы и она взмыла в небо. Несколько часов назад мы просто проснулись под грудой листьев, посмотрели друг на друга и поняли, что мы больше не собаки. Вот и весь сказ.

— А вот Лейла, будь она здесь, наверняка смогла бы объяснить, что с нами случилось, — добавил Алан. — В конце концов, в собак-то превратила нас она, а не кто-нибудь. Это было ее заклятие, или как там у вас называют такие вещи? — Он покачал головой. — Но мы наказание заслужили, ох как заслужили. Учитывая то, что мы сделали, вернее, пытались сделать с вашим отцом...

Джон оглянулся на озеро. Фигура гребца, стоящего на корме лодки, уже безошибочно выделялась на горизонте.

— С тех пор не было дня, чтобы мы не сожалели о той нашей подлости, — сказал Нил. — Мне бы так хотелось зачеркнуть эту черную страницу в собственном прошлом!

— Это и мое самое сильное желание, — сказал Алан. — Главное, чтобы ваш папа простил нас, когда мы снова встретимся. Ничего не желаю я так сильно...

— Прекратите! — воскликнул царь. — Молчите. Ничего не желайте!

Но было слишком поздно. Метрах в ста от них из леса донесся рев и потрескивание статического электричества. Джону и Филиппе стало ясно, что монстр желаний снова напал на их след. А несколько мгновений спустя с неба прямо на плечо Джону неуклюже спикировал Финлей с изрядно поредевшим хвостом: его встреча с Оптарыком не прошла без потерь. Сокол пронзительно крикнул и захлопал крыльями, пытаясь сообщить о надвигающейся опасности. Но Джон уже отчаянно махал лодочнику: быстрее же, быстрее, быстрее! И, к всеобщему удивлению, лодочник послушался и вправду стал грести быстрее прежнего. Последнюю сотню метров до берега лодка одолела меньше чем за минуту. Но их время уже исчислялось секундами. Чудище выломилось из леса на берег и стало неумолимо приближаться к компании, стоявшей у самой кромки воды в ожидании лодки. Монстр одолел уже половину расстояния, когда лодка наконец ткнулась в песок. Все быстро залезли в нее и расселись, кроме царя, который, налегая своим мощным, волосатым плечом на нос лодки, помог медному гребцу оттолкнуться от берега.

— Быстрей, — закричал Джон царю, когда лодка закачалась на волнах. — Залезайте!

Но великий царь Навуходоносор уже встал на четвереньки и направился обратно к лесу, пятясь, точно возбужденная лошадь. Он улыбался Джону и махал на прощанье волосатой рукой. Меж тем монстру желаний оставалось до царя буквально два шага. Джон издал истошный вопль.

Глава 21. Монстры и спецагенты

— Он меня не тронет, — крикнул царь. — И ничем мне не повредит. Я уже говорил тебе, Джон. У меня нет никаких желаний. А трава на моем берегу все-таки зеленее, чем в вашем Нью-Йорке.

Царь продолжал говорить, но его слова заглушил неистовый рык монстра, подобравшегося теперь к самой воде. Оптарык бесновался, потому что всех — и Джона, и Филиппу, и Алана, и Нила, и Финлея — снедало одно сильнейшее желание: оказаться подальше от берега, а монстр не хотел упустить сразу столько жертв. К счастью, от воды шел такой жар, что он все-таки не отважился ступить в озеро и лишь зарычал от бессилия. Лодочник меж тем резво работал веслом, и существо, возникшее когда-то из подсознания спящей Иштар, вскоре осталось далеко позади.

— Уф, — сказала Филиппа. — Еле спаслись.

— Но опасности на этом не кончились, — сказал Джон, нервно посматривая на небо. — Когда мы плыли здесь в прошлый раз, на нас напала гигантская птица.

— Про это я знаю, — сказала Филиппа. — Это, должно быть, птица Рухх. — И она рассказала Джону о Гордоне-китайце и его Устах Истины, и о том, как она создала ветер, чтобы отогнать от Джона эту страшную птицу.

Джон решил не расстраивать сестру и не сказал ей, что этот ветер не только отогнал птицу Рухх, но и унес Алана с Нилом на верную погибель.

Однако птица Рухх не появлялась. Алан и Нил заметили, что их это ничуть не удивляет. Наверно, она еще не залечила раны на лапах.

— Думаю, эта гадина еще долго будет поминать нас недобрым словом, — гордо сказал Алан. — Кстати, забавная вещь. Ноги у этой птицы имели вкус сыра. Поджаренного на тосте. Я этот вкус до сих пор во рту ощущаю. — Он поморщился и сплюнул за борт.

Спустя несколько часов лодка достигла противоположного берега. Попрощавшись с медным гребцом, путешественники высадились на сушу. Увы, они позабыли поблагодарить саму лодку, а ведь она умела мыслить и ее дубовый нос умел разговаривать! Так что лодка сочла их весьма плохо воспитанными созданиями.

Потом они прошли через низкую дверцу в стене и двинулись вверх по спиральной дорожке в подземной части Самаррской башни. По мере приближения к поверхности земли становилось все теплее и теплее, и Филиппа чувствовала, что к ней постепенно, по капле, возвращается джинн-сила.

— Кстати, кто-нибудь подумал, как мы объясним наше внезапное возвращение на военную базу? — произнес Алан, ни к кому конкретно не обращаясь, но посмотрев на племянника. — Джон, среди нас ты единственный, которого эта женщина, лейтенант Санчез, видела прежде. Сомневаюсь, что она будет очень любезна, если ты приведешь с собой трех незнакомцев, да еще сокола в придачу. У нее ведь тут вроде как зона безопасности.

— Я как раз об этом и думаю, — ответил Джон.

— Отлично, дружок, но думай побыстрее, — сказал Нил. — Мне как-то не улыбается перспектива торчать под замком в иракской тюрьме, пока они будут выяснять, кто мы такие.

— Может, пора вам, ребятки, что-нибудь быстренько сварганить? — предложил его брат Алан. — Как насчет, ну, скажем, ковра-самолета. Или еще чего-нибудь в этом роде.

Джон покачал головой.

— Никакого использования джинн-силы, пока мы не вернемся в Иорданию, — твердо сказал он. — Нимрод дал мне очень строгие указания. Кроме того, я страшно устал. У меня сейчас не хватит сил не только на ковер-самолет, но даже на коврик для ванной.

— Я тоже ни на что не гожусь. — Филиппа зевнула. — Уж не знаю, что содержалось в том воздухе, которым я дышала, но джинн-силу он уносит, это точно.

— Что ж, здравствуй, тюрьма, — пробормотал Нил.

— Погодите минуту, — сказал Джон. — Возможно, мы не вправе пользоваться джинн-силой. Но что мешает это сделать Нимроду?

Они уже почти добрались до люка, который вел в душевую.

Джон достал сотовый телефон, удостоверился, что сигнал есть, и радостно помахал своим дядям:

— Мне пришла в голову отличная идея.

Убедить Эдвигу стать следующей Синей джинн оказалось непросто, но Нимрод все-таки преуспел. Для начала он рассудил так: Эдвиге будет легче отказаться от своей высокой миссии, которая состоит в том, чтобы обанкротить казино в Монте-Карло, если хотя бы несколько мундусян начнут пользоваться ее системой обогащения. Нимрод решил найти группу людей, которые были бы готовы рискнуть и поставить на кон небольшую сумму, следуя инструкциям Эдвиги. В кафе «Парижское», напротив знаменитого старого казино, Нимроду и Эдвиге встретились восемь старушек из Англии, прибывших на Лазурный берег на туристическом автобусе — тур был организован их приходской церковью. Эдвига полюбилась им почти сразу, и вскоре, благодаря тонкой дипломатии и красноречию Нимрода, они пришли в полный восторг от предложенной Эдвигой системы игры в рулетку.

И вот восемь старушек из глубокой английской провинции сложились по пятьдесят евро, накупили в старом спортивном клубе фишек и направились к игральным столам. Там, согласно инструкции, они пропустили десять вращений рулетки, вообще не делая ставок, а лишь тщательно запи-

Глава 21. Монстры и спецагенты

сывая результаты. Затем они начали делать ставки — точно так, как рекомендовала в своей брошюре Эдвига. Первая ставка принесла им восемнадцать тысяч долларов. Вторая — шестьсот сорок восемь тысяч долларов. А третья сделала их обладательницами фантастической суммы в двадцать три миллиона триста двадцать восемь тысяч долларов. Они сделали бы и четвертую ставку, поскольку поняли, что система Эдвиги действительно беспроигрышная, но в этот момент администрация закрыла казино до конца дня. Для заведения это было единственно правильным решением, поскольку четвертый выигрыш старушек равнялся бы восьмистам тридцати девяти миллионам долларов, что автоматически означало бы разорение казино. А может, и всего Монте-Карло. Тем не менее Эдвига объявила, что вполне удовлетворена результатом, и, недолго думая, согласилась стать следующей Синей джинн. Вскоре она уже летела в Иорданию на борту частного смерча, сотворенного Нимродом специально для этой цели. Из Аммана, дождавшись от Джона добрых вестей о спасении Филиппы, Нимрод и Эдвига намеревались вступить в контакт с Айшой.

Звонок Джона застал Нимрода и Эдвигу в вестибюле гостиницы. Радости Нимрода не было границ: его племянники на свободе и в безопасности! Он поздравил Джона с победой, но признался, что некоторые подробности их истории его весьма озадачивают.

— Если Алан и Нил превратились в людей, Айша непременно должна была почувствовать джинн-силу Лейлы. Ведь только Лейла могла вернуть собакам их прежний облик, даже если она сделала это бессознательно. Кроме того, к этому времени Айша, разумеется, уже знала о побеге Филиппы. Чтоб меня в бутылку посадили! Почему она не пробовала вас остановить? Почему дала спокойно покинуть Иравотум? Держите-ка вы, ребятки, ухо востро! Боюсь, она что-то замышляет.

— Если я тебя правильно понимаю, — сказал Джон, — мы теперь можем спокойно пользоваться джинн-силой, раз Айша и так все знает. Только я очень устал. И очень давно не спал. Сил у меня не хватит даже на то, чтобы сотворить себе бутерброд, — вот как я устал. И Фил пока тоже не в форме. Уж не знаю, чем ее там травили, только последствия были самые неприятные... Но все-таки, Нимрод, у меня есть одна идейка, только нужна твоя помощь.

Лейтенант Санчез чистила ботинки, когда в ее жестяной домик вошла женщина-капрал и сказала, что ее срочно зовут в женскую душевую. Там она обнаружила двух мужчин в темных офисных костюмах. С ними были двое детей и хищная птица.

— Что тут, черт возьми, происходит? — спросила лейтенант Санчез девушку-сержанта, которая охраняла непрошеных гостей. — Кто эти люди?

Глава 21. Монстры и спецагенты

— Они вылезли из ямы, которая оказалась за корзинами с грязным бельем, — сказала сержант. — Эти два господина утверждают, что они из ЦРУ.

— Все верно, лейтенант, — сказал Нил. — Мы прибыли с миссией чрезвычайной важности и секретности.

Лейтенант Санчез с трудом сдерживала ярость. Ведь здесь моются женщины, пусть даже рядовые американской армии!

— Какая же миссия привела представителей ЦРУ туда, где раздеваются мои девочки? — спросила она у Алана. — Как вы оказались в яме? И почему с вами дети?

— Боюсь, мы не вправе разглашать государственную тайну, — сказал Алан.

— Что вы несете? — возмутилась Санчез. — Погодите, — добавила она, узнав Джона. — Я ведь тебя знаю, так? Ты был здесь с чревовещателем? С одноруким?

— Лейтенант, — прервал ее Нил, — у вас тут есть компьютер?

— Естественно.

Под конвоем Алан, Нил, Джон и Филиппа проследовали за лейтенантом в ее кабинет, где Алан попросил ее для начала зайти на веб-сайт Центрального разведывательного управления.

— Дальше что? — спросила Санчез, когда на экране ее ноутбука высветилась стартовая страница нужного сайта.

— Вот видите, внизу? — сказал Нил. — Раздел «Свяжитесь с нами». Там указаны разные способы связи. Выберите электронную почту. Так, теперь просто напечатайте в сообщении два имени: Алан Гонт и Нил Гонт. Сайт опознает наши имена и пришлет ответ, подтверждающий наши полномочия и информацию о характере нашей миссии.

Лейтенант Санчез не любила шпионов. Даже шпионов, которые, как и она, служили Соединенным Штатам. Но она пожала плечами и сделала, как было сказано. В армии так проще.

За тысячи километров от Ирака, в Вашингтоне, компьютер в главном офисе ЦРУ мгновенно обработал электронное письмо лейтенанта Санчез и выдал ответ:

> Алан Гонт и Нил Гонт — полевые агенты, в настоящее время работают в зоне военных действий в Ираке. Ищут двух детей под кодовыми именами Джон и Филиппа, которые, как предполагается, участвовали в программе по изготовлению секретного оружия. Просьба оказывать агенту Гонту и агенту Гонту любую помощь, необходимую для успешного выполнения их миссии.
>
> **Извлечение из приказа
> заместителя директора отдела
> Разведки Как Игры Интеллекта.**

Этот текст минутой раньше ввел в базу данных служащий ЦРУ, старый друг Нимрода, получив от него взамен исполнение трех желаний.

Глава 21. Монстры и спецагенты

Дочитав письмо из ЦРУ, лейтенант Санчез с недоверием уставилась на Джона и Филиппу.

— Хочу заметить, агенты Гонт, что эти дети слишком малы. Вряд ли они способны на то, что вменяется им в вину. По-моему, это самые обычные дети. — Она на мгновение задумалась. — Кроме сокола на плече мальчика. Это немного необычно.

Нил улыбнулся.

— С виду они вполне обычные дети, — согласился он. — Но поверьте, эти два ребенка совсем не обычны. — Он взглянул на Джона. — Давай, мальчик. Покажи тете, что ты умеешь.

Джон кивнул.

— Посмотрите на вон ту кофейную чашку, — сказал он и, ткнув пальцем в кружку на столе лейтенанта, пробормотал: — АППЕНДЭКТОМИЯ.

Зная, что джинн-силы у него немного, он лишь намеревался заставить чашку исчезнуть. Но Джон был утомлен, очень сильно утомлен, так что кружка вместо этого разлетелась вдребезги. Поскольку в ней был кофе, зрелище получилось эффектное. Лейтенант вполне уверилась, что должна беспрекословно помогать Алану и Нилу.

— Ничего себе! — воскликнула она. — Никогда бы не поверила, если бы не увидела это собственными глазами. Вот это детки! Прямо киборги из комиксов.

— Я же говорил! — подхватил Алан. — Это и есть строжайшая государственная тайна. Помните: вы ничего не видели. Этих детей тут никогда не было. И о нас вы никогда не слышали. Понятно? — Он посмотрел на стоявшую у двери девушку-сержанта, которая закивала в ответ.

— Слушаюсь, сэр, — сказала лейтенант Санчез. — Все будет как вы скажете. Готова выполнить любой приказ.

— Хорошо, — сказал Нил. — Сейчас от вас требуется вот что. Выделите нам джип. Нам надо добраться до ресторана «Кебабилон», это недалеко, на выезде из Самарры.

— Слушаюсь, сэр. Однорукого я тоже туда отвозила, — сказала лейтенант. — Он назвался Джалобином. Он-то и приезжал сюда с этим мальчиком дня два назад.

— Профессор Джалобин? Тоже один из них.

— Тогда понятно, почему он может показывать такие фокусы с голосом, — заметила лейтенант Санчез.

— Мадам, это сущие пустяки в сравнении с тем, на что еще он способен! — сказал Алан. — Но предоставьте его нам. Мы разберемся с профессором Джалобином.

Глава 22

«Магнум опус»

В ресторане «Кебабилон» все восприняли как должное, что Джалобин не ест шашлыки, изготовленные госпожой Ламур, троюродной сестрой матери Дария. Мальчик объяснил госпоже Ламур, что по религиозным и диетическим причинам Джалобин должен питаться только пайками, которыми его снабдили на военной базе. Тетушка ахнула.

— Господи, да я бы лучше саранчу ела, чем пихать в себя этот мусор!

Дарий тихонько улыбнулся, вспомнив, как они с Джоном ели саранчу и ее личинки.

— Я бы с удовольствием саранчи поел, — отозвался он, думая, что пайки мистера Джалобина хороши только для тех, кто обожает жевать резину.

Этот паек, или так называемая «пища, готовая к употреблению», сокращенно ПГУ, представляет собой комплексный обед, упакованный в герметичный пластиковый пакет. ПГУ стерильна, как банки с детским питанием, и может храниться до трех лет. Когда Джалобин покидал армейскую военную базу в Самарре, где он с успехом дал чревовещательное представление, ему подарили целый блок из двенадцати ПГУ, за что он был безмерно благодарен — ведь его запасы детского питания пропали еще в начале пути. Он как раз разогревал себе такой паек на беспламенном нагревательном устройстве, когда в ресторан зашел кто-то смутно знакомый. Это была женщина из компании журналистов, которых они встретили по дороге из Аммана. Джалобин вспомнил ее не столько по лицу, сколько по черным кожаным брюкам и жакету.

— Привет, — сказала она, тепло улыбаясь. — Вы не против, если я к вам подсяду?

— Буду рад. — Джалобин указал на фиолетовый пластмассовый стул, стоявший против его собственного.

Женщина села и принюхалась.

— Хорошо пахнет, — заметила она. — Что это?

— Доблестные вояки называют это ПГУ, — сказал Джалобин. — В каждом пайке в среднем тысяча двести пятьдесят калорий, не говоря уже об одной трети из суточной дозы витаминов и минералов, рекомендованной главным военным врачом Соединенных Штатов Америки. Пища легко пере-

Глава 22. «Магнум опус»

варивается и абсолютно стерильна — совсем как речи политиков-краснобаев. Мой желудок, знаете ли, требует очень тонкого обращения, поэтому я не вправе обременять его всякой местной дрянью. Хотите попробовать? У меня тут разные ПГУ есть — на выбор.

— Нет, спасибо, — сказала журналистка.

— Да ладно вам, угощайтесь, — настаивал Джалобин. — Попробуйте, например, заменитель орехового пирожного. Восхитительный вкус.

— Хорошо, уговорили. Давайте попробую.

— Вот это по-нашему! Отважная женщина! Вам бы, пожалуй, и целая порция не помешала, уж очень вы худосочная, милочка.

Джалобин порылся в коробке с ПГУ, где помимо пайков он держал лампу с господином Ракшасом, и извлек заменитель орехового пирожного.

— Вот, милая, лопайте на здоровье, — сказал он.

Журналистка в кожаном костюме вскрыла упаковку и попробовала содержимое.

— Вы абсолютно правы, — сказала она. — Вкус восхитительный. — Она посмотрела на людей, сидевших на другом конце ресторана, под большим портретом улыбающегося Михаэля Шумахера. — А местные не против? Ведь тут все-таки шашлычная. Вам разрешают есть ПГУ и не брать шашлык?

— Они не возражают. — Джалобин покачал головой. — На самом деле здесь очень хороший народ. Очень гостеприимный. Очень добрый. А госпожа Ламур — настоящее сокровище. Готова расстараться для тебя, как для лучшего друга. И если б не прихоти моего пищеварения, я, разумеется, питался бы как все. Без сомнений. Кстати, я ведь еще плачу им за постой. Я здесь дожидаюсь возвращения моего юного друга. Помните паренька, с которым я сюда ехал?

— Конечно! А куда он отправился?

— Осматривать какие-то развалины, — сказал Джалобин, не сочтя нужным говорить ей правду. — Он интересуется археологией. Его зовут Джон.

— Но это же опасно! Он ведь совсем еще ребенок!

— Этот парень вполне может о себе позаботиться, уверяю вас, мисс... Как, простите, вас величать?

— Монтана Негодий, фотограф.

— Джалобин. — Дворецкий пожал протянутую ему руку. — Гарри Джалобин.

— Возможно, вам встречались мои работы?

— Нет, к сожалению, — сказал Джалобин. — Я читаю исключительно «Дейли телеграф». Вы ведь там не печатаетесь?

— А мальчик уже нашел свою сестру? — неожиданно спросила мисс Негодий.

— Простите, не расслышал... — Джалобин нахмурился.

— Джон сказал, ищет сестру. Она вроде как заблудилась...

— Он так сказал? — Джалобин пожал плечами. — Да, надеюсь, что она тоже скоро появится.

— А вы им кто? Дядя?

Глава 22. «Магнум опус»

— Я состою на службе у их дяди. Я — дворецкий этого джентльмена. В Лондоне.

— Ну и дела, я никогда еще не встречала настоящего дворецкого! — Мисс Негодий нервно засмеялась. — Я могу вас сфотографировать, сэр?

— Пожалуйста, душа моя, снимайте, если угодно. Хотя я ума не приложу, для чего вам фотография одинокого однорукого страдальца.

— Вы слишком скромны, мистер Джалобин, — сказала мисс Негодий. — На самом деле вы такой представительный мужчина. А ваш британский акцент просто чудо! — Она раскрыла кофр с камерами, выбрала аппарат и начала снимать.

— Зря вы это затеяли, — деланно упирался Джалобин. — Кому нужна моя физиономия? Не стоит тратить на меня пленку.

Но он улыбался и чувствовал себя весьма польщенным.

— Вовсе не зря! Да о каких тратах вы говорите? — сказала мисс Негодий. Причем сказала чистую правду, поскольку никакой пленки в ее аппарате не было.

Монтане Негодий не были нужны снимки Джалобина, и искусство фотографии ее вовсе не интересовало. Не преисполнись Джалобин такой радости оттого, что его назвали представительным мужчиной (кстати, любому мужчине стоит быть начеку, если женщина назвала его «представительным»), он бы, возможно, заметил, что мисс Негодий даже не подумала снять крышечку с объектива. Эта дама вовсе не была фотографом. Она была профессиональной джинн-сыщицей, нанятой Мими де Гуль, чтобы найти Филиппу Гонт.

Причем в ее задачу входило не только обнаружить Филиппу — что само по себе довольно сложная работа для мундусянки, ибо поиск джинн требует большой изобретательности и очевидной храбрости. Мими, будучи, как и подозревал Нимрод, самой мерзкой представительницей премерзкого клана Гуль, хоть и пыталась завоевать покровительство Айши, в душе всегда знала, что ее стремление стать Синей джинн потребует от нее куда более решительных действий. В итоге два из трех желаний, высказанных джинн-сыщицей, Мими обязалась выполнить только при одном условии: Монтана Негодий должна была убить ту, кого Мими считала главным препятствием на своем пути к Вавилонскому трону. Мими решила убить Филиппу Гонт, как только получила известие от Изаака Балай-ага о том, что Айша планирует Филиппу в преемницы. Кстати, дочь Мими, Лилит, безумно обрадовалась выбору Айши.

— Я ненавижу эту девчонку и рада от нее избавиться, — сказала Лилит. — Пусть теперь эта выскочка попляшет между добром и злом!

Найти и наложить заклятие на джинн — работа трудная и опасная. А уж убить джинн, пусть даже такую юную, как Филиппа, — еще труднее. Для Монтаны Негодий, однако, игра стоила свеч. Первое из трех ее желаний было уже исполнено: в

Глава 22. «Магнум опус»

депозитном сейфе банка в швейцарском городе Цюрихе ее ждали деньги. Тонны денег. Даже банкир, взявшийся их хранить, никогда прежде не видел столько наличных разом. Их бы хватило, чтобы купить небольшую страну в Африке, а поместье в этой стране — и подавно. Монтане Негодий жуть как хотелось начать тратить эти деньги. Но она была готова подождать завершения своей миссии. Профессия обязывала ее быть терпеливой. И она решила, что самый легкий способ найти Филиппу состоит в том, чтобы выследить ее брата-близнеца, Джона. Так она и оказалась в Самарре. Расспросив местных жителей, она обнаружила Джалобина в ресторане «Кебабилон» на трассе Самарра—Багдад.

Наконец Монтана перестала щелкать и положила фотоаппарат обратно в кофр, поверх огромного револьвера «магнум опус», того самого, из которого она планировала застрелить свою жертву. Опыт научил мисс Негодий, что джинн легче всего убить из самого скорострельного оружия. Если пользоваться пистолетом поменьше, пуля еще из ствола вылететь не успеет, а джинн уже и след простыл — сидит себе преспокойно в лампе или бутылке. Зато с «магнум опус» у них такой номер не пройдет. Пуля вылетает из этого револьвера со скоростью километр в секунду. Единственный минус этой замечательной штуки — колоссальный вес. «Магнум опус» поднимаешь точно гантели или даже гири. Обычно «магнум опус» используют в охоте на медведя гризли, но у Монтаны Негодий это было любимое оружие. Для охоты на джинн.

— Вы безумно фотогеничны, — сказала она Джалобину.

Дворецкий просиял. Давненько дамы не отпускали ему таких комплиментов.

Мисс Негодий все еще сидела перед ним за столом, когда полчаса спустя в ресторан вошел Джон вместе с сестрой, соколом и двумя мужчинами, которых Джалобин видел впервые в жизни. Чтобы запечатлеть шумную и счастливую встречу, мисс Негодий выбрала другой фотоаппарат и приникла к окуляру, делая вид, что снимает. Впрочем, этим аппаратом мисс Негодий действительно умела пользоваться. Это была тепловая камера, предназначенная для обнаружения высокотемпературных объектов или тел. Мисс Негодий хорошо знала, что джинн по природе своей излучают вдвое больше тепла, чем обыкновенные люди.

— Филиппа! — воскликнул Джалобин, прижимая девочку к своему объемистому животу.

— Мистер Джалобин, — сказал Джон. — Познакомьтесь с Аланом и Нилом.

— Ты шутишь?

— Нет, не шучу.

— Мне очень, очень приятно, господа. Очень рад знакомству. — Джалобин пожал руки Алана и Нила, чьи тела в видоискателе тепловой камеры мисс Негодий светились точно таким же желтоватым светом, что и тело самого Джалобина.

Глава 22. «Магнум опус»

Мисс Негодий мило улыбнулась Джону, который узнал ее и радостно кивнул. Он, как и его сестра, светился ровным красным светом. Значит, горячий. Хороший мальчишка. Жаль, что его тоже придется убить. Нельзя убить джинн-сестру и оставить в живых джинн-брата. Неприятностей не оберешься.

Дарий подошел и радостно обнял Джона.

— Здорово, что ты вернулся, — сказал он.

Мисс Негодий вернула тепловую камеру в кофр и положила руку на обтянутую резиной рукоятку никелированного револьвера. Пока Джалобин обнимал Джона, а Филиппа знакомилась с Дарием, мисс Негодий прокрутила большим пальцем барабан и проверила, на месте ли пять длинных пуль. Что ж, все готово. Прекрасно. Она закрыла револьвер, сняла его с предохранителя и взялась за рукоятку поудобнее. Мисс Негодий выжидала, надеясь, что Джон сделает пару шагов влево и встанет прямо перед Филиппой. Тогда она поразит обоих близнецов одним выстрелом.

Мисс Монтана Негодий была так сосредоточена, что даже не заметила высокую, потрясающе красивую женщину, которая появилась на пороге у нее за спиной. Если бы мисс Негодий рассматривала эту женщину через видоискатель тепловой камеры, она бы увидела, что тело красавицы излучает сильный красный свет. Столь же красный, как тела обоих ее детей, поскольку эта джинн была

Лейлой Гонт. Ее внезапное и пока никем не замеченное прибытие в ресторан «Кебабилон» было вызвано гибелью собак.

Любой джинн мгновенно узнает о смерти животного, в которого он сам когда-то превратил того или иного человека. Алану и Нилу очень повезло, потому что в свое время, более десяти лет назад, миссис Гонт постановила, что их наказание имеет срок, и срок этот равен жизни тех собак, в которых она их превратила. Таким образом, после смерти собак Алан и Нил снова должны были стать людьми. Так уж — даже в гневе — справедливо рассудила Лейла Гонт.

Хотя Лейла почти не поддерживала контактов с джинн-обществом, до нее быстро дошли слухи о том, что Айша похитила Филиппу. Разумеется, миссис Гонт поняла, что раз смерть Алана и Нила наступила одновременно, значит, собаки погибли. А если так, ее дети наверняка попали в переплет. Тут уж миссис Гонт не выдержала и нарушила собственную клятву никогда больше не использовать джинн-силу. Она прибыла из Нью-Йорка на мощном смерче, чтобы срочно встретиться с Айшой.

Револьвера в руке мисс Негодий Лейла не заметила. Вернее, заметила, но не сразу. Пока она — счастливая оттого, что с близнецами все в порядке, — просто смотрела на Джона и Филиппу. На самом деле Лейла не обратила внимания на оружие в руке мисс Негодий еще и потому, что в глазах у нее стояли слезы. Слезы печали. Одна лишь

Глава 22. «Магнум опус»

миссис Гонт сейчас знала, почему Айша не стала преследовать Филиппу. Потому что Лейла Гонт сама согласилась отправиться в Иравотум.

Когда Айша умрет, она, Лейла, станет следующей Синей джинн.

Миссис Гонт отлично понимала, что, начиная с их встречи в гостинице «Пьер» в Нью-Йорке, это и было главной целью Айши. Тогда Айша сказала ей, что хочет сделать ее следующей Синей джинн. Миссис Гонт отказалась. Наверно, Айша заранее знала, что так и произойдет. Но Лейла никогда не думала, что Айша рискнет похитить Филиппу, чтобы вынудить свою дочь изменить решение. Что ж, как ни больно это сознавать, миссис Гонт явно недооценила Айшу. Ее родная мать оказалась способна на такую жестокость! Но тут уж ничего не поделаешь... Теперь же, по крайней мере на какое-то время, ее соглашение с Айшой должно оставаться тайной.

— Всем стоять! — произнесла мисс Негодий. Тридцатисантиметровый ствол «магнум опус» уткнулся в голову Филиппы.

Эти были последние слова в жизни Монтаны Негодий. Едва она их произнесла, что-то громко хлопнуло и вспыхнуло синим светом, так что все, находившиеся рядом, решили, что мисс Негодий выстрелила. Только Джон и Филиппа знали правду, потому что почувствовали сильный запах серы. Такой запах появляется при мощном выбросе джинн-силы, потому что сера присутствует в теле любого джинн в изрядном количестве.

Потом тяжеленный пятифунтовый револьвер грохнулся на фиолетовый пластмассовый стол, а оттуда на пол. И тут все заметили, что, во-первых, мисс Негодий куда-то исчезла; во-вторых, на ее месте оказалась серая кошка, а в-третьих, в ресторане откуда ни возьмись появилась Лейла Гонт.

— Мама! — вскрикнула Филиппа и бросилась к миссис Гонт, на долю секунды опередив своего бесконечно утомленного брата.

— Привет, мои хорошие, — сказала Лейла, нежно обнимая близнецов.

Джалобин наклонился и подобрал револьвер.

— Мисс Негодий... — проговорил он, взвешивая «магнум опус» на своей единственной руке. — Неужели она?..

— Боюсь, что да, мистер Джалобин. — Носком туфельки миссис Гонт откинула крышку фотокофра мисс Негодий и, увидев тепловую камеру, уверенно добавила: — Судя по всему, она была профессиональной джинн-сыщицей. И убийцей.

— Но она казалась такой милой. Такой хорошей, — сказал Джалобин. Он снова взглянул на «магнум опус» и понял, сколь серьезны были намерения мисс Негодий. — Но кто ее послал? Айша?

— Нет, не Айша, — отрезала миссис Гонт. — Кто-то другой.

— Кто же? — спросила Филиппа.

— У меня есть некоторые подозрения, — сказала миссис Гонт, хотя знала, что выяснить наверняка, кто стоит за этим покушением, можно, только

Глава 22. «Магнум опус»

отменив заклятие и вернув мисс Негодий человеческое обличье. Не много ли чести? Кроме того, вероятно, даже лучше, если она пока не будет знать, кто заказчик.

— Так ты поэтому приехала? — спросила Филиппа. — Ты поняла, что мы в опасности?

— Да, конечно. Когда я почувствовала, что погибли Алан и Нил, я сразу предположила, что дело плохо. А то, что я оказалась здесь вовремя и успела остановить эту женщину... нам всем просто повезло.

— Ладно, кто бы она ни была и какую бы подлость ни замышляла, сейчас она превратилась в чудесную ласковую кошечку, — сказала Филиппа, почесывая кошку за ухом. — Мы можем ее забрать домой? Мама, ну пожалуйста! Ведь теперь у нас больше нет собак. Ты же знаешь, как я всегда хотела завести котенка.

— Хорошо, дорогая, если хочешь, возьмем ее с собой, — сказала миссис Гонт и с улыбкой перевела взгляд на Алана и Нила. — Мой опыт подсказывает, что из людей получаются отличные домашние животные.

— Мама, если б не они, меня бы теперь на свете не было, — поспешил сказать Джон.

— Я знаю, Джон. — Миссис Гонт подошла к Алану с Нилом и пожала им руки. — Спасибо вам обоим. Надеюсь, никто ни на кого не в обиде.

— Никаких обид, Лейла, — сказал Алан. — На самом деле, это было очень забавно. Быть собакой. — Он посмотрел на мистера Джалобина и пожал плечами. — Честное слово, в этом была своя прелесть.

— За исключением того черного дня, когда Джон попробовал переименовать нас в Уинстона и Элвиса, — добавил Нил.

— Уверена, что Эдвард, как и я, будет счастлив видеть вас снова, — сказала миссис Гонт. — Он очень скучал.

— Лейла, мы отлично знаем, что заслужили наказание, — заявил Нил. — И поверь, твой урок не прошел даром.

Взглянув на кошку, сидевшую на руках у Филиппы, Алан с трудом подавил желание на нее броситься.

— Какое счастье, что ты превратила нас в собак, а не в котов, — сказал он. — Я бы, наверно, не смог быть котом. Ненавижу!

— Это не ты говоришь, Алан, — сказал Нил. — Это в тебе пес говорит.

И он был прав. В обоих братьях навсегда осталась частичка настоящей собачьей души.

Джон пощекотал кошечку под подбородком.

— Как мы ее назовем? — спросил он. — Она все-таки кошка. Мы не можем назвать ее мисс Негодий. А Негодяйкой как-то не хочется.

— Попробуем с другого конца, — сказал Джалобин. — Ее звали Монтана. Но оставить это имя тоже нельзя, поскольку нелепо называть типичную британскую короткошерстную серебристо-серую

Глава 22. «Магнум опус»

кошечку в честь американского штата Монтана. — Он на мгновение задумался. — И все-таки надо сохранить что-то от прежнего имени... И при этом придумать что-то кошачье... А главное — по-настоящему британское, чтобы подчеркнуть породу. О! Знаю! Назовите ее Монти. В честь знаменитого британского генерала.

— А что? Пусть будет Монти, — кивнул Джон. — Мама, кстати, уж не означает ли все это, что ты вернулась в семейный джинн-бизнес?

Миссис Гонт улыбнулась. Зачем омрачать детям счастье встречи и спасения? Она еще успеет рассказать им, зачем прибыла в Ирак.

— Да, милый. Уж не знаю, понравится вам это или нет. Понимаете, согласно Багдадским законам, если джинн отказывается от применения джинн-силы, другие джинн обязаны уважать такое решение и оставить этого джинн в покое. Но! Если джинн нарушает собственную клятву и снова, хотя бы однократно, использует джинн-силу, то первоначальное решение больше не действует, и никто из джинн его больше не признает. Более того, второй раз дать такую же клятву нельзя. На самом деле, для меня отныне будет даже опасно не пользоваться джинн-силой. Допустим, я дам себе самой слово этого не делать и буду его держать, но другие джинн, враги нашего клана, не станут уважать мое решение. Причем с превеликим удовольствием.

— Папа, наверно, будет недоволен? — спросила Филиппа.

— Еще бы! Но тут уж ничего не поделаешь. Теперь ничего нельзя изменить. Впрочем, он наверняка меня поймет. Я же объясню ему, что случилось. Он всегда меня понимает. В том числе поэтому я и вышла за него замуж.

— Да, кстати... — сказал Джон, у которого до сих пор перед глазами стояла картина, как он убивает собственного отца. — Как там папа?

— Прекрасно, — сказала миссис Гонт.

— Правда? С ним все хорошо?

— Правда. Я видела его вчера. Он передавал вам огромный привет.

Джон с облегчением вздохнул.

— Слушайте, надо же срочно позвонить Нимроду! Сказать, что с нами все в порядке.

— Конечно, звони, — сказала миссис Гонт. — И вообще нам пора в путь. А то папа будет волноваться.

— Как, интересно, мы уместимся в этом автомобиле? — жалобно сказал Джалобин. — Нас же теперь семеро. Даже восемь, если считать Финлея.

Миссис Гонт покачала головой:

— Мы не поедем на машине. Мой смерч ждет нас в пустыне, неподалеку.

— Вот здорово! — обрадовался Джон. — Самому-то мне пока такую штуку не сотворить. Смерч то есть. Слабо́.

— Я бы и пробовать не стала, — честно призналась Филиппа. — Сил совсем нет.

Глава 22. «Магнум опус»

— Думаю, Айша ввела тебе джиннгибитор, — сказала Филиппе мать. — Особое заклятие, чтобы ты не смогла использовать силу против нее. Теперь нужно ждать, пока джиннгибитор будет полностью выведен из организма.

— Значит, мы не едем на машине, — сказал Джон, положив руку на плечо своего юного иракского друга. — Но я хотел бы сделать что-нибудь для Дария и его семьи. У него нелегкая жизнь: приходится целыми днями крутить баранку, чтобы всех прокормить. А ведь ему только двенадцать лет.

— Хорошо, — сказала миссис Гонт. — Я сделаю так, чтобы его семья была обеспечена всем необходимым. Чтобы Дарий смог вернуться в школу.

— В школу? — разочарованно протянул Дарий.

— Существует только одна школа, в которой Дарий согласен поучиться, — засмеялся Джон. — Где учат на пилота «Формулы-1». — Он кивнул на портрет на стене. — Он же мечтает стать Шумахером.

— Вот и замечательно, — согласилась миссис Гонт. — Когда он подрастет, я устрою его в школу автогонщиков. Но до тех пор он должен посещать нормальную общеобразовательную школу. Договорились, Дарий?

Дарий просиял. Восторг его не омрачала даже перспектива возвращения к учебе.

— А ты не мог бы выполнить еще одну просьбу? — спросил он Джона. — Помнишь, я говорил про человека, который убил моего отца? Преврати его в кота, а? Или в собаку. Ну, пожалуйста. Все равно в кого. Пусть только станет животным, а не человеком.

— Нет уж, — засмеялся Джон. — Я этим не занимаюсь.

Однако просьба Дария напомнила Джону об обещании, которое он дал соколу-сапсану по имени Финлей. Взяв мать за руку, чтобы воспользоваться ее силой, он произнес слово-фокус. И маленький сокол тут же превратился в мальчика. И очень вовремя, поскольку сокол и кошка уже посматривали друг на друга весьма неприязненно, и это могло плохо кончиться.

— Большое спасибо, — сказал Финлей и выплюнул на пол остатки полусъеденного воробья — последнее, что он съел в обличье сокола.

— Хочешь, подвезем? — сказал ему Джон. — Мы можем высадить тебя в Лондоне. Мистер Джалобин служит там дворецким у моего дяди Нимрода. А Нимрод сейчас ждет нас в Аммане. Так что сначала мы летим туда. Ты летал когда-нибудь на смерче, Финлей? Это так классно!

Глава 23

Эпилог

Как только Нимрод узнал от своей сестры Лейлы, что Айша выбрала себе в преемницы кого-то другого вместо Филиппы, он сразу предположил, что именно произошло: чтобы спасти Филиппу, миссис Гонт наверняка предложила на это место себя. Что ж, она мать и самоотверженно спасает своего ребенка. Нимрод преисполнился гордости за сестру. Но, ради близнецов, которых он был так счастлив видеть снова, и из уважения к Лейле, он решил пока об этом не говорить. Даже когда близнецы сами подняли этот вопрос за завтраком в гостинице перед отъездом из Аммана.

— Интересно все-таки, кто же будет следующей Синей джинн? — задумчиво сказала Филиппа.

— Ну, думаю, Айша кого-нибудь найдет, — безмятежно сказал Нимрод, стараясь не встречаться взглядом с сестрой.

— Мне ее даже жалко, — продолжала Филиппа. Девочка до сих пор никому не призналась, что знает правду о своем родстве с Айшой. Ведь Айша — ее бабушка, мама Лейлы и Нимрода. Филиппа даже не рассказала об этом Джону. — Я имею в виду Айшу. Наверно, ей ужасно одиноко... быть Синей джинн Вавилона.

Джон, не сознавая, что Эдвига прибыла в Амман по наущению Нимрода с целью предложить себя Айше в преемницы, спросил:

— А вы, Эдвига, не хотели бы занять этот пост?

Эдвига, которая тоже сообразила, что миссис Гонт ее опередила, неловко улыбнулась и покачала головой:

— Нет, Джон, я не могу. Слишком много работы. Я сейчас как раз направляюсь в Каир. Банкротить тамошние казино.

— Пожалуй, мне стоит поехать с вами, — сказал Нимрод. — Сегодня с утра мне позвонил Масли, который ведет хозяйство в моем каирском доме и снимает показания моего фортунометра. Он сказал, что стрелка показывает очень стойкое отклонение в сторону сектора «ПЛОХО». Я хочу убедиться в этом собственными глазами, а уж потом начать действовать.

— Пожалуй, я догадываюсь, в чем причина, — сказала Филиппа.

Глава 23. Эпилог

— Ты что-то знаешь, Филиппа? — удивилась миссис Гонт. — Откуда?

— Когда я была у Айши, как раз выяснилось, что исчез Билл Хакстер, а с ним и контейнер, где содержится флакон с Иблисом, — объяснила девочка. — Ну, помните, тот самый флакон, который должен был лететь на Венеру на ракете Евросоюза.

— Исчез? — закричал Нимрод. — Что значит исчез?

— Мы с Айшой пришли к выводу, что Булл Хакстер ее просто надул, — сказала Филиппа. — Кинул ее на деньги. Не исключено, конечно, что он намерен использовать Иблиса в собственных целях. Ну, скажем, рискнет выпустить его из флакона, получив за это исполнение трех желаний.

— Запали мою лампу, детка! — воскликнул Нимрод. — Ты хочешь сказать, что, пока мы тут рассиживаемся, пьем, едим, разглагольствуем, этот гадкий мстительный джинн уже разгуливает на свободе?

Филиппа тихонько кивнула.

— Почему ты мне сразу не сказала?

— Ну вот теперь же говорю, правда? — Девочка сильно огорчилась из-за дядиных нападок и добавила: — Знаешь, может, не стоит на меня так сердиться? Мне столько пришлось пережить в плену у моей собственной бабушки!

Филиппа рассчитывала, что ее слова произведут эффект разорвавшейся бомбы. Но ошиблась.

— Ладно, не бери в голову, — сказал Нимрод, вставая из-за стола. — Сейчас опасность грозит нам всем, причем нешуточная. Мы должны найти Булла Хакстера, и побыстрее.

— Думаю, я знаю, где он, — сказала миссис Гонт. — Эдвард говорил с ним позавчера по телефону. Он был во Французской Гвиане. В городке Куру.

— Значит, залетим туда по пути в Нью-Йорк, — сказал Нимрод. Он с сожалением поглядел на Финлея. — Ты уж прости, Финлей, — добавил он вежливо, — но, боюсь, твое возвращение в Англию несколько откладывается. Сейчас нам необходимо лететь прямиком во Французскую Гвиану. Понимаешь, там, по всей вероятности, находится очень опасный джинн по имени Иблис...

— Ничего, — ответил Финлей. — Я не хочу возвращаться в Англию.

— Послушай, — доброжелательно сказал Нимрод. — Я думаю, что смогу помочь тебе выяснить отношения с отцом. Когда с тобой случилась эта... неприятность, он был очень рассержен. Уверен, что теперь он одумался, сожалеет и готов взять свои слова назад.

— Ну, я с ним тоже не церемонился, — признался Финлей. — Я не был примерным сыном. Но это только потому, что сам он такой паршивый папаша. Кроме того, я поговорил с Эдвигой, и она согласилась взять меня с собой в Каир. С ее помощью я намерен подзаработать денег, чтобы закончить уче-

Глава 23. Эпилог

бу. Сначала я найду себе работу, а потом мы превратим первую же мою зарплату в кучу денег.

— Да, правильно, — сказала Эдвига. — Думаю, мы с Финлеем отлично поладим. Если он будет придерживаться моей системы.

— Я не уверен, что одобряю ваши методы, — заметил Нимрод. — Юноша может втянуться. Любовь к азартным играм — это порок.

— Да какой тут азарт? — возразил Финлей. — Эдвига мне все рассказала. Игра по ее системе беспроигрышна. Азартные же игры основаны на вероятности как выиграть, так и потерять деньги. А с этой системой — дело верняк. Так что никакого азарта.

Памятуя о том, что случилось в Монте-Карло, Нимрод не стал спорить с мальчиком — в его словах чувствовалась определенная логика. Кроме того, Нимроду было попросту некогда спорить.

— Удачи тебе, — сказал Джон Финлею. — Ты уж прости, что так вышло.

— Да ладно. Забудь. Побыть соколом очень весело.

— Правда? — обрадовался Джон. — По-моему, тоже клево!

Галиби Маганья жил на огромной свалке. Мальчик считал — хотя и не был в этом вполне уверен, — что ему примерно лет десять. Свалка находилась возле Кайенны, главного города Французской Гвианы, и Галиби был одним из примерно сотни ребятишек, которые по шесть или даже восемь часов без перерыва рылись в мусоре в поисках чего-нибудь стоящего, что одни люди выбросили, зато другие люди захотят купить за несколько центов. Работал Галиби босиком, без перчаток и маски, хотя на свалке встречались всякие опасные вещи. Иногда он даже спал в мусоре. Мальчик искал главным образом мясные объедки, банки из-под спрайта и колы, полиэтилен, пластиковые бутылки от минералки... Но однажды он нашел гладкий металлический футляр, который сильно отличался от всего, что он обычно встречал на свалке. Галиби решил, что это алюминий, а значит, весьма ценная штука. Футляр, конечно, был и сам по себе красивый, но его красота меркла по сравнению с тем, что оказалось внутри. Там была настоящая хрустальная бутылочка, а такие вещи люди обычно не выбрасывают.

Найдя футляр и бутылочку, Галиби о своих находках никому не сказал. На то были свои причины. Во-первых, он боялся, что их украдут. Футляр и хрустальная бутылочка были очень, ну просто очень красивы — особенно бутылочка... Когда он держал ее против солнца, свет преломлялся в длинном хрустальном горлышке, и оно напоминало космическую ракету, из тех, что иногда стартуют из близлежащего космического центра в Куру. Любой из дружков Галиби позарился бы на такое сокровище. Однако для скрытности имелась причина и поважнее. В хрустальной бутылочке сидел

Глава 23. Эпилог

голос, и этот голос с ним разговаривал. Тут уж Галиби боялся, что дружки решат, будто он спятил. Тогда его куда-нибудь упекут, и он не сможет работать. Но чем и как объяснить голос, который доносится из бутылочки?

Французская Гвиана находится в Южной Америке, и Галиби, который не умел читать и никогда не ходил в школу, ничего не слышал о джинн и о том, что по традиции джинн даруют три желания тому, кто выпустит их из лампы или бутылки. Так что он был скорее готов поверить, что сошел с ума, чем допустить, что голос принадлежит какому-то существу, которое обещает оказать ему великую услугу. Или даже три великих услуги.

А вот если с головой у него все в порядке, думал Галиби, тогда голос, возможно, принадлежит *кайери*. Кайери — это такой страшный демон, и он всегда появляется там, где много муравьев. А на свалке их были миллионы.

С такой вот проблемой столкнулся Иблис, предводитель клана Ифрит, поскольку именно этот джинн сидел сейчас в хрустальном флаконе. Как убедить безграмотного ребенка, который не слыхивал ни о Шехерезаде, ни об Аладдине, ни о прочих арабских сказочках, что он действительно может попросить у него, Иблиса, что угодно? Даже три раза по что угодно.

— Ты же наверняка слышал про лампы, где живут джинны, — сказал Иблис, чуть не поперхнувшись. Но что делать, если невежественные мундусяне умудряются изменять слово «джинн» по числам и падежам?! Ни один джинн, кстати, так никогда не скажет. — Ну, ты же видел джиннов в кино или по телевизору?

Тут Иблис снова поперхнулся. Он ненавидел телевидение больше всего на свете. Он был бы счастлив уничтожить все телевизоры на планете. Однако ему приходилось ограничивать себя порчей телесигналов, чтобы мундусяне не могли принимать такие дурацкие, но необъяснимо важные для них программы. С каким трепетом приникают они к экранам своих телевизоров! Да что с них взять, с этих мундусян? Одно слово — прах земной.

— У меня нет телевизора, — ответил Галиби Иблису. — И я не слышал об Аладдине. И об этих ваших джиннах в лампах тоже не слышал.

Иблис опешил. Нечего сказать — повезло. Его подобрал неграмотный мальчишка, который никогда даже не слышал о джинн. Ну да ладно, лучше иметь дело с мальчишкой, чем с тем мундусянином, у которого его бутылка-тюрьма хранилась прежде. Того кретина звали Булл Хакстер, и Айша заплатила ему десять миллионов долларов, чтобы отправить контейнер с флаконом на Венеру на космическом корабле «Волкодав». Поначалу Иблис возликовал, когда Хакстер, взяв деньги Айши, не поместил контейнер на борт ракеты, а бросил его в багажник своего автомобиля. Иблис предположил, что Хакстер сделал это, зная, что в контейнере содержится могучий джинн, и рассчитывая на

Глава 23. Эпилог

исполнение трех желаний. Но все оказалось не так. Хакстер попросту продал желающим втрое больше места для полезного груза, чем могла поднять ракета. А что там содержится в контейнере, Хакстер понятия не имел, а потому даже не собирался его открывать. Кроме того, он был глух как пень, поскольку присутствовал на множестве запусков ракет, и джинн не мог до него докричаться. Даже когда Булл Хакстер держал контейнер в руках, он не слышал криков Иблиса. А этот ребенок его все-таки слышит, пусть даже не вполне ему доверяет.

Иблис был умен. Очень умен.

— Я не демон, Галиби, — сказал он мягко, пытаясь развеять вполне обоснованные страхи мальчика. — Я ученый, я проводил эксперимент, но он прошел не так, как надо. Я человек, а не демон. Просто в результате этого неудачного эксперимента я уменьшился во много раз. Конечно, я понимаю тебя. Ты боишься, что я все-таки демон. В этом случае тебе вовсе не надо открывать бутылку. Просто отдай ее тому, кто даст тебе за нее хорошее вознаграждение. Единственное, что ты должен сделать, — позвонить по телефону в Соединенные Штаты. Галиби, ты знаешь, что такое звонок за счет вызываемого абонента?

— Нет.

— Я дам тебе особый номер, ты по нему позвонишь, но платить за звонок тебе не надо. За него заплатят другие. И я скажу тебе, что надо им передать. Человек, которому ты позвонишь, тут же приедет и даст тебе кучу денег. Заслуженную награду, как я обещал. Ведь это очень просто, правда?

— А если этот человек тоже демон?

— Галиби, — простонал Иблис, — сколько раз тебе повторять? Я — не демон, не злой дух. Я добрый.

На самом деле Иблис уже замышлял расправу и над этим тупым мальчишкой, и над глухим кретином Буллом Хакстером. О, их ждет ужасная участь — за тупость и за глухоту! Дайте только выбраться из бутылки! Ну, а самая жестокая месть, разумеется, предназначена для Нимрода и этих двух джиннят, которые вечно суют нос не в свое дело. Ведь это именно они засунули его в бутылку!

— А вдруг вы кайери? — сказал Галиби.

— Кто такой кайери? Говори же!

— Кайери надо бояться в сезон дождей, особенно когда вокруг ползает много муравьев.

Иблис вздохнул:

— Послушай, Галиби, я — не кайери. Я ненавижу дождь. И я терпеть не могу муравьев, хотя есть их люблю.

На мгновение Иблис подумал, что совершил ошибку. Да это и была бы непоправимая ошибка, имей он дело с обычным мундусянским ребенком, поскольку, услышав о поедании муравьев, нормальный ребенок наверняка бы заподозрил, что в бутылке сидит не человек, а какая-нибудь рыба или лягушка. Но Галиби был беден. Очень беден. И иногда не брезговал муравьями. Горстка муравьев была для него даже лакомством.

Глава 23. Эпилог

— Вы тоже любите есть муравьев? — спросил Галиби.

— Конечно, — сказал Иблис, отметив, что у мальчика дрогнул голос. И тут его посетило гениальное в своей подлости озарение, столь характерное для злобных ифритцев. — Особенно я люблю муравьев в шоколаде.

— В шоколаде? — повторил потрясенный Галиби. — В настоящем шоколаде?

— В настоящем шоколаде, — подхватил Иблис. — Они восхитительны. В жизни не ел ничего вкуснее.

— Я бы хотел попробовать, — мечтательно произнес мальчик.

— Галиби, дорогой мой, если ты позвонишь моему сыну, Радьярду, — а я подробно объясню тебе, как это сделать и что сказать, — ты съешь столько шоколадных муравьев, сколько захочешь.

К северу простирался полный зубастых акул Атлантический океан, к югу — дождевые леса Амазонки. После десятичасового перелета сотворенный Нимродом смерч мягко опустил их на лесную опушку перед забором, через который был пропущен электрический ток. Джон, Филиппа, Нимрод, Лейла, Алан, Нил, мистер Джалобин, кошка Монти и лампа с господином Ракшасом оказались около Гвианского космического центра, всего в нескольких километрах от острова Дьявола, куда Франция когда-то ссылала «на отдых» своих преступников.

Космический центр охранялся французским Иностранным легионом, тем самым, что когда-то сторожил этих преступников. Из всей французской армии Иностранный легион славится особым «гостеприимством», поэтому космодром был превращен в настоящую крепость. Впрочем, пятерых джинн и их спутников-мундусян это вряд ли могло остановить.

— Не думаю, что они обрадуются, если в Космическом центре вдруг объявятся семь иностранцев с кошкой в придачу, — заметил Алан. — Ведь это же вроде как объект повышенной безопасности. Наверно, нам следует вести себя поосторожнее. А то еще застрелят невзначай. Или, чего доброго, на гильотину отправят.

Но Нимрод уже пробормотал «ФЫВАПРОЛДЖЭ», обесточив таким образом забор и установив в нем для себя и своих спутников миниатюрную Триумфальную арку — и войти удобно, и глазу приятно.

— Это им тоже вряд ли понравится, — заметил Алан. — Никакого уважения к хозяевам. Они могут решить, что вы над ними смеетесь.

— Ерунда, — сказал Нимрод. — Как им может не понравиться Триумфальная арка? Ее заложил в Париже сам Наполеон вскоре после победы при Аустерлице. Здесь у нас — точная копия, в масштабе один к десяти. Однако в одном я с вами безусловно соглашусь. Мы действительно иностранцы. То есть не французы. Что ж, возможно, мне стоит

Глава 23. Эпилог

дальше пойти одному. Я хорошо говорю по-французски, так что вряд ли вызову подозрения.

— В таком прикиде? — усмехнулся Джон.

Нимрод поглядел на себя сверху вниз. Пожалуй, даже красный сигнал светофора светился не так ярко, как он в своем неизменном красном костюме, красной рубашке, красном галстуке, красных ботинках, красных носках и с торчащим из кармана красным носовым платком.

— Да, ты прав, — сказал он. — Сейчас переоденусь. ФЫВАПРОЛДЖЭ.

Не успели они и глазом моргнуть, как Нимрод уже стоял перед ними в форме генерала французского Иностранного легиона. В белом кепи, белых перчатках, с ярко-красными эполетами он выглядел просто потрясающе.

— Ну, как? — спросил он.

— Шик-блеск, — отозвалась миссис Гонт.

— Тогда пожелайте мне удачи. — Нимрод элегантно отдал честь и, чеканя шаг, прошел через арку в поисках главного управления Космического центра.

Остальные уселись на землю, ожидая его возвращения.

— Синяя джинн — действительно наша бабушка? — помолчав, спросил Джон у матери.

— Да, милый.

— Почему ты никогда нам об этом не говорила?

— Я не люблю об этом говорить, — сказала Лейла. — Меня всегда печалило, что она предпочла стать Синей джинн вместо того, чтобы заботиться о своих детях. О вашем дяде и обо мне. Так мне это виделось. Во всяком случае, тогда.

— Вы были еще маленькие? — спросила Филиппа. — Когда она ушла?

— Наверно, чуть старше, чем вы, — ответила мать. — Немногим старше. — Она на мгновение замолчала. — Думаю, отчасти поэтому я и решила отказаться от применения джинн-силы и вообще не захотела больше жить как джинн.

— Но почему она это сделала? — спросил Джон. — Почему она вас бросила?

— Наверно, чувствовала, что в этом состоит ее предназначение. Что она обязана так поступить.

— А еще она чувствовала, что обязана меня похитить, — едко добавила Филиппа.

— Возможно, ты и права, — серьезно ответила Лейла.

— На самом деле Айша вовсе не плохая, — продолжала Филиппа. — Но хорошей ее тоже не назовешь. Она просто... — Филиппа задумчиво пожала плечами. — Жизнь ведь не всегда управляется логикой. Иногда важно и даже нужно поступить нелогично. В этом есть какой-то кайф. А если жить иначе, одной логикой, то и жизни-то настоящей не почувствуешь.

Миссис Гонт промолчала. Тут, к счастью, появился Нимрод. Значит, она пока может оставить рассуждения дочери без ответа. Брат Лейлы сидел

Глава 23. Эпилог

за рулем бронемашины, которую позаимствовал у одного из младших французских офицеров.

— *Allons-y!* — закричал он по-французски. — То есть все садитесь. Залезайте побыстрее.

— Куда мы поедем? — спросила Филиппа, забираясь в БМП.

— В отель «Des Roaches», — ответил Нимрод. — Иными словами, в «тараканий питомник». Это в Куру, в нескольких километрах отсюда. Кажется, Булла Хакстера держат там под домашним арестом. Французы его уволили, как только выяснилось, что он мелкий жулик. Продал в несколько раз больше полезной площади, чем реально имеется в их ракете. Они просто в ярости. Но в то же время хотят это дело замять, *naturellement*. Естественно.

— А как ты это выяснил? — спросил Джон.

— Надень форму генерала французской армии, — сказал Нимрод. — И больше никаких усилий не потребуется. Военные расскажут тебе все, что ты хочешь узнать. И даже предоставят БМП в твое личное распоряжение по первому требованию.

Тараканья гостиница вполне соответствовала своему названию. Булла Хакстера они нашли в довольно плачевном состоянии — его колотила лихорадка. Но после чашки крепкого черного кофе и холодного душа ему все-таки стало получше, и он ответил на все вопросы, которые, в сущности, сводились к одному: куда он выбросил контейнер, который дала ему Айша? Туда они и направились. На огромную свалку в предместьях Кайенны.

Свалку они учуяли намного раньше, чем увидели, и эта вонь вызвала у них вполне понятное отвращение. Но это было ничто в сравнении с настоящим потрясением, которое они испытали, обнаружив в этом смрадном месте не меньше сотни детей, которые рылись в мусоре наперегонки с питавшимися тут же морскими птицами. Тучами птиц.

— Они проводят тут все время! — ужаснулся Джон. — Все детство!

— В бедных странах у большинства детей нет нормального детства, — заметила миссис Гонт. — Они не ходят в школу. Вместо этого они должны как можно раньше начать работать, чтобы помогать своим семьям. — Она печально покачала головой. — Как только я вернусь в Нью-Йорк, я обязательно найду способ облегчить участь детей с этой свалки...

Тем временем Нимрод собрал всех маленьких мусорщиков и, заговорив с ними по-французски, предложил пятьдесят американских долларов за сведения о серебряном контейнере, который он описал им во всех деталях.

Дети жались, переглядывались — Джону и Филиппе показалось, что им очень страшно, — но в конечном счете один мальчик по имени Эрбен собрался с духом и отвел их туда, где валялся контейнер. Нимрод его тут же открыл, но, как он и ожидал, флакона из-под духов внутри не было.

Глава 23. Эпилог

Нимрод сказал Эрбену, что в контейнере раньше лежала очень ценная стеклянная бутылочка, сделанная в Египте, и что он заплатит еще пятьдесят долларов, если она найдется в целости и сохранности. Сначала Эрбен отнекивался и говорил, что больше ничего не знает. Но в конце концов признался, что видел, как такую бутылочку прятал накануне его друг Галиби. Едва он упомянул имя Галиби, остальные дети стали тревожно перешептываться. Некоторые даже заплакали. Нимрод понял, что это плохой знак.

— Где Галиби? — спросил он стоявшего перед ним оборванца Эрбена. — Я должен с ним очень срочно поговорить.

Лицо мальчика страдальчески скривилось.

— Галиби исчез.

— Поэтому ребята плачут?

— Да. Все думают, что он стал жертвой колдуна вуду.

— Вуду? Что ты имеешь в виду?

— Сам я в такие вещи не очень верю, — сказал Эрбен. — Но Галиби исчез, это факт. А другой факт, что от него теперь осталась одна только кукла.

— Можно посмотреть на эту куклу? — попросил Нимрод.

Эрбен повел Нимрода и его спутников к маленькой часовне на краю свалки, где перед примитивным крестом были выложены различные предметы, а среди них стояла статуя сантиметров шестьдесят высотой, удивительно похожая на живого мальчика лет одиннадцати, босого, в рваных джинсах и грязной футболке.

— Я не знаю, из чего сделана эта кукла, мсье, — сказал Эрбен. — Но она довольно тяжелая. И ужасно похожа на него. Особенно глаза. Видите? Прямо следят за каждым моим движением. Ну, все, понятное дело, боятся...

У Нимрода на цепочке вместе с ключами болтался крошечный фонарик. Он направил тоненький лучик в глаза статуи.

— Да уж, живее некуда, — сказал он мрачно, заметив, что зрачки статуи сужаются от яркого светового луча. Он обратился к миссис Гонт по-английски, чтобы не расстроить Эрбена. — Это он и есть.

— Ты хочешь сказать, что это — настоящий мальчик? — вскинулся Джон.

— Без сомнения. — Пребывая в глубокой задумчивости, Нимрод вынул какую-то крошку из уголка рта статуи. Сначала он решил, что это просто грязь, но на ощупь это оказалось самое настоящее насекомое, причем покрытое шоколадом.

— Что это? — удивилась Филиппа.

Нимрод настороженно обнюхал находку.

— Похоже, муравей. В шоколаде. Очень вероятно, что в нем-то и содержится диминуэндо. Если съесть такую штуку, на тебя начинает действовать джинн-заклятие, и ты постепенно уменьшаешься и превращаешься в куклу.

— Бедный! — сказала Филиппа. — Нимрод, мама, мы должны ему как-то помочь!

Глава 23. Эпилог

— Что тут поделаешь? — вздохнула миссис Гонт. — Это заклятие Иблиса. Он сотворил и скрепил его своей джинн-силой. Поэтому никто, кроме Иблиса, снять это заклятие не может. Так уж устроен мир, Филиппа.

Филиппа умоляюще посмотрела на дядю, но тот устало покачал головой:

— Твоя мать права. Но какой он все-таки злодей! Это же надо! Устроить такую подлость человеку, который выпустил его из бутылки! Мало того, что не даровал ему три желания! А вместо этого уменьшил его и превратил в живую куклу!

— Как это — в живую? — воскликнул мистер Джалобин. — Вы хотите сказать, что он может нас слышать и видеть?

— Боюсь, именно это я и имею в виду, — сказал Нимрод.

— Неужели мы ничем не можем ему помочь? — возмущенно спросил Джон.

— Не можем, пока не поймаем Иблиса, — ответил Нимрод. — В сущности, Джон, ситуация ровно такая же, как с бедным Финлеем. В сокола его превратил ты, и только ты мог снять свое заклятие.

Тут послышались детские голоса, и, обернувшись, они увидели, что к ним со всех ног бегут еще несколько оборванных ребятишек. Один из них держал в руках тот самый стеклянный флакончик, в который Нимрод заключил Иблиса в Каире прошлым летом. Крышечки на флаконе не было, а из горлышка торчал свернутый листок бумаги. Записка оказалась адресована Нимроду. Он начал читать вслух.

Мой дорогой Нимрод!
Когда ты будешь читать эту записку, меня здесь уже не будет. Но не волнуйся. И ты, и твои пакостники-племяннички увидите меня очень скоро. Даже скорее, чем ты думаешь. Говорят, детки любят кукол? Вот я и приготовил подарочек для Джона и Филиппы. Запоздалый рождественский подарок от дяди Иблиса. И пусть помнят, что им грозит, когда все мы встретимся вновь.

— Мы забираем этого ребенка с собой в Нью-Йорк, — объявила миссис Гонт.

— Но ты же вроде сказала, что мы ничем не можем ему помочь? — сказала Филиппа.

— Это было до того, как я узнала, что Иблис намерен навестить нас в Нью-Йорке, — сказала миссис Гонт. — Если он действительно появится, мы будем готовы к этой встрече. И когда мы успешно закатаем его в бутылку с отбеливателем, он, надеюсь, станет вполне сговорчив насчет бедного Галиби. — Миссис Гонт сердито закусила губу. — Пускай это будет последнее, что я успею сделать, прежде чем... — Тут она осеклась. И, поймав на себе взгляд Нимрода, добавила: — Иблис еще пожалеет, что посмел угрожать моим детям.

Глава 23. Эпилог

После Ирака, Иордании и Французской Гвианы в Нью-Йорке оказалось очень холодно. Причем не только для джинн. Даже мундусяне жаловались на морозный январь. На следующий день после возвращения Джона и Филиппы градусник за окном показывал минус шестнадцать по Фаренгейту, то есть минус двадцать семь по Цельсию, а по телевизору сказали, что это самая низкая температура, когда-либо зарегистрированная в Центральном парке. И никто так не страдал от этой жуткой стужи, как Джон и Филиппа. В тех редких случаях, когда близнецы рисковали высунуть нос на улицу, они непременно клали в рюкзачки горячие саламандровы камни, которые дала им доктор Сахерторт, чтобы поддерживать высокую температуру тел. А еще в подвале их дома всегда была наготове горячая сауна, так что при необходимости они снова могли почувствовать себя настоящими джинн.

Вернувшись домой, Джон первым делом обнял папу. Живой! Джону было очень важно в этом удостовериться, потому что ему то и дело вспоминалось, как он убил седьмого хранителя Иравотума в туннеле под Самаррской башней.

— Да что с тобой? — в конце концов не выдержал мистер Гонт, поскольку Джон тщательно ощупывал его с головы до ног.

— Ничего. — Джон сиял от счастья. — Со мной все в порядке. И с тобой тоже, папа. Просто здорово видеть тебя снова.

Он продолжал радостно сиять, когда, признавшись, что сломал миниатюрную статую Свободы, тут же получил от мистера Гонта наказание: никаких карманных денег на целый месяц.

— Это не смешно, Джон, — сказал отец. — Ты бы хоть потрудился изобразить, что чувствуешь себя виноватым.

— Чувствую, сэр. Виноват, сэр, — сказал Джон, сияя, как медный таз.

— Хорошо, раз ты продолжаешь веселиться, ты лишен денег на два месяца. На два месяца, слышишь?

Джон кивнул и попробовал удержать широченную улыбку.

— Слышу, сэр. Мне очень жаль, сэр. Очень жаль. — И он снова крепко обнял отца.

Монти быстро привыкла к жизни у Гонтов и ограничила свои пристрастия к убийству случайной мышью или воробьем. В отличие от Алана и Нила она не очень любила смотреть телевизор, зато ей нравилось лежать в ящике для перчаток в стенном шкафу у входной двери или греться у плиты на кухне, слушая радио вместе с миссис Трамп, которая к ней очень привязалась. Иногда кошка даже ездила с миссис Трамп к ней в гости, в квартиру в здании «Дакота», поскольку больше всего на свете Монти любила песни Джона Леннона, а миссис Трамп теперь тоже к ним пристрастилась. Иногда Монти заглядывала в кинотеатр на Восточной Восемьдесят шестой улице — если там показывали что-нибудь стоящее. Про убийства. Или про котов.

Эдвард Гонт был, конечно, счастлив воссоединиться со своими братьями, Аланом и Нилом. Это в значительной мере отвлекло его от неприятного открытия, связанного с тем что его жена вновь начала пользоваться джинн-силой. Эдвард великодушно взял братьев в свой финансово-инвестиционный бизнес в качестве полноправных партнеров. Вскоре после этого Алан с Нилом перекупили самую крупную в Америке компанию по производству корма для домашних животных «Шавка энд Дворняжка», и эта сделка принесла трем братьям новые миллионы. На акционеров компании самое большое впечатление произвело доверие к продуктам компании, которое продемонстрировали Гонты на ежегодном торжественном обеде. Двое из братьев на глазах у собравшихся съели несколько фирменных блюд «Шавки энд Дворняжки»: по банке «Веселящей говядины» и «Баранины а-ля живодерня».

Тем временем миссис Гонт убедила Айшу поговорить с комитетом Джиннчёт-клуба и отменить дисквалификацию Филиппы. Кроме того, миссис Гонт отправила Мими де Гуль посылку по джинн-почте. В коробке лежал револьвер «магнум опус», принадлежавший Монтане Негодий, а также ее кожаные перчатки и три пачки сухого кошачьего корма.

Спустя две недели после возвращения домой Джон получил открытку из Каира от Финлея, который спешил похвастаться хорошими новостями. Используя систему Эдвиги, он сорвал банк в казино «Гроппи», и ифритцы запретили ему когда-либо переступать порог любого из их казино в любом конце света. Но десятки миллионов долларов уже лежат у него в кармане, так что этот запрет едва ли имеет значение. Вслед за открыткой Джон получил еще и посылку, весившую не меньше, чем отцовская гиря. В посылке оказалась статуэтка: черный сокол-сапсан сантиметров сорок высотой. К подарку Финлей приложил записку:

Посылаю тебе эту редкую птицу в качестве небольшого сувенира. Не дай ей улететь.

Джон поставил черную птицу на каминную полку в своей спальне. Его отец восхитился, увидев сокола. Он взял статуэтку в руки и прикинул вес.

— Тяжелая, — сказал он. — Из чего она сделана?

Джон усмехнулся:

— Из такого материала делают мечты.

Если вы хотите написать Ф.Б. Керру, зайдите на сайт
www.pbkerr.com

Приложение

Официальные правила игры в джинн-чёт-нечет-восемь-в-круг, она же — древняя игра в кости, она же — астрагалы

В игре принимает участие любое количество игроков. Используется набор из семи простых восьмигранных костей, иначе называемых астрагалы. Восемь граней астрагала символизируют Дух, Пространство, Время, Огонь, Землю, Воздух, Воду и Удачу. Наиболее ценная грань — Удача. Затем — по нисходящей — Дух, Время, Пространство, Воздух, Вода, Огонь, Земля.

Игрок бросает кости и предлагает их следующему игроку, объявляя ставку, то есть некое сочетание астрагалов, которое перебивает предыдущую ставку — так, как это делается при игре в покер. Если следующий игрок готов оспорить сделанную ставку, его победа или поражение, то есть потеря желания, определяются тем, была ли эта ставка блефом или истиной. Изначально каждый игрок имеет три желания. При потере всех трех желаний он выбывает из игры.

ХОД ИГРЫ

Игроки в любом количестве садятся за удобный стол, так чтобы можно было передвигать емкость с брошенными астрагалами от игрока к игроку по часовой стрелке, не нарушая положения выпавших костей. Оптимальное количество игроков за столом от четырех до восьми. Во время официальных турниров играют только четыре игрока. Применять джинн-силу при игре в джиннчёт категорически запрещено. Это правило называется Бад-рульбадур. Астрагалы бросают в специальной хрустальной коробке, которая сконструирована таким образом, чтобы скрыть от соперников результат броска и исключить применение джинн-силы. Таким образом, результат игры в джиннчёт определяется не случайным везением и не вмешательством джинн-силы, а исключительно способностью игрока блефовать, вводя своих соперников в заблуждение.

Любой игрок, уличенный в использовании джинн-силы, немедленно исключается из игры.

Чтобы определить, кто начинает игру, бросают астрагалы, и метателем становится тот, у кого выпала кость более высокого достоинства. При выпадении у нескольких игроков костей одного достоинства они продолжают бросать до разрешения этой ситуации в чью-то пользу.

Игроки бросают астрагалы по очереди. Количество костей для каждого броска игрок определяет сам: либо все, либо несколько, либо ни одной. Обычно бросок производится так, чтобы соперники не видели его результата. Игрок, который бросает первым, обязан бросить все семь астрагалов. Во время броска игрок честно объявляет, какое точно количество костей он бросил. Это — правило Парибанон. Игроки не обязаны говорить правду о том, какие именно астрагалы они перебрасывают, а какие не трогают. Это — правило Соломона.

Бросив кости, игрок передает коробку соседу слева и объявляет комбинацию астрагалов, на которую он ставит (никто не имеет права сказать «пас»). Ставка обязательно должна быть выше, чем та, что объявил предыдущий игрок. (Начинающий новый цикл игрок вправе объявить любую ставку.)

Следующий игрок либо принимает коробку и объявляет свою ставку соседу слева, либо пытается оспорить предложенную ставку. В последнем случае он говорит «не верю», после чего выпавшее сочетание астрагалов показывается всем. Если это сочетание совпадает с заявленной ставкой или превосходит ее, игрок, сказавший «не верю», теряет желание и ход. Кости передаются его соседу слева, и игра начинается заново. Если же сочетание выпавших костей оказывается ниже сделанной ставки, желание теряет тот, кто блефовал, а победитель начинает игру заново.

Обычно игроки делают достаточно рискованные ходы и стараются максимально запутать друг друга.

Не всегда обязательно в точности проговаривать значение ставки. Если просто передвинуть коробку соседу слева, предполагается, что сделана самая маленькая ставка из всех возможных в каждом конкретном случае. Также признаются ставки «выше», «еще выше» и так далее, что предполагает увеличение ставки, соответственно, на одну, две и более позиций.

Если игрок решает объявить «игру наоборот», это приравнивается к ставке «выше». Объявить «игру наоборот» можно в любой момент на протяжении своего хода, включая моменты приема и оспаривания ставок, и даже в момент, когда кости открываются для всеобщего обозрения.

Когда выпадает максимальная комбинация («семь удач», то есть сочетание костей: У+У+У+У+У+У+У), следующий игрок должен снова выбросить все астрагалы, а затем сделать еще два броска по своему усмотрению: либо все кости, либо несколько, либо ни одной. Его задача — снова добиться, чтобы выпало «семь удач». Если ему это не удается, он теряет желание и сам начинает новый раунд, если в запасе у него осталось всего одно желание (то есть если потерянное желание было по счету вторым). Если же в запасе у него два желания, новый раунд начинает следующий за ним игрок. Если «семь удач» выпадают, то никто из игроков не теряет желание, а новый раунд начинает следующий игрок.

На начало игры у каждого игрока имеются три желания, утратив которые он выбывает из игры. Выигравшим считается игрок, сохранивший хотя бы одно желание к моменту, когда его соперники уже выбыли из игры.

Если игрок отсутствует, когда подходит его очередь, считается, что он принял ставку, и выпавшее сочетание костей передается соседу отсутствующего игрока со ставкой «выше». Это так называемое Каирское правило.

СТАВКИ

Делать ставку на некое сочетание астрагалов обязательно. Никто не имеет права сказать «пас». Комбинации астрагалов — по восходящей — имеют следующие названия:

- одиночка
- пара
- две пары
- маги: три одинаковые кости
- три пары
- пятерка: три одинаковые кости плюс еще две одинаковые кости более низкого достоинства
- казарма: три и три одинаковые кости
- квадрат: четыре одинаковые кости

- четыре одинаковые кости плюс пара
- ковчег: четыре одинаковые кости плюс три одинаковые кости
  - серебро Аарона: пять одинаковых костей
  - пять одинаковых костей плюс пара
  - рубин и гранат: шесть одинаковых костей
  - бастион: семь одинаковых костей
  - джинчёт: семь удач

Очень часто объявляется ставка «выше». Необходимо тщательно следить за подобными ставками, поскольку после трех или четырех «выше», объявленных подряд, можно уже не сориентироваться, до какого реального уровня дошли ставки соперников.

После того как сосед слева принял ставку, игрок не обязан ее повторять, если кто-то из соперников потерял нить игры.

ТАКТИЧЕСКИЕ ПРИЕМЫ

Смотреть, какие именно астрагалы выпали при вашем броске, необязательно, но весьма желательно.

Необходимо запоминать предыдущую ставку, причем, если было заявлено «выше», надо проанализировать, какая именно ставка имелась в виду.

Рекомендуется точно запоминать, какое именно сочетание астрагалов вы передали соседу слева и сколько астрагалов бросил каждый игрок с тех пор, как вы делали ваш бросок.

Хороший стратегический ход — кооперироваться с игроками, сидящими справа и слева от вас, образуя коалицию против тех или того, кто сидит напротив.

ПОВЕДЕНИЕ

Сквернословие и оскорбление соперников недопустимы. Делать это разрешено только зрителям, которые тем не менее не имеют права угрожать друг другу. Если кто-то из зрителей угрожает другому зрителю, это расценивается как общественное оскорбление и наказывается удалением с турнира.

Оглавление

Глава 1. Джинн и мороз 7
Глава 2. «Imagine» 28
Глава 3. Важная книга 44
Глава 4. Чемпионка среди джинниоров 62
Глава 5. Джиннчёт и порочный круг 76
Глава 6. Правило Бадрульбадур 94
Глава 7. Королевский венгерский экспресс 115
Глава 8. Ужас в Трансильвании 141
Глава 9. Демон-вышибала 161
Глава 10. Три желания Вирджила Макриби 179
Глава 11. Висячий Вавилонский дворец 218
Глава 12. Путь в Багдад 236
Глава 13. День саранчи 254
Глава 14. Дневник Филиппы Гонт 271
Глава 15. Вавилонская башня 290
Глава 16. Над добром и злом 308
Глава 17. Эдип-Джиннэдип 317

Глава 18. Дневник Филиппы Гонт (продолжение) 333
Глава 19. Травоядный царь 344
Глава 20. Мальчик Джон...................... 360
Глава 21. Монстры и спецагенты 377
Глава 22. «Магнум опус»..................... 395
Глава 23. Эпилог 413
Приложение 437

детям до шестнадцати

Ф.Б. Керр

Джинн в вавилонском подземелье

Для среднего школьного возраста

Директор издательства *С.Пархоменко*

Главный редактор *В.Горностаева*

Редактор *Г.Дурново*

Корректор *Н.Усольцева*

Компьютерная верстка *Л.Синицына*

Эксклюзивный дистрибьютор книг
издательства «Иностранка» —
книготорговая компания «Либри»
тел.: (495) 951-5678; e-mail: sale@libri.ru
Генеральный директор *П.Арсеньев*

Изд. лиц. № 02194 от 30.06.2000
Подписано в печать 20.02.2007.
Формат 60х90$^1/_{16}$.
Бумага офсетная. Гарнитура «Prospect».
Печать офсетная. Усл. печ. л. 28,00.
Тираж 20000 экз. Заказ № 0702960.

Издательство «Иностранка»
119017, Москва, Пятницкая ул., 41
www.inostranka.ru
e-mail: mail@inostranka.ru

Отпечатано в полном соответствии с качеством
предоставленного электронного оригинал-макета
в ОАО «Ярославский полиграфкомбинат»
150049, Ярославль, ул. Свободы, 97

Книги издательств ИНОСТРАНКА и КоЛИБРИ

ОПТОМ:

Книготорговая компания ЛИБРИ
Тел.: (495) 951-5678
Факс.: (495) 959-5543
sale@libri.ru

А также:

СТОЛИЦА-СЕРВИС
Тел.: (495) 375-3673; 375-2433
info@stolitsa-books.ru

ЛАБИРИНТ ТРЕЙД
Тел.: (495) 780-0098; 723-7285
inc@labirint.msk.ru

ТД АМАДЕОС
Тел.: (495) 513-5388; 513-5985
leo@ripol.ru

КНИЖНЫЙ КЛУБ 36,6
Тел.: (495) 540-4544
club366@aha.ru

МАСТЕР-КНИГА
Тел.: (495) 363-9111; 363-9213
mkniga@master-kniga.ru

У СЫТИНА
Тел.: (495) 156-8681; 156-8670
shop@kvest.com

ТД ФАКТОРИЯ
Тел.: (495) 795-3114; 543-9499
tdfactoria@sovintel.ru

ТОП-КНИГА
Тел.: (3833) 36-1028
zakaz@top-kniga.ru

В Санкт-Петербурге
А. СИМПОЗИУМ
Тел.: (812) 595-4442
asimp@rol.ru

В Иркутске
ПРОДАЛИТЪ
Тел.: (3952) 241-786; 334-702
prodalit@irk.ru

В Хабаровске
МИРС
Тел.: (4212) 292-565; 292-571
postmaster@bookmirs.khv.ru

В Мурманской области
САЙДА
Тел.: (815 55) 629-66
saida_2002@com.mels.ru

В Якутске
КНИЖНЫЙ МАРКЕТ
Тел.: (4112) 428-960; 429-629
Evax@mail.sakha.ru

В Киеве
МАХАОН-УКРАИНА
Тел.: (380 44) 490-9901
machaon@machaon.kiev.ua

ЭЛЬГА-Н
Тел.: (380 44) 502-6270
483-8313; 489-5509;
valeri@elga.kiev.ua,
vadim@elga.kiev.ua

В Харькове
ХАРЬКОВ-ЛИТЕРА
Тел./факс: (380 57) 734-9905;
712-0536

Книги издательств ИНОСТРАНКА и КоЛИБРИ

В РОЗНИЦУ:

Сеть магазинов
МОСКОВСКОГО
ДОМА КНИГИ
ул. Новый Арбат, 8
Тел.: 290-4507

Торговый дом
БИБЛИО-ГЛОБУС
ул. Мясницкая, 6
Тел.: 928-3567

Сеть магазинов БУКБЕРИ
Никитский б-р, 17, стр. 1
Тел.: 789-91-87; 291-8303

Сеть магазинов БУКВА
Зубовский бульвар, 17, стр. 1
Тел.: 246-9976; 246-5551

Дом книги
МОЛОДАЯ ГВАРДИЯ
ул. Б.Полянка, 28
Тел.: 238-5001

Книжный магазин МОСКВА
ул. Тверская, 8
Тел.: 229-6483

Сеть магазинов
НОВЫЙ КНИЖНЫЙ
М.Сухаревская пл., 12,
(ТЦ «Садовая галерея»)
Тел.: 937-8581

Сеть магазинов ЛАС-КНИГАС
Химки, Ленинградское шоссе,
владение 5 (ТЦ «Лига»)
Тел.: 799-1865; 744-0127

Сеть магазинов
ПИШИ-ЧИТАЙ
Севастопольский проспект, 15,
корп. 1
Тел.: 123-6251

Книжный магазин
БИБЛИОСФЕРА
ул. Марксистская, 9
Тел.: 670-5217; 670-5218

Сеть магазинов СЕЙЛС
ул. Большая Спасская, 27
Тел.: 280-1211

Сеть магазинов СОЮЗ
ул. Пятницкая, дом 29
Тел.: 951-7596, 951-2634.

Магазин ЛИТЕРА
ул. Ткацкая, 5
Тел.: 166-0602; 166-1131

Магазин
КНИГИ НА НИКОЛЬСКОЙ,
ул. Никольская, 17
Тел.: 921-6458

Магазин
МУЗЫКАЛЬНЫЙ ПАРК
Новочеркасский б-р, 41, корп. 1
Тел.: 348-4949

В ИНТЕРНЕТЕ:

БОЛЕРО
www.bolero.ru

ОЗОН
www.ozon.ru

ЛАБИРИНТ
www.labirint-shop.ru

SETBOOK
www.setbook.ru